四川大学
中国俗文化
研究所丛书

李 菲｜著

遗产·认同·表述：
文学与人类学的跨界议题

中国社会科学出版社

图书在版编目 (CIP) 数据

遗产·认同·表述:文学与人类学的跨界议题/李菲著. —北京:中国社会科学出版社,2016.3

(四川大学中国俗文化研究所丛书)

ISBN 978 - 7 - 5161 - 7567 - 5

Ⅰ.①遗…　Ⅱ.①李…　Ⅲ.①文学—人类学—研究

Ⅳ.①I0 - 05

中国版本图书馆 CIP 数据核字 (2016) 第 022522 号

出 版 人	赵剑英	
责任编辑	郭晓鸿	
特约编辑	席建海	
责任校对	王　影	
责任印制	戴　宽	

出　　版	中国社会科学出版社	
社　　址	北京鼓楼西大街甲 158 号	
邮　　编	100720	
网　　址	http://www.csspw.cn	
发 行 部	010 - 84083685	
门 市 部	010 - 84029450	
经　　销	新华书店及其他书店	

印　　刷	北京君升印刷有限公司	
装　　订	廊坊市广阳区广增装订厂	
版　　次	2016 年 3 月第 1 版	
印　　次	2016 年 3 月第 1 次印刷	

开　　本	710×1000 1/16	
印　　张	19.5	
插　　页	2	
字　　数	313 千字	
定　　价	72.00 元	

总　序

这套丛书是四川大学中国俗文化研究所部分同仁的学术论文自选集。

四川大学中国俗文化研究所成立于 1999 年 6 月，2000 年 9 月被批准成为教育部人文社会科学重点研究基地，是"985 工程"文化遗产与文化互动创新基地的主要依托机构，也是"211 工程"重点学科建设项目的重要组成部分。研究所下设俗语言、俗文学、俗信仰、文化遗产与文化认同四个研究方向，涵盖文学、语言学、历史学、宗教学、民俗学、人类学等多个学科，现有专、兼职研究人员 20 馀人。

多年来，所内研究人员已出版专著百馀种；研究所成立以来，也已先后出版"俗文化研究"、"宋代佛教文学研究"等丛书，但学者们在专著之外发表的论文则散见各处，不利于翻检与参考。为此，我们决定出版此套丛书，以个人为单位，主要收集学者们著作之外已公开发表的单篇论文。入选者既有学界的领军人物，亦不乏青年才俊；研究内容以中国俗文化为主，也旁及其他一些领域；方法上既注重文献梳理，亦注重田野考察；行文或谨重严密，或议论生新；在一定程度上展示出了我所的治学特色与学术实力。

希望这套丛书能得到广大读者和学界同仁的关注与批评！

四川大学中国俗文化研究所

目 录

序言 ……………………………………………………………… （ 1 ）

文化遗产研究

文字中心主义：非物质文化遗产的知识反思 …………………… （ 3 ）

身体与传承：非物质文化遗产研究的范式转型 ……………… （17）

口述 ……………………………………………………………… （33）

遗产：历史表述与历史记忆 …………………………………… （49）

文化符号竞争：遗产名录与族群整合 ………………………… （65）

对话：在人类学遗产研究的国际平台上 ……………………… （79）

文学与人类学批评

新时期文学人类学研究的范式转换与理论推进 …………… （93）

民族文学与民族志：文学人类学批评视域下的少数民族文学 ……… （107）

以"自述"之名：一个"实验民族志"写作个案

    ——刘尧汉与《我在神鬼之间——一个彝族祭司的自述》的

    叙事建构 ……………………………………………………… （120）

文化记忆与身体表述

    ——嘉绒跳锅庄"右旋"模式的人类学阐释 …………… （134）

空间观念与族群认同

    ——康藏民歌"弦子"的文学人类学研究 ……………… （149）

跨学科整合研究之垦拓

    ——宗白华与中国早期比较文学刍议 ………………… （203）

人类学田野现场

灾民安置与社群重建

　　——都江堰市翔凤桥社区安置点 6 月 4 日实地调查与思考 …… (221)

族群遗产的现代变迁:基于嘉绒跳锅庄的田野考察 ……………… (238)

黄土文明地方信仰的历史建构与认同实践:以介休张壁村为个案 ……… (250)

黄土社会的多元互动与区域整合:介休张壁村的祭星仪式考察 …… (270)

绿岛,绿岛:旅游景观与历史记忆 ……………………………… (291)

序　言

随着各界对文化遗产关注的日益扩展，学术界的相关研讨也在不断加强。然而如我在既往一些会议上提过的那样，遗产其实"不是东西"，即不是现实中的实存之物，而只是既有事物的被增添属性。

说得具体一些，作为遗产，无论北京郊外的长城遗址、重庆大足的摩崖石刻、嘉绒藏区的锅庄演唱，还是公立博物馆展示的文物国宝抑或私人收藏的珍奇古玩……都是人们赋予这些场所和物件的认知属性，而非这些实物本身。

这样，正在各地轰轰烈烈涌现的遗产热潮，尤其是针对谋求挤入各级别名录而展开的"申报运动"，实际是各界联手的一场变旧为新，亦即为旧事物重赋新意：通过为各类有希望成为"遗产"的事物添加文化属性，以提高它们的身价和社会资本，从而吸引公众的再度关注。

千百年来，长城遗址和大足石刻存留在它们所在之地，担当着作为时代产物的特有功能，也经受着历史变异的风风雨雨。在游牧农耕两大文明的交往互动或今生往世的信仰关联中，它们被接纳、被使用、被传承，乃至被损毁、被遗弃、被疏离；但都还是在各自实存的脉络中演变和延续。如今，经由浩浩荡荡上下结合的社会运作，它们被变成了"遗产"，获得了相对一致并可供阐释挖掘乃至开发利用的新属性。

这样，当长城、石刻、锅庄、昆曲等既有事物忽然获得"遗产性"这种新时代身份之后，随之而来的，是围绕这些身份含义的种种认定和论争，也即本文题目所指并与更多议题相关的认同和表述。

现代汉语的"认同"是由域外引入的新词，与英文的 Identity 对应。

但后者的含义还有同一性、特性、身份以及识别、确认等。相比之下，汉语中，带有动词和主体取向的"认同"反倒是被强化了的一种跨语际改用。比如一旦在其前面加上文化、民族或地方、国家等其他单位，组成"文化认同""民族认同""地方认同"和"国家认同"等词组之后，其中的"认同"词义，就具有了从修辞到实践使二者相互叠合的功能，传达出"认同文化""认同民族"和"认同地方""认同国家"的意味。

仍以长城为例，自秦时中原华夏王朝为阻止"北狄"入侵而动工兴建的时候，它的基本属性是军事防御，并成为游牧与农耕两种文明的区隔标志。在历朝历代的现实进程里，它或起到实际抵挡之用，或因均衡打破而被跨越、被占领和被摧毁，然后又被新崛起的中原力量修复。与此紧密对应的是，在世人认知的表述传统里，同一个长城却在"孟姜女哭长城"这类的民间故事中凸显为暴政象征，一次次地被声讨、被控诉。到了今日，当其作为不同级别的"文化遗产"供游人观赏和用作国民的教育基地之时，长城又被赋予了中华民族的"遗产性"，从而升格为传统认同、国家认同乃至国家形象的重要符号。

1987 年 12 月，长城被联合国教科文组织列入"世界遗产名录"。中国的央视频道在随后的专栏里称其为"人类文明史上最伟大的建筑工程"，并在感叹"岁月流逝，物是人非"后对观众说，"经过精心开发修复，山海关、居庸关八达岭、司马台、慕田峪、嘉峪关等处已成为驰名中外的旅游胜地"。在如此这般的人为努力下，"如今当您登上昔日长城的遗址，不仅能目睹逶迤于群山峻岭之中的长城雄姿，还能领略到中华民族创造历史的大智大勇"。① 可见，在遗产浪潮的驱动下，长城再次呈现了从实物到表征交错演变的时代轨迹。

再看"锅庄"。在清代《皇清职贡图》里，藏区的锅庄被汉语的文献记述为："杂谷本唐时吐蕃部落，男女相悦，携手歌舞，名曰'锅庄'。"而在藏语表述中，它的自称为"卓"，乃"娱神"之舞，其来源在敦煌石窟和吐蕃碑石里都有记载，是"一种氏族部落娱神的祭坛礼仪和盟誓文化

---

① 央视国际：《中国的世界遗产·长城》，http://www.cctv.com/geography/shijieyichan/sanji/changcheng.html。

有关的舞蹈形式"①。通过对当今嘉绒地区"锅庄"状况的实地考察，李菲发现当全球化的非物质文化遗产浪潮来临之时，"锅庄不再仅仅被视为一种娱乐民众的民间舞蹈，更被视为一种能够代表权力并产生利益的文化资源。"接下来，新的"被视为"再引申出新的"被表述"，从而将藏区文化传统中依娱神功能而自在和相传的"卓"，不但被说成"非物质文化遗产"，甚而转换为国家名录里的某种列号编码，如"序号123/编号Ⅲ-20"等。这样的结果，被李菲揭示为一系列改变，被改变的"不只是表述符号，还有表述主体"，甚至还包括原本的"族群关系体系"②。

继长城之后，中国又有一批旧而新的"遗产"被列入联合国教科文组织公布的名录。1999年12月4日，"大足石刻"增列其中并被授予专门的标牌。牌上以英汉双语写道：一处文化或自然遗址列入世界遗产名录，是对其独特或普遍价值的确认。为了全人类的利益需加以保护。

这样的表述，不仅揭示了"遗产性"内涵——确认某物独特或普遍的价值，而且阐明了命名目的——呼吁、要求和规定对人类的利益实施保护。

不过十分明显的是，此处针对的只是抽象的"遗产"，亦即被赋予的新属性，而丝毫未涉及大足石刻本身，既没有谈到它既有的宗教功用，也尚无涉及其当下的信仰传承。这就导致一种认知和实践的矛盾：一方面，所有获得"遗产"称号的事物会因价值递增而备受关注；另一方面，它们在历史长河与民众生活中的完整意义却会被扭曲或抽空。在学术研究方面也会导致一种新的危险：当越来越多的既有事物都被贴上遗产标签之时，人们的研究便有可能日益远离对象本身，而仅去追随此起彼伏被人为赋予的那些属性。

这是需要警惕的。也正因如此，我对李菲的论述予以肯定，因为她在关注锅庄、弦子、祭星等文化事项时，不仅揭示它们被作为"遗产"后的多重演变，而且同样深入完整地考察分析了其作为族群和地方传统的自在

---

① 李菲：《文化符号竞争：遗产名录与族群整合》，原载《中南民族大学学报》2008年第3期。

② 同上。

意义。这样，两相对比，就使人得以窥见当今世界的交往体系中，同一事物相互依存的虚实两面。

这本著作以"遗产·认同·表述"为题，力图兼顾事物与问题的多个面向，分别探查所述对象的实和虚。全书由三部分组成，总体以"遗产"为线，沿着器物、景观、口述、记忆和身体实践等领域展开辨析，首先确立了文化遗产知识反思的基本立场；继而聚焦于特定历史场景中的文学文本与文化文本，用作者的话说，是想由此而贯穿"族群认同、历史记忆与文化表述"的核心议题；最后着重展现了"人类学田野考察"的践行与体悟，空间跨度从西南一隅的嘉绒藏区到中原的黄土高地直至海峡对岸的绿岛景观。作者的观察由具体的事象而起，以扎实的思辨作结，体现出文学、人类学研究的脉络与师承，而在所论及的"表述与记忆"及"身体与传承"等问题上，又凸显了新生代学人的拓展和推进，值得关注，值得赞许。

是为序。

文化遗产研究

文字中心主义:非物质文化遗产的知识反思[*]

　　摘　要　作为西方社会的发明之物,当今非物质文化遗产理论体系中的物质中心主义话语已经在众多反思中得到了相当的揭示。与此同时,"文字中心主义"则是非物质文化遗产体系中的第二重中心主义话语。不过,其存在方式在遗产话语建构中相对隐秘:其一,它以对口头言语文本的强调取代了书面语言文本的核心地位;其二,它使"口头性"(语言)成为非遗类别划分的重要标准;其三,它也体现为非遗认知、阐述和保护实践中表现出的强烈"文本化"倾向。总之,非物质文化遗产的诞生在某种意义上是对西方文明文字书写传统的一种反思,只是,这种反思并不彻底。

　　关键词　非物质文化遗产;分类;知识生产

　　当今世界遗产运动从源头上看是一项西方社会的发明之物。虽然被冠以"世界"之名,但实际上是西方文化范式再一次征服非西方世界的成功案例。不论人们接受与否,赞同抑或反对,遗产问题都已是今天全世界必须共同面对的重大议题。随着遗产运动的全球性扩展以及非西方世界的日渐参与,对西方中心主义价值观的反思也成为遗产知识生产、遗产体系生长与完善的重要动力。

　　作为西方社会的发明之物,当今非物质文化遗产理论体系中的物质中心主义话语已经在众多反思中得到了相当的揭示。与此相关联,文字中心

---

　　*　本文刊载于《西南民族大学学报》2014 年第 4 期。

主义则是非物质文化遗产体系的第二重中心主义话语。不过，文字中心主义话语的存在方式在遗产话语建构中较为隐秘：其一，它以口头语言文本的核心地位取代了书面语言文本的核心地位；其二，它使"口头性"（语言）成为非物质文化遗产类别划分的重要依据；其三，它也体现为非物质文化遗产认知、阐述和保护实践中仍然表现出的强烈"文本化"倾向。非物质文化遗产的诞生在某种意义上是对西方文明文字书写传统的一种反思，只是颇为遗憾，这种反思并不彻底。

文字中心主义的隐性转换与"口头"优先性

一 口头传统：作为反对西方遗产话语霸权的革命性力量

无形文化遗产在联合国的相关文件中先后被表述为 oral、non-material、intangible，分别对应中文"口头/口述的""非物质的"和"无形的"（词义或词源意义上）。它们的内涵有相通之处，又各有侧重面。非物质文化不一定就是彻头彻尾的口头传统，但在其传承和使用中大抵也没有完全脱离口头表述。也就是说，"口头传统"（oral tradition）一直是整个非物质文化中最重要的一环。[①] 而对无形文化遗产"无法记录下来的"（unrecorded）、"没有书写下来的"（unwritten）等特质的强调，也说明口头传统是相对于书写的、记录的文字传统而存在的。无论是从遗产政治学的角度来看，还是从其诞生的生命史来看，无形文化遗产对口头性、非物质性族群文化的重视均是作为意识形态意义上反抗西方权威中心话语的一种革命性力量而出现的。由于长期以来，口头与文字的二元对立负载了前现代/现代、低级/高级、原始/文明、非理性/理性、非西方/西方等一系列复杂而对立的社会文化含义，使得口头传统成为西方世界内部弱势边缘文化对抗主流强势文化，以及非西方世界对抗西方话语霸权的一种有效手段。

然而从另一个方面来看，无形文化遗产口头传统对非文字、非记录、非书写的强调恰恰又强化了文字与口头的二元对立模型，使得这种反思始

---

① 朝戈金：《口头·无形·非物质遗产漫议》，《读书》2003 年第 10 期。

终只能在文字/口头二元"大分野"① 的知识讨论框架内展开，从而忽视了文化书写的其他可能性和多元化样态。

与此同时，无形文化遗产对"口头性"的强调也在遗产体系内部不同层面导致了不同的后果：一方面它促进了物质的（以及文字的）文化遗产与非物质的（以及非文字的）文化遗产达成某种补充和平衡；但另一方面在无形文化遗产的内部构成中，却导致了对口头语言传统的过分重视和凸显。

二　语言/非语言：文字中心主义的隐匿与转移

遗产运动作为西方文字社会当下最热门的一项文化发明，在向非西方社会扩张的过程中，经由对文字的反思发现了口头传统。为了更清楚地说明这一点，让我们来回顾一下1987年的"非物质遗产"早期定义框架。②

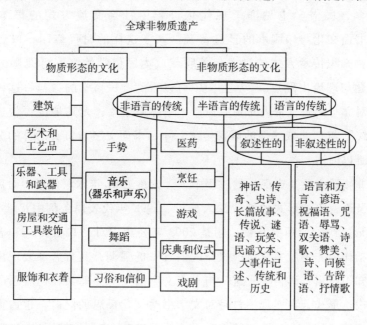

---

① 20世纪60年代初，西方大批学者，如古典学者艾瑞克·哈夫洛克、人类学家杰克·古迪、传播学家麦克卢汉、结构主义人类学家列维—斯特劳斯、精神分析和心灵研究专家瓦尔特·翁等，都参与到口承与书写"大分野"论争之中。西方知识界所谓的"大分野"指在口承与书写之间横亘着一道认识论意义上的分水岭。参见巴莫曲布嫫《口头传统·书写文化·电子传媒——兼谈文化多样性讨论中的民俗学视界》，《广西民族研究》2004年第2期。

② 1987年"非物质遗产"定义框架结构图，参见李春霞《遗产：缘起与规则》，云南教育出版社2008年版，第129页。

在由民俗学家参与并主导的上述分类框架中，非物质遗产（Non-physical Heritage）内部的一级分类分为物质形态的文化（Material Culture）和非物质形态的文化（Non-Material Culture）。而在其二级分类中，"非物质形态的文化"从存在形式和传承方式上都以语言及其使用情况为分类的标准和参照标尺，区分为"非语言的传统""半语言的传统"和"语言的传统"，其中"语言的传统"又进一步分为"叙述性的"和"非叙述性的"。"语言／半语言／非语言"与"叙述性的／非叙述性的"均是民间文化和口头文学研究的基本术语，其下所列举的"神话""传奇""史诗""长篇故事""传说""方言""谚语""谜语"等，也都是民间流传的主要文学体裁和表述类型。由此不难窥见西方民俗学在民间文学和口头传统研究方面的悠久历史背景。另外，作为一门关注口头传统的现代之学，民俗学也见证了现代化进程中社会交流方式的根本性变迁——书面文化与印刷术的日益普及。基于这样的时代烙印，口语与文字这两种知识传承方式的对立与关联就成为民俗学始终不可回避的基本学科问题与理论出发点。① 从上图中可以看到，民俗学的参与将这种二元交织的对立与紧张也带入非物质遗产术语体系之中，尤其是在"叙述性的语言传统"与"非叙述性的语言传统"中，书面文字与口头语言的分野边界实在难以厘清。

在非物质文化遗产诞生的过程中，无论是1987年术语体系中对民间口头文类及语言表达形式的细致深入分析、1998年代表作条例中将"口头"与"无形遗产"的捆绑并置，还是2003年公约中对"口头传统和表现形式，包括作为非物质文化遗产媒介的语言"的强调，其背后都表现出一贯的深层知识逻辑：语言——这一与书面文字高度对立而又密切联系的文化的口头表达形式，在实现了自身对文字书写文化反思的同时，也占据了非物质遗产体系的中心位置，并使自身成为非遗定义和分类的核心话语。如在1989年的《保护民间创作建议案》中去掉了上图中的"物质形态的文化"之后，直接将"非物质形态的文化"下属"语言的传统"中的某些

① 彭牧：《民俗与身体——美国民俗学的身体研究》，《民俗研究》2003年第3期。

具体分类视为民俗的定义。① 1998 年代表作条例将"口头"与"无形/非物质"两个概念加以并置捆绑则更成问题:我们无法否认"口头"的必然是"无形/非物质"的;更无法反过来推论"非物质"的都必然是"口头"的。这显然是一种顾此失彼的表述逻辑。此外,在 2003 年公约文本中规定了"非物质文化遗产"包括的五大内容。其中第一类"①口头传统和表现形式,包括作为非物质文化遗产媒介的语言"与后四类;"②表演艺术;③社会实践、礼仪、节庆活动;④有关自然界和宇宙的知识实践;⑤传统手工艺"之间,仍然可见源自 1987 年非物质遗产术语体系中的"语言/非语言"这个潜在的划分尺度。

文字中心主义由此脱掉了"书写"形式与"书面"材质的外衣,转换为注重口头性的语言优先主义。与此同时,非物质文化遗产体系将西方传统中的"文字/口传"二元"大分野"复制到自身框架之中,在实现了对文字中心话语的反抗之后,却再生产出了"语言与非语言"的对立。"文字"与"非文字(主要指口传)"的二元对立配置项被转换为"语言(口传)"与"非语言(口传之外的其他文化表达方式)"的二元对立配置项。最终,书写文字中心话语完成了隐匿与转移,口头语言赢得了新的话语中心位置。

口头/身体:非遗分类与西方现代知识生产

人总是通过分类行为来将事物、概念、关系、力量等划分到不同归属范围当中。分类对于人类思考和认识世界、了解自己的生活空间以及身处其中的活动来说至关重要。② 分类与体系建构是非物质文化遗产研究的基础性问题,也是其知识谱系的一个原点所在。非物质文化遗产的分类问题在本质上亦是西方现代以来人文社会科学的知识生产问题,因而也体现出了西方知识生产过程的某些内在脉络与特征。

---

① 李春霞:《遗产:缘起与规则》,云南教育出版社 2008 年版,第 130 页。

② [英]奈杰尔·拉波特、乔安娜·奥弗林:《社会文化人类学关键概念》,鲍雯妍、张亚辉译,华夏出版社 2005 年版,第 27 页。

一　非遗的知识生产逻辑：正题—反题—合题

从知识生产的逻辑来看，联合国教科文组织主导下的世界遗产体系的形成过程基本上符合西方知识逻辑的经典"三段论"模式，按照某种"黑格尔式"的辩证法推衍路线行进。如果以遗产运动早期法国等欧洲国家对历史遗迹等"文化遗产"的关注为"正题"（thesis）；那么，年轻的美国开创性地建立"国家公园"体系，其对"自然遗产"的强调就在第二阶段形成"反题"（anti-thesis）；近年来，"文化与自然双遗产"与"文化景观"的诞生，又在"文化"与"自然"这对矛盾的辩证发展中达成"合题"（synthesis）。

同样，在非物质文化遗产体系的形成过程中也存在着类似的三个阶段：在第一个阶段，人们早期主要关注的是以物质实存形态为主体的文化遗产和自然遗产；第二个阶段，在民俗学家和人类学家等的共同推动下，口头文化和民俗日益得到重视；之后，随着非西方国家本土经验的引入，在"西方"与"非西方"两大阵营的博弈过程中，非物质文化遗产的诞生便构成了第三个阶段。在这三个阶段中，从"自然和文化遗产（物质的）"这一正题中，衍生出了它的反题"口头与民俗（非物质的）"，而合题即是"非物质文化遗产"。总之，这一过程试图将非物质形态的文化遗产，与由物质形态遗产所承载的非物质文化部分加以整合，从而达成玛丽·道格拉斯所谓知识的"正名化"与"合法化"。① 由此可见，"非物质文化遗产"概念的产生始终是在联合国教科文组织项目工作框架内采取"定义—调整—再定义—再调整"的填补模式，却在每个阶段都难以逃出二元对立的泥淖。在此过程中，非物质文化遗产概念与分类的形成总是处于一种反思性的逆向生长过程之中，而它试图调和与掩盖的矛盾也就正是那些它内在无法消解的矛盾。在其中，"口头/身体""物质/非物质"这两组二元关系始终处于话语交锋的核心。

---

① ［美］玛丽·道格拉斯：《洁净与危险》，黄剑波、柳博赟、卢忱译，民族出版社 2008 年版，第 28 页。

二 非遗的知识生产过程:复制困境

从知识生产的过程来看。由于非物质文化遗产体系的建构过程脱离不了以民俗学为主导的学科背景,因此,非物质文化遗产的分类便延续了民俗学的分类观念:一方面,是在其分类表述的具体方式上延续了民俗体裁或形式细目的列举方式;另一方面,是将"口头传统和表现形式,包括……语言"置于非物质文化遗产五大类别的首位,同时强调"非遗"的口头传承属性,并以之为第一属性。与此同时,非物质文化遗产也就将"民俗"分类中固有的特征和问题复制到了自身的分类体系当中。

需要指出的是,当前在民俗学内部已经发生了全面反思。其中的重要反思之一,即是对民俗的语言表现形式及其"口头性"的重新考问。阿兰·邓迪斯指出,长期以来民俗学家们对民俗构成中的言语材料过分强调,一个直接后果就是忽视了非言语材料。比如,与身体动作相关的民俗,如手势、民间舞蹈甚至游戏,就很少能进入美国民俗学家的研究视野。而其他非言语的民俗形式,比如民间艺术,同样很少能得到研究。他还提请人们注意:"非言语"这个术语本身就赋予言语材料以优先性,使其他民俗形式被一个表示它们不是言语的标签合在了一起。[1] 在实际生活中,这种反思也有着相当的事实基础。日常生活中大量存在着以身体动作为主的民俗形式,如舞蹈、游戏、手工技艺、姿势等,是否必须经由"口头"来传承还是个问题。孩童可以通过观察和参加活动来学会某些动作和游戏,而不需要借助语言的讲解和传授。同样,某些传统的象征符号,如藏传佛教的"卍"字符也不是口头传承的。而从工艺类民俗的纵向传承或横向传播来看,某些时候传承和传播是超越个体、地域与时间限制的间接行为。比如一位工匠模仿另一位工匠作品上的传统设计样式,二者之间就可能毫无个人联系。这种行为也并非通过语言在个体与个体之间直接发生的。[2]

总之,传统民俗学通过对"口头性"的强调,揭示了下层民众草根文

---

① [美] 阿兰·邓迪斯:《民俗解析》,户晓辉译,广西师范大学出版社 2005 年版,第 35—36 页。
② [美] 阿兰·邓迪斯:《什么是民俗》,载阿兰·邓迪斯编《世界民俗学》,陈建宪、彭海斌译,上海文艺出版社 1990 年版,第 2 页。

化的重要价值，从而与上层精英文化相抗衡。非物质文化遗产放弃了民间/精英的文化分层观念，对来自过去的有价值的东西都一视同仁，却依然保留了民俗学对"口头性"的强烈偏好。

三 非遗知识生产的哲学反思：身体失语

从知识生产的哲学背景来看，非物质文化遗产体系内部"物质/非物质""语言/非语言/身体"的紧张与对立，与西方哲学传统中的"身/心"二元论有着直接的关联。

人之为人，原本就是一种身体性实存的主体，是自然属性与社会属性的统一体。在西方哲学谱系中，从柏拉图强调灵魂排斥肉体，到笛卡儿以"我思"确定存在的心/物二元论，思想、意识、精神等充满理性价值标志的术语就占据了西方哲学思想的核心，形成了其认识世界的工具理性和逻辑体系。对于身体实践的遗忘也正是基于这种以"语言"和"思想"为中心的哲学背景。[①] 再来看看当代，自20世纪60年代以来的认知科学中，先后出现过计算主义、符号主义、表征主义、认知主义等多种范式。其中每一种认知范式都以特定的认知哲学思想为依据。但在某种意义上，它们彼此之间又具有内在的相同之处：即在考察人类的认知活动或智能活动时都是以表征为核心，忽略或淡化了身体的关键作用。[②] 总之，在传统西方哲学背景中，"主体"概念与语言、心智、精神、理性、创造力等非物质性的、超越性的能力和特征相联系，使人从他周围的物质自然与其他生物之中挣脱出来，成为大写的"人"。而"身体"在"身/心"二分之后，被取消了"主体"资格，切断了与形而上的、超越性精神领域的联系，继而被物质化和客体化，降格为沉重的负担、非理性的存在和中介式的过渡性居所。

此外，受资本主义意识形态影响，近代以来的身体更常常被视为一种工具性的机器而存在：要么是生殖性工具，要么是生产性工具。[③] 因而这

---

① 萧梅：《面对文字的历史：仪式之"乐"与身体记忆》，《音乐艺术》2006年第1期。
② 张珣：《馨香祷祝：香气的仪式力量》，载余舜德主编《体物入微：物与身体感的研究》，台湾清大出版社2008年版，第205页。
③ 汪民安主编：《身体的文化政治学》，河南大学出版社2003年版，"导言"第1页。

一背负着"工具化"和"物质化"沉重负担的身体，在非物质文化遗产的现代知识语境中必然面临着双重的尴尬：一方面，身体作为抽象意识"主体"创造"非物质文化遗产"的工具、手段和载体，在达到目的之后就宣告了自身的退场；另一方面，"非物质文化遗产"是在对"物质性"文化遗产进行反思的过程中的产物，却很轻易地就将"身体"这个"物质性"的东西一同反思掉了。换言之，物质性和工具性的身体在非物质文化遗产的现有知识体系内难有容身之地。

经过上述分析之后，当我们再次审视 2003 年《公约》文本时也就不难理解，"非物质文化遗产"概念为何表现为否定式的语词生成逻辑，它的分类系统中何以凸显"口头"，而又在仿佛不经意间遮蔽了"身体"的在场和痕迹。

正如前文所再三揭示，《公约》中所呈现出的是一个看上去很不均衡的分类体系："口头传统和表现形式，包括作为非物质文化遗产媒介的语言"居于首位，而第二、第三、第四、第五项则被认为不具有第一项那样鲜明的"口头性"。其实在文化人类学研究视野中，后面四项分类都是属于"文化操演"（Culture Performance）的行为与实践。根据保罗·康纳顿的理论，一个共同体的集体记忆（有关过去的意象和记忆知识）是通过纪念仪式和身体实践，通过或多或少是仪式性的动态操演来传达和维持，从而达成共同体传统的世代传承。① 换言之，"身体性"以及由此而导出的"在场性""活态性"等就是"非物质文化遗产"后四项分类的共同属性。但在 2003 年《公约》文本中，却并没有出现类似"身体传统"这样的表述来与第一项"口头传统"相对应。一方面是因为身体的物质属性使它在这里难以容身，另一方面也因为口头传统从根本上也是身体操演的结果，对"身体性"的强调恰恰有可能从根本上取代"口头性"在非物质文化遗产体系中的核心地位。因此，在"物质/非物质""口头/身体"的话语博弈中，"身体"只能失语。

总之，分类问题是非物质文化遗产知识谱系的一个原点所在。其背后

① ［美］保罗·康纳顿：《社会如何记忆》，纳日毕力戈译，上海人民出版社 2000 年版，第 40 页。

所涉及的是西方近现代以来的文化观念、哲学背景、学科传统与话语逻辑等一系列知识生产的基本问题。非物质文化遗产分类体系目前仍处在裂变、拆分、扩展过程之中，而它试图反思和调和的矛盾也正是它内在无法消解的矛盾："物质/非物质""口头/身体"的二元对立始终占据着非遗话语交锋的核心位置。其结果之一，即是在当前的非遗分类体系中，"身体"只能失语。

"文本化"：非遗保护的操作与困境

一 文字中心主义与"文本化"问题

西方文字中心主义所产生的另一个远未消散的影响便是"文本化"问题。其中涉及非物质文化遗产现行的调查登记制度、名录保护与版权保护等一系列观念与操作实践。

首先，"文本化"问题在某种意义上直接与现代社会"异化"问题的讨论相联系。在奥尼尔看来，今天的人们正忙着塑造一个不再属于我们自己的世界。人的形貌被去除，取而代之的是齐整的测度——数目、线条、记号、编码、索引。在此基础上，现代经验趋于抽象。① 人们文化实践的过程总是被期待产生出某种可以长久留存并能在更大范围传播、产生广泛影响的文本化成果。这可以在相当程度上解释，为什么人们总是对遗产申报倾注以最大的热情，同时，对某项遗产事象成功入选非遗名录的关注似乎也总是比如何理解该遗产本身，更能成为官方、媒体和大众追捧的话题。

其次，在非物质文化遗产诞生之前，人类学和民俗学这两个主要研究无文字社会传统文化的学科，也都有着悠久的"文本化"研究范式和书写传统。人类学以去到"异文化"社会中进行实地田野调查为方法论核心，而其研究成果往往在返回"本文化"社会后以经典民族志的文本化方式加以呈现，包括访谈记录整理、测绘、素描、问卷等。至于以多媒体采录的

---

① ［美］约翰·奥尼尔：《身体形态：现代社会的五种身体》，张旭春译，春风文艺出版社1999年版，第13页。

录音、录像以及搜集到的各种实物标本也有文字表述与之一一匹配。民俗学与此相仿,从最初对口头传统和民间故事的搜集整理开始也主要采取了文本化的研究方法。以美国民俗学的百年历史为例,直到 20 世纪 60 年代戴尔·海姆斯(Dell Hymes)等人创造性地提出"说话的民族志"(ethnography of speaking)之前,民俗学者对口头传统的研究始终是以从书面传统发展出的语言和文学分析范式为主导,也总是以书写文字传统的理论问题为出发点和范本,不仅关注文本(test)、文类(genre),而且将口头和文字书写分别置于文化演进链条上文明与落后的阶序框架之中。与口头传统的研究相似,手势研究也沿用了语言学模式。其他与身体直接相关的民俗事象也都无法逃脱这种基于文字的"文本化"惯性,被分门别类地归入不同的民俗体裁——比如手势、服饰、面具、舞蹈等中,加以研究。[①]

　　因此,人类学与民俗学对联合国非物质文化遗产体系的介入和主导不仅影响了遗产的观念——保护口头的、无形的文化遗产,同时也影响了保护的具体措施——普查、登记、记录、名录保护与版权保护。

二 "文本化"保护三态:记录式保护、名录保护与版权保护

　　UNESCO 框架内最早出现的与非遗保护有关的议案,是 1973 年玻利维亚政府提出的民俗(folklore)保护问题议案。这一议案建议在国际版权公约中增加新的条款,来宣告特定国家版图内那些具有传统特征的、集体创造的、匿名的文化表达形式属于该国财产;同时,参照 1964 年 UNESCO 颁布的保护艺术、历史和考古资源产权的建议案,签署一项公约,来规范有关民俗保护、宣传和传播的事务,并建立"民俗文化财产的国际注册"体系。[②] 玻利维亚的提案表达了众多发展中国家在国际法框架内,寻求加强本国文化资本控制以促进经济发展的诉求。因而这种保护优先考虑的是对其本国传统文化在国际法中获得文本表述的合法性,其重心尚不在解决传统文化本身如何得到有效的传承和保护。

　　1989 年《保护传统文化与民俗的建议案》对"传统文化"的保护则

---

　　① 彭牧:《民俗与身体——美国民俗学的身体研究》,《民俗研究》2003 年第 3 期。
　　② 安德明:《非物质文化遗产保护:民俗学的两难选择》,《河南社会科学》2008 年第 1 期。

从"传统文化"如何编创分类体系、如何进行资料保存、如何促进其传播、如何维护知识产权及其他权利以及促进国际合作等方面提出了详尽的建议。其中强调"民间创作的保存",即"保存涉及的是民间文化传统的资料,保存的目的是使民间文化的研究者和传播者能够使用资料"①。在后来的研究中,1989年建议案所采取的保护路线广受诟病。主要原因就在于,"民俗"作为一种"无形"文化遗产的保护却照搬和移植了博物馆保护模式,使得1989年建议案的主要保护对象在实际上成为"以有形形式固化"的民俗:其中一部分是以文字、影像设备等现代传媒工具记录和物化的民俗,实质上保护的是民俗的记录形式、内容和载体;另一部分则是文化社群用以表达自己文化的器物,如手工艺品、工具、建筑等。这样的非遗保护是固化的、去语境的、非在场的,因而只能是从活态文化河流中截取出来的标本,丧失了社群集体记忆与身份认同的根基。②

经过1992年《代表作条例》的反思和调整,2003年《公约》在"总则"中对"保护"的定义为:

> "保护"指确保非物质文化遗产生命力的各种措施,包括这种遗产各个方面的确认、立档、研究、保存、保护、宣传、弘扬、传承(特别是通过正规和非正规教育)和振兴。③

2003年《公约》对非物质文化遗产主要精神理念的阐述有充分的哲学依据,但其保护模式仍然是以1972年《公约》为基础建构起来的,难以针对非物质文化遗产的特殊性进行有效的保护。④ 除《公约》文本中第2条和第3条以国际法相关条约要求缔约国肩负起保护各国非物质文化遗产

---

① 乌丙安:《非物质文化遗产保护:由来与发展》,《非物质文化遗产保护理论与方法》,文化艺术出版社2010年版,第9—10页。

② 李春霞:《遗产:缘起与规则》,云南教育出版社2008年版,第98页。

③ 中国非物质文化遗产保护中心、中国艺术研究院编:《中国非物质文化遗产普查手册》,文化艺术出版社2007年版,第251页。

④ Federico Lenzerini, "Intangible Cultural Heritage: the Living Culture of Peoples", in *The European Journal of International Law*, 2011, Vol. 22, No. 1, p. 101.

的责任外,2003 年《公约》对如何"在国家一级保护非物质文化遗产"以明确的条款进行了表述,包括要求缔约国拟定并定期向委员会提供不断更新的非物质文化遗产"清单";实施"其他保护措施",如制定政策规划,建立主管保护机构,采取法律、技术、行政和财政措施等以保护非物质文化遗产;采取各种必要手段加强非物质文化遗产的"教育、宣传和能力培养";努力确保"社区、群体和个人的参与"。[①] 在对"保护"的理解与阐释上,2003 年《公约》有了新的推进,尤其将"社区、群体和个人的参与"提到前所未有的高度。但由于国际公约本身所具有的自上而下、自外部而内部的视野以及公约本身作为最高宗旨和指导原则的性质所限,为非遗保护问题提出的解决办法仍然是将其"确认、立档、研究、保存、保护、宣传、弘扬"等前置。而对于如何实现非遗的"传承和振兴",2003 年《公约》则无力为各缔约国提供切实可行的具体手段。而事实上,至少就当前国内情况而言,无论是政府还是民众对"非物质文化遗产名录"的关注和热情也要远远大于如何具体地实施对名录中某一项具体非物质文化遗产事象的传承与保护。

在当前,"名录""档案"等,是能将"无形"的非物质文化遗产转换为某种能为大众所接受的"有形"对象的最便捷途径。因而"名录式保护",通过建立非遗名录系统的方式来促进非遗保护,本身就导致了一个悖论:一方面,"非遗名录"是快速激发社会关注、进行资源聚集调控的最佳方式;另一方面,"非遗名录"也恰恰是导致非遗保护"文本化"现象日趋严重的症结所在。

余 论

作为西方文字社会当下最热门的一项文化发明,遗产运动在向非西方社会扩张的过程中,生产出了"非物质文化遗产"的观念与体系。"无形/非物质"(intangible)与"口头/口传"(oral)均是作为遗产政治中反抗

---

① 中国非物质文化遗产保护中心、中国艺术研究院编:《中国非物质文化遗产普查手册》,文化艺术出版社 2007 年版,第 252—255 页。

西方中心话语权威的革命性力量而出现的，在相当程度上表达了西方弱势边缘文化群体和广大非西方世界的文化自觉意识，及其参与国际文化资本角逐的发展诉求。但是，由于反思的焦点始终在很大程度上被西方物质中心主义话语和文字中心主义话语所牵制，因而在反思的同时也忽视了绕开西方中心话语另行建构自身核心价值、分类标准和体系构成的多元化发展可能。目前在中国，联合国主导下的"非遗"体系在操作层面上已经得到了广泛的运用。但这套重"言说"、偏"文本"、轻"身体"的西方"非遗"话语，如何能与中国本土传统中强调"践行""体认""知行合一"的文化品格相契合，还是一个有待深入探讨的问题。

身体与传承:非物质文化遗产研究的范式转型[*]

摘　要　"身体"视域的引入,有助于推动对非遗传承有效性、非遗传承与文化形塑以及"神授传承"等关键议题的深入讨论,也反思了当前"传承人"保护的紧迫问题。中国本土传统中文化的形塑与传承,与"身""体""践""行""习"等一系列"身体"命题密切关联。因此,可将"身体"视为一种方法来呼吁遗产研究的范式转型,从而探讨在西方遗产话语之外理解何为"传承"的另一种可能性。

关键词　身体;非物质文化遗产;传承

2003 年联合国《保护非物质文化遗产公约》明确指出,各社区和群体世代相传的传承过程是"非物质文化遗产"的根本特点之一。

倘若将"传"字和"承"字置于中国传统语境中进行词源学考察,可以看到它们最初的甲骨文写法为"㐱"与"㑞"。值得注意的是,这两个字形的构成中都有"手"这一人体部位,均是对身体动作的具体描绘:"传"字表示以手取持的动作,"承"字则表示以双手接受的动作。"手"之重要意义就在于它作为身体最具切己性与最富表现力的部分,同时也是人之行为及其文化内涵的传达与发散的枢纽。[①] 无论是"传"还是"承",也都须以人之身体的在场和参与为前提方能进行。除此之外,甲骨文中还有很多文字都是对人的身体行为的直接描绘。只不过到

---

　*　本文刊载于《思想战线》2013 年第 6 期。
　①　周与沉:《思想与修行——以中国经典为中心的跨文化关照》,中国社会科学出版社 2005 年版,第 117 页。

了后世，汉文明中的文字变化经由甲骨文到金文、大小篆、隶、楷书，乃至现代简体汉字，文字的书写方式、字形字体的改变以及文字意义的变迁，都揭示出书写文字和现代文明对人的身体直接感知能力逐渐产生的侵蚀、排斥和贬抑。①

现代以来，西方理论界对"身体"的重新发现是以对笛卡儿的身心二元论的批判作为起点，并将尼采视为为身体拨乱反正的第一人。② 20世纪80年代之后，当代关于身体转向的讨论进一步成为热点，主要从女性主义对父权化社会和身体建构的批判与质疑批评，对身体商品消费主义的批评和延续福柯所带动的对身体规训权力的讨论这三大焦点问题开始，③并迅速在人文社会科学领域扩展开来。姑且不论这场"身体转向"在未来将受到如何评断，"转向"后的身体确实已衍生出形形色色的知识话语言述——身体现象学、身体政治学、身体社会学、身体人类学、文学身体学等。身体不仅成了各项论说中的基本要素和重要维度，更获得了前所未有的思想史意义。④

本文关于身体与非遗传承问题的讨论，无意在遗产领域为"身体"复制一次这样时髦的翻身，只是力图将"身体"作为一个新的视角引入遗产研究，也将"身体"作为一种方法来呼吁遗产研究的范式转型。由"身体"出发，本文揭示出中国本土传统中文化的形塑与传承，与"身""体""践""行""习"等一系列"身体"命题密切关联，进而探讨在西方遗产话语之外理解何为"传承"的另一种可能性。

身体在场：非遗传承的有效性

非物质文化遗产的传承，作为一种"活态文化"与"活态历史"的传

① 萧梅：《面对文字的历史：仪式之"乐"与身体记忆》，《音乐艺术》2006年第1期。
② 汪民安主编：《身体的文化政治学》，河南大学出版社2003年版，"导言"第16—17页。
③ 黄金麟：《历史、身体、国家：近代中国的身体形成（1895—1937）》，新星出版社2006年版，第10页。
④ 周与沉：《思想与修行——以中国经典为中心的跨文化关照》，中国社会科学出版社2005年版，第11—12页。

承,终究离不开人之身体。口头传统与表达、歌唱、仪式、技艺、观念实践等,原本便是身体文化实践系统的有机组成部分,也没有可以脱离身体实践而单独存在的口头传承行为。非物质文化遗产不但与人的身体不可割裂,甚至在实际的传承过程中,还可以根据身体的切身参与程度来考察非物质文化遗产传承的有效性。

身体在场、切身互动中进行的传承是非物质文化遗产最有效的传承方式。中国传统文人极重"师道"。为师之道讲究"言传身教",即是以身体力行的"身教"为先。民间如学曲艺、工匠、武术,甚至参禅修佛也都讲究拜师收徒。俗话讲"师徒如父子",就是试图在作为"传者"的师与作为"承者"的徒之间模拟建立起一种以身体的生物性遗传为基础的血缘亲属关系。又云"一日为师,终身为父",则是强调这种拟亲关系不是以知识、技能的传承行为完成即宣告结束,而是如同真正的生物遗传链条,在"传者"与"承者"的有生之年都无法切断。而一旦进入技艺的传习过程,也只有那些特别努力勤奋或独具天赋的佼佼者能得到"耳提面命""面授机宜"的机会——如禅宗六祖慧能,得五祖弘忍在后脑敲三下,于是在夜半三更时前往五祖禅房受其衣钵真传。而最玄妙的境界则被认为是某种可遇不可求的机缘,如习武之士得遇世外高人指点,功夫神进一日千里。这虽然是游侠小说中俗烂的桥段,却并非全然空想或虚构。其中展现的就是两个生命经由偶然间的切身遭遇所发生的传承"传奇"。

以世居大渡河上游地区的藏彝走廊无文字族群嘉绒为例,嘉绒民间碉楼修建技艺的传承首先必须有正式的拜师仪式。在民居修建过程中,师傅与学徒采用口耳相授的方式,以一对一、一对多的形式在实践过程中教授修建技术。传承的具体内容以技艺拥有人的语言、动作表现出来,既没有事先规划设计好的样稿,也不存在图纸或文字说明,只在一"卡"、一"跪"的身体尺度①中尽显技术的精要。嘉绒碉楼修建技艺不仅是某种口头

---

① 民间关于长度的尺度常常来源于身体部位,如广泛使用的尺度是手指或拇指的宽度或长度;从拇指到小指尖或到食指尖的幅度;从中指尖到肘的长度(腕尺 cubit)。人造的器物通常也用长度的度量单位。TuanYi-Fu, *Space and Place: The Perspective of Experience*, Minneapolis: University of Minnesota Press, 1977, p. 4。

知识的传授，更是在亲身实践中对"稳""正""平""斜"等关乎修建工作完成效果的身体经验的传授。换言之，不仅是技艺在传者与受者之间的转手，而是要让技艺牢固地融合学徒的身体经验方能出师。师父在一次次修建过程中用实际遇到的难题来考验学徒是否真正掌握了修建本领。① 在此，重在"践"与"行"的身体经验在很大程度上决定了技艺传承的效度。

相较之下，剥离了身体的文字与书写传承却容易导致传承内容与行为的失效。文字社会的人们常常将无文字社会视为没有记忆的社会，认为这样的社会在无记忆中无法保持稳定，因而总是循环往复地回归到原点。文字社会则处于用文字将记忆固定下来的稳定状态，在保留以往成就的基础上有计划、有目标地向前发展。然而扬·阿斯曼告诉我们，事实正好相反：恰恰是文字社会经常处于迅疾的变化中，而无文字社会得益于实物的、礼仪的和传统的帮助大都比较稳定。书写文化带来的结果首先便是它本身试图抵御的遗忘行为。写作不能使一切持久，相反往往会改变文化的意义。文字也无法确保持久地提供意义，一旦知识解体，文字也就变成了一堆散乱、多义的符号群。② 从根本上看，非物质文化遗产及其意义的传承不是被文字记录的，而永远是"内在"于身体，并且只有通过社群生活才能加以分享的。

在今天的非物质文化遗产保护实践中，还出现了大量通过影像媒介和数字技术进行摄录、保存与传播的方式。它们能再现出身体行为在静态文字文本中所无法传达的动态情景。但在此动态显现的只是一种"虚拟身体"，与身体真实参与的传承行为有着本质的不同。虽然数字影像技术可以很好地记录下包括口头表达、器物使用和其他身体行为在内的整个传承过程，却因为从特定社群语境中截取出来，而失去了活态生命互动的意义，也就难以达成非物质文化遗产传承与保护的真意。

---

① 宋婷婷：《四川嘉绒藏区民居建筑技术传承方式研究——以丹巴地区为个案》，硕士学位论文，西南大学，2009 年，第 30 页。

② ［德］扬·阿斯曼：《有文字的和无文字的社会——对记忆的记录及其发展》，《中国海洋大学学报》2004 年第 6 期。

身传、习得与"成为其所是"：非遗传承与文化形塑

文化的成员需要"知道"（know）多少关于这个文化的知识，方能成为一个社会中有用的成员？这是认知人类学研究的一个重要课题。身体研究则强调，需要关注的不只是"知道"多少的问题，更需要考察文化的成员如何获得足够的身体技能才能够"习得"并"活用"这个文化的知识。文化知识的掌握与身体的培育、教养，以及身体某些能力的开发与修炼之间具有密切关系。这种主张挑战了认知人类学过去将认知单纯视为智性活动的传统观点。① 非物质文化遗产以人为本体，以人为主体，以人为载体，以人为活体，② 其身体传承不仅是"习得"并"活用"某种知识、技能的问题，更是关系到一个文化中的成员如何"成为其所是"的社会化建构与认同问题。

一 习得：身体技术与文化内化

"身体技术"（techniques of the body）是莫斯所提出的一个重要社会人类学概念，指经由身体习得并在无意识中加以实践的技术或技巧。其学习和变化的过程既与人的生物属性相关，也与人的社会属性相关。③ 在身体与社会的关系问题上，布迪厄与其一脉相承，提出了"惯习"（habitus）概念，认为身体居于社会生活实践场域的中心位置，身体所具有的文化资本都通过特定实践得以表现。布迪厄进而根据知识与身体的关系区分了两类知识：一种是可以与身体分开的知识，通过其他媒介（如文字）而流传；另一种是身体全身心投入而习得的"体化知识"（incorporated knowledge）。他认为，尤其是在无文字社会，世代传承的知识只有在"身体化"

---

① 余舜德：《从田野经验到身体感的研究》，载余舜德主编《体物入微：物与身体感的研究》，台湾清大出版社 2008 年版，第 36 页。

② 向云驹：《论非物质文化遗产的身体性——关于非物质文化遗产的若干哲学问题之三》，《中央民族大学学报》2010 年第 4 期。

③ 参见［英］菲奥纳·鲍伊《宗教人类学导论》，金泽、何其敏译，中国人民大学出版社 2004 年版，第 62—63 页。

（incorporated）状态下才得以留存。知识绝不可能脱离负载它的身体，它要得到再现，就只有借助一种用来展示知识的体操，即实践模仿。① 日本"民艺之父"柳宗悦就在民间工匠的劳作中窥见了这种出神入化的身体技术，并做了如下叙说：

> 通过无趣的重复，他们便能够进入超越技术的境界。他们可以忘我制作，在制作时虽然谈笑风生，却是安心在制作，同时也忘了在制作什么。……即使是质地粗糙的器具，也有对技术的全面支配或脱离。佳作的产生，是他们的长期劳作确保了美之存在。……由反复形成自由，由单调成为创造，或许这就是命运的秘密所在。②

由反复成自由，以单调为创造。经由长久的身体实践达到"忘我"，"也忘了在制作什么"，这便是柳宗悦感悟出的工艺之真谛。"超越技术"既是对技术的"全面支配"，也是对技术的"全面脱离"。因为技术已经内化入身体，成为名副其实的"身体技术"。

当然，莫斯所说的"身体技术"超越了狭义的技术或技艺，更对身体在社会中受到规训的过程予以了揭示："在每一个社会中，每个人都知道，而且必须知道和学习在各种条件下他应当怎样做。"③ 在传统社会中，这种规训常常表现为一套作为身体控制技术的规范与禁忌。比如藏族工匠在雕塑佛像期间严禁吃肉、饮酒、吃葱蒜，要求进行沐浴洁身。不仅如此，雕塑时身体朝向方位的选取也有相应的规范：东方是艺术家制作善相神灵或人物时所朝向的方位；南方则是制作那些主司积善、增寿、吉祥繁荣等的神灵艺术品时朝向的方位；制作密乘神灵艺术品时应该朝向西方；而北方则是制作怒相神灵的艺术品时的朝向。④ 这些禁忌不单是操作层面的规范问题，也在更深层次上与藏文化的神圣信仰观念以及藏族人对自我的身体

---

① ［法］布迪厄：《实践感》，蒋梓骅译，译林出版社 2003 年版，第 113 页。
② ［日］柳宗悦：《工艺之道》，徐艺乙译，广西师范大学出版社 2011 年版，第 42—43 页。
③ 转引自［英］菲奥纳·鲍伊《宗教人类学导论》，金泽、何其敏译，中国人民大学出版社 2004 年版，第 62 页。
④ 扎雅·诺丹西绕：《西藏宗教艺术》，谢继胜译，西藏人民出版社 1989 年版，第 59 页。

感知经验保持着内在的一致。

此外,身体不仅能将文化内化为"身体技术""体化知识",也通过"活用"使各种器物转化为"人为"与"为人"的文化之物。比如"巫",是传统社会中普遍传承的一套沟通天地鬼神的观念信仰与仪式操演系统。甲骨文字中的"巫"字,就直观地表现了人对"规"和"矩"这两种器物的使用。这二者正是巫以身体来把握圆(天)方(地)的基本工具。① 若以此观点来看藏族工匠所制作的各种手工艺术品,如嘎乌、唐卡、马鞍等,就不只是孤立的工艺品本身,而是工艺品与人对其的"使用"所共同构成的一个文化统一体。② 同样,古琴之演奏,南音之传唱,以及仪式牒谱伴随着执仪人举手投足的歌吟、操演,它们作为身体实践的工具、方式、过程与这一实践的结果无法分离。器物唯有通过身体的"活用"③ 才能获得和体现文化含义,从而进入非物质文化遗产体系之中去。

二 成为其所是:身体实践与文化形塑

现代世界观的发展越来越趋于抽象化与概念化,时下流行的相对主义也混淆了人们对"真实"的理解。年青一代往往认为生活中一切都是"虚构的",是一种"话语";知识界盛行的"建构论"也表达了相同的观念:充分强调了人的发明创造能动性,但同时也造成了对人之物质性身体存在本质的贬抑。④ 相较而言,传统社会中既没有抽象的人,也没有脱离身体的人——农夫、银匠、木工、巫师等,都是以某种"身体技术"为支撑的特定社会网络中的人。一切"文化建构"都离不开身体——从身体出发,最后返回身体。

---

① 张光直:《连续与破裂:一个文明起源新说的草稿》,《中国青铜时代(二集)》,生活·读书·新知三联书店1990年版,第123—124页。

② [藏]扎雅·诺丹西绕:《西藏宗教艺术》,谢继胜译,西藏人民出版社1989年版,第368页。

③ 萧梅:《面对文字的历史:仪式之"乐"与身体记忆》,《音乐艺术》2006年第1期。

④ [美]斯普瑞特奈克:《真实之复兴:极度现代的世界中的身体、自然和地方》,张妮妮译,中央编译出版社2001年版,"导言"第5页。

布迪厄说："身体信其所仿：它若模仿悲伤，它便哭泣。……身体所习得的东西并非人们所有的东西，比如人们掌握的知识，而是人们之所是。"① 在这个意义上，非物质文化遗产传承作为一种传统的"习得"，同时也是特定共同体成员"成为其所是"的过程。这里再次以嘉绒藏族为例。在过去，嘉绒男子都要参与土司、头人和乡邻碉房的修建工作。为土司、头人修官寨是义务，而为乡邻修建则常常采用相互"换工"的形式。除了专精雕房修建技艺的工匠外，普通嘉绒男子也都要参与其中，具体施工的取材、操作、计算都有日积月累、世代相传的经验，也是他们从小耳濡目染学会并掌握的。对他们而言，这不仅是"习得"一项技艺，也是学习如何在社群的协作性实践中成为嘉绒村寨群体的一员，即如何成为"嘉绒人"的问题。② 此外，嘉绒的各种民间技艺、技能传承均讲究举行正式的拜师仪式。师与徒在寨中乡邻亲友的见证下，在神灵面前缔结师承关系。这一行为不仅意味着某项技艺的"传"与"承"具备了合法性，也是通过对社区传统的再确认，来重建神与人、人与人之间的秩序规范与和谐关系。因而在更高的层面上，"成为其所"不仅使个体成为特定的"我"，也使共同体凝聚为特定的"我们"。

在很多情况下，"成为其所是"所指喻的身份感还通过人们直接将自己的身体转化为文化符号来实现。"自然身体"向"社会身体"的转化便产生了身体的意识形态意义。③ 这一点在与身体直接相关的装扮、服饰以及身体展演中尤为清晰。比如，丹巴嘉绒藏族女性年满 17 岁要举行成年礼。成年礼的主体是一套繁复的换装仪式：头上梳发辫盘"巴惹"（即头帕），下装则穿百褶裙。在藏族中，妇女戴头帕、着百褶裙的习俗仅见于嘉绒藏族。而嘉绒藏族的这种习俗却与横断走廊中的许多彝语支族群，如彝族、哈尼族、傈僳族、怒族等相同。同样，嘉绒藏族跳锅庄舞也区别于

---

① ［法］布迪厄：《实践感》，蒋梓骅译，译林出版社 2003 年版，第 112 页。

② 郎维伟：《巴底藏族原生态文化考察报告》，《西藏研究》2005 年第 1 期；宋婷婷：《四川嘉绒藏区民居建筑技术传承方式研究——以丹巴地区为个案》，硕士学位论文，西南大学，2009年，第 33 页。

③ 周宪：《读图，身体，意识形态》，载汪民安主编《身体的文化政治学》，河南大学出版社 2003 年版，第 139 页。

其他藏族地区的顺时针（向左）旋转，而以逆时针（向右）旋转为正宗。这种身体行为中尚右的习俗也与彝语支族群相同。这两项习俗前者作为静态的身体象征符号，后者作为动态的身体象征符号，都揭示出嘉绒藏族在族群形成的早期阶段，除吐蕃族源之外，还与今天彝语支各族群共同拥有"古夷系"族源的文化基因。① 身体文化符号从而成为今天嘉绒藏族体现、体验、体认自身"之所是"之身份感的重要标志。

　　总之，通过"体化"实践，特定文化基因得以刻写入特定人群的身体之中，形塑并区分了"他者"与"我们"。全球化进程造就了许多全球化的产物，如麦当劳、星巴克、face book 以及"遗产工业"……却终究无法造就一个全球化的"身体"。以身体为本的非物质文化遗产中隐藏着人与自然、人与社会、人与神圣世界和谐共生的传统技艺、智慧和伦理，携带着人类文化多样性的重要基因。因此，抵制文化全球化、均质化变迁的最后一道防线，或许就铸就在如此平凡的"身体"里。

再议"神授"：身体传承的超越性议题

　　由于非物质文化遗产总是与传统社会、特定族群对宇宙的看法及其神圣信仰系统有着原生性的联系，因而非物质文化遗产的传承也避免不了要涉及人与神圣世界的关系。有研究者就将"神授传承"列为非物质文化遗产的四种基本传承方式之一。② 与家族传承、社会传承等不同，神授传承很难在今天的科学话语体系中得到解释。但"神授"又的确是很多社会中都存在的、无法忽视的一种重要文化现象。以口传英雄史诗为例，国内外相关研究对"家传"和"师从"这两种传承方式讨论得较为充分，而对于"托梦"说或"神授"说则既承认又存在分歧。有研究者认为后两种现象背后有文化因素、心理因素以及超常记忆才华三个层面的原因。但这些解

---

① 参见石硕《藏族族源与藏东古文明》，四川人民出版社 2001 年版，第 211—213 页；李菲《文化记忆与身体表述——嘉绒跳锅庄"右旋"模式的人类学阐释》，《民族艺术》2011 年第 1 期。

② 其他三种方式为：群体传承、家庭（或家族）传承、社会传承。参见刘锡诚《传承与传承人论》，《河南教育学院学报》2006 年第 5 期。

释显然还不够。作为非物质文化遗产的一种传承现实，目前对于神授传承既没有充分理由说它是荒诞的，也无法得到有说服力的验证，因而仍然是一个有待深入讨论的问题。①

2009 年 9 月，藏族"格萨（斯）尔史诗传统"入选联合国教科文组织《人类非物质文化遗产代表作名录》。藏族民间有专门说唱格萨尔史诗的艺人，称为"仲肯"（sgrung mkhan）。古往今来，格萨尔说唱艺人们生活在不同时代和地区，没有明显的师承关系，却能大体上吟出同一部史诗。"仲肯"可以分为三类：包仲、酿夏、退仲。"包仲"自称为神授者，说故事不是学来的，而是通过做梦，受到神或格萨尔的启示便会说唱了；"酿夏"意为故事从心里生长出来，他们也不承认故事是学来的；"退仲"则是听别人说唱后模仿而学会的。饶有意味的是，比较有成就、影响大的说唱艺人大都属于颇具神秘色彩的前两类，而且以"包仲"占了大多数。②

从身体研究的视角来看，不论说唱艺人们"神授"或"托梦"的经历在细节上有多大差异，这种特殊的传承过程往往都伴随着某种非常态的身体经验与"身体转换"的过程。比如连续数日酣睡不醒，不断地做梦，一般还会大病一场。病愈之后变得才思敏捷，脑子里像放电影一样不断浮现格萨尔的英雄业绩，有种抑制不住的激情和冲动要说唱格萨尔的故事。③在人类学领域，众多的巫术、仪式研究都要涉及对身体的考察。做梦与生病常常被视为一种处于"病态/健康"—"正常/超常"—"神圣/世俗"—"个体/社会"等一系列中介状态的转换过程，而此过程中的身体即是一种"阈限"身体。特殊、超常的身体体验和控制机制是神授传承中最为关键的部分，社会中的普通个体由此便转换为负载特定文化责任、具备特殊技能的传承人。

---

① 刘锡诚：《传承与传承人论》，《河南教育学院学报》2006 年第 5 期。

② 也可更细分为五类：神授艺人、闻知艺人、掘藏艺人、吟诵艺人和圆光艺人。其中神授艺人、掘藏艺人和圆光艺人也都声称格萨尔故事是神赋，而非习得的。参见杨恩洪《〈格萨尔〉艺人论析》，《民族文学研究》1988 年第 4 期；杨恩洪《格萨尔艺人"托梦神授"的实质及其他》，《民间文学论坛》1986 年第 1 期。

③ 降边嘉措：《〈格萨尔〉说唱艺人的创作观》，载苑利主编《二十世纪中国民俗学经典·史诗歌谣卷》，社会科学文献出版社 2002 年版，第 363—366 页。

当代最著名的"仲肯"扎巴在 9 岁时做了一个梦:梦见自己被一个骑着青马的青人(格萨尔手下的大将丹玛江查)用刀破开肚腹,掏出凡胎秽物,换进了灵香的天书。从此,他便成为人世间最会说唱格萨尔故事的人。① 在这段梦境中,"身体转换"直观地体现为青人(丹玛江查)对扎巴身体的改造过程:掏净"凡胎秽物",换进"灵香的天书"。身体的躯干部分(肚子)成为知识的载体和容器,而知识则与食物、内脏相对应。

这是一组值得深入考察的隐喻。在西方身心二元论传统中,头脑占据着身体的上方部位(较高的),与形而上的思想相联系;躯体则居于身体的下半部分(较低的),是世俗而沉重的肉身。因而在此,"知识记忆—躯干"的对应模式与西方"知识记忆—大脑"的对应模式形成了鲜明的对比。在梦境中传承的格萨尔故事,作为一种神圣知识不是被灌输进头脑中的,而是被填充入躯体肚腹之内。正如汉语中常常会在称赞一个人有学问时说他"满腹经纶",而且到现在民间习语还是会说"肚子里真有点墨水"。这与东方宇宙观中"身体—宇宙"作为容器的隐喻相关,同时也是人"进食—消化"行为的隐喻。与藏传佛教中佛像的"装藏"(在佛像体内装入经书、圣物等神圣内容物)过程相似,对身体的改造是神圣化的必经之途。扎巴的梦形象地说明了在传统社会中,人所获得的知识如何进入身体,被身体化,进而融合为他身体的一部分。②

因而,身体可以成为理解神授传承的一个新途径。上述传统文化语境中的身体,不仅是现代人所熟知的生物性、物质性身体,更是连接人与天、地、宇宙万物的枢纽。神授传承现象的核心并非熟练与否的技术问题,而是人如何透过身体与世界沟通的问题。

同样,神授传承也挑战了当下遗产话语中源自西方的线性时间观念。这种时间观预设了遗产在各世代之间按照过去、现在、未来的既定序列依

---

① 降边嘉措:《他用生命讴歌民族精神:在扎巴老人逝世一周年纪念会上的发言》,载赵秉理编《格萨尔学集成》第三卷,甘肃民族出版社 1990 年版,第 1861 页。

② 乔健:《传统的延续:拿瓦侯与中国模式》,载《印第安人的诵歌:中国人类学家对拿瓦侯、祖尼、玛雅等北美原著民族的研究》,广西师范大学出版社 2004 年版,第 24 页。

次进行代际传承。与之相比，神授传承可谓是一种特殊的"超代际传承"，即是超越既定代际序列的，由某一世代中的个体打破过去与现在的时空隔膜，通过身体转换引发超验性的切身体知，从而使个体直接通达文化之根、传统之脉、信仰之源。这开启了"遗产"在西方视野之外表达非线性时空观的特殊价值意义。

当然不可否认，神授传承的神秘色彩也在现实中被一定程度地有意夸大了。不过，我们可以将这一现象区分为两个层面：其一，技术性的诵唱、讲述部分可以习得，并在日后的操演中不断丰富、改进；其二，作为神圣知识传承人的身份、资格和践行意义却是神赋的，神圣而不可取代，也无法转移。因而神授传承的意义还在于，它赋予了"仲肯"说唱格萨尔史诗所传承的宇宙观、历史文化内容、族群记忆等传统知识的合法性和神圣性。而且这种合法性与神圣性是由传承人本身的生命存在来加以确证的。所以说，今天格萨尔史诗可以通过进入课堂教学、录制数位影音资料等现代技术手段让更多的人来了解、学习，却无法通过这些手段来真正实现传承。因为一旦绕开以身体的神圣性转换为前提的"神授传承"，格萨尔就只是一部"口传史诗"，丧失了信仰认同的神圣性。

"鱼""水"之辨：身体视域下的传承人保护

非物质文化遗产与人之身体、生命存在密不可分。一旦身体消失，不仅是生命的终结，也是传承的终结。迄今为止，全球范围内已经有很多非物质文化遗产随着最后一名传承人的生命终结而宣告从地球上彻底消失。由于非遗的传承主体、传承载体与传承途径具有极其特殊性——人身体和生命本身的脆弱、有限与不可复制，因而非物质文化遗产也无法避免是脆弱的。

非遗保护已经成为当下媒体和社会关注的一个热点话题。如下即是一例对非物质文化遗产与社群关系的典型理解：

> 非物质文化遗产是"活鱼"，保护方式应以"养"为主，而不是机械地保护"鱼干"。活鱼要在水中看，活鱼在水中才会自由自在、

健康长大。对非物质文化遗产这条"活鱼"来说，民众就是"水"①。

这段文字用人们耳熟能详的"鱼水"之喻来类比非遗与人的关系。从整篇文章来看，其主旨一是要强调非物质文化遗产的"活态"性；二是要强调民众对非物质文化遗产保护的参与。这个表述中却隐藏着社会主流话语和民众意识对非物质文化遗产保护认知的一个基本误区："鱼"（非遗）为主，"水"（民众）为辅。原本身为非遗主体的人被载体化、客体化，保护对象因而本末倒置。其实，民众和非遗，并非简单是"水"和"鱼"的关系。这种分隔视之的方式似乎难以实现对非物质文化遗产的有效保护。

在当前的非遗研究中，对作为社群文化实践成果的非遗事象的形式、内容、类型、样态、特征、意义等的研究占据了很大比例，而对创造、传承非遗的遗产主体则研究得不够深入。虽然有相当多的学者致力于非遗传承人的研究，② 但其主要侧重点还是在关注传承人在遗产管理体系中的命名、认定、法律保护等实际操作问题。更需指出的是，当前遗产实践中对"非遗主体"的保护往往是直接由对"非遗传承人"的保护所取代的。而事实上，非物质文化遗产主体的意涵要远大于具体非遗项目的某个或某些传承人，是与更大的社群共同体相联系的。由于传承人研究往往在考察逻辑上直接越过了对"非遗主体"的本质、意涵、伦理等深层次学理问题的深入讨论，因而在实际操作中对"非遗传承人"的保护也就难以提高到尊重文化主体的应有理论高度，也使得如何为非遗传承的整个社群提供永续发展的保障等根本问题同样难以落到实处。

因此，对非物质文化遗产的认识首先要着眼于人本身，非物质文化遗产保护的第一原则也应该是对人（社群）本身的保护。人是非物质文化遗产创造的主体和根本。那些体现着共同体智慧和地方性知识的民居、民

---

① 刘苏：《"非遗"与"活鱼"》，原载《徐州日报》，中国非遗网，http：//fy. weinan. gov. cn/structure/lwzz/content_ 293286_ 1. htm，2011-07-01。

② 如萧放：《关于非物质文化遗产传承人的认定与保护方式的思考》，《文化遗产》2008年第1期；徐辉鸿：《非物质文化遗产传承人的公法与私法保护研究》，《政治与法律》2008年第2期；祁庆富：《论非物质文化遗产保护中的传承及传承人》，《西北民族研究》2006年第3期，等等。

歌、神话、歌舞和仪式等都是"为人"与"人为"的存在，被"人"发现并被"人"赋予了价值和意义。① 正是在这个意义上，向云驹强调："非物质文化遗产必须活在生命里，与身体的生活生存生命相依为命，既有赖于生活生存生命，又构成着生活生存生命的具体样式与细节。""保护和传承非物质文化遗产不仅是保存一种文化形态或一种文化类别，更是保护人类自身，是保护我们的身体，保护我们身心自处的经验、技术、方法，保护个体与群体、主体与客体、主体与本体沟通统一的身体功能和身体理想。"② 同时，这也是联合国将日、韩"人间国宝""人间珍宝"等东方遗产智慧推向全世界的宗旨所在。将非物质文化遗产保护的具体措施落实到认定、肯定和支持那些拥有能保存、传承和创造非物质文化遗产的技术和技能的人之主体身上，本身是对人类"活态"生命观念和生命基因的最大重视。③

不过必须看到，相比目前已经困难重重的保护那些无生命的遗产对象——物质场所和器物，要保护非物质文化遗产这样一种"体现于人本身的遗产"（heritage embodied in people）在一些研究者看来无异于"打开了潘多拉的盒子"，必将引发一系列新的伦理和实践议题。这些议题将远远超越"保护"这一实践行为本身，而与作为"人权"重要形式之一的"文化权"息息相关。④

余论　过去的"遗产"与当下的"身体"

从深层次的哲学根源上加以分析，遗产政治的内在逻辑与西方如何看待身体与历史、自身与他者的方式有关。日本学者和辻哲郎认为，西方

---

① 林继富、王丹：《解释民俗学》，华中师范大学出版社 2006 年版，第 38 页。

② 向云驹：《论非物质文化遗产的身体性——关于非物质文化遗产的若干哲学问题之三》，《中央民族大学学报》2010 年第 4 期。

③ 李春霞：《遗产：缘起与规则》，云南教育出版社 2008 年版，第 108 页。

④ William Logan, "Closing Pandora's Box: Human Rights Conundrums in Cultural Heritage Protection", in *Cultural Heritage and Human Rights*, edited by Helaine Silverman and D. Fair child Ruggles, New York: Springer, 2007, p. 33.

哲学始终强调"心或意识"和时间性,而摒弃了"身"与空间性,因此倾向于将人看作一个在时间性上具有自我意识的实体。① 与自身对历史、传统和过去的追述和迷恋相反,西方世界向来习惯于将非西方世界想象为一个格尔兹所言的"去时间化"的空间上的他者——正如埃里克·沃尔夫形象地将非西方世界表述为"没有历史的人民"。② 当今的世界遗产运动再一次复制了这一西方历史认知的隐喻。一项统计数据显示,迄今为止尚未拥有一项世界遗产(包括自然遗产、文化遗产以及非物质文化遗产)的国家和地区中没有一个是西方发达国家。③ 在全球化语境中,遗产话语和遗产体系成为西方世界所制造的历史记忆与历史书写的又一种经典范式。于是,在这一新的"遗产—历史"场域中,那些"没有遗产的人民"也就成为新的一群"没有历史的人民"。因而,遗产表述本质上是西方与非西方之间一种新的争夺主体权、自我意识与历史认同的政治性工具。

另一方面,西方的"遗产"作为过去的"遗留之物",割裂了与当下的价值、意愿的联系,从而成为某种被局限于"过去"的东西。④ 因此在西方遗产体系当中,占据核心位置的必然是遗址、文物、古建筑、博物馆和文献档案。西方的自我感与历史感就投射在这些"去身体化"的"遗存之物"当中。然而,在许多非西方的社会和族群中,自我并没有发生笛卡儿式心身二分的主体断裂,人们感知自我和历史的方式也与西方颇为不同——历史、记忆与身体须臾毋分,过去直接连接着现在,时间在仪式性操演中往复循环,传统铭刻于身体。这种内在的差异在某种程度上解释了"遗产运动"为何是一项发源于西方社会的文化现象:因为在西方历史意识的深处,充满了在飞速流逝的线性时间中遗失自我、遗失过去的内在焦虑。

---

① 周与沉:《思想与修行——以中国经典为中心的跨文化关照》,中国社会科学出版社 2005 年版,第 27 页。

② [美]埃里克·沃尔夫:《欧洲与没有历史的人民》,赵丙祥、刘传珠、杨玉静译,上海人民出版社 2006 年版。

③ 参见维基百科之"世界遗产"词条,其中《至今没有一项世界遗产的国家及地区》,http://zh. wikipedia. org/zh-cn/% E4% B8% 96% E7% 95% 8C% E9% 81% 97% E4% BA% A7。

④ Laurajane Smith, *Uses of Heritage*. New York: Routledge, 2006, p. 12.

　　如果说非西方世界今天也已经有了"遗产"（这已然是一个不争的事实），此"遗产"更强调、更珍视传承于"身体"之中的非物质文化遗产。又由于"遗产"总是隐含着"过去的""遗留的"等诸如此类去当下化的意义指涉，"身体"在此便具有了尤为重要的方法论意义：非物质文化遗产传承于身体之中，是通向身体哲学的"身体遗产"①，表达了异于西方普世价值的东方本土观念与智慧。它内在地包含着生命的"活态性"，既是"在场的历史"，也是"当下的过去"，也昭然宣示了全球化语境中非西方世界的在场性（Bing）。

---

① 向云驹：《论非物质文化遗产的身体性——关于非物质文化遗产的若干哲学问题之三》，《中央民族大学学报》2010 年第 4 期。

口　述[*]

摘　要　从世界遗产体系的发展脉络来看，对"非遗"口头属性的重视是对文字文明长期遮蔽之下的口述传统的"再发现"。这种"再发现"很大程度上是在西方文明"口头/书写"大分野的二元框架下展开的。因此，对"口述"作为文化之源生表达范式，尤其是中国本土语境中有关"述"的实践形态、内在特征及其价值伦理等，有必要进行深入的溯源和梳理。

关键词　述；口述；非物质文化遗产

"口述"：遗产体系的观念变革

"口述"，按字面意思的理解为口头表述，更通俗地说，便是用嘴讲话。作为人区别于动物之基本文化行为，它包括两个层次的意指：既指"口"之"述"这一动态行为，亦指"口"之"所述"这一客观呈现的行为结果。二者共同构成了人类重要的"口头"文化实践系统。

在世界遗产体系中，"口述"是一个具有重要革命性意义的关键概念，在遗产术语转译的中国本土语境中，亦有两个经常与之互换的近似概念："口头"与"口传"。1989 年《保护传统文化和民俗建议案》首次提出要保护"口头传承"（transmitted orally）的"民俗"（Folklore）和"传统文化"（Traditional Culture），成为世界遗产运动从单一保护物质形态遗产向

---
*　本文刊载于《民族艺术》2013 年第 4 期。

保护非物质形态遗产转变的一个历史性节点。经由 1998 年《人类口头与非物质遗产代表作条例》到 2003 年《保护非物质文化遗产公约》的发展，以"口头"属性为核心特征的非物质文化遗产已经成为世界遗产体系中的又一个保护重心。至此，"口述"（"口头"或"口传"）可以在三个层次上将人们对"非物质文化遗产"的理解导向深入。

其一，在具体分类上，可直接对应于 2003 年公约中"非物质文化遗产"所涵括五大方面之第 1 条："口头传统和表现形式，包括作为非物质文化遗产媒介的语言。"①

其二，作为非物质文化遗产的内在特征：对"口头性"作为第一属性的反复强调在非遗概念诞生过程中是既定的历史事实，"口头"属性与"非物质"属性紧密联系。

其三，揭示了非物质文化遗产的现象学本质：身口相传的非物质文化遗产与人的主体在世存有（being）须臾不可分离的活态（living）存在与传承。

从世界遗产体系的发展脉络来看，对非遗口头属性的重视是对文字文明长期遮蔽之下的口述传统的"再发现"。这种"再发现"很大程度上是在西方文明"口头/书写"大分野的二元框架下展开的。因此，对"口述"作为文化之源生表达范式，尤其是中国本土语境中有关"述"的实践形态、内在特征及其价值伦理等，有必要进行深入的溯源和梳理。

逻各斯与口头传统："口述"的西方知识谱系

一 语音中心主义与"逻各斯"

在马克思那里，以"口"而"述"的语言能力是人与动物相区分的标志之一。在前文字时代，人们主要通过口头方式来彼此交流，创造文化。即便步入文字时代之后，文字书写也并非从一开始就在西方知识传统中占据优势地位。

---

① 《保护非物质文化遗产公约》中文官方版译文，参见中国非物质文化遗产保护中心、中国艺术研究院编《中国非物质文化遗产普查手册》，文化艺术出版社 2007 年版，第 251 页。

　　以英语为例，Oral 一词表示"口头的""口述的""口语的"。其词源可以追溯到后期拉丁语中的 Oralis，其词根为拉丁语 Os，意为"嘴巴"。英语以及西方其他拼音文字都显现出一种典型的重口头言说、重声音的"语音中心主义"。在黑格尔看来，拼音文字记录声音，记录"内在的言说"，可以说是一种较好的文字形式。与此相比，表意的中国文字由于缺乏适当的"正音（orthoepic）发展之手段"，不能像西方拼音文字那样直接呈现个人的口头语言，而是用符号来再现观念，因此只能是"发育不全的语言"的例证。①

　　古希腊的学者们相信，在通达意义之源的理解与阐释之途中，言说具有文字符号所无法比拟的优越性。与言说相比，文字只是一种派生的交流形式。② 这个意义之源即是古希腊哲学的观念核心"逻各斯"（λογός）。"逻各斯"一词虽然经常被翻译为"理性"或"思想"，但它最初和最主要的意思却是"言说"。"逻各斯"既意味着"思想"（denken），又意味着"言说"（sprechen），二者从字面和内涵上均完美地融为一体。因此，对逻各斯的追寻唯有通过言说的方式来进行。③ 基于上述"逻各斯"中心观念，苏格拉底这位"西方哲学史上最重要的人物"平生不立文字，仅以口头讲学的方式来宣扬自己的思想。后世所见的苏格拉底著作均为其弟子根据他的讲述记录而成。受老师苏格拉底的影响，柏拉图极力推崇口头的传授和交谈方式，并反复强调某些最高深、最困难的问题或对象只能以口头方式来加以讨论和处理。柏拉图充分强调了书写相对于口述的辩证法从属地位，因而他的著作无一例外都以对话录或交谈的形式来表现其哲学思想。对话录形式在相当程度上模仿了真实的口头交流，也促成了柏拉图哲学的广泛传播。④ 身为柏拉图的得意弟子，亚里士多德则认为，口语是心灵的经验的符号，而文字则是口语的符号，前者具有更贴近心灵的优越性。⑤不仅"希腊三贤"这二代师生之间以身授口传的方式接续思想的薪火，在

① 张隆溪：《道与逻各斯》，冯川译，四川人民出版社 1998 年版，第 63 页。
② 潘德荣：《语音中心论与文字中心论》，《学术界》2002 年第 2 期。
③ 张隆溪：《道与逻各斯》，冯川译，四川人民出版社 1998 年版，第 72 页。
④ 先刚：《书写与口传的张力——柏拉图哲学的独特表达方式》，《学术学刊》2010 年第 7 期。
⑤ 亚里士多德：《范畴篇　解释篇》，方书春译，商务印书馆 1986 年版，第 55 页。

更早些的毕达哥拉斯学派中，那些有幸在小圈子内亲耳聆听过毕达哥拉斯教诲的人在毕氏门徒中也享有最高的地位，并因而获得了一个专门的称呼，叫作"声闻家"（akusmatikoi）。①

从柏拉图开始，在后来的西方哲学传统中形成了一种雅克·德里达所谓的"形上等级制"：一方面，口头语言能够立刻实现"内在的言说"，因而被认为是充分的，而作为一种"外在的表达"，书面语言则是不受信任的；另一方面，就与"自我"的关系而言，在"有生命的对话"中，口头言说——而不是书面语言——包含了"纯粹的自我"，表达了"我本身"。② 当然，除了哲学思想方面的影响，口头表述还在形式上鼓励了流畅、夸张和滔滔不绝。古希腊、罗马的演说家和修辞学家们发扬了这种被称为"复言"（copia）的传统，并逐渐将这种修辞方式从一种公共言说艺术改造为后世书写文本中的一种写作艺术。③

与早期西方哲学领域中的逻各斯中心主义相呼应，在宗教领域，口述传统也发挥着无可取代的重要作用。《圣经》的开篇"创世纪"中，上帝说"要有光"，就有了光。上帝用言说形式创造世界的这一神话表达更早可追溯到公元前 2000 年的古巴比伦史诗《吉尔伽美什》。《吉尔伽美什》中写道："让你嘴说的话，成为你眼见的事物。"言语创世神话隐喻式地表明：口头语言在人类认知从混沌到有序的发展过程中扮演着极为重要的中介角色。④ 除教义体系之外，口述传统在《圣经》的传承体系中也位居核心。自耶稣离世后至 20 世纪中叶前期，耶稣的"圣言传统"（sayings tra-dition）在早期基督教传承中占有至高无上的地位。以《圣言录》为例，耶稣在世时说的是亚兰语（Aramaic），因而最早的《圣言录》应该是以亚兰语传述的，后来才由《福音书》的作者以通俗希腊文（Koine Greek）对其诵本辑录进行翻译加工。《圣言录》最核心的特征即是重听闻、重领悟、

---

① G. S. Kirk, J. E. Raven, M. Schofield（hrsg.）, *Die vorsokratischen Philosop hen. Einf hrung, Texte und Kommentare.* Stuttgart/Weimar, 1994u. 2001. KRS280。转引自先刚《书写与口传的张力——柏拉图哲学的独特表达方式》，《学术学刊》2010 年第 7 期。

② 张隆溪：《道与逻各斯》，冯川译，四川人民出版社 1998 年版，第 61—62 页。

③ 瓦尔特·翁：《基于口传的思维和表述特点》，张海洋译，《民族文学研究》2000 年增刊。

④ 叶舒宪：《圣经比喻》，广西师范大学出版社 2003 年版，第 48—49 页。

实践，目的在于使听闻领受者能得救赎永生。① 在《圣经》传统中，上帝对子民讲的话便是"圣谕"。《圣经》由此保留了非常多的口语积淀与口传特征，只不过在后来才被逐渐改写为书面文本。

二　口述与文字的大分野

口头表达是所有人类的特性，适用于一切社会类型。相比而言，文字书写则是一种具有区隔性功能的文化实践。在书写出现的第一个五千年中，没有任何社会拥有普遍的读写能力。文字的出现不仅将社会分成了文字社会和无文字社会，还在文字社会内部将其成员分成拥有读写能力的人和不拥有读写能力的人。② 从实践层面讲，文字社会与无文字社会各自具有其独特的文化生产机制和演进法则，体现出了人类社会多元化的原生样态。然而在后来的发展中，文字与书写日渐与权力话语结盟，从而在西方知识传统中引发了所谓"大分野"的价值偏转。西方知识界所谓的"大分野"，指的是在口述传统与文字书写之间横亘着一道认识论意义上的分水岭。书写研究（literacy study）以一种简单的二分法在口头/书写、原始/文明、前逻辑/逻辑、文盲/识字者、神话/经验等一系列二元对立项之间进行等值互换，从而将文字或书写确立为衡量人类文化演进与文明程度的唯一尺度。人类文化表达的多元化样态由此招致武断切割，文字中心主义话语也随之成为西方中心主义的基本文化逻辑。③

和口述传统相比，文字书写有着颇为不同的实践指向。如果说口述传统重在个体面对面的生命对话中实现思想的流动，那文字书写则以知识的定型化为第一特征。在西方文明源头之一的两河流域，楔形文字一经发明

① 蔡彦仁：《从宗教历史学看口述〈论语〉的传承与特征》，《世界宗教研究》1994 年第 3 期。

② ［美］杰克·古迪：《口传、书写和文化社会》，梁昭译，《重庆文理学院学报》2011 年第 2 期。

③ 20 世纪 60 年代初，一场关于口承文化的讨论成为当时西方学术界的关注焦点。古典学者艾瑞克·哈夫洛克（《柏拉图导言》1963），人类学家杰克·古迪（《书写的逻辑成果》1963），传播学家麦克卢汉（《古腾堡星光灿烂》1962），结构主义人类学家列维—斯特劳斯（《野性的思维》1962），古典学者、精神分析和心灵研究专家瓦尔特·翁（《口承与书写——语词的技术》）等大批学者，纷纷参与到口承与书写这组人类认知与现代心智的"大分野"论争之中。参见巴莫曲布嫫《口头传统·书写文化·电子传媒——兼谈文化多样性讨论中的民俗学视界》，《广西民族研究》2004 年第 2 期。

就被用于固化早期的苏美尔法典。瓦尔特·翁认为,正是由于文字书写和书面文本接管了知识的存储功能,因而心智由此不再忙于记忆,开始专注于思考。① 知识的这一"创造"与"储存"功能的分离过程与西方日后盛行的身心二元观有着一脉相承的关联。思想开始成为"形而上"的心灵的特权,口头表达由于无法与滞重的身体切断联系,因而远离了知识精英的殿堂,沦为乡野之民的"民俗"(folklore)——口头传述的传统信仰、神话、故事和实践。

此外,从知识传播过程来看,美国古典学者艾瑞克·哈夫洛克和英国人类学家杰克·古迪均指出,古希腊文字的发明和传播意味着书写对西方认知传统发展起到关键作用。不论"希腊三贤"如何坚持书写相对于口述的辩证法从属地位,字母书写的引入事实上对古希腊启蒙运动产生了重要影响。以柏拉图的著述为例,尽管他竭力模仿了真实的口头对话,但他的对话体散文同时也正是西方知识界开始放弃口头规则的重要表征。西方的思维方式由此出现了决定性的转折。再后来,随着印刷术的发明,书写一方面成为欧洲社会实现知识快速传播的工具,另一方面也成为西方文明向非西方世界大肆扩张的利器。由此,文字书写最终实现了它对于口头表述的优势性逆转。②

纵观西方口述传统从"逻各斯"中心到边缘的逆转过程,值得注意的是,早期社会的文字发明并不必然排斥口传,唯有当文字成为政治统治、资源争夺、权力占有的工具时,口传才被挤压至边缘。"逻各斯"亦不再是"思想"与"言说"的两位一体。

三 重返口头传统:西方近现代以来的口述研究

从 18 世纪开始,欧洲浪漫主义的民族主义者试图从口头史诗、民间故事和民族语言中寻找日渐失落的传统。西方学术界对文字中心主义的反思于是从对口头传承起源问题的"大理论"探讨拉开帷幕。在其后西方口述

① 瓦尔特·翁:《基于口传的思维和表述特点》,张海洋译,《民族文学研究》2000 年增刊。
② 巴莫曲布嫫:《口头传统·书写文化·电子传媒——兼谈文化多样性讨论中的民俗学视界》,《广西民族研究》2004 年第 2 期。

研究的两百余年中，浪漫主义的民族主义、太阳神话、文化进化论、传播论、口头程式理论、结构主义、象征—阐释学派、精神分析学说、表演理论等理论和方法流派分别对何为"口头传承"给出了林林总总的界定："一个民族民间精神的表达""原始神话时代以来的语言疾病""原始或野蛮时代的遗留物""作为记忆手段和传统参照的文本形式""作为深层结构体现的口头传承""作为自我写照的口头传承""作为心理投射的口头传承""作为创作过程的口头传承"，等等。① 上述观点充分揭示了人类口头表述行为的多种样态和多层次内涵，体现出在不同思想脉络、不同社会历史语境中人们对"口述"的多种阐释可能，同时也启发了今天我们面对"口述"一词应该继续保持一种开放性的态度。

　　回顾西方口述研究的发展历程可以发现，在各个社会学科中尤以人类学、民俗学和新史学对此用力最专。人类学从研究空间上的"他者"出发，发现了西方之外的"原始文化"。这些"他文化"与西方"己文化"最大的差异之一即是无文字传统的口头属性。② 民俗学则由研究时间上的"他者"出发，从对"古物"的关注发展到对遗存至今的口头民俗、口传史诗和民间故事的搜集与研究。来自世界各地的民族志和民俗志都揭示了口承传统的多元性和重要意义。③ 作为新史学的分支之一，口述史学展现了"口述"作为研究材料、方法以及作为一种历史记忆、呈现方式的重要

---

① ［美］罗斯玛丽·列维·朱姆沃尔特：《口头传承研究方法纵谈》，尹虎彬译，《民族文学研究》2000年增刊。

② 人类学一贯坚持以田野民族志方法对无文字社会和无文字族群的口述传统进行研究，由此认识他者，反观自身，以祛除文化的"自我中心主义"。面对当今全球化进程所导致的文化均质化现象，人类学更重视口述传统作为格尔茨所谓"地方性知识"所具有的特殊价值意义。

③ 以欧洲古典学中著名的"荷马问题"为例，口头诗学大师帕里于20世纪30年代发现了荷马史诗文本背后的口头传统，实现了从"传统的荷马"到"口头的荷马"的飞跃。（参见［美］约翰·迈尔斯·弗利《口头诗学：帕里—洛德理论》，朝戈金译，社会科学文献出版社2000年版，第21—38页。）20世纪60年代，帕里的弟子［美］艾伯特·洛德进一步通过《故事歌手》提出了"帕里—洛德"学说，建立了"口头程式"理论，深化了口头诗学。（参见洛德《故事歌手》，尹虎彬译，中华书局2004年版）随着"口头程式"理论的日益成熟，民俗学与口传文学研究范式开始从以"文本"为中心向以"表演"为中心过渡，试图通过动态的口述过程来透视人类社会。相关综述参见尹虎彬《古代经典与口头传统》，中国社会科学出版社2002年版，第11—14页；段静《近现代中、西口头文学研究综述》，《世界民族》2011年第5期。

价值，主张将历史归还给普通民众以及西方之外那些"没有历史的人民"①。今天，遗产学作为西方知识生产的最新成果，也是口述研究的一股新生力量。正是由于西方知识界对文字中心话语的全面反思以及人类学、民俗学、口述史学等对口承传统的共同关注，推动了世界遗产体系在物质形态文明、文字社会文明、工业社会文明之外去发现更为多元的人类文化样态，并促成了口头性、非物质性的"无形文化遗产"（intangible heritage）最终诞生。

循"道"之"述"：本土语境中的口述传统

在现代汉语中，"口述"一词包含动词（"以口而述"）和名词（"口之所述"）两种语态。但"口述"二字组为一词联合使用乃是一个相当晚近的现象。20 世纪 90 年代以来，"口述"一词由于西方"口述史"观念的引入日渐为中国学界所熟识，也因为冠以"××口述实录"之名的通俗读物在坊间大行其道而受到一般民众关注。在传统的文学、民俗学、文化研究领域，与"口述"一词表示相似含义且更为惯用常见的概念是"口头"和"口传"，比如"民间口头文学""口头传统""口传史诗"等。其中尤以"口头"最为通俗，代表了与文字书写相区分的另一套文化表达传统。在古代汉语中，"口"字与"述"字罕有合用之例，而用以表达"口述"之义的汉字则浩如烟海——如曰、言、语、诵、议、说……。在中国汉字中，绝大部分"言"字旁和一部分"口"字旁的汉字从词源学考据来看均与口头表达行为相关，充分展现了"口述"之难以计数的种种可能形态。将"口述"一词重置于本土语境进行考察和阐释，或可从发生学意义及其历史演变轨迹之中发掘出某些深意来。

一　述的知识实践："元叙事"

经过漫长的无文字纪元，在距今 3000 多年的殷商时代，甲骨文出现，

---

① 1938 年，美国历史学家亚伦·芮文斯出版了《通往历史之路》，首次呼吁进行"口述史学"的研究，之后逐渐得到历史学界的响应。口述史研究于 20 世纪 90 年代末引介到中国。

中华文明开始步入文字书写纪元。虽然近年来大量出土文献足以证明先秦时代文字书写已经成为知识传播的媒介，但口传乃是文字书写之基础，①而且我国最早的书写文献皆为辑录口头传统的口述文本文献。以传世的《国语》《尚书》《诗经》等为例来看，上古时代的口述传统是包含宇宙论、天人观、伦理信条、神话传说、英雄传奇、抒情纪事、实用知识甚至政府文告在内的"元叙事"②。

（一）述的多样化实践

上古时代口述传统的"元叙事"首先在具体社会情境中体现为一系列有着精细划分的实践形式。如战国时期的《国语·周语》中有这样一段记载：

> 故天子听政，使公卿至于列士献诗，瞽献曲，史献书，师箴，瞍赋，矇诵，百工谏，庶人传语，近臣尽规，亲戚补察，瞽史教诲，耆艾修之，而后王斟酌焉，是以事行而不悖。

这段文字生动地再现了一个中国古代政治实践——"听政"的经典场景。各种口述实践——献诗、箴、赋、诵、谏、传语、尽规、教诲等，在此场景中居于显著位置。其中，每一种口述实践的具体形态又都能在上古文献中找到多处描述和注解文字，并在彼此间形成一种往复的互文关系。如：诗，"在心为志，发言为诗"（《毛诗序》），"诵其言，谓之诗"《汉书·艺文志》）；赋，"《传》曰：不歌而诵谓之赋"（《汉书·艺文志·诗赋略》）；诵，"诵则非直背文，又为吟咏，以声节之"（段玉裁《说文解字注》）；谏，"谏，证也"（《说文》）；"谏诤，直言以悟人也"（《广韵》）；诲，"诲，说教也"（《说文》）；传语，"百工卑贱，见时得失不得达，传以语王也"（《国语·周语》韦昭注）；尽规，"尽其规计以告王也"（《国语·周语》韦昭注）。这些形形色色功效不同的口述实践按照仪礼、职官、等级等文化法则相辅相成地衔接成为一条完整的行为链条。与此同

---

① 刘成荣：《瞽史、音乐与〈左传〉口传说》，《北方论丛》2008 年第 4 期。
② 朱国华：《口传文学：作为元叙事的符号权力》，《求是学刊》2003 年第 1 期。

时，那些以书写文本形式出现的书、箴，也需要在那个面对面场景中加以口头念诵，与其他口头表达形式相得益彰，共同为天子"听"政创制一套确保"事行而不悖"的运作机制。

（二）述的实践主体

值得注意的是，以上这些划分精细的口述行为是由分工不同的人员来承担的。其中有专司特定职务的士、瞽、史、师、瞍、矇等，也有身份地位高低不同的近臣、亲戚、庶人等。这些人不同程度地参与到天子的治理过程之中，以巫、觋、史、瞽、矇、瞍为代表，他们成为上古口述话语权力的重要掌握者。

《说文》云："巫，祝也。"又云："祝，祭主赞词者，从人口，从示。"《易》曰："兑，为口为巫。""祝"即为男巫，其甲骨字形就是一个人跪地开口而呼的形象。《汉书·郊祀志上》载："民之精爽不贰，齐肃聪明者，神或降之。在男曰觋，在女曰巫。"《说文》也说巫"能事无形，以舞降神"。巫、觋、祝，能与天地鬼神对话，都是天赋异禀的超常之人。他们"能知山川之号，高祖之主，宗庙之事，昭穆之世，齐敬之勤，礼节之宜，威仪之则，容貌之崇，忠信之质，之服，……能知四时之生，牺牲之物，玉帛之类，采服之仪，彝器之量，次主之度，屏摄之位，坛场之所，上下之神，氏姓之出"（《国语·楚语下》）。实际上，巫就是古代社会掌握着口述"元叙事"话语权力的最早的"百科全书式"的知识分子。并且自夏代以来，巫的后继者"祭师"构成了中国历史上第一个知识分子集团。①

同样身为古代社会中重要的口述主体，瞽、瞍、矇因视觉能力的缺损而获得了超乎寻常的听觉能力、感知与领悟能力。其身体与心智都体现出某种与巫者相类似的"非常"特征。东晋王嘉《拾遗记》卷三载："师旷者……熏目为瞽人，以绝塞众虑，专心于星算音律之中。"王嘉此说的由来虽不可考，但这则逸闻的确有些夸张地表达了早期文化观念中"口述—音声—听觉"与"书写—文字—视觉"两大实践系统的内在对立。② 至于

---

① 童恩正：《中国古代的巫》，《中国社会科学》1995 年第 5 期。

② 饶恒久：《先秦时期历史档案的口述者——瞽矇职守与〈国语〉、〈左传〉的讲诵增饰》，《社会科学战线》2006 年第 6 期。

"史"，饶龙隼先生在考察《尚书》早期传写形式时曾对其作过一番考证。他说："在史官之职事与文字记载发生联系之前，其职事即如'史'之原始义，是口宣王命，则史所掌管的历史资料一定是通过口耳言传而保留下来。"①

就这样，上古时期的口述话语权力执掌者巫、史、瞽，利用"神赋"或"非常"的能力获得了拥有强大元叙事动力的神圣知识，并与统治者结成了某种事实上的同谋和依存关系：一方面，统治者需要他们为其权力、地位提供合法化的辩护；另一方面，他们也从统治者处分享了权力。②

二 述的知识哲学："循""道"之"述"

（一）"述"与"循"

作为象形文字的典型代表，"口"字像人之五官中张开的嘴形，其字形跟释义都是很清晰的。相比之下，"述"字则包含了多维的意义。

在古代典籍中，"述"字对后世影响最深的一句话乃是《论语》中的"述而不作"。由"述"字的表层意义出发，可以揭示出以《论语》为代表的中国早期文化中伟大的口述传统。《论语》以"子曰"接续了《尚书》所开创的"帝曰"语录体，并成为先秦时期口述语体的典范。据统计，《论语》全文共使用语气词 18 个，类别和出现次数是：诸 14、尔 3、与 35、然 2、无 1、焉 44、唯 1、者 34、哉 45、矣 138、而 4、耳 3、乎 104、夫 28、兮 5、云 6、已 25、也 469。③ 一本《论语》就是一部孔子讲话的"口述实录"，体现出了鲜明的口头表达特征。

而由"述"字的本义出发，则可以进一步揭示这个口述传统的思想内核："循道"之"述"。《说文解字》卷二释"述"："循也。从辵术声。"又释"循，行顺也"；"辵，乍行乍止也"。循的本义为顺着前面的路走。"辵"即且走且停。

---

① 饶龙隼：《中国文学源流述考》，江西高校出版社 2000 年版，第 64 页。转引自宁登国、赵立伟《先秦口头传播与"事语"类史料的形成》，《甘肃社会科学》2008 年第 4 期。

② 朱国华：《口传文学：作为元叙事的符号权力》，《求是学刊》2003 年第 1 期。

③ 邹霞：《语体学视野中的论语研究》，硕士学位论文，云南师范大学文学与传播学院，2008 年，第 11 页。

金文　　　　小篆　　　　楷体

"述"字字体流变①

除《论语》"述而篇"外，"述"字在先秦其他典籍中的使用情况大致是：《礼记·中庸》出现四次，《诗经》一次，《左传》一次，《乐记》三次，《尚书》三次。虽然当代学界倾向于其引申义，如杨伯峻在《论语译注》释"述"为"阐释"，但从先秦其他典籍的使用语境来判断，"述"的基本含义都是"遵循"。因此，将"述而不作"之"述"解释为"循"，基本可以定谳。② 后来儒家为了教谕世人，多将"述而不作"视为孔子自谦之辞。但《礼记·中庸》中说："虽有其位，苟无其德，不敢作礼乐焉。虽有其德，苟无其位，亦不敢作礼乐焉。"孔子的思想主要以仁为核心，但以礼为法度，而礼的核心内容正是继承传统。③ 因此，孔子之"述"乃取法上古礼、乐、道的"循道"与跟从先贤脚步的"践迹"，④ 在此意义上，"述"是继承的核心；与此同时，他"寓作于述"，"既述且作"，在此意义上，"述"是创新的依据。因此，孔子的"述而不作"实质上代表了那个时代对待"遗产"传承与创新的态度。⑤

（二）"述"与"道"

进一步来看，"述"的知识哲学与实践还与形而上学之"道"一脉贯通。

《说文》云："道，所行道也。""道"字从辵，从首，本意为从头而行。在《道与逻各斯》中，张隆溪对"道"的思想—言说二重性更有深入

---

① "述"字字体流变，参加百度百科网页，http：//baike. baidu. com/view/324319. htm#refIn-dex_ 6_ 324319。

② 周远斌：《"述而不作"本义考》，《理论学刊》2006 年第 1 期。

③ 徐兆寿：《论孔子"述而不作"的误读与历史语境》，《甘肃社会科学》2008 年第 3 期。

④ 叶舒宪：《孔子〈论语〉与口传文化传统》，《兰州大学学报》第 34 卷第 2 期。

⑤ 宋立林：《三谈"述而不作"》，《光明日报》2011 年 12 月 2 日第 15 版。

分析。"道"字在《老子》全篇第一行中重复了三遍。这种重复通过利用"道"的两重含义——思想与言说,揭示了二者之间的内在关联。① 从词义考据来看,"述"字与"道"字都有两层意思:其一为"循道"与"践迹";其二为"言说"与"口传"。二者都指涉了上古时期知识哲学的内涵和知识实践的方式,恰恰也形成了强烈的互文关系。

《庄子·大宗师》中,南伯子葵问女偊是从哪里闻知"道"的。女偊回答说:

> 闻诸副墨之子,副墨之子闻诸洛诵之孙,洛诵之孙闻之瞻明,瞻明闻之聂许,聂许闻之需役,需役闻之于讴,於讴闻之玄冥,玄冥闻之参寥,参寥闻之疑始。

在庄子寓言式的笔触下,"道"通过口耳之"述"的知识实践具象化为一个个大概皆属杜撰的人名——洛诵、聂许、需役、於讴,等等。他们通过言说的阶梯,一级一级通达于"道"之所存。道的追溯因而也构成了一条"闻道"者的生命链条。无独有偶,先秦史籍文献中大量存在着以"吾闻之……"或以"昔……"为标志开首的记叙,以及频频出现的"闻""告""赴""语""复"等词,表明所转述的信息均来自亲闻,并以口耳相传的方式代代相传。这些口述史料的书面载录不仅是保留了,更是刻意凸显了口头言说的特点。因为先秦的知识伦理将是否遵循古人的训诫或汲取历史教训,作为检验言行正当性的重要标准。② 因而,《庄子》对"道"之始源的追寻充分体现了"述"之多重含义——"闻道"—"口传"—"生命体悟"的三者合一。这即是中国古代知识生产与传承的内在机制。

三 述的知识伦理:"知行合一"

(一)述的身体认知与生命哲学

口述实践是通过一套复杂的身体操演技术来实现的。比如"巫"作为

---

① [美]张隆溪:《道与逻各斯》,冯川译,四川人民出版社1998年版,第7页。
② 宁登国、赵立伟:《先秦口头传播与"事语"类史料的形成》,《甘肃社会科学》2008年第4期。

上古口述权力的执掌者，同时也是上古信仰仪式操演的执仪者。"巫"字的甲骨文字形就直观地表现了巫者通过对"规"和"矩"这两种器物的使用来把握圆（天）方（地）。① 而瞽、矇、瞍对视觉感官缺损与身体其他感官强化的控制与平衡，更需要通过长时间严格的身体训练方能实现。口述作为一种身体认知实践，与手势、体姿、表情、动作以及身体对具体器物、场景的使用和把控相"合谋"，在更大范围内构成了一个复杂的身体实践系统。因而，口述不仅可以准确地传达思想和知识，更包含了大量不可言传的直觉和不可推理的意识。② 其最高境界便可达至"意在言外"的效果。

同时，口述实践还强调身体的在场性。布迪厄认为，书面文字的传播方式深刻地改变了传统知识与身体的全部关系，更确切地说，是深刻地改变了知识生产和再生产过程中人对身体的使用。③ 孔子和苏格拉底的思想都是他们亲口讲出来的，这显示了早期知识与人的身体和生命是不可分割的。言说是言说者生命的一部分，由此听闻者便可以分享言说者生命的活力。④ 正是在与生命的关系上，言说与文字显现出了巨大的差异。在中国古代圣贤那里，无形之"道"不是悬置于文字的叠册累牒之中，而是通过口的表达而鲜活，通过耳的倾听而传递，在口耳相传的过程中心领神会。这揭示了"口述"知识哲学的原生样态：知识本非僵死的文字符号和文本，而是"活态的生命交流方式"⑤。换言之，庄子笔下"女偊闻道"的寓言可以在现象学意义上得到重新解读——道之所存即是口"述"、耳"闻"与体"悟"合一的人之所存。口述传统内在地揭示了人的在世存有（being）。

（二）述的知识伦理：从"知行合一"到"三不朽"

从早期的"巫"到后世的"儒"，中国传统知识话语在形态、媒质、

---

① 张光直：《连续与破裂：一个文明起源新说的草稿》，载乔健编《印第安人的诵歌：中国人类学家对拿瓦侯、祖尼、玛雅等北美原住民族的研究》，广西师范大学出版社 2004 年版，第 124 页。

② 纳日碧力戈：《作为操演的民间口述和作为行动的社会记忆》，《广西民族学院学报》2003年第 3 期。

③ ［法］布迪厄：《实践感》，蒋梓骅译，译林出版社 2003 年版，第 113 页。

④ ［美］休斯顿·史密斯：《人的宗教》，刘安云译，海南出版社 2001 年版，第 396 页。

⑤ 叶舒宪：《孔子〈论语〉与口传文化传统》，《兰州大学学报》2006 年第 2 期。

效用等方面均发生了许多重大转变。但李亦园先生敏锐地指出，其实儒家并未抛弃巫的口头传统，尤其孔子与其门人实际上是重新诠释了巫者身体力行的知识体验。作为知识的技术手段，他们强调朗声背诵或吟诵是通过身体来学习和记忆的重要方法。[①] 作为身心的修养功夫，诵咏在于调节人与世界达成内部与外部的交融和谐。中国古人所谓"修身"，正是讲求将言、知、道充实为自我身体的一部分，方能算是成功的。[②] 而作为知识的伦理旨归，中国古代文人的最高追求乃是"言""行"合一，进而"知""行"合一，最终达成"立德、立功、立言"之"三不朽"。

荀子《劝学篇》有云："君子之学也，入乎耳，着乎心，布乎四体，形乎动静。"口述知识经过口耳相授，扎根于"心"，进而与"四体"相融合，然后在人之行为实践的"动静"之间得以体现，成为与生命统一的知识。换言之，"言"与"知"唯有通过"行"的实践才称得上真正的"君子之学"。明代大儒王守仁在《传习录·卷上》中说：

> 某尝说知是行的主意，行是知的功夫。知是行知始，行是知之成。若会得时，只说一个知，已自有行在；只说一个行，已自有知在。古人所以既说一个知，又说一个行者，只为世间有一种人懵懵懂懂的任意去做，全不解思惟省察，也只是个冥行妄作。所以必说个知，方才行得……某今说个知行合一，正是对病的药。[③]

王守仁的"知行合一说"提出了中国古代哲学中认识论和实践论相统一的主张，与我国伦理思想史上"三不朽"的重要命题有着一脉相承的内在关系。

---

① 李亦园：《和谐与超越的身体实践：中国传统气与内在修炼文化的个人观察》，载《气的文化研究：文化、气与传统医学学术研讨会》，台湾"中研院"民族学研究所 2000 年版，第 13—14、19 页。
② 乔健：《传统的延续：拿瓦侯与中国模式》，载《印第安人的诵歌：中国人类学家对拿瓦侯、祖尼、玛雅等北美原著民族的研究》，广西师范大学出版社 2004 年版，第 22 页。
③ 王阳明：《传习录·卷上》，徐爱录，见陈荣捷《王阳明传习录详注集评》，台湾学生书局 1983 年版，第 33—34 页。

《左传·襄公二十四年》载叔孙豹言："太上有立德，其次有立功，其次有立言，虽久不废，此之谓三不朽。"孔颖达在《春秋左传正义》中将其阐释为："立德谓创制垂法，博施济众"；"立功谓拯厄除难，功济于时"；"立言谓言得其要，理足可传"。"三不朽"乃是中国传统知识分子追求"言（口传与书写的知识）""功（践行与功业）"与"德（思想与道德）"三层次的高度统一。其境界之高远，乃至于人们认为历史上真正能够做到"三不朽"的人只有"两个半"——孔子、王阳明与曾国藩（半个）。当我们再次返回古汉语中的"述"字时，"述"之多维价值内涵由此可以得到全面的揭示。

"述"为循道之言，亦为循道之行；知行合一，是为"三不朽"。

结　语

口述是人类源生性的文化表达范式之一。它在不同的地方、族群、社会与历史中生长出了多样化的实践形态、内在特征与价值伦理。路丝·芬尼甘在为《文化人类学百科词典》（1996）撰写的词条"口述传统"中准确地指出，"口述"一词在理解上容易造成歧义，一方面源自其本身所具有的"双重意义的模糊性"——既指"非书面的"（unwritten），又指"口头的"（verbal）；另一方面也与不同文化情境中何为"口述"的区分尺度与观念有关。[1] 本文以中国传统话语中有关"述"的知识智慧来对话今天西方的"口述"研究，旨在激发出新的理解面向，同时也强调："口述"在过去、现在与未来，都不应该是一个被固化的遗产关键词。

---

① ［美］路丝·芬尼甘：《口述传统与口述历史》，许斌、胡鸿保编译，《湖北民族学院学报》2004 年第 1 期；许斌、胡鸿保：《对口述传统的纵横思考》，《思想战线》2004 年第 6 期。

遗产:历史表述与历史记忆[*]

摘　要　"遗产"与"历史"都具有鲜明的时间属性,都与人类的过去、现在和未来相关联。当遗产不再被视为一种现成之物,而被理解为一种与人们对过去的表述和回忆相关的动态过程时,遗产就为理解历史提供了新的可能:一方面历史(过去的事件和行为)是遗产表述的基本内容,是遗产存在和延续的基本框架,也是人们理解、认知遗产的前提和基础;另一方面,今天的遗产运动作为在当下表述过去一种新的实践类型,既是对过去历史记忆的选择与重构,更具有"制造历史"的内在特征。

关键词　遗产;历史表述;历史记忆

"历史"与"遗产"都具有鲜明的时间属性,都与人类的过去、现在和未来相关联。在当代史学反思之后,"历史",更确切地说,"历史撰述"作为一种叙事性的知识建构,已经被深刻地揭示出其背后的主观性、情景性与建构性特征。[①] 在当今全球遗产运动背景之下,"遗产"也可以视为人们立足当下,反观历史、表述历史、建构历史的一种新途径。

"活态历史":遗产与历史表述

一　遗产的历史性

所有类型的遗产,无论是已经入选世界遗产名录的还是正在申报过程

---

　*　本文刊载于《徐州工程学院学报》2012 年第 6 期。

　①　[美]海登·怀特:《元史学:十九世纪欧洲的历史想象》,陈新译,彭刚校,译林出版社 2004 年版。

中的遗产项目，或者尚未进入官方话语的民间遗产事项；也无论该遗产事项属于文化遗产、自然遗产、文化与自然双重遗产，还是非物质文化遗产，都无一例外地是"历史性"的遗产。遗产的历史属性包括以下两种基本的意义指向。

（一）遗产的历史存续

遗产是在特定历史背景中产生、传承和演变的。作为一个动态的历史过程，它既包括遗产自身的延续，也包括遗产所依存的特定共同体文化传统的整体性延续。在过去的世代中，遗产的历史存续相对处于一种自在状态，与特定地方和共同体有着源生性联系。而从19世纪遗产保护理念萌芽，直到今天"遗产运动"在世界范围内的大规模兴起，人们开始在跨国家层面上力求使遗产的存续在立法、国家权力话语以及国际合作方面获得更多、更有力的保障。在此背景下，对各种遗产类型、遗产事项的保护获得了世界范围内的广泛共识，也得到了从联合国、各国政府、民间机构到民众的前所未有的高度重视。但这同时也造成了另外一个后果，使得特定遗产事项在地方与社群中的存在状态被更多地纳入制度化、国家化乃至"超国家化"的进程之中，成为某种超越特定历史语境、拥有"普世性"意义的符号化存在。这将影响到遗产历史存续的基本面貌。

（二）遗产的历史价值

遗产既可以是物质层面的，也可以是观念层面的，涉及信仰、习俗、审美、认知、技能等方面。举一个例子来说，就好比面对一座古老建筑时，人们可以强烈地感受到这建筑物最夺目的光芒并非发自它石头或者金子的质材，而是源自它苍老的年纪、它富含语义的深沉感知以及它背后那些充满神秘色彩的神话传说。[①] 任何遗产事实上都是特定共同体有关"过去"的一些事物、事理或事件，必然属于历史范畴，具有特定的历史内涵和历史意义。正因为如此，1972年联合国教科文组织在《保护世界文化和自然遗产公约》中对"遗产"，尤其是"文化遗产"的历史向度作出了明确规定。"文化遗产"类别中的"文物""建筑群""遗址"都在其定义中

---

① John Ruskin, "The Lamp of Memory", in Laurajane Smith（ed.）, *Cultural Heritage: Critical Concepts in Media and Cultural Studies*. London and New York: Routledge, 2007, p. 102.

将"从历史……角度看具有突出的普遍价值"这一表述置于首位。至于"自然遗产"与后来出现的"文化与自然双重遗产""非物质文化遗产"等,也都反映了人类在自身历史发展过程中与物质世界之间展开的主客体互动关联,因而也不可避免地具有历史价值。在今天学术界对遗产运动的反思中,即便遗产被认为是在"当下"语境中以"过去"的名义表述着"当下",形成了一种以"附加值"(value added)生产为特征的遗产工业。这些"附加值"包括"过去的价值"(the value of the past)、"展示的价值"(the value of exhibition)与"差异的价值"(the value of difference)。①而其中"过去的价值"仍然毫无疑问是其他所有"附加值"产生的基础和前提。

二 遗产:"活态历史"

在人类文明的早期阶段,"历史"曾有着多副面孔:可有文字记录,也重视口耳相传和实物资料;注重经验事实,也容纳神话传说,甚至允许不同的历史表述形态间出现抵牾。而当今天的人们谈论历史时,这个"历史"却几乎被等同于"书写的历史"。其实,与人类早期无文字的漫长"史前史"相比,以文字来记录历史只不过区区数千年而已。但随着时间的改变,人们探寻历史的行为开始渐渐地与用文字记录历史人物、历史事件画上等号。历史学家的主要任务之一是通过发现、鉴别或者揭示埋藏在编年史中的过去的"故事"来说明过去。"历史"渐渐窄化为"书写的历史",历史的面孔也渐渐由多元变得单一。人们常常忘记历史是活着的,文化也是活着的。在书写的历史之外,还应该从几千年民众口传身授传承创造的活态文化传统中去认识历史。

当今世界遗产体系的建构和遗产运动的兴起激发了人们理解历史的一种新的可能。文化遗产,尤其是非物质文化遗产,通常以口头、表演、器物、仪式、习俗等方式呈现出来。它们融入日常生产生活实践当中,并通过人们的身体力行鲜活地传续至今。非物质文化遗产这种与生命的"在世

① Barbara Kirshenblatt-Gimblett (ed.), *Destination Culture: Tourism, Museums, and Heritage.* Berkeley: University of California Press, 1998, pp. 150—153.

存有"（being）不可分割的根本属性使其成为某种"活态历史"（living history）。"活态历史"这一表述最早见于 1970 年美国国家公园管理局（National Park Service）的一份出版物（"Keep it Alive! Tips on Living History"）中。它的原初意义主要是指表演者身着恰当的服饰来模仿和再现早先的生活情景。虽然"活态历史"概念在今天已经由于运用得过于泛化而有失去意义的危险，但它在源头上揭示了一种与文字书写、图像、博物馆、画廊、历史遗址等截然不同的，表述过去历史的全新方式，是在特定社会语境中对过去生活的"活态阐释"（Living interpretation）。① 作为"活态历史"的遗产因而具有重要的方法论意义。

遗产作为"活态历史"，首先区别于以文字为载体的"书写历史"。人们对过去的理解、认知和表述有着各种各样的形态和方式。原本这些多元化的历史表述方式在价值意义上应该是平等的，但当文字书写独占了历史最大的话语权的时候，其他非文字的历史表述方式如口传、器物等，就只能沦为"亚类"。在此意义上，作为"活态历史"的遗产叙事日益受到重视，是对文字书写权力的反驳与抗争。它可以将器物、口传、表演等非文字的历史叙事从长期被遮蔽、被忽视的状态下释放出来，激发出历史表述的多元化形式与价值诉求。②

遗产作为"活态历史"，在官方与民间、精英与草根、大传统与小传统之间重建了平等对话的可能。我国有着众多的少数民族，各少数民族以及无文字族群保存了浩瀚的史诗、传说等口传历史资料。这些由各少数民族民间世代相传的珍贵遗产，是草根的历史，却可以与官方书写的历史互为补充，共同丰富和充实中华民族"多元一体"的大历史。同样，民间说唱、剪纸竹编、社火花灯等民间小传统从前难登大雅之堂，如今也纷纷进入了各级政府遗产调查、认定、申报与保护的视野，通过将自身表述为"遗产"而与大传统同台竞技，不仅使这些族群的、民间的、地方性的历史文化传承重新得到高度重视，不同共同体间充满差异性的历史观念、价

---

① Andrew Robertshaw, "Live Interpretation", in Alison Hems and Marion (ed.), *Heritage Interpretation*. Blockley, London and New York: Routledge, 2006, p. 42.

② 彭兆荣：《遗产：反思与阐释》，云南教育出版社 2008 年版，第 71 页。

值诉求也得到重新的认识和评价。这一点，对构建中华多元一体文化格局具有不可忽视的现实意义。

遗产作为"活态历史"，揭示出传统本身就是一种鲜活的"生命态"，是几千年来民众创造传承地活着的历史与文化，也是今天人们生活中不可割裂的组成部分。之所以遗产对人类如此重要，就是因为它从本质上体现了人的一种历史存在样态。它与人自身的存在直接相关，而不仅仅是人所创造的对象化成果。

遗产作为"活态历史"还意味着演化和变迁是遗产本身所固有的特性。"活态历史"只能进行活态传承、活态保护。因此在遗产实践中，既不能将遗产事项定格在历史进程中某个时间点上使其"凝固化"（crystallization），也不能将遗产事项从具体历史语境中抽取出来使其"民俗化"（folklorization）。单单展出在博物馆中的"遗产"只能是死去的、无生命的遗产。这些做法都违背了遗产的活态存续原则，因而是不可取的。

简而言之，遗产就是活在当下的历史。

三 遗产：历史表述与"真实性"问题

遗产历史表述的真实性问题既涉及对遗产本身的历史真实性的考问，也涉及遗产如何表述历史的问题，包括遗产表述的特定历史内容、历史观念是否具有真实性，或者在何种程度、何种意义上具有真实性。

关于遗产本身的历史真实性问题，西方对此专门发展出一个概念叫作"原真性"（Authenticity），中文也有人翻译为"真实性"。这一概念最早出现在 1964 年的《威尼斯宪章》中。"原真性"概念强调了遗产作为历史中真实的存在（realthings）的基本原则，后来被确认为世界文化遗产评选的核心标准之一。如《关于原真性的奈良文件》当中写道：所有的文化和社会均扎根于由各种各样的历史遗产所构成的、有形或无形的固有表现形式和手法之中，对此应给予充分的尊重。① 这段文字不仅指出了历史遗产对于世界所有文化和社会的重要意义，也指出了遗产表述具备多种多样的表

---

① 张松：《历史城市保护学导论：文化遗产和历史环境保护的一种整体性方法》，上海科学技术出版社 2001 年版，第 308—309 页。

现形式。

（一）遗产表述历史的多样化形式

人们可以以器物、纹饰等静态的象征性文化遗产符号来表述历史。比如四川省凉山州南部地区的傈僳族妇女在她们传统服饰的裙摆上绣有一条明显的黑色条纹。在当地人的解释中，这条纹路是金沙江的象征，记下了这里的傈僳族支系早年在战乱中从南面渡过金沙江辗转定居此地的经过。人们也常常通过举行仪式等动态的象征性行为来表述历史。尤其是在某些重要的纪念仪式中人们常常直接讲述一个共同体的历史，包括共同体的起源、祖先和英雄等重要人物以及战争、迁徙等重大事件。比如云南丽江的纳西族在葬礼上要请东巴唱"送魂歌"，将死者的灵魂送回祖先之地。其实送魂返乡的"送魂歌"的"路线"就是早期族群迁徙至此的路线。歌里面唱到的地方详细地记录了祖先从北方迁徙到此地一路所走过的路线。"送魂歌"不仅是唱给死者的灵魂听的，也是唱给子孙后代听的，让他们铭记祖先的历史。

遗产可以以有形的物态化方式表述历史，也可以以无形的非物质方式表述历史。1989 年《保护传统文化和民俗的建议案》就是对遗产运动早期只注重保护物态化遗产的一个有力矫正和有益补充。同时，东方经验，尤其是摩洛哥的"人类口头遗产"、日本和韩国的"无形文化遗产""人间珍宝"等为世界遗产理念注入了新的活力。随着 2003 年联合国教科文组织《保护非物质文化遗产公约》的出台，非物质文化遗产保护的紧迫性在世界各国间日益得到重视和认同。其中尤其强调非物质文化遗产是世代相传的活态存续，在社区和群体与自然环境的互动中创造出来，承载了社区与群体的历史并为其提供持续的认同感。

在更普遍的情况下，遗产的历史表述是多种方式、途径、媒质的混合体，比如"文化空间"（Cultural Space）。文化空间的定义为"一个大众的和传统的文化活动集中的地方，或者通常具有一定周期性的（循环的、季节性的、有日历安排的），或者具有某一事件性的时间。总之，这一时间性和物质性的空间因传统地在其间举行的文化活动而存在"。文化空间这一遗产类型，即是人们长期以来遵循传统在其中举行各种各样的文化活动而形成的特殊社会历史文化空间。它将历史性与现实性、物质性与非物质性的多种遗产表述实践高度地融合在一起。

（二）遗产表述历史的复杂面貌

遗产所表述的历史总是呈现出复杂的面貌。一种常见的情况是，一项属于某个地方性共同体的文化事项，由于具有卓越的历史和文化价值而被当地政府选中来申报遗产名录，从而被纳入国家遗产体系。该遗产从原来"某某族群"的遗产跃升成为"民族国家"的遗产。其中原本表述的小规模共同体的历史也将其重要性让位于更大范围的民族国家历史。

另一种情况是，某项遗产背后所包含的多元的历史往往容易窄化为某种单一的历史，由此导致对过去的单一化表述。以闻名世界的万里长城为例，自战国时期秦国、赵国等修筑长城以来，后来的历代王朝为保卫疆域而陆续新建、修缮长城，至清代最终完成"万里长城"的修建。各个历史时期、各王朝的长城分别负载了自己一段特殊的历史。而今天，万里长城作为中国所拥有的世界级"文化遗产"，是中华民族伟大历史和文明的整体性标志。因而其内部王朝更迭、族群互动的多元化历史表述也就让位于当今国家统一强盛的历史表述。

遗产作为一种"活态历史"，还具有重要的反思力量。遗产表述的非文字历史可以补充、丰富甚至改写人们习以为常的某些历史常识，可以揭示出被书写历史所遗忘的某些重要的历史线索。比如今天陕北黄土高原民间剪纸中保留了丰富的原生态文化遗产，在陕北的民间剪纸艺人手中，龟、蛇、鱼、蛙等动物样式依然相当流行。虽然如今当地的自然生态环境已经发生巨大变化，但仍然可以从中看到早期黄河流域水草丰茂、渔猎稻作的历史痕迹。[①] 由这些遗产事项出发可为该区域自然社会变迁史和族群文化互动史的解读开辟新的视野，揭示出平凡民俗事项背后隐藏的复杂历史过程。

总之，遗产是源自过去的人类宝贵财富，值得全力守护。其前提是任何历史遗产都必须是真实的，而不能是伪造的。此外，遗产作为人们在当

---

① 乔晓光：《活态文化：中国非物质文化遗产初探》，山西人民出版社 2004 年版，第 156—157 页。

下对历史的一种新的认知方式，在其构成中也必然包含着人们主观解释的成分。从这个意义上讲，任何遗产的历史表述都必须具备真实性，却未必具备完全的真实性。说它具有真实性，是因为遗产是从过去传续下来的物质、事件、行为和观念，它真实地发生过，真实地存在着。但遗产和其他的历史表述类型一样，都无法等同于"历史"本身。今天的人们所能接触到的遗产，包括物质的和非物质的，都不可能反映历史的全貌，重演历史事件的过程，或者再现完整的历史现场和时空语境。在不同的历史时期人们对遗产的理解不尽相同，对遗产所表述的"历史"的理解自然也是千差万别的。因此，所有的遗产遗存以及人们对遗产的认知、记忆、选择和记录都无一例外地只能揭开历史神秘面纱的一角，达成"部分真实"。

遗产与历史记忆

人们欣赏一件文物，造访一座古老建筑遗址，或者参加一个节日庆典时，总会不由自主地回想起它们背后所隐含的那段历史。"遗产"作为一个高度符号化的表征系统，正是通过唤起共同体的历史记忆来为人们开启一扇由"现在"通往"过去"的大门。

一 遗产作为历史记忆的符号系统

经过两百多年的发展历程，遗产的符号系统今天已经蔚为大观。从类型上看，它包括物质化的符号类型——"自然遗产""文化遗产""文化与自然双重遗产""文化景观"，也包括非物质化的符号类型——"口头传统和表达""表演艺术（传统音乐、舞蹈和戏剧）""社会实践，仪式和节日性事件""有关自然和宇宙的知识和实践""传统手工艺"，等等。从构成上看，遗产符号系统中既有客观的要素，如场所、时空、人物、质材、事件等，也有主观的要素，如价值、观念、意义、情绪等，还有嗅觉、触觉、听觉等介于主客体之间的"身体感"。[①] 这些符号彼此互动、激发，同

---

① 余舜德主编：《体物入微：物与身体感的研究》，台湾清华大学出版社 2008 年版。

时也都在不同社会语境中发展变迁，表现出多元性与差异性。但无论如何，遗产作为历史记忆的符号系统，都强调任何历史"事实"都必须通过后世的不断追溯和回忆被唤起，并融入当下生活，才能使共同体建立起对"自我"过去的连续性感知。共同体的遗产都含有特定的历史记忆因素，它确定了共同体独特的文化基因，是其赖以存在和发展的"根"。正因为如此，《联合国教科文组织发展纲领》高度强调了记忆的重要性：记忆对创造力来说是极端重要的，对个人和各民族都极为重要。各民族在他们的遗产中发现了自然和文化的遗产，有形和无形的遗产，这是找到他们自身和灵感源泉的钥匙。

遗产唤起历史记忆的具体方式脱离不了特定的社会历史背景。比如，在中国当代史上，大量宗族祠堂、庙宇、碑刻、遗址等历史记忆符号曾在十年浩劫中遭到严重破坏，极大地影响了以后几代人回忆家族史、宗族史乃至民族史的方式。而就在前不久，北京市失控的拆建行为对历史建筑造成了严重威胁，从而引发了专家学者、媒体和大众共同参与的"胡同保卫战"。这又反映出在新的时代背景下历史遗迹因为其唤起历史记忆的重要意义而重新受到高度重视。又比如，在中国，地下出土文物的展示历来是博物馆唤起参观者历史记忆的最主要方式；而在法国，地面遗迹和地下文物很早就获得了同等的重视。法国大文豪雨果（Victor Hugo）早在 1832 年就写下了著名的《向拆房者宣战》。在今天的法国，无论是城市还是乡村都保留了大量的地面遗迹。在此，对待古建筑和遗址的两种不同态度、注重地上和注重地下的两种差异是耐人寻味的：前者是历史记忆中断的产物，后者则是有意保存的结果。①

当前世界遗产体系的不断完善，是对遗产唤起历史记忆不同方式和形态的增益、补充和平衡，因为历史记忆的多元化存续正是以遗产符号系统本身多样化样态的呈现和保护为基础的。

作为一种特殊的公共符号系统，遗产唤起历史记忆不仅是为了帮助共同体返回过去，也是为了回应时代变化所带来的挑战和危机。人类文明史

---

① 孟华：《记忆文化的中法比较》，载王霄冰、迪木拉提·奥迈尔主编《文字、仪式与文化记忆》，民族出版社 2007 年版，第 317 页。

上不断上演着所谓"以复古求变新""新瓶装旧酒"的"历史剧"。遗产运动在今天的兴起也是为了面向过去寻找精神资源，为人类文化的多元化发展保存尽可能丰富的文化基因，从而应对当今全球政治经济一体化、同质化的挑战。

二 遗产作为历史记忆的基本特征

从历史中找寻什么样的回忆，传统就将在什么样的资源和基础上延续生长。那么，遗产唤起的究竟是一种什么样的记忆呢？

首先，遗产中凝聚的历史记忆是一种属于共同体的集体性记忆。

遗产中的历史记忆与每个人所拥有的个体记忆不同，是由特定共同体集体创造、集体传承和集体分享的共同记忆。即便是关于某些个人、某些局部性事件的记忆，也必须转化为更大范围人群的记忆，赢得大多数共同体成员的支持，才能够成为"该"共同体的遗产。比如，根据人类学经典的亲属制度定义和原则，某一位历史上的英雄人物只能是特定血缘和姻亲关系范围内的祖先。但由于他抗击敌人、保卫家园，建立了重要的功绩，产生了特别巨大的影响，因而在以后世代被整个共同体攀附为共同的英雄祖先。每个民族都要纪念自己历史上重要的英雄人物，也会围绕他形成包括口传故事、纪念仪式、图像器物乃至纪念性建筑物在内的一系列遗产符号。与此相应，遗产唤起历史记忆的媒质、手段和法则也必然是公共性的，历史记忆以集体的方式在同一世代中被反复回溯并实现代际传递。因此，所有被列入《世界遗产名录》中的遗产项目，必须是面向公众的。再比如在属于"非物质文化遗产"类型的"表演仪式""仪式""节日性实践"和"文化空间"中，也尤其强调社区成员在其中集体性的共同参与。

其次，遗产唤起历史记忆的第二个重要特征是其选择性和策略性。

与过去相关的事物都能唤起特定的历史记忆，却并非每一件与过去相关的事物都会被冠以"遗产"之名。从直观的角度来看，遗产历史记忆的选择性特征最明显的表现就是世界遗产名录在数量设定上的有限性。尽管遗产名录在不断扩大，遗产类型也在不断增加，但也无法将所有与人类过去相关的事物都纳入其中。而在更深层次上,遗产本身也只能对历史记忆进行选择性的呈现和表述。在不同的时代,遗产会唤醒一部分历史记忆,同时压抑另一部分历史记忆。这个过程中,一些原本重要的记忆内容可能变得不再重要,一些边缘的记忆却有可能占据中心位置;一些记忆内容被渲染和夸大,而另一些甚至会被有意地从人们的脑海中彻底删除。遗产中的"历史记忆"与"结构性失忆"总是相伴而行。① 在这里,遗产构成的主观因素起到了决定性的作用。从根本上看,哪些与过去相关的事物能成为"遗产",或者区分哪些遗产是"重要的"或"不重要"的,区分哪些遗产是"世界级的""国家级的"或"省级的",其决定因素是人们所处的现实语境和人们的现实利益诉求。比如,各地政府在遗产申报的实际操作中,往往会将当地最能在媒体宣传中造成轰动性效应的文化事项首先考虑作为遗产来进行申报,而另外一些在历史价值和重要性上毫不逊色的文化事项则可能在遗产候选名单上排位相当靠后。

此外,遗产唤起历史记忆的过程还具有明显的建构性特征。

英国著名学者霍布斯鲍姆在《传统的发明》一书中指出,那些在表面上看来是,或者声称是古老的"传统",其起源的时间往往是相当晚近的,而且有时是被发明出来的。② 这个在当时看来极为大胆的观点在今天已经得到了广泛的验证与赞同。按照霍氏的观点,今天人们所重视的、大力保护的许多"遗产"都或多或少地属于被"发明"出来的传统,有着被建构的成分。

在我国《第一批国家级非物质文化遗产名录》中,陕西省黄陵县申报的"黄帝陵祭典"被列入"民俗"类别的第"480/X—32"项。在此项遗产的官方话语解释中,号称"天下第一陵"的黄帝陵最早建于秦代。为了纪念和缅怀黄帝这位中国原始社会末期的伟大部落首领和开创中华民族文明的祖先,历史上形成了固定的祭祀仪式并延续至今。新中国成立后,尤其是改革开放以来,黄帝陵祭祀越来越受到海内外华夏儿女的关注,祭祀黄帝已成为"传承中华文明,凝聚华夏儿

---

① 彭兆荣:《遗产:反思与阐释》,云南教育出版社 2008 年版,第 79 页。
② [英] E. 霍布斯鲍姆、T. 兰格:《传统的发明》,顾杭、庞冠群译,译林出版社 2004 年版。

女，共谋祖国统一，开创美好生活"的一项重大活动。而根据沈松侨的研究，黄帝神话以及对黄帝的崇拜在很大程度上其实是晚清以来中国近代民族—国家建构过程的产物。[①] 换句话说，中华民族作为"炎黄子孙"的历史记忆在相当晚近的时期才在中华民族共同体内部大范围地形成，而祭祀黄帝也被由此上升到具有凝聚民族向心力的高度。此外，历史上黄帝祭祀分为官方和民间两种形式，官方仪式在清明举行，民间仪式则在清明或重阳举行。但当黄帝祭典列入非物质文化遗产名录之后，举行这一仪式的"合适"，或者说"正当"的时间被定格在清明。从上述分析可以看到，遗产唤起何种历史记忆，以及以何种方式来唤起历史记忆，都在很大程度上留下人为建构的痕迹。

在当下经济全球化背景下，遗产是一种以过去为资源来进行文化生产的新形式。[②] "遗产"并非一种静止的事物或现象，而是一个动态的过程。这个过程与市场供需、身份认同等密切相关，涉及遗产发现、遗产形塑、遗产发明、遗产设计、遗产保护、遗产修正，有时甚至是遗产解构……这一系列动态实践都是"遗产制造"（Heritage Formation）过程的组成部分。[③] 从遗产申报到遗产保护再到遗产开发，更多的技术化手段被引入，更多的民族—国家政治话语被植入，引发了更大范围的传媒效应，也让人们期待更多的经济利益回报。"遗产"本身与其负载的"历史记忆"也被一再建构。

三　遗产作为历史记忆的基本功能

在遗产研究中，固然要追问过去发生了什么，但更要关注人们立足于当下如何理解和阐释过去。遗产中的历史记忆源自过去，却指向当下。过去的事物也正是因为能参与今天的历史进程，才能成为"遗产"。

---

① 沈松侨：《我以我血荐轩辕——黄帝神话与晚清的国族建构》，《台湾社会研究季刊》1997年第 28 期。

② Arbara Kirshenblatt-Gimblett（ed.），*Destination Culture*：*Tourism*，*Museums*，*and Heritage*. Berkeley：University of California Press，1998，p. 149.

③ Peter Howard，*Heritage*：*Management*，*Interpretation*，*Identity*. London/NewYork：Continuum. 2003，pp. 186—187.

（一）遗产维系共同体认同

遗产作为符号系统的基本功能之一，就是通过唤起特定的历史记忆，建构并维系共同体认同。

众所周知，今天遗产运动的源头之一最早可以追溯到法国大革命时期。在这场推翻封建皇权统治，为资本主义发展开拓道路的革命中，贵族阶层私有的历史建筑和艺术品遭到了前所未有的破坏。但很快，新兴的七月王朝开始意识到文物、艺术品、古迹的重要价值，保护文化遗产的运动在法国首先掀起。其中，有关遗产的历史记忆发生了两个至关重要的观念性转变。其一，从指向来看，遗产原来所代表的封建王权统治的历史被弱化，进而被置换为整个法兰西民族的优秀文化历史；其二，从归属来看，遗产从私人领域扩展到公共领域。"国家遗产"概念的出现表明，资本主义新政权力图通过对"国家遗产"的保护来建立起法兰西民众对新兴"民族国家"共同体的想象，并以此为起点建构起新的历史记忆，凝聚法兰西认同。对其他国家和民族来说也是一样，对遗产的保护往往是要为共同体建构关于过去的"面目统一"的历史记忆，以此来凝聚或强化共同体认同。

（二）遗产区分"我群"与"他群"

没有记忆就没有自我，没有自我就无法区分你、我、他。因此，遗产也通过建构属于"我们自己"的历史记忆来区别"我群"与"他群"。

关于遗产，有一个常识性的说法——越是民族的就越是世界的。其实反过来说，越是具有世界价值的遗产，就越是凸显出它对于特定共同体的专属性、唯一性和区别性特征。每个国家都拿出自己最具代表性的自然和文化事项来参与各国申报遗产名录的角逐。遗产表述不同的历史内容，凸显不同的历史记忆，成为各国参与国际竞争的手段之一。正是在遗产被用作区分"我群"与"他群"的符号工具时，人们能够更清楚地了解"历史"与"历史记忆"的不同。"历史"以逼近"客观"和"正确的知识"为诉求，而遗产中的"历史记忆"却允许被不断调整、修正甚至重构。"历史"总是避免误读，而遗产却允许对过去的误读，并将这些误读当作是珍贵的"神话"。举个例子来说，当爱国主义者无条件地（right or wrong）拥护自己的祖国时，不是历史而是遗产使他确信自己的国家永远是正确的。社会学家威廉·格雷厄姆·萨姆纳（William Graham Sumner）就曾告诫人们，遗址、传统节日、铭言和演讲……对历史毫无裨益，因为它们往往保护了错误，并将偏见神圣化了。造成这种状况的原因是，"正确"的知识对所有人，包括共同体内部成员和外人都同样是开放的、正确的，恰恰只有"错误"的知识才能成为人群区隔的标尺。在共同体内部通过有意图地制造遗产来分享某些关于过去的"错误"的信息，可以将"我群"与那些在遗产中进行不同文化和意义编码的"他群"区分开来。而"正确"的知识则无法做到这一点。①

（三）遗产作为资源竞争的工具

最后，遗产中负载的历史记忆也是一种文化资本，在现实情境中往往成为不同共同体参与资源竞争的工具。

遗产及其负载的历史记忆都是社会文化再生产的产物，具有符号资本的特征。人们通过遗产开发、遗产制造和遗产消费可以获得现实的经济利益。在这种情况下，共同体与共同体之间，乃至共同体内部，会围绕遗产展开激烈的资源竞争，而竞争的依据便是各自宣称自己拥有更具备"合法性"的历史记忆。这个方面的一个经典案例便是20世纪90年代末以来的"香格里拉"之争。

香格里拉是康藏地区最富传奇色彩的一段"历史记忆"。历史上"香格里拉"一词源于藏传佛教经文中的至上境"香巴拉王国"。在现代社会想象中它又是"伊甸园、理想国"的代名词。现代以来人们对神秘"香格里拉"的热切探寻源自英国作家詹姆斯·希尔顿写于1933年的小说《失去的地平线》。在20世纪90年代的旅游开发热潮中，四川、云南、西藏等省、自治区及其下属的某些州、县都力图证明正宗的香格里拉在自己的辖制范围之内，并且都拿出了各自在文化、宗教、历史、民俗和民间口头传统等方面的证据。2001年云南抢先报请国务院批准将中甸县更名为"香格里拉县"。四川省甘孜州在措手不及之余也提出了自己的口号——"最后

---

① David Lowenthal. *Possessed by the Past: The Heritage Crusade and the Spoils of History*, New York: The Free Press, 1996, pp. 122, 129.

的香格里拉"。紧接着 2002 年，稻城县报请四川省人民政府批准将日瓦乡改为"香格里拉乡"。就在更名之后，稻城县的旅游业就发生了令人瞩目的变化，"香格里拉"的号召力由此可见一斑。在这场尚未落幕的竞争中，"香格里拉"这段原本充满了虚拟意味的历史记忆逐渐被实体化、符号化，甚至有了与之相对应的自然景观、人文景观以及其他遗产形态。"香格里拉"也最终从佛经的记载中走出来，占据了实体的物理时空，并与现行的行政区划格局实现了对接。围绕"香格里拉"，人们争夺的不仅仅是遗产及其历史记忆的合法性归属，更看重的恰恰是它在旅游市场中对海内外客源的巨大吸引力，是其对当地 GDP 的拉动力。

结　语

遗产负载了特定的历史内容和历史观念。在 1972 年《保护世界文化与自然遗产公约》中，"文化遗产"定义就将"历史"作为其价值评价系统中的重要指标之一，并且列于首位。这在人们对历史遗迹的迷恋中可见一斑——即便是那些最鄙陋的建筑，只要它述说了某些故事，或者承载了某些事实，也要比华丽而无意义的建筑更好。[①]

当人们指认一项事件是"历史"（history）时，"his-story"对某个共同体来说仅仅是一段久远的时代。这往往意味着它已经完结，也意味着它在当下和未来都缺乏重要意义。相反，"遗产"（heritage）被共同体赋予了神圣的重要性，并被赋予了永恒的历史记忆和纪念价值。遗产的首要功能就是在独立而彼此不同的每一世代间维系传统的观念和自我延续性的连贯图景。当人们面向未来进行创造时，也必然是在面向过去进行回溯，使新的变得古老，也使古老的获得新意，以此来克服传统断裂的危险，应对时代不断提出的新挑战。[②]

[①] John Ruskin. "The Lamp of Memory", in Laurajane Smith（ed.）, *Cultural Heritage: Critical Concepts in Media and Cultural Studie*, London and New York: Routledge, 2007, p. 99.

[②] David Lowenthal. *Possessed by the Past: The Heritage Crusade and the Spoils of History*, New York: The Free Press, 1996, pp. 126, 172.

　　因此，当"遗产"不再被视为一种现成之物，而被理解为一种与人们对过去的表述和回忆相关的动态过程时，遗产就为理解历史提供了新的可能。在历史的时间轴上，遗产打破了时间不可回溯的单向度指向，强调了遗产乃是为当下而表述过去，为未来而反思现在。遗产与历史的关联由此在两个维度上得以展开：一方面历史是遗产表述的基本内容，是遗产存在和延续的根本样态，也是人们理解、认知遗产的前提和基础；而另一方面，今天的遗产运动作为在当下表述过去的一种新的实践类型，既是对过去历史记忆的再现、选择与重构，更往往具有"制造历史"的功能和意义。

文化符号竞争:遗产名录与族群整合*

摘　要　族群认同是人类相互区分和竞争的工具之一。资源环境的改变经常造成族群边界的变迁。全球化背景之下的"申遗"浪潮正是一场围绕族群文化而展开的资源竞争。本文从"锅庄舞"申遗事件出发,剖析了"非遗"申报程序中存在的诸种转换,进而指出,作为一种"文化—权力"书写方式,"非物质文化遗产名录"所表征的资源竞争正在导致中国当下各族群文化认同的变迁与族群边界的整合。

关键词　非物质文化遗产;族群;锅庄;康巴藏人

引　言

族群问题在现代民族—国家建构过程中伴生并日渐凸显,是现代背景下的一种新的关于人类社会群体分类的表述模式。它指向某种内核稳定、边界流动的人群共同体,为多重社会结构提供象征力量,从国民国家到地方团体都可以找到它的影子。① 与此同时,族群认同也是人类相互区分和竞争的工具之一。资源环境的改变时常造成族群边界的变迁。②

不久前引起媒体和公众高度关注的"中韩端午申遗之争",反映了同属东亚儒家文化圈的中韩两国在"我"与"他"族群文化资源所有权和文

　＊　原文刊载于《中南民族大学学报》2008 年第 3 期,有所修订。
　①　纳日碧力戈:《现代背景下的族群建构》,云南教育出版社 2000 年版,第 2 页。
　②　王明珂:《华夏边缘——历史记忆与族群认同》,社会科学文献出版社 2006 年版,第 4、249 页。

化符号表述权问题上的冲突与矛盾。这场争夺随后进一步延伸到网络。韩国某公司抢注"端午节.cn"中文域名的行动，进一步折射出此事件背后关涉的文化遗产与族群，以及不同文化之间的权力与利益关系。① 与此同时，还出现了不同国家以相同族群的文化事项进入文化遗产名录的成功案例。中、蒙两国联合申报的"蒙古族长调民歌"于2005年入选联合国第三批"人类口头和非物质遗产代表作"②。这一案例本身就是一次跨越现代民族—国家边界的族群认同与文化整合实践。

这场全球化的非物质文化遗产浪潮来势汹汹，也将中国当下的族群状况与认同变迁等诸多问题再次推向了前台……

一　非物质文化遗产名录

1. 遗产浪潮：从 UNESCO 到中国

2003年10月17日，联合国教科文组织（UNESCO）于第三十二届大会通过了《保护非物质文化遗产公约》。一场非物质文化遗产保护浪潮汹涌而来，中国也不可避免地卷入了这样一种全球化语境中的"多元文化的普遍主义"体系。③

对中国而言，保护非物质文化遗产工作的标志性环节——非物质文化遗产项目的申报在联合国和中国国内两个不同的层次同构性地展开。在联合国，中国向 UNESCO 递交申请，以昆曲等非物质文化遗产项目为代表，参与不同民族、国家之间关于文化多样性、特殊性和普遍性的竞争，从而获得联合国对其"人类口头与非物质遗产代表作"合法性地位的授权与确认。随后，中国国务院于2006年5月20日公布了《第一批国家级非物质文化遗产名录》。

---

① 资料来源：中国国学网（http://www.confucianism.com.cn）关于"中韩文化之争"的系列相关报道。值得注意的是，韩国申报成功的"端午祭"是韩国江陵地区的传统节日习俗。它被联合国教科文组织正式确定为"人类传说及无形遗产著作"。"端午祭"实际上由舞蹈、萨满祭祀、民间艺术展示等内容构成。它与中国人吃粽子、划龙舟、纪念屈原是两回事，二者唯一的相同点是时间框架——都是在中国的端午节期间举行，因此它被称为"端午祭"。参见网页 http://www.confucianism.com.cn/category.asp?cataid=A000300070015。

② 《木卡姆和蒙古长调成为人类口头和非物质遗产》，《人民日报》2005年11月26日第四版。

③ 关于非物质文化遗产"多元文化的普遍主义体系"的相关论述，参见李军《什么是文化遗产——对一个当代观念的知识考古》，《非物质文化遗产学论集》，学苑出版社2006年版，第13页。

这份名录则几乎是在复制同样的模式:不同申报主体就众多非物质文化遗产项目向国家提出申报,从而获得国家对所申报项目合法性地位的授权与确认。

由国务院批准文化部确定的《第一批国家级非物质文化遗产名录》一共公布了 518 个项目,以下(见表 1)是属于藏族民间舞蹈的五个项目。[①]

表 1   国家级非物质文化遗产(民间舞蹈)

序号	编号	项目名称	申报地区或单位
122	Ⅲ-19	弦子舞(芒康弦子、巴塘弦子)	西藏自治区
			四川省巴塘县
123	Ⅲ-20	锅庄舞 (迪庆锅庄舞、昌都锅庄舞、玉树卓舞)	云南省迪庆藏族自治州
			西藏自治区
			青海省玉树藏族自治州
124	Ⅲ-21	热巴舞(丁青热巴、那曲比如丁嘎热巴)	西藏自治区
125	Ⅲ-22	日喀则扎什伦布寺羌姆	西藏自治区
142	Ⅲ-39	山南昌果卓舞	西藏自治区

本文以下篇幅将重点从表 1 中的第 123 项,编号为Ⅲ-20 的非物质文化遗产项目"锅庄舞"进入展开论述。

2. 两个相关概念

1)藏族及其当下图景

藏族作为族群称谓,指居住在以青藏高原为核心的中国西部地区的一个人群共同体。它既是历史形成的一个古老民族,也是 20 世纪 50 年代新中国民族识别工程所确认的 55 个少数民族族别之一。当代族群理论认为,在许多情况下,体质或语言并不是定义一个民族的客观条件。藏族所指涉的对象实体就应该是一个内核稳定边界流动,分享同样主观认同的人群共同体。根据方言区域、体质人类学和族属谱系[②]来看,现今这个人群共同

---

① 中国非物质文化遗产保护中心、中国艺术研究院编:《中国非物质文化遗产普查手册》,文化艺术出版社 2007 年版,第 286 页。

② 关于体质人类学区别参见〔意〕古瑟普·詹纳《西藏拉萨出土的古人类遗骸》,杨元芳、陈宗祥译,《中国藏学》1990 年第 4 期。他指出,中外人类学家研究表明藏人在体质上分属于藏 A 型(僧侣型)和藏 B 型(武士型或康区型)。

体可以分为"博""安多"和"康"三大亚族群。他们在文化形态上显现出差异性、丰富性与多样性。在现代中国国家体系中,藏族被行政区划所分割,除西藏自治区以外,还分布在川、青、甘、滇等省区。今天的藏族因而呈现出如下(见表2)族群—语言文化—行政区域的对应图景。[①]

表 2   **藏族族群与行政区划对应**

族称	对应群体	方言区划	当代行政区划分布
博巴	卫藏藏族群体	卫藏方言区	西藏自治区(除昌都以外)
安多	安多藏族群体	安多方言区	除玉树州外的青海藏区、四川阿坝州和甘肃的藏族地区
康巴	康巴藏族群体	康巴方言区	西藏昌都专区、四川甘孜州、青海玉树州、云南迪庆州

2)锅庄及其当下图景

在青藏高原东部边缘,位于汉藏文化交界地带的康巴藏族地区,存在着一种古老民间舞蹈类型——锅庄舞。据清代《皇清职贡图》记述:"杂谷本唐时吐蕃部落,男女相悦,携手歌舞,名曰'锅桩'。"锅庄舞也即"卓舞",藏语意为圆圈歌舞,是深受藏族喜爱的民间舞蹈。[②] 同时,藏彝走廊空间区域内各族群间频繁而紧密的文化互动,又使得锅庄跨越了族群边界成为今天藏彝走廊各族群共享的一道亮丽的文化景观。当全球化的非物质文化遗产浪潮来临之时,锅庄不再仅仅被视为一种娱乐民众的民间舞蹈,更被视为一种能够代表权力并产生利益的文化资源。

3. 由名录引发的追问

在《第一批国家级非物质文化遗产名录》中,第 123 项编号为Ⅲ-20 的"锅庄"舞项目由西藏自治区、云南省迪庆藏族自治州、青海省玉树藏族自治州三个"申报地区或单位"联合申报成功,包括迪庆锅庄舞、昌都锅庄舞

---

① 关于藏族的语言区划和行政区域对应划分关系,参见格勒《略论康巴人和康巴文化》,《中国藏学》2004 年第 3 期。

② 参见纪兰慰、邱久荣主编《中国少数民族舞蹈史》,中央民族大学出版社 1998 年版,第267—268 页。"卓"藏语意为"舞",另见《藏汉大词典》,引申为:发誓、誓言、当众宣誓之意。据勒敖旺堆考查,"卓"的来源在敦煌石窟和土蕃碑石中依稀可寻,它是"一种氏族部落娱神的祭坛礼仪和有关盟誓文化的舞蹈形式"。

和玉树卓舞。如前文所示,传统上"康巴"的族群范围在现代国家行政区划中基本上与西藏昌都、四川省甘孜藏族自治州、青海省玉树藏族自治州和云南省迪庆藏族自治州相对应。但在"锅庄"的"申报地区或单位"中,出现了"康"的四个当代主要族群区域中的三个,唯独不见四川甘孜藏族自治州。作为一种特定的文化事项,"锅庄"在某些人群共同体中分布、流传与变迁,其本身就折射出不同群体间的整合、互动等复杂关系。在本名录中,当"锅庄舞"的申报涉及权力利益关系时,上述事实足以引发以下追问。

第一,谁拥有非物质文化遗产的申报资格,是某一人群共同体(藏族、康区藏族)还是行政地区或单位(各藏族自治州、自治区)?谁有权代表,或者说谁被谁认为更具有代表性?这涉及非物质文化遗产的主体表述权等问题。

第二,为何采用联合申报形式?如何划定联合申报的群体范围和边界?谁被涵括在内,谁又被排斥在外?这涉及非物质文化遗产主体的人群共同体边界变迁与文化资源分享权等问题。

本名录是一个引发众多追问的案例。它的出现在很大程度上是由于非物质文化遗产申报的内在操作原则所引发的:作为一种全球语境下对传统文化进行保护、传承和开发利用的手段,它将部分人群的文化遗产提升为更大范围的"国家级"文化遗产,但同时,也必须将特定的文化事项与特定的人群共同体处理为对应关系。

二　锅庄,或"序号123/编号Ⅲ-20"

"非物质文化遗产"指被各社区群体,有时为个人视为其文化遗产组成部分的各种社会实践、观念表述、表现形式、知识、技能及相关的工具、实物、手工艺品和文化场所。

——《保护非物质文化遗产公约》2003年10月17日①

---

① 中国非物质文化遗产保护中心、中国艺术研究院编:《中国非物质文化遗产普查手册》,文化艺术出版社2007年版,第251页。本《公约》由联合国教育、科学及文化组织第三十二届会议正式通过。

1. "非遗"界定的两个维度

"非物质文化遗产"作为一个具有特定内涵和外延的概念，其界定是在两个维度上进行的。

第一个维度：作为语言表述的静态界定。此份《公约》用英文对非物质文化遗产概念进行表述。随着《公约》在全球范围的公布与流传，这个概念从英文翻译为中、法、德、日等多种语言，在不同的文化语境中被表述，也被接受、被阐释。

第二个维度：作为申报程序的动态界定。"非物质文化遗产"作为一个概念，其所指是以类举的方式得以呈现的。因此每一个具体项目的申报成功都将这一概念实体化、对象化，同时也形成了将一个个具体的文化事项纳入"非遗"表述体系之中的动态过程。

在现实操作中，作为语言表述的静态界定和作为申报程序的动态界定是难以割裂的。每一次非物质文化遗产项目的申报，都在特定语境中对此概念进行复制与再界定。同时，从非物质文化遗产概念本身的确立到无数个具体非物质文化遗产项目的申报成功，构建起了一个宏大的"世界级—国家级非物质文化遗产体系"。这一宏大建构的基础隐含在上述两个维度的界定之中，依赖于以下一种内在的对应表述模式。

2. "非遗"表述的内在模式

诚然，非物质文化遗产不同于自然遗产。自然遗产由于其实体存在的特点决定了它要占据特定的时空，其空间位置归属基本上很少引发争议。而文化遗产，特别是非物质文化遗产则是由某一特定人群创造出来的。它既有纵向传承也有横向传播；既有时间上的相对性，也有空间边界的可变动性；同时还涉及特定人群内部认同和外部关系等复杂问题，因而更容易引发争议。然而，正是这样一种极具相对性的、边界难以确定的非物质文化遗产，其法定申报程序却要面对一个无法绕开的模式：将作为文化符号的某一"文化事项"（非遗项目）与特定主体（申报单位或地区）直接对应。

如图所示，上述两种互为支撑的界定方式清晰地显示出，名录试图将特定文化事象与一种特殊的主体——行政主体，而非特定人群共同体相对应。非物质文化遗产名录的公布，就是要利用国家权力话语来确保上述对

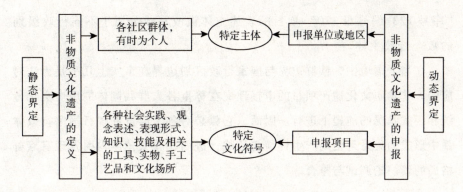

非物质文化遗产内在表述模式

应模式的合法性。其目的则是进一步达成"这种非物质文化遗产代代相传,在各社区和群体适应周围环境以及与自然和历史的互动中,被不断地再创造,为这些社区和群体提供持续的认同感,从而增强对文化多样性和人类创造力的尊重"①。

3. 从"锅庄"到"序号123"项目

当某一文化事项被申报为非物质文化遗产时,它就将以非物质文化遗产概念表述中的诸要素来对应、调整,甚至改写自身原有的诸要素,从而实现从某个"文化事项"到某个"非物质文化遗产项目"的概念转换。在此过程中,"锅庄舞"从历史文献的图文载录中,也从牧场到田间再到城市广场的无数个鲜活民间舞蹈场景中被剥离出来。它作为藏族民间舞蹈的代表形式被申报为"国家级非物遗产",更进一步说,成为首批"国家级非物质文化遗产"体系中的"序号123/编号Ⅲ-20"类别。

从"锅庄舞"到"序号123/编号Ⅲ-20",一种文化事项的指称从文字改写成序列号编码,从单一事项改写成"非遗"体系中的1/518。但它改变的不只是表述符号,还有表述主体。无数个"锅庄舞"的舞者被笼统涵括在"藏族"的族别之下——却不是作为某个人群共同体,而是作为被现代国家行政体系分割的各藏族自治区、自治州。由此,

---

① 中国非物质文化遗产保护中心、中国艺术研究院编:《中国非物质文化遗产普查手册》,文化艺术出版社2007年版,第251页,《保护非物质文化遗产公约》第一章第二条。

"序号 123／编号 Ⅲ - 20" 项目的表述主体被改写成分属于不同行政级别的数个行政主体。

在当下语境中，族群边界与国家行政区划边界在事实上几乎是无法对应的。非物质文化遗产项目的申报理应在尊重各人群共同体的历史文化传统和现实状况的前提下进行。因而，它势必对各个族群在现行国家行政体系中形成的关系与格局产生怀疑与挑战，进而在较大范围内引发现有族群格局的新一轮调试与整合。

三 非物质文化遗产申报程序的内在转换

当某一文化事项作为"项目"进入体制化的"非遗"申报与国家批准程序当中时，名录的公布事实上行使着一种国家权力话语功能。然而，国家权力话语的导入并未使"特定主体"与"特定文化符号"之间的对应模式理所应当地合法化，反而使其中的族群问题变得更加复杂。其原因就在于上述体制化的申报和批准程序引发了以下几种关键性的内在转换。

第一，意义范围（命名）转换。

学者李军曾探讨过几种关于文化遗产普遍性与特殊性的模式。他认为在理想意义上，一种遗产只有首先属于小共同体才能属于大共同体。但在人们的观念中则恰好相反：仿佛只有把小共同体的遗产变成大共同体的遗产，才能提高遗产的价值。这在国人对"入世"和申报"世界文化遗产"的空前热情中，可以看得很清楚。[1]

"锅庄"个案中特殊性和普遍性的矛盾是较为明显的。今天的"锅庄"不仅见于藏族，还有羌族锅庄、彝族锅庄、纳西族锅庄等。[2] "锅庄舞"在

---

① 李军：《文化遗产保护与修复：理论模式的比较研究》，载《非物质文化遗产学论集》，学苑出版社 2006 年版，第 40 页。

② 参见张康林《"锅庄"舞种名称考释》，《西藏艺术研究》1990 年第 3 期；周瑾《四川地区"跳锅庄"的发展演变》，《中国藏学》2002 年第 4 期；黄银善《羌族锅庄》，《音乐探索》1986 年第 4 期；安可君《万千锅庄舞甘南》，《中国民族博览》1999 年第 4 期；勒敖旺堆《中甸锅庄形式、内容简析》，《西藏研究》1985 年第 1 期；李柱《凉山彝族锅庄舞产生、发展初探》，《民族艺术》1990 年第 4 期；等等。

中国西南地区，特别是藏彝走廊，由于各民族、各地区的差异体现出不同的特色，因而呈现出一个普遍性与特殊性相结合，丰富、多层次的"锅庄"民间舞蹈体系。只有将康区藏族锅庄置入这一锅庄舞蹈体系中才能充分凸显其特殊性。然而在锅庄的申报案例中，康区藏族锅庄直接跨越了"锅庄"作为藏族，乃至藏彝走廊各民族共有的民间舞蹈类型这两个层次，向更高一级——"国家"让渡自身的特殊性，以换取在"国家级"层次的普遍性。从"××群体传统文化"到"国家级非物质文化遗产"这一意义范围的转换表明，在"非遗"申报的特殊背景下，某一族群将跨越现有的族群边界直接向"多元一体"的中国民族国家共同体表达自己的文化认同。正如李军所指出的，这一方面"提升了遗产的价值"，而另一方面却存在着将自身降格为某种文化他者，某种观赏性异域风情的潜在风险。[①]

第二，系模式转换。

《第一批国家级非物质遗产名录》一共公布了518项非物质文化遗产项目，分别归入十大类别。这种项目罗列的呈现方式决定了本名录在数量上不可能无限扩展，因此，它只能是选择和权衡的结果。要将丰富多元的各民族传统文化依照"非物"的模子以"填空题"的模式填入这份名单中，就必定会在两个层次上作出比较、选择和权衡。

首先，在一个民族内部选择本民族"最具代表性"的，或者说是最符合"非遗"标准的传统文化项目来申报。如藏族有着种类繁多的传统民间舞蹈，但最后入选非物名单的仅有五项（见表1）。其次，在民族与民族之间，为某一文化事项选择"最具代表性"的主体。就锅庄的例子来看，藏族、羌族、彝族、纳西族等都有锅庄这一民间舞蹈样式，但锅庄仅作为藏族民间舞蹈成功申报。

藏族锅庄与其他西南少数民族锅庄的区别，主要是由于民族、地域、历史文化的不同而形成的形式和内容上的客观差异，并不存在优劣或等级之分。但"非遗"项目申报强调某一人群共同体在某一文化事项上所具有的典型性和代表性，因而人为地在不同人群之间或某一人群内部根据其典

---

① 李军:《文化遗产保护与修复:理论模式的比较研究》，载《非物质文化遗产学论集》，学苑出版社2006年版，第39页。

型性和代表性由强至弱划分出"纯正级序"。① 在这一等级序列中排位靠前的就更具备申报优势。锅庄作为藏族民间舞蹈入选名录，表达出国家相关机构的权威评价——藏族锅庄在典型性和代表性上要高于其他西南少数民族的锅庄；同时昌都、玉树和迪庆的锅庄在藏族内部又是最具代表性的。由此，不同人群之间"锅庄"平等的多样化差异性结构被转换成"最具代表性→具代表性→不具代表性"的不平等关系。

第三，表述框架转换。

从空间上看，锅庄这一古老的民间舞蹈类型经过社会历史进程中不同民族间的互动与交流，逐渐演变成为今天在西南地区，特别是藏彝走廊的众多少数民族中广泛分布的一种文化事项。根据这一文化事项在不同人群共同体中的传播与流变，我们可以描绘出其空间分布图。最为重要的是，这一空间分布图是在社会历史进程中自然形成的。然而，作为一种国家权力话语，《国家级非物质文化遗产名录》由行政申报和国家批准程序生产出来，它将锅庄从文化表述框架挪移至政治表述框架之中，将锅庄历史形成的空间分布完全改写。它把锅庄在西南地区的文化事项分布图景改写成国家授权认定的、仅仅对应于现代康区三个藏族自治州的行政空间分布图景，彻底破坏了锅庄文化图景的自在性和完整性，同时也将其自在的合法性置换为由国家权力机构授权的合法性。在《国家级非物质文化遗产名录》中，"锅庄"仅见于"藏族民间舞蹈"的类型之下，羌族锅庄、彝族锅庄、纳西族锅庄并非是在事实层面上消亡了，而是被国家权力话语所遮蔽。

第四，体权益转换。

在涉及"非遗"保护、管理和利用的相关法律问题时，学者齐爱民指出，类似"民间创作是全人类的共同遗产"这一类的老套表述，看似一种提升非物质文化遗产地位的煽动性口号，实则是国际社会以往关于非物质文化遗产处于公有领域而可以无偿获取和使用的法律观念的具体表现。因

---

① 参见［美］古塔、弗格森编著《人类学定位——田野科学的界限与基础》，骆建建、袁同凯、郭立新译，华夏出版社 2005 年版，第 44 页。此处借用古塔和弗格森关于田野"纯正级序"（hierarchyofpurity）的论述，指人类学家常常在主观上按照"田野原型"的标准来判断田野调查的地点，认为一些地方（如遥远和边缘地区）比另一些地区（如自己熟悉的社会）更适于开展田野工作。不同的田野地点处于田野纯正级序中的不同位置。

此，他认为保护非物质文化遗产必须抛弃所谓"共同财产"的落伍理念，确立权利归属理念，将非物质文化遗产的权利明确赋予传承人或者社区。①由此可见，主体的表述权在"非遗"申报过程中已经在实质上被转换为资源拥有权和获益权。

在"非遗"概念中，文化事项的主体被界定为"各社区群体，有时为个人"，在理论上具有多样化的指涉可能。但在实际操作层面，这一主体只能是相对性的，以一个人群共同体代替其他共同体，或者以一个人群共同体之中的某部分人群来代替其他人群行使主体权力和表述权力。但进一步分析，在锅庄的申报案例中，众多未进入申报主体范围的族群丧失的对"锅庄"的表述权力，并不仅仅意味着没能获得某项国家荣誉的名义上的损失，它更意味着在新一轮文化资源的开发与利用中，这些群体在事实上作为"锅庄"的传承人或传承社区，却不能合法地以锅庄作为自己的特色传统文化项目来竞争客源，不能合法地围绕"锅庄"开发系列文化或物质产品，不能合法地要求国家将"锅庄"非物质文化遗产所派生的各项权力与利益明确地赋予本群体。

第五，主体范围转换。

《国家级非物质文化遗产代表作申报评定暂行办法》第十一条明确规定：

> 传承于不同地区并为不同社区、群体所共享的同类项目，可联合申报；联合申报的各方须提交同意联合申报的协议书。②

从康巴藏族内部来看，拥有"锅庄"传统的这一族群被国家行政区划所分割，分别置入西藏昌都、四川省甘孜藏族自治州、青海省玉树藏族自治州和云南省迪庆藏族自治州的行政框架之内。而上述第十一条关于联合申报的规定表明，昌都、玉树和迪庆参与"非遗"联合申报的

① 齐爱民：《保护非物质文化遗产的基本法律问题》，《学术研究》2007年第5期。
② 中国非物质文化遗产保护中心、中国艺术研究院编：《中国非物质文化遗产普查手册》，文化艺术出版社2007年版，第238页。参见《国家级非物质文化遗产代表作申报评定暂行办法》第十一条。

逻辑前提，就是将事实上具有文化"同一性"的康巴藏族按照行政区划的现有边界确定为"不同地区""不同社区"的"不同"群体。与此同时，维系这一族群的内部文化认同也被改写成外在的各方提交的"同意联合申报的协议书"。

以各方签署书面协议条款的形式来确保某个族群达成文化共享和内部认同是让人难以想象的。然而"非遗"申报的确为今天这些被分置于不同行政框架中的群体提供了一条可能的路径：跨越现有行政框架，在新的语境中重新调整族群边界。上述族群边界的调整因而包含了两种不同的趋势。

一是差异与排斥。在地方话语体系中，甘孜州的政府、学者以及民众将"锅庄舞"视为本群体传统文化的代表。① 有学者指出"康巴'锅庄'舞是甘孜藏族社会生产发展的缩影和文化艺术表现形式……在甘孜藏族的社会生活中发挥重要的作用"②。在 2007 年 11 月，由甘孜州歌舞团创作的舞蹈"锅庄之魂"，还作为甘孜州舞蹈艺术的代表入围由中国文化部主办的第七届全国舞蹈大赛。③ 但在名录所代表的国家话语体系中，甘孜州却不是"锅庄"的申报主体。不论何种原因，甘孜州在"锅庄"项目中的缺席，都显示出当地已被遗忘在特定的族群文化资源之外。同时，"锅庄"作为"藏族民间舞蹈"的成功"申遗"，也使藏族与"锅庄文化圈"的其他少数民族在文化认同上彼此剥离。

二是共商与整合。分别来自西藏自治区、青海省和云南省的昌都专区、玉树藏族自治州和迪庆藏族自治州的康巴族群，跨越了当代国家行政区划的既定界限，以共商的方式联合取得"锅庄舞"这一"非遗"项目的

---

① 在康巴文化中"锅庄"是一个多义词。康巴"锅庄"的含意有以下几种：其一，是"支锅之桩"；其二，在康东九龙等地，人们称男人入赘为"坐锅庄"；其三，还有的地方称有地有房的人家为"锅庄"；其四，指清代康定地区为藏汉商人提供住宿、交易等的一种特殊中介场所；其五，指文中所指的这种藏族民间舞蹈。应该把作为民间舞蹈类型的"锅庄"与其他含意区分开来。参见林俊华《康定锅庄的历史与特征》，《康定民族高等师范学校学报》2005 年第 5 期。
② 姜明、周新林：《浅论康巴藏族锅庄的健身价值》，《康定民族高等师范学校学报》2005 年第 5 期。
③ 资料来源：《甘孜州锅庄之魂入围第七届全国舞蹈大赛》。参见"中国西藏信息中心网"，http：//tibet.cn/news/szxw/t20071107_286755.htm，2007 年 11 月 7 日。

主体资格。虽然在这三者内部还是存在差异与妥协——玉树自治州在"锅庄"的项目名称之下仍然保留了本群体对于"锅庄"的传统称呼,即"锅庄"的另一种汉语译音"卓舞"。昌都、玉树和迪庆三方的跨省联合申报正是"康藏"族群打破现行的国家行政区划,尝试对自我族群身份进行的一次新的整合。

由此看来,不论以何种形式,"非遗"项目申报都已在事实上改写了锅庄这一文化事项所表达的跨族群传统和族群性。

结语　遗产名录与族群边界

由于以上五种转换作用的存在,以锅庄"名录"为代表的族群书写,作为一种"文化权利"的体现,已对多民族国家内部的族群整合产生了影响。

在"非遗"名录的案例中,无论是中蒙联合、中韩相争还是中国内部的锅庄重组都表明,当今民族或族群共同体的边界将在新一轮资源竞争和文化认同(和划分)的刺激下受到重新关注。换言之,在当代世界的"民族—国家"体系中,族群呈现出的是一幅多元的图景。与现代民族国家及其内部的行政区划体系相比较而言,全球化的非物质文化遗产浪潮正推动一种新型关系体系的形成。它以文化事项所具有的杰出价值、独特价值、普遍价值以及濒危性等特征为评审标准,[1] 促使人们在不同族群之间,或者某一族群内部围绕文化事项的主体权、表述权和利益分享权进行权利博弈。它同时试图打破甚至超越现有的国家和行政框架,对当今族群文化资源状况进行重新配置。

全球化背景之下的"申遗"浪潮正是一场围绕族群文化符号与权利而展开的资源竞争。"申遗"浪潮的来势让人无法阻挡,"锅庄"案例所引发的追问也并非只困扰着那些跳着"锅庄舞"的人们。作为一种"文化权

---

① 中国非物质文化遗产保护中心、中国艺术研究院编:《中国非物质文化遗产普查手册》,文化艺术出版社 2007 年版,第 237 页。参见《国家级非物质文化遗产代表作申报评定暂行办法》第六条,共有 6 条评审标准,略。

利"书写方式,"非物质文化遗产名录"引发的竞争隐喻了中国乃至整个世界体系内不同族群之间,以及某一族群内部新一轮的文化资源开发与文化符号竞争的开始。在此过程中,各族群将面对认同的变迁与边界的整合,重新审视"自我"与"他者"之间的关系。

对话:在人类学遗产研究的国际平台上 *

摘 要 2014 年 5 月,美国加州大学伯克利分校的旅游人类学家尼尔森·格拉本教授、哈佛大学人类学家迈克尔·赫兹菲尔德教授,与澳大利亚国立大学遗产和博物馆研究中心的劳拉简·史密斯教授,以及澳大利亚国立大学亚太研究院中国研究中心青年学者朱煜杰博士,应厦门大学彭兆荣教授之邀前来中国访学,就当前国际遗产研究的若干前沿议题,从人类学的角度进行了深入探讨。这些讨论立足多元的视角,有助于推进当前学术界关于遗产对象与话语、遗产操作与社区实践、遗产记忆与游客情感等诸多相关理论问题的理解与反思。

关键词 文化遗产研究;国际对话

2014 年 5 月,美国加州大学伯克利分校的旅游人类学家尼尔森·格拉本 (Nelson Graburn) 教授、哈佛大学人类学家迈克尔·赫兹菲尔德 (Michael Herzfeld)教授,与澳大利亚国立大学遗产和博物馆研究中心的劳拉简·史密斯 (Laurajane Smith) 教授,以及澳大利亚国立大学亚太研究院中国研究中心青年学者朱煜杰博士,应厦门大学彭兆荣教授之邀前来中国访学,就当前国际遗产研究的若干前沿议题,从人类学的角度进行了深入探讨。这些讨论经由会议发言、系列讲座、访谈等多种方式展开,① 立

---

* 本文刊载于《贵州社会科学》2013 年第 12 期。

① 本文所涉及的相关讨论,如《生生:文化遗产保护的中国模式——尼尔森·格雷本教授访谈》《作为过程的遗产——劳拉简·史密斯教授访谈》"游客情感与遗产制造"等,具体内容将于近期在《民族艺术》《贵州社会科学》《百色学院学报》等刊物上陆续刊发。

足多元的视角，有助于推进当前学术界关于遗产对象与话语、遗产操作与社区实践、遗产记忆与游客情感等诸多相关理论问题的理解与反思。

遗产概念：事项、过程与社会话语

一 遗产概念与发展趋势

20 世纪 70 年代以来，由联合国教科文组织主导的遗产概念及体系是世界范围内遗产研究与反思的核心和起点，也是当代诸多遗产实践问题产生的症结所在。对此，朱煜杰博士首先指出应该将遗产概念放入具体历史过程中去加以考察。

在朱煜杰博士看来，遗产概念在被命名的时候，就为特定的时间、空间所限定了。它像是一种警告或恐惧，有一种濒危的感觉。同时，遗产的命名也是将某个对象固化或者冻化的过程，这也是"遗产"这个词本身所体现出来的意义。这一概念在演变的历史过程中又加入了许多新的内涵或功能。因此，概念的命名仅仅是第一步，随之引发了诸多政治性行为，比如《公约》的诞生；也随之引发了诸多新生事物，比如遗产地的出现和旅游的参与，等等。在此过程中，这一概念又开始发生了转义，慢慢出现了许多关于它的新的理解和新的操作空间。换言之，一开始遗产是固像化的，它渐渐变为多方社会力量参与且有利可图的东西。因此，遗产不是一个命名，也不是一个死物；既要回顾它过去的历史，也要前瞻它未来的趋势。

可以看到，主导当今遗产运动的相关国际组织，包括最核心的世界遗产中心（World Heritage Center），都在不断学习、成长，在不断增加名录的容量和名录的类型，以此来作为调整、扩展"遗产"概念内涵与边界的应对策略。比如从前有自然遗产、文化遗产、有形文化遗产、无形文化遗产，后来又出现了许多新的遗产类型，如大遗产、文化景观、文化路线，等等。新的遗产类型不断加入进来正是因为我们对遗产概念有着很多困惑，也面临着许多尚不清晰的边界。由于无法更改最初的遗产定义，因此只能不停地增加名录。当然，增加名录的实际操作也受诸多缔约国的影响,不仅是自上而下的,很多时候也是自下而上的。在这个过程中选择或者命名均是一种政治行为,其焦点很多时候并不在于文化本身,更在于一种政治的平衡。值得注意的是,当前也出现了一些主要的调整趋势:比如鼓励遴选更多遗产进入新名录而不是进入老名录,鼓励更多遴选之前尚未拥有代表性遗产的地方;比如凯恩斯在 20 世纪 90 年代末提出应该让自然遗产多一些,文化遗产少一些;另外还有更多声音则在呼吁停止遴选遗产。

无论今天的遗产概念及体系存在多大问题,遗产名录停不下来是因为还有许多缔约国希望加入。同时还有很多人更想做濒危遗产,进一步强化警告的声音。可以期待,在未来遗产评选中那种"吉尼斯"似的世界奇迹感觉会越来越少,而关注如何拯救濒危文化呼吁会越来越多,这将成为一种趋势。

二 作为过程的遗产

从外部视角对遗产概念加以考察,正如朱煜杰博士所言,遗产概念及其体系的发展和演变是一个历史、社会过程。如若转换至内部视角,劳拉简·史密斯 (Laurajane Smith) 教授则对遗产概念进行了更深层次、更具批判性的反思。她所提出的"作为过程的遗产"的观念,有助于将讨论引向深入。

史密斯教授主张将遗产视作一种文化展演,即遗产是一种人为的过程而非一个既成事实。在此过程中,遗产的意义与价值被不断生产、交流,并且被重制、再交涉与再思考。因此史密斯教授强调,所有遗产必然都是"无形"的。她认为,遗产是被人们制造出来的事物,而非人们所持有或拥有的事物。被称作"遗产"的东西当然是重要的,但它们更应当被认为是意义制造过程本身,也是这一文化展演的最终结果。遗产制造的过程不仅决定了过去及历史叙事中哪些是人们优先考虑的东西,以帮助人们理解现在,也决定了在背后支撑这些叙事的文化、社会以及政治价值,以及人们希望将过去的什么带入今天。遗产在定义人们需要什么的同时,也在定义人们不需要的事物与价值。在这个意义上,遗产是社会的文化工具或文化支撑。

　　当然，这并不意味着遗产作为一个对象并不重要。遗产这个对象依旧是重要的。史密斯教授试图阐明、强调的是它被制作的过程。这种过程会在许多不同的层面上发生。比如，遗产专家们与遗产代理人们决定了什么是遗产什么不是遗产，他们实际上参与了制造遗产这一过程；社区也在做着相同的事情——社区领袖决定了什么将被传递给社区成员；家庭也是如此——当家庭成员告诉外来者某些关于家庭历史的故事的时候；游客也这样做，他们游览遗产地和遗址，制造出了新的意义。最后，不仅作为研究对象的遗产是意义制造的过程，学者所进行的遗产研究本身也是一个过程——一个学者前往田野点、撰写研究计划、与当地人进行接触、交流并最终记录它的过程。学者们也在制造属于他们自己的遗产。所以说，每个人都不同程度地参与了制造遗产的过程。在此意义上，遗产并不仅仅是社区自己的客体，而是关于"我"和"他们"二者之间的一种关系。

三　遗产社会话语

　　与上述问题相关，史密斯教授提出的"社会遗产话语"，被认为是批判遗产学中最为重要的一个概念，也为理解和反思何为遗产提供了另一条重要途径。

　　在 2006 年出版的 *Uses of Heritage* 一书中，史密斯教授首次提出了关于"遗产话语"的研究。在她看来，作为文化展演的遗产是不会自发、任意、杂乱无章地出现，必定总在特定框架——特定话语、特定社会、文化以及政治语境里出现。并且在很多时候，遗产本身就是话语，正是人们理解、讨论、思考以及交流遗产的方式建构了遗产展演这一过程。因此，史密斯教授将官方的遗产话语看作一种探索式的工具，以此来分析其背后欧洲式的遗产观对于当代国际遗产讨论的影响。比如，她指出，在 19 世纪的西欧，遗产及其保护问题的出现承载了社会精英阶层的价值与诉求。精英阶层试图借助日益发展的学科，诸如考古学、建筑学、艺术史等制造话语与知识框架，从而对物品进行解释与保护。正是这种话语至今依旧占据统治地位，并且在第二次世界大战之后被强化了。随着第二次世界大战之后的技术进步以及与日俱增的对城市化和城市拆迁的恐惧,1972 年,这种话语被重新嵌入了《联合国教科文组织世界遗产公约》以及当时出台的种种其他公约之中。这是一种强调宏大与物质性、强调不朽和美学性的话语。它优先考虑的是一种对历史的理解,这种理解代表着精英阶级的社会经验。

同时,上述遗产话语不仅仅存在于西方社会,也正在向非西方社会传播,不仅在国家层面,也在地区层面上发挥着重大影响。换言之,官方遗产话语并不止有一种,而是可能以多种表达形式出现,并且随着族群、国家、文化的不同而各不相同。比如《世界遗产公约》表征了联合国教科文组织和国际古迹遗址理事会的殖民话语,并将其加诸于全世界的其他地区。《保护非物质文化遗产公约》在某种程度上就是一种对它的挑战。然而《保护非物质文化遗产公约》也并非十全十美,从某种程度上说它依旧是由那些头脑中塞满西方官方话语的人们架构的。

在史密斯教授看来,这种遗产话语非常普遍。一旦人们被嵌入这种话语,就会受到巨大的影响,就会认为那就是合理的。也就是说,当遗产话语成为常识,人们也就相应成为它的一部分。因此,反思遗产话语可以有助于人们跳出这个陷阱。

尼尔森·格拉本(Nelson Graburn)教授首先赞同史密斯教授的上述观点,认为每个社区和每个国家甚至整个世界都有一种所谓的“官方遗产话语”。这是一种权力,影响了相关机构如何编写规则,影响学者出书,并在博物馆、学校、社区等公共场域进行讲授,因而官方话语成为社会谈论遗产的基本方式。人们总是有一套官方的遗产话语,但与此同时格拉本教授还指出,不能忽视在官方遗产话语之下人们也可以保有自己的一套信仰和记忆。例如说,“我”可能有与“你”相同的历史,但“我”总还有一些“你”不知道的其他往事。这些过往对“我”来说意味着不同的东西。同样,“你”的生命中也有对“我”来说非常不同的往事,所以人们对于遗产总是可以有自己不同的想法。

格拉本教授进而认为,关键在于遗产专家者们应该教给当地人用自己的意思、自己的语言,使用自己过去事件的碎片来形成属于自己的“遗产话语”。不同地方的人以各种不同的方式来处理自己的遗产和历史。其他人不了解也不会欣赏这些千差万别的方式，而这些不同之处恰恰是遗产的价值所在——这就是遗产专家们应该去做的。需要警惕的是，遗产专家在教授人们的同时，如果不小心也可能生产另一种"官方化"的遗产话语。因为专家的观点很可能被不同地方的人加以复制、再表述和运用。

遗产实践:旅游、发展与社区参与

一 遗产与旅游

联合国教科文组织主导的遗产运动推动了全球范围内旅游行为及旅游文化的快速升温，对中国的文化遗产实践产生了极大的影响，也引发了学者们的持续的深切关注与热烈讨论。

格拉本教授指出，旅游开发与文化遗产保护的关系自 20 世纪 70 年代开始就一直是学术界论争的焦点。相对于大多数情况下对旅游之于遗产保护的负面影响和评价，格拉本教授强调，世界范围内有很多案例显示，旅游对于遗产保护仍然具有不可否认的积极意义，否则遗产早就消失了。

发展旅游产业时，需要综合考虑很多因素，比如教育、现代性、污染、工业等。大约在 20 世纪 70 年代，科恩（Erik Cohen）曾在一篇关于旅游对环境影响的文章中指出过旅游业的诸多负面影响，包括游客过多、偷盗现象和大规模建造宾馆等。但格拉本教授认为，破坏并不是仅仅由游客所造成的，而是由于整个现代性结构自身所导致的。旅游者的到来会改变传统社会的结构，使传统的经营模式更具现代商业性，同时旅游还会改变人们对于时间的消费（consumption of time）。由此可见，旅游工业的确导致了一系列问题，但即使没有旅游，同样会有其他产业或其他新事物进入遗产地，进入社区，并造成若干负面影响。

旅游所带来的最直接的好处当然是基础设施的改善，比如电力、水源等。再者，旅游可能改变少数民族在世界图景中的位置，有助于他们会学习到更多的东西，体悟本文化的价值。旅游者跋山涉水，不在乎金钱花费，只为去他们的村子一探究竟。这会使得少数民族觉得自己是重要的、特别的，会使他们在现代社会中发展得更好。旅游同样对游客有所助益。

游客通过旅游可以更好地了解这个世界,看到世界上的其他民族,感受别样的生活方式、宗教信仰和饮食习惯。这个过程中,他们可能更加感恩世界,这也是教育的一部分。

史密斯教授也检讨了联合国教科文组织对待旅游所持有的一种爱恨交加的态度:在联合国教科文组织眼中,游客理所当然是邪恶的,因为他们要毁坏遗产景点的一切。同时,考虑到国内和国际旅游在中国的重要性,她认为中国目前正面临一个宝贵的机会来重新评估遗产与旅游的关系,并将其重新带入国际辩论中。她建议中国学者基于宝贵的本土经验更多地讨论那些不仅是已经达成共识的事情,也讨论悬而未决的问题。比如:让被称作遗产的事物被人们观看、感受、经历,从文化上来说有什么益处?应当如何照顾那些想观看这些遗产的人们的愿望与需求?如果说旅游或多或少会导致遗产受到损害,又应当如何应对这种负面情况的发生?

简而言之,旅游和遗产保护的关系存在两种可能性:旅游者在旅游中发现遗产的价值,萌发保护的动机;或者旅游可能使文化商业化,制造不真实的传统。在格拉本教授看来,实际上这只是文化遗产的情境不同了,就像以前人们射箭是为了捕猎或打败敌人,而现在人们把它作为奥林匹克运动会的竞技项目。射箭技艺本身并没有改变,而是社会历史情境发生了改变。而当射箭技艺成为运动项目之后,可能还将得到更好的发扬,使其长久保存下去。旅游对于遗产的作用也是如此。不是遗产本身改变了,而是社会历史情境改变了。遗产应该是开放的,因为世界本来就是一个开放的空间。

二　可持续性发展与中国本土遗产"生生"观

当前遗产保护实践的一个重要维度在于强调对现代以来所谓"发展"概念的全面反思,由此催生了遗产保护的可持续性发展观。

人类学界对"发展"这个词向来颇有微词,例如迈克尔·赫兹菲尔德(Michael Herzfeld)教授就对其持批评态度,认为这个词与19世纪的进化论一样,都助长了第一世界统治第三世界的不公平现象。朱煜杰博士则认为,"发展"本身并非必然是一个负面概念,不能局限于1972年公约成立以后三四十年来看待遗产的保护与发展，而要在历史长河东西方的交流碰撞下来看这个概念几百年的演变。"发展""遗产"或"保护"这些词，都是政治性行为。这些词的含义在过去事物的遗产化过程中被固化。特别在中国，人们使用这些词的时候，会将它们的意义和属性——褒义或贬义，限定得更死板。在遗产实践的操作层面，有许多复杂因素会影响何为"发展"的价值判断，因此才要在前面给它加一个限定词——"可持续"，来强调我们所主张的遗产保护是有利于人类和生态的可持续存在的，而非消耗性甚至毁灭性的。这里面可能有 NGO 的声音，有学者的研究，有地方政府的规划，还有地方社区的传统知识和民众自己的现实需求。如果这些能达到良好的沟通和平衡，实现可持续发展将是个良好的愿景。

"全球化"语境迫使中国学者面对所有重大问题都要站在"国际化"的高度来思考问题。在探索中国本土非物质文化遗产体系建构道路的过程中，彭兆荣教授基于本土知识传统的重构来推动中西方遗产对话，以典出《易·系辞上》"生生之为易"的"生生"观念来重新揭示"可持续发展"的本土价值伦理。所谓"生生"，意指"援天道证人事"之道和"阴阳相生"之道，是生命生成、养育和生命力维持的原生道理。"生生"之道同时意味着，任何一个文化遗产除了其生成的历史逻辑外，还需要一个养育制度的保障性作用。中国的文化遗产存在着一个独特的体系，其中生成养育制度构成了体系中重要的存续和表现形式。其支撑并非是某个单一的社会阶层或群体，许多阶层或群体都加入了文化的"遗产化过程"。彭兆荣教授提出，中国文化遗产的生养方式和制度可为文化遗产的存续和发展提供独特、有效的制度保障，集中国智慧、中国知识、中国经验、中国技艺于一体。

格拉本教授和史密斯教授均对彭教授的观点作出了回应。史密斯教授评价彭兆荣教授基于中国传统文化语境所进行的遗产知识考古具有重要意义。遗产"生生"观念的提出有助于使《非物质文化遗产公约》在中国本土的文化语境中生成新的意义，从而为中国的多元族群、社区所理解。建构中国非物质文化遗产体系的探索，可以帮助非遗公约国际化的遗产保护实践与标准，与中国特定的文化环境相结合而产生必要的化合反应。因为任何成熟的非物质文化遗产保护体系都必须整合各种文化多样性，以实现不同文化群体的多元化意愿。格拉本教授也赞同"生生"观、"养育制度"等对当今中国遗产实践问题的重要意义。他认为,像中国这样的国家在今天不可能存在于没有变化的环境中。人们谈论着"可持续性",但迄今为止人们都没见到过真正的"可持续性"。因此,人们所尝试的或许是平衡种种正在发生的变化。只是通过管理这些变化,可以接近"可持续性"而已。彭兆荣教授经由中国历史图像、思想资源的再阐释来建立适用于当下的"生生"观念,强调了遗产体系并非静态的对象,遗产实践过程中不断发生这样那样的变化,唯有变化才是永恒的。"生生"就如同一个树状螺旋似上升的系统模型,对保护遗产、管理变化而言是一个很好的模式。其最重要的内核即是对"关系"之重要价值意义的再发现。遗产与生活、自然、生态和历史相关,"生生"强调的正是一件事物与另一件相关。而当把所有这些东西放在一起时,就创造了一个坚实的意义网络,使人跟随意义之网而行动。正是关系为事物赋予了意义。

三 遗产保护与社区参与

在遗产保护、旅游与开发的诸多实践中,社区均是行为主体。赫兹菲尔德教授认为,特定社区通过对遗产观念的理解和操控,可发展出一套应对国家权力和旅游工业侵蚀的社会实践的表述策略,从而也为自身赢得某种文化遗产的地位。

赫兹菲尔德教授的两个案例分别来自希腊克里特岛上的雷特米诺小镇和泰国首都曼谷的一个居民社区。在雷特米诺小镇上,穷苦的居民喜欢用白灰涂抹住宅表面再配以各种图纹来加以装饰。这是小镇过去经济衰退、居民贫困的反映。然而随着 20 世纪 80 年代旅游业的升温,越来越多的海外游客前来旅游。因为贫穷而无法离开的居民,无力像富有居民那样重盖住所,却因祸得福。他们颇具威尼斯风格的古老建筑得以保留下来,而他们也利用政府在保护遗产时所大力提倡的"纪念碑式的时间"观念来获利。在曼谷的一个社区,居民同样利用遗产时间观念来对抗政府的强制拆迁。他们的策略是将自己塑造成泰国文化遗产的一个代表性场所,并借助泰国旅游业的开发大力对外宣传这一"仍然存活的古老泰国文化"。20 多年来，他们成功抵制了政府的多次强行拆迁。对于克里特的热特米诺小镇而言，新近流行的保护文化遗产观念使得当地住房没有被现代性所摧毁，小镇贫民从而赢得一线生机。对于曼谷的社区而言，社区居民发展出一套社会实践的特殊表述策略，从而也为自身赢得了某种文化遗产的地位。

史密斯教授同样关注遗产实践的社区参与问题，相较而言，她的侧重点在于探讨遗产专家与社区合作的具体方式，并鼓励尊重社区主导的权力。她认为，遗产保护最终必须取决于目标文化的实践者自身。遗产专家的角色只是辅助，而非去定义社区应该做什么，何时去做，等等。当一个社区将就如何保护遗产、何时保护它甚至是不保护它做出决定时，最好的方式是任其发展，而非强加干涉。虽然对于任何一种遗产职业者来说这都是难以理解且难以做到的，但有时必须这样做。

史密斯教授和同事们曾在一个澳大利亚土著社区工作，以帮助土著将自身的文化遗产传递给下一代。他们提供了各种可行性建议。但最终她坚持必须由社区成员来对这些可能性作出抉择。史密斯教授强调，由社区来作出决定非常重要，因为这意味着尊重他们的所有权，这可以让遗产更真实，也更容易被传承，社区的文化遗产表达也因而具有了一种至关重要的"有机性"。当然，任何文化遗产的保护都同时是社区的保护。对此，史密斯教授提醒到，人们总是将社区视为一个美好、温暖、边界明晰的共同体。然而在现实中，社区是混乱的，甚至某些时候社区成员之间的互相争斗令原本就危如累卵的形势雪上加霜。但此时，遗产专家必须撤退，必须让社区自身去理出头绪。让一个社区对自己的事物拥有所有权是至关重要的。如果社区不能自行解决问题，社区就对整个问题丧失了所有权。如此一来，一切将会变得毫无意义，因为没有什么东西将得到传承。

情感维度：遗产研究的主观转向

在国内外遗产研究领域，诸如遗产概念、遗产保护、遗产旅游、社区参与等议题，大都侧重于将遗产理论或实践作为一种现象客体来加以研究；与此相应，对遗产旅游主体、遗产保护社区共同体等的研究也较为侧重于对其实践行为动机、客观规律和趋势等理性维度的研究，较少论及遗产实践主体的情感、情绪等主观维度。对此，朱煜杰博士认为这与社会科学研究惯于将对象切分成不同层面的传统考察方式有关：具体到个体，人们会谈论情感、记忆、感受等，而一旦谈到机构——国家、组织、共同体，人们很快便走向了政治和管理，立刻便使语言变得味同嚼蜡了。

在本次学术交流过程中，史密斯教授关于人类情感与遗产关系议题的讨论尤为引人注目，或可视为当前遗产研究由理性维度向感性维度发生转向的一个先声。

在《游客情感与遗产制造》(Emotional Heritage tourists and heritage making) 一文中，史密斯教授以遗产旅游中的游客情感为对象，指出一次参观特定遗产地的行为，同时亦是一次感同身受的文化展演，对于确认和巩固展演者（或参观者或游客）在情感和智力方面所承担的义务有着重要作用。传统上，理性主义的现代派观点会怀疑或故意疏忽与主体感情、情绪相联系的观点。情感经常因它对理性判断的冲击而被排除在外。然而，今天的自然和社会科学研究都已揭示出情感不仅有助于促进理性判断，也有助于促进认知和记忆的发展。将情感排除在外的研究在今天的社会科学中受到不断反思。因此史密斯教授认为，如何管理和表达感情是今天的遗产研究所要关注的一个新的方向和议题。

在具体研究中，史密斯教授揭示了遗产旅游者在遗址和博物馆的行为所涉及的七个主要方面，人们表达感情的方法将影响他们即将从事的事情：①管理并表达情感；②传递家族记忆和价值；③证实个人或集体的价值；④宣告、议定或建立家族认同和/或历史联系；⑤巩固或承认人们已经知道和相信的记忆和叙事；⑥提供认可、尊重或学识；⑦教育资源——甚至，以上所有这些东西的组合。

史密斯教授描述了人们在遗产旅游展演中所表达的一系列情绪和情感：愤怒、开心与愉悦；胆怯、自信与坚信；淡淡的情感与深厚的爱国主义情结；为别人难过与发自内心的情感共鸣；简单的寻开心与对事物真谛在认知和感情上的顿悟。每一次情绪、情感反应都是通过复杂的互动产生的，如人与地方或展览间的互动、个人能动性与社会文化语境，等等。对主体而言，情感的发生可能完全是出乎意料的，但也可能是被刻意找寻和可经营的。游客/旅游者正是通过选择去某个特殊的遗产地而不是其他地方参观某种展览，来调整和经营他们的情感。更进一步说，人们去博物馆是去表达或感受情感，或在某个他们认为具有特别历史文化叙事的博物馆或遗产地进行一种感情投资。在此基础上，史密斯教授将情商定义为一套技能：这种技能使个体意识到他们的情感反应，并选择性地使用这些情感和自我反思能力来促进自身思考、纪念或参与到一个遗址或展览中的方式。

总之，人类情感与遗产关系的研究在今天应当得到更多的关注。正如史密斯教授所言，遗产管理是一个非常复杂的概念。人们在管理遗产的时候，不仅是在管理有形的遗产，也在管理无形遗产；不仅是在管理遗产对象，管理遗产的历史叙事、记忆和意义，同时也在试图调整人们对它们的主观回应和对自我的感知。

文学与人类学批评

新时期文学人类学研究的范式转换与理论推进[*]

摘　要　新时期以来的三十年间，中国大陆文学人类学研究的对象域发生了三次转换：文学作品—文学文本—文化文本，也随之呈现出三种重要的研究范式转换。本文旨在对上述三种代表性范式进行分析与述评，进而指出，当下文学人类学研究与批评实践所进行的理论拓展呈现出清晰的二维图式：沿着纵向时间维度重申历史意识；沿着横向空间维度构建多元对话性场域，从而预示了该研究领域更具开放性的跨学科阐释空间。

关键词　文学人类学；研究范式

讨论起点:后现代表述困境

一　人类学与后现代表述困境

自 20 世纪七八十年代以来，西方人文学科遭遇到一个普遍性困境："不仅是知识的文本表述，而且产生这些表述的职业过程，都成了学科的争论焦点，并都受到质疑"。① 就人类学而言，此表述困境在后现代语境中所引发的实验民族志反思，始终高度聚焦于"民族志"这一核心问题——因为它既是学科研究方法也是学科表述载体。人类学学科的"表述困境"因而具有明显的双重性。

---

* 本文刊载于《文艺理论研究》2009 年第 3 期。

① ［美］詹姆斯·克利福德、［美］乔治·E. 马库斯编：《写文化——民族志的诗学与政治学》，高丙中、吴晓黎、李霞等译，商务印书馆 2006 年版，第 316 页。

如何表述？为何表述？

1986 年，两部当代人类学史上的标志性著作——《写文化》和《作为文化批评的人类学》先后出版，被广泛誉为将以"写文化"为核心的人类学反思推向高潮，并宣告了"一个人文学科实验时代"的到来。其实，此两部著作在学术史上地位的凸显正在于二者援手回应了学科表述的双重性困境。

如何写文化？《写文化》主要致力于在民族志文本层面对人类学的知识生产过程进行反思，进而探讨学科话语建构的新的可能性。

为何写文化？《作为文化批评的人类学》主要致力于在民族志功能层面将民族志作为学科研究范式的方法论功能提升至作为"文化批评"利器的新高度。

二　文学人类学的反思

迄今为止，文学人类学的学科实践大致可以划分为两翼：以文学的方法进行人类学民族志写作实践和以人类学的方法进行文学和文化批评实践，二者分属不同视角和立场。[1] 本文致力于后者，即对文学人类学批评实践的讨论，并采用一种较为宽松的方式来界定所谓"文学人类学研究"，即：

> 文学研究者和人类学研究者运用人类学的范畴和方法，对特定人群的文化书写（包括文学作品、文学文本、文化文本）的符号、行为和意义进行的读解与阐释。

文学人类学的批评实践重在以人类学方法研究各种文化书写形态和样本，其焦点更偏重于"解（解释）"文化，而不是"写（描写）"文化。因此，人类学民族志反思围绕如何"写文化"而展开的形形色色的实验运

---

[1]　周泓、黄剑波：《人类学视野下的文学人类学》（上），《广西民族学院学报》2003 年第 5 期。此处的划分是笔者在周泓、黄剑波二人的相关论述基础上对文学人类学涉及的两种学科实践所作的进一步阐发。

动及其应对"表述困境"的各种策略，并不能为文学人类学研究带来直接而便捷的范式移植，主要还是对后者提供了两项在经验和理论层面都至关重要的提醒和警示：

其一，对人类学研究共时框架的有效性阈限的反思；

其二，对人类学学科话语建构属性和"科学"权威性的反思。

以此反思为起点，当下的文学人类学批评实践呈现出积极而多元化的探索态势。在此意义上，后现代"表述困境"得以成为文学人类学研究范式创新的内在驱动力。

文学人类学研究的范式创新

新时期以来中国大陆的文学人类学研究总体上可以概括为"三个十年"：第一个十年是以方克强为代表的少数学者召唤下的文学人类学复苏；第二个十年是以萧兵和叶舒宪为代表的原型批评繁盛期；第三个十年是学科建设和多元发展时期，涌现了民族志诗学、符号类型模式理论、人类学诗学等流派，也在批评和理论实践中涌现出一批代表性学者，如彭兆荣、徐新建等，并取得了较为丰硕的实绩。① 若以不同指标进行划分、总结和评述，大致可以勾勒出这个年轻学科发展轨迹的不同侧面。本文选择以研究范式的探讨为核心，来审视文学人类学学科所取得的学理推进。

在文学人类学研究突破"神话—原型批评"而步入多元化发展道路的过程中，新的研究对象的发现和新的研究领域的扩张预示了范式更新的可能。叶舒宪教授指出，在"文本"这一关键词的导向作用下，人类学，包括文学人类学研究已经完成了从文学批评到人类学诠释的三级跳过程，并让人们清晰地看到了学科对象和研究视域的三次重要转换。

文学作品（专指书面作品）—文学文本（包括口传的）—文化文本（包括文字的和文字以外的，如"图像叙事""博物馆象征"和

---

① 李小禺：《中国文学人类学发展轨迹研究》，硕士学位论文，兰州大学，2007年，第12—13页。

"仪式展演"等)。①

若按上述三大对象域来进行梳理与归纳,则可将"三个十年"中的文学人类学研究大致划分为三种类型,与此对应,也出现了三种具有代表性和创新性的研究范式。

一 对"文学作品"的研究及其范式推进

研究重心:以对中国古代典籍的文化阐释成果最为丰硕

成果举例:萧兵的楚辞研究系列、叶舒宪主持的"中国文化的人类学破译"系列丛书、叶舒宪的《熊图腾》

范式推进:四重证据法

分析图式:层累结构

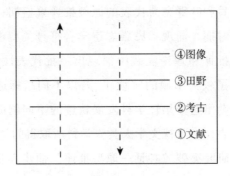

④图像
③田野
②考古
①文献

范式图式 1——层累结构②

中国大陆的文学人类学研究肇端于神话—原型批评。新时期以来这一研究理路从萧兵和叶舒宪对中国古代典籍的文化阐释开始逐步发展。在叶舒宪的近期研究中,其关注的作品文本范围更扩展至西方写作传统之中,

---

① 叶舒宪、彭兆荣、徐新建:《"人类学写作"的多重含义——三种"转向"与四个议题》,《中国文学人类学第五届年会手册》,会议刊印资料,2008 年。

② 本文 3 个范式分析图式中的箭头指向表示研究者在具体批评实践中进行分析与阐释的可能性走向。

如在《圣经比喻》一书中所进行的跨文化阐释。

这一类研究的方法论脉络强大而清晰，始于王国维先生所开创的文献与考古互释的"二重证据法"。在学科发展的第二个十年中，叶舒宪提出并与萧兵等学者共同倡导、实践了"三重证据法"。中国比较文学研究会会长乐黛云曾高度评价他们（萧兵、叶舒宪）"运用'文献/考古/田野'三重证据，诠释、破译了中国上古文化典籍的众多疑难"①。

2006 年，在中国文学人类学研究会第三届年会上，叶舒宪进一步将"三重证据法"推进为"四重证据法"。他主张以四重证据：传统文字训诂（文献）、出土的甲骨文金文（考古）等、多民族民俗资料（田野）以及"第四重证据"——正式考古发掘的和民间传世的古代实物和图像资料（图像），来对古代文化进行重新解读，力图在汉语书写文本极为有限的记录之外拓展新的研究视域。② 2007 年，叶舒宪以《熊图腾》一书成功实践了"四重证据法"的范式创新。

笔者将这一研究范式的内在分析框架描述为"层累结构"，意指其重在不同层次、不同类型材料间的互证互释。或许今后还可能发展至第五重证据、第六重证据……但数量的递增并非要点所在，此结构所显现的是一种对新观点、新材料、新视野的开放而富于对话性的范式包容度。

二 对"文学文本"的研究及其范式推进

研究重心：对民族民间口传文学的再发现

成果举例：朝戈金《口传史诗诗学：冉皮勒江格尔程式句法研究》

徐新建《歌谣与国学》《侗族大歌研究五十年》

范式推进：建立"文本/本文"分析框架

分析图式：张力结构

---

① 参见乐黛云《文化多元和人类话语寻求》，转引自李小禺《中国文学人类学发展轨迹研究》，硕士学位论文，兰州大学，2007 年，第 14 页。

② 叶舒宪：《熊图腾》，上海文艺出版总社、锦绣文章出版社 2007 年版，第 14 页。

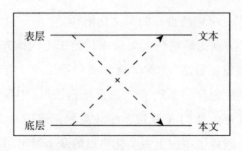

范式图式 2——张力结构

在文学人类学研究的倡导者们关于文本问题的若干讨论之中，最突出之处便是极力突破以往"狭义文学"观念对文本的限制，将关注范围扩大到其他许多非文字甚至非语言的"文本"之中。[①] 以朝戈金和徐新建等学者为代表，致力于对蒙古史诗、侗族大歌等民间口头文本的内部研究，开辟了文字书写文本之外的另一片天地。包括"活态文学""口传文学"在内的"文学文本"的田野再发现对于文学人类学研究具有深远意义，但如果说这还只是学科对象域的拓展，那么这一研究类型的范式创新还在于"文本/本文"分析框架的建立。

徐新建在其研究中始终强调对"文本"和"本文"的区分与关联进行深入考辨。有学者在文化书写的框架内对文本进行了较为系统的分类，如以内在特征区分的各种书写文本（literary textss）：表现性文本、描写性文本、意欲性文本；以表达媒体区分的各种文化文本（cultural texts）：语言的文本、身体的文本、对象的文本、环境的文本，等等。[②] 但徐新建强调的并非是按照某一标准对文本形态在同一平面上作出横向区分，而是精辟地辨析了位于文化书写表层结构的"文本"与位于底层结构"本文"的不同层次性，并试图通过对"文本"和"本文"这一对范畴的离析与并置，将平面的差异与区分拉伸为表层和底层的立体互动，从而构建起作为文化书写的文学文本内部的张力性结构。

---

① 徐新建：《文学人类学：中西交流中的兼容与发展》，《思想战线》2001 年第 4 期。
② 本处分类由徐新建根据恩尼格的阐述整理。参见恩尼格《关于文学人类学的讨论》，载波亚托斯主编《文学人类学》，转引自徐新建《文学人类学：中西交流中的兼容与发展》，《思想战线》2001 年第 4 期。

以对侗族大歌的研究为例，徐新建认为侗族大歌的"本文"在其本土原貌及其世代相传的多样功能之中，而所有外来者的记录，不管是文字还是音像，都只能是外在于本文的"再现"与"描述"文本。在此意义上，文学家和人类学家都是不同形式的文本制造者。强调"本文"与"文本"的区分，是要警惕不加注释地直接用"文本"代替"本文"，制造了文本的泛滥；而讨论"文本"与"本文"的相关与背离，则是要澄清文本制造的假象。因此，徐新建提出"寻找本文"，并不是否定文本的意义（在他看来，文本是走向本文的工具和桥梁），① 而是将文学从文本的禁锢中释放出来，回归其作为"文化的书写"的根本性存在。

上述研究范式从侗族大歌口传文本到侗族大歌文化事象的还原，再到侗族文化内核的透视与解读，其焦点是关注"文本"与"本文"之间涉及呈现与遮蔽、对位与错位、对话与误读等的多重矛盾与张力，并由此构建起立体的文学人类学阐释空间，以区别于通常意义上的"文学文本"研究。

三　对"文化文本"的研究及其范式推进

研究重心：仪式展演、非物质文化遗产等

成果举例：彭兆荣《文学与仪式》《人类学仪式的理论与实践》

范式推进：仪式研究的"十字形构造模式"

分析图式：十字结构

"文化文本"，包括文字的和文字以外的，如"图像叙事""博物馆象征"和"仪式展演"等，历来被人类学视为本学科的传统作业领域。仪式作为一种极具代表性的文化文本，其中包容着复杂而长时段的历史记忆与历史叙事。仪式不仅仅承载着变迁的历史内容，同时也在历史进程中改变

① 关于"本文"与"文本"关系的讨论，参见徐新建《侗族大歌：本文与文本之间的相关与背离》，《中外文化与文论》1998 年总第 4 期；《"本文"与"文本"之关系：人类学的研究范式问题》，《黔东南民族师专学报》1998 年第 4 期；等等。

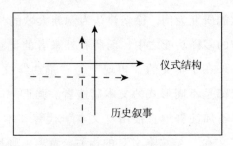

范式图式 3——十字结构

自己的形式和样态以适应变迁。

近年来，文学批评实践中大量涉及人类学研究重镇——仪式理论。在倡导文化比较的学术背景下，仪式理论在文学研究中的运用具有很强的操作价值。彭兆荣在文学人类学研究中的主要专注领域是文学与仪式。他从特纳的仪式社会功能理论出发尤其重视仪式的叙事性，认为仪式可以通过程序化的设置以实现叙事的社会化和文学化。这样，仪式和文本构成了文化书写的一个坐标，文学化文本与仪式性叙事也成为文学人类学拓展研究的一个新领域。[①]

经典的仪式研究历来存在两种取向：在共时框架中对仪式的结构和社会功能进行分析，或者在历时框架中追索仪式中所包含的历史叙事。彭兆荣则强调将仪式视为一种以共时框架来表述历史叙事的文化文本，因而他对仪式研究范式的创新呈现为独特的"十字形构造模式"。他提出在仪式的主题研究中将仪式作为一种"十字形构架"，在方法上既满足于仪式作为一种社会化"历史记忆"的积累和积淀的历史性"纵向"叙事，同时也考虑到作为独立性单位的"横向"构造，即超越于某一个具体历史叙事的"记忆模式"。"十字形构造模式"研究方法有诸多优点：①历时维度的研究与共时维度的研究互为条件和补益；②在此构造模式中可以任选一个点切入以反映仪式结构全面及其内部关系；③通过认知研究的方法影射作为背景的整体结构。比如，当一个仪式中出现某种牺牲（如牛）时，研究未必一定将着眼点限制在仪式中的"牛"上，而是将"牛"在那个特定的族

---

① 彭兆荣：《文学与仪式》，北京大学出版社 2004 年版，第 2 页。

群的认知体系中的关系背景进行"记忆"的考释。①

在当前中国的文学人类学研究中，文学与仪式研究还是一个较为薄弱的环节。但作为研究范式的创新价值，彭兆荣所提出的"十字形构造模式"并不以其实践者目前在数量上的不足而逊色。

总之，本文所讨论的研究范式，区别于具体的某种研究方法或流派，是指那些能为我们的研究提供内在分析框架的思维图式。以此观之，目前文学人类学的代表性研究范式大致囊括于此，并交织共存于当下的批评实践之中。

理论推进：时间维度与空间维度

通过上述对文学人类学研究中三种代表性范式的梳理与回顾，本文认为：从其背后的思维图式看来，近年来文学人类学研究的理论与实践探索始终沿着纵向时间与横向空间两个维度在逐步向前推进，尝试转型。

一 纵向推进：在研究范式的时间维度中引入"历史"

人类学田野作业的共时性框架在学科反思浪潮中一直饱受质疑。费边将民族志作者和被研究者共处同一历史时间和空间并互为对象的过程称为"同时性"（coevalness），同时宣称 19 世纪以来人类学学科发展所依据的社会文化演进阶段的时间观念，实际上是被空间化（spatialized）了的时间观，从而进一步消解了其残存的时间性。② 这是人类学民族志范式在后现代语境中陷入"表述困境"的原因之一。为应对此种质疑，人类学家们开始就如何体现民族志研究中的历史意识而进行探索。以此为动力，文学人类学也开始对共时框架的有效性阈限进行反思，其范式转型的探索路径也日渐清晰。

---

① 彭兆荣：《人类学仪式的理论与实践》，民族出版社 2007 年版，第 238 页。
② ［美］乔治·E. 马尔库斯、［美］米开尔·E. J. 费彻尔：《作为文化批评的人类学：一个实验民族志时代》，王铭铭、蓝达居译，生活·读书·新知三联书店 1998 年版，第 138—139 页。

1. 在共时性研究中引入历史维度

从前文论述可见，上述三种文学人类学研究范式均试图对文本的共时性结构进行突破，从历史的深处重新探求文学与文化阐释的可能性。在当前的文学人类学批评实践中已经出现了从文本出发重新进入历史的多种积极尝试。比如，文学与仪式研究中的"十字形构造模式"，有利于历史叙事与仪式过程研究的再度弥合。再如《熊图腾》，叶舒宪教授在"熊年"中五出长城、两下长江，考察中华熊图腾神话。他以文献资料为起点，通过与考古、田野材料和图像实物三重证据的互证，试图重建华夏文化远古源头的又一种几乎被时间遗忘的历史记忆：黄帝熊图腾叙事。

2. 在引入历史维度时凸显动态变迁

关于历史，过去与现在人们头脑中往往存在着两种同样片面化的认识倾向：在后现代之前，历史往往被认为是"真实"的；在后现代视野之中，历史又往往被认为是"虚构"的。而人类学走进历史的任务就是要表明，人类的历史与文化总比人们想象中更为复杂。《熊图腾》研究追踪的正是一条从"熊"演化为"龙"的可能性线索，揭示出图腾叙事背后华夏文化冲突、融合与变迁的历史过程。

此外，许多运用人类学概念和方法对少数民族文学作家作品所进行的批评实践，已经不再停滞于将某一民族的族群身份视为某种"本质论"式的存在，而开始注意到其族群身份内部构成的复杂性以及历史发展过程中的身份变迁问题。比如在对阿来及其作品的研究中，有论者不再简单地将阿来及其作品视为定型化的"藏族"或者"藏族文化"典范样本，而关注到阿来在汉藏之间进行族群文化书写所无法摆脱的复杂特质。①

值得注意的是，在波及整个人文社会科学的人类学转向潮流中，同样被卷入后现代表述危机的历史学界也已经对文字书写和学科建构背后的权力关系进行了有效的反思。在此背景下，文学人类学对历史意识的重申与

---

① 如徐新建《流动的歌者：阿来创作论——从文学人类学的角度切入》，《民族文学研究》2001年第2期。

新史学内部所谓历史人类学、微观史学、叙述史学范式的产生,① 显示出某种一致的努力方向:以跨越学科边界的方式来重建其自身学科叙事的合法性。

二 横向推进:在研究范式的空间维度中拓展场域与对话

在文化书写的框架内,文学人类学研究也积极尝试如何在不同文本样态之间形成话语场,试图通过充分发掘文本间的对话性来弥合不同文化书写方式之间的隔阂,制造出尽可能丰沛的意义空间和尽可能多样化的阐释可能。

1. 文本场域的拓展

必须指出,在前述关于文学人类学研究对象的三级转换过程中,"文本"概念的变迁不应该被理解为线性的、单向度的演化论关系。随着一种新的"文本"样态的发现,前者并非被取代或者被消解,而是以后者涵容前者的方式,共同建构了一个"文化书写文本"的复合体系,"文化文本"之中因而也必然包括"文学作品"与"文学文本"在内。这些形形色色的"文本"涵括了文化书写从"表层叙事"到"底层叙事"的不同样态——文字书写、图像书写、声音书写、身体书写;主体文本、对象文本、环境文本;民间叙事、官方叙事;文学作品、文学文本、文化文本……它们以各种方式结聚为彼此区别而又彼此关联的话语场。

正如徐新建教授在"文本/本文"分析框架中所揭示的那样,所有作为"再现"和"描述"的外在"文本"都必定返回文化"本文",并围绕这一"本文"形成一个关于特定人群和他们的文化——他们自己所表述的文化和被他者表述的文本——的复合叙事群。这就是说,从人和符号的对应关系来看,所有这些不同样态的文本,都可以视为人类文化知识的"对象化"和具体化。研究者们从中把握特定人群的文化知识,重新考虑不同文本和叙事策略之间关系的多种可能性并分析比较其中的差异,如此方能

① [英] 帕拉蕾丝—伯克编:《新史学:自白与对话》,彭刚译,北京大学出版社 2006 年版。[美] 杰克·古迪、[美] 纳塔莉·泽蒙·戴维斯等多位当代西方史学家均高度评价了人类学观念和理论对历史学范式转型的积极影响。

在动态的文本场域之中进行更具批判力的文学批评实践。[①]

2. 文本间对话的再激发

对话性：从文本内部到文本之间

人类学家克利福德认为"对话性"这一术语指的是一种体现了两个主体间话语交流的意义生产方式。当然，"对话性"的实验路径其实应该回过头来从巴赫金的"复调"文艺学理论中寻找渊源。"复调"理论的多声部话语建构具有重要的启发意义：如果说实验民族志写作是在文本内部倡导了多声部的话语交流，文学人类学研究在此基础上则强调超越单一文本的界限，在多种文化文本之间形成对话的场域。"多声部"体现出整体中各部分之间的互动关系，是最符合文化自身特性的形式，有助于消弭主客位之间的权利问题。[②]

正如彭兆荣在对"口传"与"书写"叙事关系的检讨当中指出，必须看到"口传"与"书写"同样是历史记忆的文本，二者构成同一个总体范式的有机组成部分。在人类文明的进程中，书写文化利用"文字中心主义"偏执将"口述传统"挤压到文本序列的最底端，却并不意味着口述历史所宣称的"自下而上"地"重写历史"就具有全部的正义性。[③] 同样，在地方族群叙事与国家叙事的对抗之中，对国家叙事权力意识的反思并不等于要完全推翻它，甚至消解它，而是要警惕其所谓"唯一"和"中心"的话语霸权，使其以平等的姿态重新进入与族群叙事和地方性知识的对话场域之中，通过彼此的相互阐发来构建新的历史。

对话的多种可能。

其一，填补与扩展。将特定文化文本的研究与文化阐释相结合，能使具体的文本解读更为深邃丰满，也能使我们对文化的理解不再只是空洞的结构和规律抽离，而保留人作为主体的生活、思想、情感的鲜活体验。在此意义上，我们从文本记录、音像录制、程式分析和现场参与体验中可以

---

① 徐新建：《文学人类学：中西交流中的兼容与发展》，《思想战线》2001 年第 4 期。

② ［美］詹姆斯·克利福德、［美］乔治·E. 马库斯编：《写文化——民族志的诗学与政治学》，高丙中、吴晓黎、李霞等译，商务印书馆 2006 年版，第 296—297 页。

③ 彭兆荣：《人类学仪式的理论与实践》，民族出版社 2007 年版，第 247 页。

最大限度地接近作为民俗事项和文化历史记忆的蒙古史诗《江格尔》。

其二，差异并置。不同文本由于文化书写主体、语境、诉求的不同，必然存在广泛的差异。差异并置应该被视为一种更富于平衡感和整体感的批评观念。如将官方话语与民间话语并置固然可以获得对权力关系的批评力量，但其最终目的还在于通过对二者间差异的分析来获得对国家建构背景中文化整体的充分认识。

其三，改写。在对某一人群的文化研究中，考古发掘的出土文物或者散落民间的历史遗留物往往能改写文献对历史的书写。英国史学家彼得·伯克对包括工艺品、画像、雕塑、电影、电视、平面广告等的视觉材料进行了广泛分析，但其关注重点并非图像本身，而是如何利用它们解读历史以及在历史过程中存在的机遇与危险。① 以"熊龙"修正"猪龙"的历史误读，这也正是叶舒宪所强调的"第四重证据"的力量所在。

一部学术发展史总是以某种方式在重现着自己。文学人类学研究沿着纵向（时间）/横向（空间）这两个维度的范式推进，让人直接联想到的是半个世纪前的"语言学转向"浪潮。索绪尔以纵向轴"历时性"和横向轴"共时性"建立了语言学的基本分析框架，其背后的思维模型就是时间与空间的二维图式。整个人文社会科学界在其指引下纷纷开始范式转型，结构主义学派的创立清楚地表明人类学也无出其外。今天，时/空二维图式在文学人类学研究实践中发挥出的指向性作用，无疑再一次证明了其有效性。

结　语

2008 年 11 月，在贵阳花溪举行的中国文学人类学第五届年会上，主办方所提出的第四个核心议题为：人类学如何引导我们重新进入中国和世界的"历史"？②

---

① ［英］彼得·伯克：《图像证史》，杨豫译，北京大学出版社 2008 年版。
② 叶舒宪、彭兆荣、徐新建：《"人类学写作"的多重含义——三种"转向"与四个议题》，《中国文学人类学第五届年会手册》，会议刊印资料，2008 年。

至此，上述对新时期以来大陆文学人类学研究的三种代表性范式和两个理论推进向度的探讨，引领本文再次回归这一核心议题。而一种可能的回应是：从表征着人类文化多样性的各种文化文本形态出发，走进动态变迁、充满对话性的复调历史，以使人们从中重新获得关于某个人类群体及其文化的洞见，同时能够更为清醒地反观自己。

民族文学与民族志:文学人类学批评视域下的少数民族文学[*]

摘　要　一直以来，对少数民族文学民族志功能的认识深植于该领域研究的历史脉络当中，并形成了一种批评与表述传统。文学作为文化的表征，从来都是我们认识他者文化的有效路径。在当下语境中，文学人类学借助跨学科整合的方法论优势，对少数民族文学的民族志功能进行深度开掘，并将其地位与意义提升至一个新的高度：作为文化书写的少数民族文学。本文强调从文化相对主义立场去充分认识各民族文化与地方性知识的价值，深入理解少数民族作家如何将上述二者创造性地融于文学作品之中，从而从理论与实践的双重维度推动"中华多民族文学史观"的建构。

关键词　民族文学；民族志；文化书写；文化多样性

面对全球化冲击下大量地方性知识和族群历史记忆的快速消失，保护和拯救文化多样性的重任从来不属于，也不应当只属于人类学家的，而需要包括文学在内的众多人文学科的共同参与。面对人类文化的复杂性与多样性，传统人类学民族志的单一范式是远远不够的，应该由多样化的文学创作实践和文本样态来加以补充。民族文学作为文化书写的价值与功能理应加以重新审视和深入开掘。

---

　*　本文刊载于《民族文学研究》2009 年第 3 期。

一 民族文学研究中的批评套语

一直以来，民族文学研究致力于对少数民族文学地位和意义的提升。在当下学术语境中，这种努力更与对文化中心主义的警惕相结合，注重通过批评实践消解"汉族—少数民族"的二元建构和"中心—边缘"的权力表述模式，以保护文化多样性，促进中华多民族文学格局的繁荣发展。此中一个值得注意的现象是，当我们翻阅一些民族文学研究论著以及相关论文、文献，不论从何种立意、角度或者借用何种理论对少数民族文学进行研究或评述，它们都会习惯性地使用某些评价性套语，以下略举几例。

例1："各兄弟民族的文学遗产是许多座丰富的文化宝库！"……"我们收集、整理与研究一个民族的文学遗产，是为了保存那一民族的文化财富，继承民族风格，也是为了把它介绍给各民族。"①

例2：……扎西达娃等人的"西藏系列"，虽然时间不一定是过去历史，但这些故事内容和其文化特征却带有原始色彩，它们是历史文化所遗存下来的一些"板块"，带有明显的"过去时"特征。②

例3：小说（老舍的《正红旗下》）通过这些家庭和人物，展示了日趋末路的大清帝国五光十色的历史画卷和满族旗人及清末北京社会生活的图景。

例4：这部长诗（《玛纳斯》）博大纷纭，涉及历史、语言、天文、哲学、宗教、民俗、地理、音乐等方面，是一部具有重要认识价值的百科全书。③

例5：少数民族文学有巨大的认识价值和文献作用。由于许多少数民族没有文字（比如西北的撒拉族、土族等民族），所以口头文学

---

① 老舍：《关于兄弟民族文学的报告——在中国作家协会第二次理事（扩大）会议上的报告》，《文艺报》1956年7月号。关纪新认为这是"中国有史以来第一个有关少数民族文学的系统报告"，具有重要历史意义。

② 孔范今主编：《二十世纪中国文学史》，山东文艺出版社1997年版，第1419页。

③ 马学良、梁庭望、张公瑾主编：《中国少数民族文学史》（修订本），中央民族大学出版社2001年版。例3：第1100页；例4：第216页。

就是他们的文献。……它为社会科学乃至某些自然科学研究提供了珍贵资料。[①]

这些摘引文本从 20 世纪 50 年代跨越到 2007 年，有老舍在重要会议上所做的"关于兄弟民族文学"的报告，有文学史家对少数民族作家作品所做的评述，也有普通研究者的具体少数民族文学批评实践。透过这些在时代背景、研究对象、研究者之间充满差异的文本我们可以看到：在民族文学研究的学科发展过程中，对少数民族文学价值与地位的评价始终存在着某种一脉相承的批评和表述传统，一直在沿用某些固定的套语模式，大致可以归纳为以下三类。

模式 A	类比为"存储器"	例：①……是文化宝库
		②……是历史文化亟待开掘的宝藏
		③……是历史文化所遗存下来的"板块"
模式 B	类比为绘画艺术	例：①展示了……五光十色的历史画卷
		②描绘了……生活图画
		③展开一幅……的风俗画卷
模式 C	类比为历史文献	例：①……具有重要认识价值的百科全书
		②……有巨大的认识价值和文献作用
		③……提供了珍贵资料

上述三种评价性套语均采用类比修辞，将少数民族文学作品与某些具有特殊功能的参照对象相联系，呈现出三种意味深长的类比模式。总的说来，它们要么激发各少数民族的文化自豪感，要么表达对少数民族文学创作与研究边缘化的忧虑，无非都旨在唤起人们对少数民族文学地位的重视。这些批评套语在民族文学研究专著和论文文本中的使用率相当高。在很大程度上，它们已经成为今天的作者、读者、研究者所烂熟的"套话"。然而，从文学人类学的角度来看，这三种类比模式恰恰唤起了对少数民族文学所具有的"民族志功能"的再发现。

----

① 陕锦风：《浅论少数民族文学的功能——以西北歌谣为例》，《青海社会科学》2007 年第 5 期。

二　套语模式与类比分析

从"民族文学"到人类学"民族志",是概念的肤浅比附,还是价值与功能的深度开掘?从文学人类学理论视域对上述批评套语进行分析可以发现,民族文学与民族志在本体论、方法论和价值论三个层面具有跨越学科边界的对应关系。

1. "储存体"类比模式与民族志本体论

作为人类学研究和表述的经典范式,"民族志"的基本含义是指对异民族的社会、文化现象的记叙。它包含两大要素:一是在风格上的异域情调或新异感,二是它表征着一个有着内在一致性的精神(或民族精神)的群体(族群)。[1] 因此,民族志的本质是为提供人类学研究所需而对某一人类群体的活态文化进行文本化存储。将少数民族文学类比为亟待开掘的"文化宝库",恰恰说明,民族文学根植于某一民族(或族群)[2] 的文化土壤之中,以极具本民族浓郁风格和审美取向的表达方式来书写自己的传统,从而将本民族的社会历史、文化现象、精神世界和历史记忆存储于多样化的文学文本之中。在本体论意义上,民族文学与人类学民族志有着鲜明的一致性。

关于"储存体"的类比模式显示出,通过文本化的手段(语言符号的运用和意象体系的构筑),少数民族文学作品可以存储并实现各民族思想观念、情感意识、行为仪式等文化基因的代代传承。对此,文学人类学强调要超越文学文本的内部研究视角,深入读解文本背后所传达的多重文化信息,并以更大范围的多民族文化体系为参照来促进不同文化间的交流与互释。

2. "绘画"类比模式与民族志方法论

"民族志",英文为 ethno graphy。根据语义学分析,"ethno-"意为民族、人种;"-graphy"这一词根源自希腊语"graph",意为"描绘",兼具

---

[1]　引自高丙中《写文化·总序》,载〔美〕詹姆斯·克利福德、〔美〕乔治·E. 马库斯编《写文化——民族志的诗学与政治学》,高丙中、吴晓黎、李霞等译,商务印书馆 2006 年版,第 1 页。

[2]　本文论述中的"民族文学"概念既尊重我国现有的 56 个民族的民族识别历史和现实,同时也对这一概念有所反思和超越,还包括那些具有外部文化特征和内部文化认同的人群共同体,也即是"族群"的文学,以下均以"民族"和"民族文学"来加以涵括。

"写"与"画"，即 a form of writing or drawing。Graph 是原始人类很早就掌握的一种表达技术，并伴随着人类的发展而演化成为一种高度复杂化的文化行为。在人类作为文化动物所建构的"意义之网"中，除表达媒质不同，绘画艺术和文学艺术同为人类文化的符号化表征，肩负着相同的使命：人如何表达自我，理解他人。

在当代关于民族志方法论的讨论中，人类学家格尔兹开创了"深描"式的显微研究法，并提出"民族志是深描"的重要观点。他认为，民族志应该通过"深描"尽可能地还原人类行为和文化现象的本义，从看似最简单的日常动作和话语背后去追寻文化符号内在的认知结构和"文化语法"。各民族文学虽然表达手法和关注角度千差万别，但都是在"描绘"本民族的历史文化和社会现实。由于少数民族作家独特的文化内部体验和自观视角，他们对本民族传统、文化事象及生命存在样态的表现远远超越了浅层次的表面化描写，可以称得上直指文本与文化之间意义丰富的"深描"。格尔兹提出"深描"的写作法则，不光要使民族志成为一种具有厚度的记述，更要从理论分析入手促进人类学家对"我"与"他者"文化的相互阐发。①

少数民族作家的作品"深描"则是一种高度自觉的文化书写，以文学感悟来实现文化间的相互理解，从而与格尔兹"拯救民族志"的方法论探索形成了跨学科的呼应。

3."文献"类比模式与民族志价值论

按照马林诺夫斯基开创的田野工作标准，人类学家跨越一定的空间距离到异民族社会中待上至少一年，才能生产学科意义上的典范民族志。然而，不论是"参与式观察"还是文化"深描"，民族志都只能是人类学家与异民族社会处于共时状态的当下性描写。为解决民族志在"写文化"过程中历时向度的文化深度缺失问题，人类学家主要依靠前田野工作收集大量的相关文献资料予以填补，进而与田野工作所获取的"一手资料"互证互释，这就是通常所谓的"文献田野"。

---

① 参见［美］克利福德·格尔兹《文化的解释》，纳日碧力戈等译，上海人民出版社 1999年版。

由于中国自古以来文史一家的传统，历史文献的概念早已溢出了"史"的范围：一方面，大量民族文学经典出自历代正史、野史、方志、杂记等历史文献；另一方面，许多优秀的民族文学作品也由于巨大的文化涵括力而具有了"史"的价值。此外，对于为数众多的没有文字的少数民族，如东北的达斡尔族、西南的布依族、西北的东乡族等，各种由民众口头创作并传承下来的民族民间文学，如英雄史诗、神话故事、民间传说、说唱曲词等，同时也就是该民族世代传袭的口头文献，负载着这些无文字民族最为核心的历史记忆和族群认同。因此，将少数民族文学作品类比为"历史文献""百科全书"，是对其作为民族志史料的重要认识作用的高度肯定。民族文学能让我们认识各个民族不同历史时期的生产方式、社会制度和风俗沿革等，因此，理应成为人类学研究所珍视的文献资料来源。

综上所述，从看似"烂熟"的民族文学研究批评套语说起，背后其实隐含了一种极富价值、有待开掘的认知模式——作为"文化书写"的少数民族文学。在此意义上，我们可以说，民族文学具有"民族志功能"，并且，正如前例文本所揭示的那样，这一批评和表述传统一直根植于民族文学研究的历史脉络之中。

三 从实验民族志"文学性转向"看民族文学

通过以上分析可以看到，民族文学与人类学民族志具有某种跨学科的对位关系。但在论及民族文学具有"民族志功能"时，还必须指出，当"民族志"这一关键词跨过学科边界开始"理论的旅行"时，在其原生地——人类学学科内部，一场反思浪潮早已兴起，民族志已经经历了从"前民族志"到"经典民族志"，再到"实验民族志"的范式变迁。在此背景之下，民族文学创作实践再次与当下实验民族志的"文学性转向"达成契合。

1. 人类学反思与实验民族志"文学性转向"

作为人类学的基本研究和表述范式，民族志的写作传统和知识积累上接古希腊、罗马时期希罗多德、塔西佗等古典作家，[1] 并直接生长于西方

---

① 汪宁生：《文化人类学调查——正确认识社会的方法》，文物出版社1996年版，第2页。

资本主义时代以来的游记、个人回忆录、报刊文章,以及传教士和殖民地官员等人的记述文本的土壤之中。① 到 20 世纪初,经摩尔根、哈登、鲍亚斯等学者的探索性工作,由人类学家马林诺夫斯基最终确立了田野工作原则和经典民族志写作范式。

从 20 世纪七八十年代开始,人类学遭遇了西方人文学科普遍面临的后现代困境——"不仅是知识的文本表述,而且产生这些表述的职业过程,都成了学科的争论焦点,并都受到质疑"②。1986 年,两本当代人类学史上的标志性著作——《写文化》和《作为文化批评的人类学》③ 先后出版,将以"写文化"为核心的人类学反思推向高潮,并宣告了"一个人文学科实验时代"的到来。实验民族志的"文学性转向"也因而作为一种与"经典民族志"相抗衡的文化书写范式出现。从文学角度重新对民族志加以审视,不仅仅是对过去占主导地位的"科学"表述惯例的去神秘化,也使民族志得以直面自身谱系所具有的文学特性,这种新视角使得研究和写作的各种选择、实验和探索合法化了。④ 总之,实验民族志的"文学性转向"可视为人类学面对所谓"表述危机"而产生的一种应对策略,并在人类学与文学原本就十分暧昧的结合部引发了一场理论与范式革命。

实验民族志"文学性转向"的实践操作主要从以下两个方面展开。

其一,民族志文体探索。各种极具实验性的民族志小说、民族志散文、人类学诗大量出现。正如第三世界原住民的当代小说正在成为西方人类学家进行民族志分析的对象文本,在中国,如阿来、张承志、阿库乌雾……越来越多的少数民族作家作品也被纳入文学人类学的批评视域当中。

以阿来为例,如果以"阿来",外加如"文化认同""族群身份""民

---

① 〔美〕古塔、弗格森编著:《人类学定位——田野科学的界限与基础》,骆建建、袁同凯、郭立新译,华夏出版社 2005 年版,第 203 页。

② 〔美〕詹姆斯·克利福德、〔美〕乔治·E. 马库斯编:《写文化——民族志的诗学与政治学》,高丙中、吴晓黎、李霞等译,商务印书馆 2006 年版,第 316 页。

③ 〔美〕乔治·E. 马尔库斯、米开尔·E. J. 费彻尔:《作为文化批评的人类学:一个人文学科的实验时代》,王铭铭、蓝达居译,生活·读书·新知三联书店 1998 年版。

④ 同上。

族志"——任意一个人类学理论关键词在 CNKI 上进行搜索，显示论文条目就多达数种。这些研究大多将阿来置于康藏本土文化与外来文化的冲突过程之中，或从历史、宗教、审美意识等方面剖析藏民族的社会结构及其"文化语法"，或讨论个体、族群的历史记忆与族群身份的相关问题，借助人类学的理论方法对阿来及其创作实践进行深度解读。① 此外，一批有着人类学认同的少数民族作家也开始在实验民族志与民族文学的交界处自由游走，如近年来侗族作家潘年英倡导的"人类学小说"便是其中较为典型的一例。②

其二，民族志修辞学转向。大量文学手法被吸纳到民族志的表述方式中，如隐喻、生动的描述、多重叙事、类比乃至情感化手法的运用。与此同时，图片、声音、影像等多种新的表达媒质也得到了积极而广泛的尝试。

20 世纪 90 年代，中国文学人类学研究会与上海文艺出版社联合推出了"文化人类学笔记丛书"；进入 21 世纪后，中国艺术人类学学会与广西人民出版社又联合策划了规模更为宏大的"文化田野图文系列丛书"，首批推出就达 12 本之多。③ 这两套丛书的作者名单中囊括了一批颇具知名度的人类学、民族学、民俗学研究者，如王铭铭、叶舒宪、彭兆荣、徐新建、朝戈金、易中天等，大都采用田野札记、文化随笔的笔法，配以大量充满艺术气质和视觉冲击力的高水准图片，以图文并茂的形式真实生动地传达来自田野的文化信息，同时力图表达田野考察过程中研究者的文化思考和生命感悟。这些极富创新意识的文本大大强化了人类学民族志作为

---

① 这里略举数例，如徐新建《流动的歌者：阿来创作论——从文学人类学的角度切入》，《民族文学研究》2001 年第 2 期；胡铁强《〈尘埃落定〉：民族文化心态的完美展示》，《船山学刊》2006 年第 2 期；刘兴禄《原生态魅力的深度审视——阿来〈鱼〉的人类学视域审美解读》，《重庆工学院学报》2006 年第 12 期；李建《〈尘埃落定〉的人类学内蕴》，《泰州学院学报》2007 年第 5 期；等等。

② 2001 年，上海文艺出版社连续推出"潘年英人类学笔记系列"作品——《故乡信札》《木楼人家》《伤心篱笆》，较为集中地展现了其"人类学小说"创作的独特风格。

③ 1997 年 10 月和 1999 年 10 月，中国文学人类学研究会与上海文艺出版社分两批联合推出"文化人类学笔记丛书"；自 2004 年起，中国艺术人类学学会与广西人民出版社联合推出规模更为庞大的"文化田野图文系列丛书"，包括"西部田野书系""东部田野书系"和"海外镜像书系"。

"文学读本"的修辞效果，令人耳目一新。

人类学家诺曼·邓金曾经呼吁："后现代实验民族志作者对各民族的描述应该超越传统的、客观的写作方式，写作出更具实验性、更具经验性的文本，其中包括自传和基于表演的媒体；更多地表达情感；文本要小说化，借此表达诗意和叙述性的事实，而不是科学事实；同时还要面向活生生的经历、实践，采用多视角进行写作"。① 这里需要指出的是，邓金为拯救民族志发出的呼吁，在人类学而言是实验性探索，在文学则是内在的自我诉求。

2. 民族志与民族文学："真实性"的再考问

随着实验民族志"文学性转向"的开始，民族文学与民族志像两条并行的河川，在 20 世纪后期人文学科的反思浪潮中合流了。连接二者的核心问题则是对"真实性"及其达成路径的探讨。

"真实性"历来被视为民族志研究的一个核心问题。彭兆荣教授深刻检讨了三个历史时段中不同民族志范式之间的差异。他指出，一方面，由于社会历史变迁以及新的社会关系和结构因素的引入致使"真实性"呈现出复杂多变的样态；另一方面，在不同的历史语境中，人类学家所关注的问题、采取的方法、形成的范式不同必然使其在对"真实性"样态的把握和反映上出现差异。既然"真实性"处于变化之中，民族志对它的反映和解释也就处于过程之中。因此，民族志式的"写文化"（writing culture）只能将对客观对象的忠实描述转换为对客观对象的"解释"，从"客观"的"科学"蜕变为人类学家作为文化中的个体如何体验、理解和反映另一种文化的主体实践，呈现为充斥着主观性、选择性、修辞策略、情感体验乃至虚构的"部分真实"文本。②

作为人类的符号化表征，民族志和民族文学写作的最终目的都是如实

---

① ［英］阿兰·巴纳德：《人类学历史与理论》，王建民、刘源、许丹译，华夏出版社 2006年版，第 184 页。

② 彭兆荣：《民族志视野中"真实性"的多种样态》，《中国社会科学》2006 年第 2 期。作者指出，传统民族志侧重于对"客观事实"（fact）的关注，历史民族志强调对文化结构"真实性"（reality）的解释，实验民族志则强化了"解释性"的"真实"认知。他同时还对"真实性"的多样性和移动性进行了深入论述。

表达出主体对某种文化及其价值意义的体认与经验。在这一点上，不论是少数民族作家作品还是民族民间文学，是小说故事还是散文诗歌，或许它们并不符合所谓事实的"真实性"或"客观性"尺度，却往往能超越于此，表达出真实的个体经验并揭示经验背后更为深邃的文化意义。这也许就是民族文学与实验民族志"文学性转向"的合流点所在。由此看来，在"真实性"问题的坐标上存在着两条彼此交叉的轴线，一条轴线标志着从虚构到真实两端之间的暧昧与游移；另一条轴线则标志着事实真实、逻辑真实、认知真实、经验真实、表述真实等"真实性"的不同样态。没有什么可以标榜自己是"绝对的真实"，也没有什么能宣称自己为"唯一的一种真实"。"真实性"及其达成途径的多种可能无疑丰富了我们对世界、自我和他者的认知。正是在对"真实性"的不断追索中，民族志与民族文学达成了以下共识：从关注文化事项本身的"真实性"，逐渐过渡到对文化事项的"真实认知"以及个体生命体验的"真实表述"。

在此意义上，我们说文学是虚构的，恰恰强调的就是文学是超越"事实的真实"而导向"理解的真实"的一条可能途径。少数民族文学作品提供了传统民族志所无法替代的、丰富而真切的主体表述经验，以及区别于外来人类学家的内部视角，从而建构起一种崭新的文化书写范式——"自传体民族志"（auto-ethno graphy）。在对中国新时期小说的评述中，就有论者将以阿来的《尘埃落定》和贾平凹的《高老庄》为代表的一批新的创作类型命名为"后新时期"的"自述体民族志小说"。其要点就在于这些作品力图追寻本民族的历史文化之根，召唤那些已经湮灭或危在旦夕的民族传统精神，尤其表达出对本民族当下境遇与生存前景感同身受的忧虑与关怀。①

四　作为文化书写的少数民族文学

从文化的角度来谈民族文学的书写问题，其实原本就是文学领域内一个由来已久的重要议题。徐新建教授长期关注此问题，强调将民族文学视

---

① 李裴：《自述体民族志小说——从〈高老庄〉看中国小说新浪潮》，《民族艺术》1999 年第 3 期。

为一种重要的文化记忆与书写方式。他由此深入挖掘了从沈从文到武略，数代苗族作家创作中具有跨地域意义的独特文化内涵，透视出阿来备受瞩目的"当代著名作家"身份背后那个藏族文化传统的"歌者"形象，更从少数民族文学创作与研究的现状出发，揭示了文化书写在现实中无法剥离的复杂性。他认为，"全球化语境"正在从生活、写作和言说三个层面影响少数民族社会和文化的现实建构，并强调将"现实生活中的族群书写""作家创作的民族文学与文化""作为文化批评的学术研究"视为"民族文化的'三度写作'"。① 作为"文化书写"的少数民族文学也因而在上述三个层面上交织展开。文学人类学批评早已超越出作品文本的狭小空间，更关注全球化语境中民族文化"三度写作"之间的纠结与互动，并视其为当下少数民族社会与文化重要的"现实本文"。因而，文学人类学特别强调少数民族文学"民族志功能"的重要意义。

其一，对少数民族文学地位与价值的再认识。

如前所述，对少数民族文学"民族志功能"的认识一直深植于该领域研究的历史脉络当中，并形成了一种历史性的表述传统。文学作为文化的表征，从来都是我们认识他者文化的有效途径。在当下的学术语境中，文学人类学借助跨学科整合的方法论优势对少数民族文学的"民族志功能"进行深度挖掘，将其历史地位和意义提升至一个新的高度：作为文化书写的少数民族文学。

其二，"我"写"我"的自传体民族志范式，挑战他者表述的话语权力。

在传统民族志文本中，文化的主体权与文化的表述权经常处于一种非正常的分离状态。正如特罗布里恩德群岛的土著在无休止的航海中创造出"库拉圈文化"，而"库拉圈文化"的表述权却在人类学家马林诺夫斯基手中掌握着——《西太平洋的航海者》正因为获得了这种被分离的表述权而

---

① 以上论述参见徐新建教授关于少数民族文学的系列研究论文：《作为文化记忆的文学——伍略和他的〈虎年失踪〉》，《民族文学》1996 年第 11 期；《流动的歌者：阿来创作论——从文学人类学的角度切入》，《民族文学研究》2001 年第 2 期；《本土认同的全球性——民族文化的"三度写作"》，《西南民族大学学报》2004 年第 1 期。

成为一代民族志经典。对此，民族文学实践或许可以成为一种可能的解决方案。在少数民族作家和民众的创作中，各个少数民族将不再作为汉族文学作品中的"他者"而被想象和建构，民族志也不再是人类学家的话语特权。民族文学作为一种"我"写"我"的本土性、自传体民族志，是对传统人类学家的客位视角和他者表述范式的回应和挑战，从而使少数民族重新获得作为"文化主体"的话语表述权和解释权。

其三，"中华多民族文学史观"建构与多元文化主体。

作为与中国近现代民族国家建构过程相适应的话语形式，中国文学史长期以来习惯以汉民族文学为叙事轴心，将少数民族文学边缘化。新时期以来的少数民族文学研究一直致力于消解这一"中心—边缘"表述模式。从 2007 年到 2008 年，《民族文学研究》连续推出多组专栏文章，从理论和实践维度深入探讨如何建立"中华多民族文学史观"的重大问题。这些讨论大都以费孝通先生关于"中华多元一体格局"的民族学理论创见作为理论基础和方法论指引。[①] 在人类学所倡导的文化相对主义立场和保护文化多样性的理论观照下，中华多民族文学格局应该由各民族以多语种、多样态、多风格、多种价值观来共同创造，而不再是处于文化体系"中心"的汉族文学向"边缘"的少数民族文学让渡出部分展览空间。各少数民族文学表征着丰富的"文化多样性"，理应成为这一崭新文学格局的多元建构主体。因此，借鉴人类学理论来深入阐发少数民族文学的民族志功能，对推动"中华多民族文学史观"的建立同样具有重要的现实意义。

其四，保护和传承"地方性知识"，推动平等的文化间对话。

由于历史发展和现实境遇的不均衡性，导致今天不同民族文化间的交流与对话呈现出强势与弱势权力级序的不平等关系。在我们对以普释性、全球化为特征的整个近现代西方知识谱系进行反思的同时，也应该警惕以汉族文化中心主义的单一价值观来对少数民族文学进行批评。在各少数民

---

① 参见关纪新《创建并确立中华多民族文学史观》、徐新建《"多民族文学史观"简论》，《民族文学研究》；刘亚虎《描述民族文学关系史》，《民族文学研究》2007 年第 3 期；朝戈金《"中华多民族文学史观"三题》，《民族文学研究》2007 年第 4 期；周建江《"中华多民族文学史观"创建并确立过程中不容忽视的若干问题》等系列文章，《民族文学研究》2008 年第 1 期，均围绕建构"中华多民族文学史观"展开相关讨论。

族丰富的作家文学与民间口头文学作品中,传承了大量具有本民族特色的地方性知识。作为"传统的或土著的"知识,这些丰富的地方性知识不仅表现为各少数民族在语言艺术、天文地理、农林牧渔等各个方面的独特技艺、方法和见解,更负载了这些人看待世界、自我和他者的独特视角和情感方式。在经济与文化全球化进程日益加快的今天,只有理解并尊重各少数民族地方性知识传统的独特价值,才能使平等的文化间对话成为可能。

结　语

综上所述,在由各民族文学构成的中国文学整体格局中,文学人类学注重将少数民族文学视为"我写我"的文化书写范式,从文化相对主义立场去充分认识各民族文化与地方性知识的重要价值,然后理解少数民族作家如何将这二者创造性地融于文学作品之中,进而从理论与实践的双向维度推动"中华多民族文学史观"的建构。这种建构的努力值得我们尊重与珍视。

以"自述"之名:一个"实验民族志"写作个案

——刘尧汉与《我在神鬼之间——一个彝族祭司的自述》的叙事建构[*]

摘 要 本文试图揭示在"自述"之名背后,彝族民族学家刘尧汉对彝族毕摩吉克·则伙自传的叙事策略和文本建构进行了一系列调整把控,从而将其纳入一种特殊的"实验民族志"写作实践当中。由此,刘尧汉重申了近代以来彝族知识分子反复表达的民族自觉意识,进而在新的时代和学科语境下彰显出中国少数民族知识分子构建学术流派,争取学术话语的高度学术自觉。

关键词 民族志;叙事;文化认同刘尧汉;彝学研究

在《写文化》之后的当代人类学反思语境当中,民族志书写必然涉及文化—权力关系,"自我表述"与"他者表述"此两种不同的民族志叙事模式也不仅是自观位(emic)与他观位(etic)叙事角度的不同。正如张兆和等学者所持的观点:"自我表述"往往还意味着某个族群被强烈唤起的族群和文化自觉,也常被当作与他族研究者对本族群所进行的"他者表述"相抗衡的话语工具。① 本土人类学理论(Indigenous Anthropology)向来强调本土(本族群)研究者对本文化的"自我表述"具有某种方法论优

---

* 本文刊载于《北方民族大学学报》2009 年第 1 期。

① 参见 Cheung Siu-woo, *From "Imposed Representation" to "Self-Representation"*:*Shi Qigui's Exploration and Practice of Miao Identity in Southwest Hunan during the Republican Period*。该文关注苗族学者石启贵的民族志写作探索与实践,深入分析民国时期少数民族本族知识分子的"自我表述"民族志写作与汉族研究者的"他者描写"民族志写作的抗衡与纠结,以此揭示其背后复杂的政治、文化与族群关系。

势,那么,"自我表述"的极端模式——一个民族学家研究对象的生平自述,是否能延续甚至强化这一方法论优势呢?

这里呈现的是一个特殊的民族志写作个案。1986 年 9 月—1988 年 6 月,应彝族民族学家刘尧汉之邀,凉山著名彝族毕摩吉克·尔达·则伙以口述方式完成了《我在神鬼之间——一个彝族祭司的"自述"》。① 对吉克·则伙而言,"自述"就是一个彝族老人在暮年回首人生时自然而然地讲述自己的故事。然而,通过彝族民族学家刘尧汉对这个"自述"文本形成过程的一系列参与——从该书的前期策划到访谈、编写指导再到后期编辑处理,吉克·则伙的"自述"便不再仅是一种宜于讲述生平故事的便捷叙事策略。在"自述"之名之下,刘尧汉进行了一次堪称"实验民族志写作"的特殊尝试。

叙事操控与自述文本的"民族志化"

吉克·尔达·则伙:四川、云南凉山彝族古老而显赫的世袭毕摩氏族——吉克氏族成员,"凉山彝族父系氏族制和氏族奴隶制社会尚存于现今"的著名毕摩。

刘尧汉:中国社会科学院民族研究所研究员、云南省社科院楚雄彝族文化研究所所长、新中国第一个彝族教授、国内外知名的民族学家和历史学家。

20 世纪 80 年代中期,时任中国社科院民族研究所研究员和楚雄彝族文化研究所所长的民族学家刘尧汉,以花甲高龄,带领彝族青年跋涉于金沙江两岸的大小凉山地区,一方面培养本民族学术人才;一方面运用实地田野调查与考古、文献相结合的方法,挖掘和保护本民族传统文化的宝贵

---

① 《我在神鬼之间——一个彝族祭司的"自述"》(彝)吉克·尔达·则伙口述,(彝)吉克·则伙·史伙记录,(彝)刘尧汉整理,云南人民出版社 1990 年版。从文本形成的意义上讲,本书应视为讲述者、记录者和研究者共商的彝族"自我表述"的民族志写作成果。

资源。其丰硕成果体现为一套由他本人主编,并全部由彝族作者撰写的《彝族文化研究丛书》,全面介绍彝族文化学说。① 其陆续出版在当时引起了较大的社会和学术反响。

该套丛书计划撰写书目约 30 种。作为该套丛书中的一册,由(彝)吉克·尔达·则伙口述,(彝)吉克·则伙·史伙记录,(彝)刘尧汉整理的《我在神鬼之间——一个彝族祭司的自述》,是刘尧汉所倡导的"彝族写彝族"研究范式和写作实践的代表之一。在书中,刘尧汉的研究意图十分明确——通过吉克·则伙"本氏族的系谱和他生平的祭司活动,来了解凉山彝族原始宗教、哲学和科学的一个重要侧面,即把他作为典型来了解凉山彝族祭司的共性"②。因此,从一开始吉克·则伙的自述文本就注定无法作为一个充满个人化情调和传奇色彩的故事而独立呈现。刘尧汉介入文本生产过程之中,以强烈的学科意识精心构建其民族志品格,或者说,将吉克·则伙的自述文本"民族志化"。这一"民族志化"的构建过程是通过对文本叙事框架和叙事策略的调整、把控得以实现的,并从吉克·则伙自述文本的内部和外部两个层次将其整合为一种特殊的民族志样态。

一 自述文本的内部叙事框架与叙事转换

《我在神鬼之间——一个彝族祭司的自述》一书由以下部分组成:刘尧汉撰写的《〈彝族文化研究丛书〉总序——英姿飒爽的"山野妙龄女郎"群》,程志方撰写的《论中华彝族文化学派的诞生——评〈彝族文化研究丛书〉的出版》,刘尧汉撰写的《〈我在神鬼之间——一个彝族祭司的自述〉序》,吉克·尔达·则伙口述的《引言》、正文部分,吉克·则伙·史伙撰写的《后记》和未注明调查者的附录《四川省境内部分地区吉克氏族人口、生产生活、文化表》。其中,吉克·则伙的自述文本包括《引言》和正文部分。

---

① [彝] 刘尧汉:《〈彝族文化研究丛书〉总序——英姿飒爽的"山野妙龄女郎"群》,(彝)吉克·尔达·则伙口述,(彝)吉克·则伙·史伙记录,(彝)刘尧汉整理,云南人民出版社 1990 年版。

② 参见(彝)刘尧汉《〈我在神鬼之间——一个彝族祭司的自述〉序》,(彝)吉克·尔达·则伙口述,(彝)吉克·则伙·史伙记录,(彝)刘尧汉整理,云南人民出版社 1990 年版,第1—2 页。

1. 叙事框架与章节设置

回顾个人生命史的自述，其叙事框架通常会沿着历时时间轴线进行纵向叙述，而吉克·则伙的自述却选择以共时的社会文化类别为依托，进行横向叙述。正文部分包括五大章节，除"个人经历"一章以外，其余四章分别为"吉克氏族的系谱和分布""万物、祖灵、占卜""土地利用和奴隶使用""农牧和工艺"。这使得吉克的自述有别于通常的回忆性自传文体，却恰恰符合现代民族学、人类学对他者社群进行书写的经典民族志叙事框架，涉及时空分布、亲属制度、社会制度、经济及生产方式、宗教信仰、传统工艺等代表性方面，涵盖了调查对象生活和社会文化结构的众多领域。

同样，在正文的具体章节内部也呈现出上述结构特征。如第二章中的"童年经历"部分，吉克·则伙在回顾自己童年成长经历时仍然没有沿着历时线索展开，而是分别介绍了"儿童游戏""长辈教育""母亲教育""祭司教育""社会教育"，① 按接受教育的不同途径来描述一个彝族毕摩幼年时期通过模仿、游戏和文化传承而纳入彝族社会的过程，并将其社会化、职业化的过程呈现为家庭教育、职业教育和社会教育三大教育作用的结果。这些特征显示了这个彝族毕摩"自述"文本的某些特殊品质，显然与该文本的生产过程密切关联。

2. 多重视角与叙事转换

吉克·则伙本人基本不懂汉语，正文部分由他本人口述，由其任小学教员的儿子吉克·史伙记录，由刘尧汉指导并最终整理完成。从文本生产过程来讲，这一"自述"文本应视为讲述者、记录者和研究者共商的结果。执守本民族传统的毕摩、接受相当程度汉族式教育的小学教员和彝族民族学家三者有着不同的文化体认，这种差异在吉克·则伙的自述文本中体现为叙事的多重视角与叙事转换。

例如，在"个人经历"之"（一）做法事和道场"中，这种叙事转换十分明显。在以第一人称"我"为主语简要回忆了吉克·则伙的毕摩生涯

---

① 《我在神鬼之间——一个彝族祭司的自述》，（彝）吉克·尔达·则伙口述，（彝）吉克·则伙·史伙记录，（彝）刘尧汉整理，云南人民出版社 1990 年版，第 17—26 页。

和 1974 年举办的一次"迷信职业者学习班"上的某些具体情境后，立即转入了对"法事和道场的分类"的介绍。在这一部分中，文本显在的第一人称叙述主语"我"突然消失了，转由潜在叙述者出场，以"他称"的视角对彝族传统的做"毕"进行解释和分类。

> 法事和道场彝语统称为"毕"，大意似汉语的"祭祀"。属于献祭、祷祝、祈求为使人丁平安、六畜兴旺、五谷丰登一类的做法叫"匝毕"，意思是"洁净"的做法，这里用"做道场"的汉语来意译；属于驱赶、除邪、诅咒为达到和实现敌败我胜、免除凶兆、补苴罅漏一类的做法叫"日毕"，含有"凶性"之意，这里用汉语"做法事"来表示。其实，道场和法事都相互渗透交错着做，所谓道场和法事的区别只是按它们的"主体中心"划分。①

这段文字中的叙事转换首先体现为从"我"（毕摩）到民族学家的叙述主体和视角转换，同时也体现为从毕摩的主观经验性描述到民族学家对前者的客观化分析的转换。

首先，以作为中国主体民族的汉族文化作为彝族文化的参照体系，对毕摩事项进行文化阐释，将"毕""匝毕""日毕"分别对应于汉语知识系统中的"祭祀""做道场"和"做法事"，并在随后的叙述中全部以后者来对前者进行置换。此外，本书中多处出现的毕摩祭辞，也基本上采用了将汉文标注的彝语发音（而非彝文）与汉文意译进行并置的呈现方式。

其次，将毕摩的做"毕"进行类别划分，并分析了"道场"和"法事"的不同目的、功能、手段等，同时明确指出"所谓道场和法事的区别"只是按它们的"主体中心"划分。"主体中心"显然是现代人文社会学科的一个经典概念。

最后，绘制具有较强学科专业性的毕摩祭祀分类树形图表。全书中还根据吉克毕摩的叙述准确绘制了数十幅道场和法事的现场位置示意图和神

---

① 《我在神鬼之间——一个彝族祭司的自述》，（彝）吉克·尔达·则伙口述，（彝）吉克·则伙·史伙记录，（彝）刘尧汉整理，云南人民出版社 1990 年版，正文第 31—32 页。

枝布阵图。

上述引文尽管出现在一位七十岁高龄的彝族毕摩的自述当中,却也称得上是一段民族志写作的典范文字。从文本本身来看,吉克·则伙似乎是不可置疑的叙事主体。但若以人类学田野作业的基本模式来看,吉克·则伙的主体地位却恰好被颠覆了:他更像是一个被调查对象和信息提供者,他的儿子充当翻译和研究助手,而民族学家刘尧汉则占据了主体地位,是那个客观而理性的田野工作者——虽然大部分时候他可能并不在田野现场。

二 自述文本的外部结构框架与民族志特征

将吉克·则伙的自述文本镶嵌在内的是《我在神鬼之间》全书的整体构架。之前和之后近70页的丛书总序、述评、序言、后记和附录,加起来约占全书的四分之一篇幅。上述各部分共同强化了吉克·则伙自述文本的民族志价值与功能。

1. 总序、书评与前言

正文之前的总序、书评和前言全面阐释了全套《彝族文化研究丛书》编撰目的、方法和意义,将《我在神鬼之间》一书限定在民族学研究的写作范畴之内。刘尧汉在总序中简要介绍了丛书中的21本,涉及向天坟、星占学、葫芦崇拜、十月历法、彝文古籍、彝族村落氏族等诸多内容,并盛赞它们为养在深闺人未识的彝族"山野妙龄女郎"群。和全套丛书的其他各册一致,本书的学科指向被明确定位为以彝族为对象的民族学研究,而不是由标题"我在神鬼之间"所引发的传奇小说式的联想。

此外,刘尧汉更将吉克·则伙自述的氏族系谱及其生平祭司活动作为一个田野个案来了解凉山彝族祭司的共性,研究"凉山彝族的原始宗教、哲学和科学"。而"要达到这个要求,就非我个人和他面谈若干次所能成功。这只能采取在饭后酒余、火塘边、卧铺侧,经他闲谈由其子吉克·史伙记录而成"①。访谈是田野调查的基本手段之一,成书过程也充分显示了本书作为田野调

① 《我在神鬼之间——一个彝族祭司的自述》,(彝)吉克·尔达·则伙口述,(彝)吉克·则伙·史伙记录,(彝)刘尧汉整理,云南人民出版社1990年版,第2页。

查个案的特点。

2. 附录

本书的附录为《四川省境内部分地区吉克氏族人口、生产生活、文化表》,① 共收录了16份调查统计表格。这些以吉克氏族为对象的调查表分为三大类:第一类为人口调查（8份）;第二类为家庭经济状况调查（5份）;第三类为社会文化调查（3份）,涉及吉克氏族的地区分布、人口抽样统计、生产消费状况、受教育状况等多方面内容,表格设计和用语都相当专业。如《吉克·尔达·则伙家人口繁衍情况（1956—1986年元月）》一表在"备注"栏中细致地区分了家庭人口增长数与新生数二者的差异,并结合人类学亲属制度的相关理论指出"凉山彝俗女儿之系并非属父系姓氏,只以血系而论"的社会特征。

这些附录表格均显示出本书策划者从民族学研究的目的出发,将吉克家族作为毕摩氏族的典型个案置于彝族整体社会文化结构中加以考察。它们资料翔实,反映了特定的社会时代背景,通过对不同时期调查数据的比较反映了吉克家族所经历的时代变迁,也从一个侧面折射出当时的民族学研究现状及其局限性。例如吉克氏族《新中国成立以来文化发展情况实例表（乐山市马边县大专以上文化水平统计表）》,据统计,截至1986年8月,该地区专科以上学历的吉克氏族成员有11位,大部分在政府部门任职。该表后的"注"指出:

> 全县吉克氏族约1300人。中专以下文化程度的缺少资料;民主改革前吉克氏族成员中略识汉字的没有几个,正规学位基数为零。

从20世纪50年代中期凉山民主改革到80年代的"三个十年"间,古老的凉山彝族社会步入了"现代化"的快速通道。这一"现代化"进程同时也使凉山彝族传统文化直接面对汉族文化的全面冲击。当调查者不假

---

① 《我在神鬼之间——一个彝族祭司的自述》,(彝)吉克·尔达·则伙口述,(彝)吉克·则伙·史伙记录,(彝)刘尧汉整理,云南人民出版社1990年版,第235—255页。以下两例及引文分别参见第244、253页。

思索地将汉族地区"现代化"的种种外在指标,如"文化水平""识汉字""正规学位基数"等,直接套用到古老的世袭毕摩氏族头上时,在充满文化权力意味的扫描之下,马边县境内近 1300 名吉克氏族成员,进入此表仅 11 人。由此可见,这些按照田野作业客位研究规范而获得的记录表格与吉克·则伙的自述文本形成了强烈的互文关系,进一步强化了文本整体的民族志功能。这个特殊的民族志个案提出了发人深思的问题:大小凉山社会文化的巨大变迁对于彝族毕摩传统究竟意味着什么? 虽然吉克氏族还在继续繁衍,但当世袭毕摩古老的神圣性迅速消失时,毕摩和他们的经书、法器也将一道成为濒危"文化遗产"。

事实上,《我在神鬼之间——一个彝族祭司的自述》文本内部所呈现的叙事框架和人称转换问题在更大范围内折射出的正是民族学研究范式的核心问题。徐新建教授在《西南研究论》中指出整个西南研究的"叙事传统"经历着从他称到自称的对抗与转换,呼吁在全球多元文化背景下创造出一种全新的、超越"我"与"他"界限的"第三人称"研究范式。① 彝学研究的叙事传统作为西南研究的重要组成部分,同样要面对上述问题,对旧有范式进行反思,并试图在不断探索中走出表述困境。

实验民族志与文本的多元读解空间

克利福德在"论民族志权威"中指出大致按年代先后出现的四种人类学写作经典模式——经验性的、解释性的、对话性的、复调性的,适用于所有西方和非西方的民族志文本写作者。② 在 20 世纪晚期人类学反思浪潮背景下,"后现代实验民族志转向"的蓬勃展开为民族志写作者们提供了各式各样选择的可能性,其中,多视角和复调叙事的引入能有效激发出文本内部的冲突与对话,揭示更为深层次的文化内涵和文化语法,因而也成

① 参见徐新建论述"西南研究:从他称、自称到'第三人称'",徐新建《西南研究论》,云南教育出版社 1992 年版,第 219—250 页。

② [美]保罗·拉比诺:《表征就是社会事实:人类学中的现代性与后现代性》,载[美]詹姆斯·克利福德、[美]乔治·E. 马库斯编《写文化——民族志的诗学与政治学》,高丙中、吴晓黎、李霞导译,商务印书馆 2006 年版,第 296 页。

为实验民族志写作中运用率相当高的修辞策略。①

在本文的案例中，吉克毕摩的自述显然是相当"经验性"的，并在"潜在叙事者"的有效操控下与研究者的解释性分析不断转换着——没有引用部分与分析部分的字体、格式区分，试图将两种写作模式协调为一个声音——其成功与否却有待探讨。与此同时，民族学家在序言与附录中的直接出场，破除了"一个声音"的幻觉，提示了多个声音的存在，并由不同声音之间的差异揭示出这一特殊民族志写作文本的潜在对话性特征，使其具有深度、多元意义读解的可能。

民族学家、彝族知识分子刘尧汉对毕摩传统的评价具有明显的双重性。

一方面，他珍视在现代社会濒临失传的毕摩传统的宝贵价值，体现出强烈的民族自觉意识和自豪感。他高度评价吉克·则伙乃是"法天则地"的"圣哲"，同时借鉴马克思在《摩尔根的〈古代社会〉摘要》一书中的评论，将本书与摩尔根的《古代社会》并置，认为"本书记录吉克·则伙生平祭司的全过程，在当今的文化人类学、民族学领域，当为少有而显可贵"。此外，本书标题中直接采用现代民族学人类学著作中常用的"祭司"概念来替代彝族的自称"毕摩"，进行潜在的文化对译和比较阐释，强调了毕摩文化在世界民族文化体系中的存在意义。

另一方面，他运用当时盛行的社会进化论观点，将吉克·则伙所代表的彝族毕摩传统置于人类社会文化"进化"链条的底端，视作"原始父系氏族制时代遗留到 20 世纪 80 年代"的某种具有原始遗存性质的特殊文化景观，从而在 20 世纪的现实语境中将其彻底"过去化"。同时，从马克思历史唯物主义民族学立场出发，他对毕摩传统作出某种价值判断："本书所记录的神话传说及祈神驱鬼的宗教仪式，在今天看来，显

---

① 人类学家诺曼·邓金指出，后现代实验民族志应该更具经验性，要表达叙述性的事实，要面向活生生的经历、实践，以及采用多视角进行写作（参见阿兰·巴纳德《人类学历史与理论》，王建民、刘源、许丹译，华夏出版社 2006 年版，第 184 页）；克利福德对于民族志的"对话性文本"和"复调文本"也有深入的探讨（参见［美］詹姆斯·克利福德、［美］乔治·E. 马库斯编《写文化——民族志的诗学与政治学》，高丙中、吴晓黎、李霞等译，商务印书馆 2006 年版，第 296—299 页）。

系荒谬骗术"。①

自述者吉克·则伙的困惑同样具有双重性。

在彝族传统文化的熏染下,吉克·则伙将驱鬼祈神的法事道场看作一种"为人效劳的光荣事业"。他对自己的职业抱有强烈的自豪感,并在前半生享有传统彝族社会所赋予的"兹来毕不起(意即君来祭司不让位)"的"至高无上"的尊严。然而,伴随着凉山彝族社会的民主改革和现代化进程,他和其他毕摩一样,不断经受着政治运动、现代科学主义话语和汉族"先进"文化的多重夹击,成为数次政治文化运动的改造对象。在1974年西昌市民胜乡举办的一次迷信职业者学习班上,吉克·则伙对自己毕生研习的毕摩职业和信仰进行了深刻的反省:"我从六岁开始学,历时有几十年,给人民的加害很多,单纯的牲畜都至少有三千头以上了"。他赞同刘尧汉的说法,把自己的一生经历讲述出来,是因为"这是我们彝族的旧文化传统,可以让人们知道,我们彝族是怎样从鬼神的迷雾中走出来进入新社会的"②。

面对本民族传统,吉克·则伙回顾了一个个体在传统中展开的一段生命史,刘尧汉则背负现代民族学的学科使命,试图从前者的个体生命史中去探寻"原始思维和原始科学的信息符号系统"③。自述者与研究者的立场、视角、知识背景和价值取向充满差异与冲突,他们的叙事却都在隐微处透露出某种尴尬与矛盾。而不同之处还在于,刘尧汉所面对的是双重文化身份——彝族文化认同和以汉文化为背景的现代学科认同的尴尬,吉克·则伙所表征的则是一个古老民族无法回避的现代化变迁以及面对变迁时的困惑与无所适从。

《我在神鬼之间——一个彝族祭司的自述》的特殊写作实践,也不妨视为大凉山深处遗存的"圣哲"与当代著名民族学家一次意味深长的相

---

① 《我在神鬼之间——一个彝族祭司的自述》,(彝)吉克·尔达·则伙口述,(彝)吉克·则伙·史伙记录,(彝)刘尧汉整理,云南人民出版社1990年版,以上三处引文参见刘尧汉《〈我在神鬼之间——一个彝族祭司的自述〉序》。

② 同上,本段中前两处引文参见正文,第31页;后一处引文参见吉克·则伙所作"引言"。

③ 同上,参见刘尧汉《〈彝族文化研究丛书〉总序——英姿飒爽的"山野妙龄女郎"群》,第21页。

遇：是彝族的古老智慧尝试着跨越遥远的时间与现代知识体系进行艰难的对话，也是一个新兴的、充满自信的学科对民族文化传统的审视与重拯。以"自述"的名义，两个彝族知识分子于传统与时代交会之处表达出种种极为复杂而真切的内在诉求，交织着理性与感性、融合与冲突、断裂与继承、批判与保护……超越了对所谓"客观"事实和知识的"真实"呈现，却恰恰实践了实验民族志所倡导的对主体经验和文化内部体认的真实表述。

从"民族自觉"到"学术自觉"

一　中华彝族文化学派的提出与三重挑战

从 20 世纪 80 年代初开始，刘尧汉以《彝族文化研究丛书》的理论和实践成果为基础创建"中华彝族文化学派"，提出该学派的文化三要素为"宇宙万物雌雄观、葫芦崇拜、十月历法"（丛书总序，第 24 页），并对当时的民族学研究方法提出三重挑战。

1. "彝族人写彝族人"的本土（Indigenous）民族学研究

刘尧汉认为西方传统的人类学研究范式是白种人写有色人种。而新中国成立前英法传教士进入彝区撰写有关彝族的著作不可能写得如汉族深入，更不可能如彝族自己写得贴切。"自从建立了新中国，包括彝族在内的中华民族站立起来了，彝族有能力写自己的事了"。因此，本丛书凸显了"主要由彝族写彝族的事"的自观位研究的方法论优势。

2. 寻找"山野妙龄女郎"法：实地调查与考古、文献三结合

早在 1956 年，史家范文澜评价刘尧汉的一篇论文为"山野妙龄女郎"，认为其妙处正在于所采用材料"几全是取自实地调查，无史籍可稽"。30 年后，刘尧汉以此总结出"寻找'山野妙龄女郎'法"，即在王国维等诸先生文献与考古结合的"二重证据法"基础之上，提出并系统实践了"以实地调查所获民族学资料为主，联系彝汉文献和考古资料来阐明中华彝族文化"的研究方法，取得了较为丰硕的成果。

3. 以非专业研究者挑战专业研究者

与其他民族学研究丛书不同，刘尧汉主编的这套《彝族文化研究丛

书》的作者多是"并未获得硕士、博士学位,只是高等院校、大专、中专毕业的青年"。在刘尧汉看来,文凭并不说明什么,衡量学术价值的标准在于是否有新内容或是新观点。从 20 世纪 80 年代初开始,刘尧汉率领彝族男女青年不分冬夏跨越金沙江两岸,往来于川、滇大小凉山之间,脚踏实地从调查研究出发获得新资料(活史料),再与书本和考古资料相结合,进而寻求对本文化具有规律性的认识和新观点。① 这种大胆尝试建立在刘尧汉对彝族人研究本族文化的充分信心基础之上,也是他为培养本民族研究后继人才所作出的努力。

二 跨越:从"民族自觉"到"学术自觉"

20 世纪 80 年代《彝族文化研究丛书》的陆续出版,被认为"宣告了中华彝族文化学派和彝族文化学的诞生",是"中国史学和民族学走向新的繁荣和突破的标志之一"。②"(刘尧汉的《中国文明源头新探》)探求中国文明的源头,无疑标志着现代中国的文化人类学的萌芽"。③ 在当时引起了较大的社会和学术反响。

海外彝学家郝瑞教授在一篇文章中将有关彝族历史文化的学术研究大致分为两类:一类主要"论证彝族类别的统一性",另一类则试图"展示光荣的传统"。他认为,后一类彝学研究的宗旨是"向那些关注彝族的人们(尤其是向彝族人自己)证明,彝族文化是一种值得引以为豪的文化","经常用来证明这一论点的是祭司毕摩的传统"。刘尧汉对包括毕摩文化在内的彝族传统的研究大体上可以归为第二类。郝瑞指出这一研究取向的部分原动力是诺苏学者以展示彝族生活与文化的另一面去回应主要由汉族学者进行的传统彝学研究。④ 这背后正是一个民族身份自我再确认的复杂过

① 《我在神鬼之间——一个彝族祭司的自述》,(彝)吉克·尔达·则伙口述,(彝)吉克·则伙·史伙记录,(彝)刘尧汉整理,云南人民出版社 1990 年版。本节以上引文参见刘尧汉《〈彝族文化研究丛书〉总序——英姿飒爽的"山野妙龄女郎"群》,第 1—27 页。

② 同上。参见程志方《论中华彝族文化学派的诞生——评〈彝族文化研究丛书〉的出版》,第 28 页。

③ 周民锋:《大胆的立论》,《读书》1987 年第 5 期。

④ [美]郝瑞:《从族群到民族——中国彝族的认同》,《海外学者彝学研究文集》,云南教育出版社 2000 年版,第 15—21 页。

程。面对新中国成立后民族识别工程所造就的新"彝族"身份，刘尧汉所代表的彝族当代学者的态度逐渐从排斥到接受，再过渡到主动利用，从而强化了当代语境下本民族的自我文化书写以对应汉语传统的他者书写。

回顾20世纪初的民国时期，曲木藏尧、岭光电等一批彝族知识分子成为彝族研究本民族文化的先行者。在当时的历史语境中，他们的民族志写作实践更多地体现为一种在汉文化冲击下刚刚萌发出来的"彝族（或诺苏、倮倮等）"身份认同和民族自觉意识，并与新兴民族国家建构过程中的政治诉求息息相关，[①]尚未显现出较为清晰的学术脉络与学科诉求。历经半个世纪的时代变迁，彝族学者刘尧汉创建"中华彝族文化学派"，为本民族力争作为"文化主体"的文化表述权和解释权。与此同时，为进一步推动中国民族学研究的范式转型，他进行了一系列大胆的方法论尝试，包括"自述体实验民族志"写作实践。在此意义上，刘尧汉所代表的这一代中国少数民族研究者已经超越了他们的前辈最初从"民族自觉"意识中萌发出的"自我表述"冲动，进而体现为一种更具专业性、学科性和自主性的高度"学术自觉"。同时，这也从一个侧面预示了当代中国民族学、人类学研究范式、写作样态、叙事策略和文本风格的多种可能性路径，以及学科未来发展的丰富空间。

结　语

叙事，从来不是纯粹的。

《我在神鬼之间——一个彝族祭司的自述》是一次多方共谋的特殊民族志写作实践。

彝族毕摩吉克·则伙以"自述"回顾生命史，而民族学家刘尧汉则自始至终怀有明确的学科意识，通过对一系列叙事策略的调整和把控，将前者的自述置入"民族志化"的文本建构过程之中。其结果是，该文本作为

---

① 参见彝族学者李列在"本土学者的彝学研究：自观位的视角"中的相关材料和深入论述。李列《民族想象与学术选择——彝族研究现代学术的建立》，人民出版社2006年版，第358—418页。

"彝族写彝族"的典范之一,参与了"中华彝族文化学派"的创建,重申着近代以来中国少数民族知识分子反复表达的"民族自觉"意识,更在新的时代语境和民族学、人类学学科发展进程中成为彝族本民族知识分子争取学术话语权,表达"学术自觉"的外在表征。

文化记忆与身体表述

——嘉绒跳锅庄"右旋"模式的人类学阐释 *

摘 要 嘉绒跳锅庄是藏彝走廊无文字族群嘉绒传承至今的一种古老的身体表述实践。本文从田野考察出发，解读嘉绒跳锅庄"右旋"模式背后所隐含的族群文化记忆和表述语法，一方面探讨无文字族群嘉绒以身体表述来传承共同体文化记忆的多层次内涵，另一方面也揭示出嘉绒人如何在特定社会情境中通过族群表述的选择、挪移与再造，将文化记忆转化为形塑共同体认同的文化资源。

关键词 文化记忆；身体表述；嘉绒锅庄；右旋

社会记忆理论认为，共同体的集体记忆往往是通过纪念仪式和体化实践得以保持和延续的。① 尤其对于许多无文字族群来说，以身体本身为核心而展开的文化表述，即身体表述实践，传达和维系着有关他们过去的意象、知识和记忆，更具有无可替代的重要意义。

藏彝走廊中部以墨尔多神山为核心的大渡河上游流域，世代居住着古老的无文字族群 Rgyal-rong，即今天通常所称的"嘉绒藏族"或"嘉绒人"。② 在嘉绒腹地，即今四川省甘孜州丹巴县境内，民间仍较为完好地传承着古老的"跳锅庄"传统。在笔者亲历过的许多民间仪式场景中，总能见到嘉

---

* 本文刊载于《民族艺术》2011 年第 1 期。

① ［美］保罗·康纳顿：《社会如何记忆》，纳日毕力戈译，上海人民出版社 2000 年版，第 40 页。

② 新中国成立后，嘉绒被识别为"嘉绒藏族"，属于藏族的一个支系。历史以来嘉绒基本上是一个无文字族群，有自己的语言但没有自己的文字。后来虽深受藏文化影响，但藏文字主要由嘉绒上层和僧侣喇嘛所使用，在嘉绒民间并未通行。直至今日，嘉绒民间传统文化的表述系统主要还是以非文字表述为主。

绒人跳起古老的锅庄：在蓝天或星空下之，在"圆"的绕行之中，或逆时针或顺时针，前后相继，联袂踏歌，似乎没有起点也没有终点。作为一种古老的"圈舞"形式，嘉绒跳锅庄在嘉绒人的身体中习得、实践和传承，铭刻着这一共同体所共享的集体记忆。以此为出发点，本文力图读解嘉绒跳锅庄"圈舞"图式及其旋转模式背后隐含的多重文化记忆，同时探寻嘉绒传统观念与身体表述实践在历史变迁中的某些轨迹。

右旋/左旋：跳锅庄的旋转模式

一　嘉绒跳锅庄的旋转模式

按照嘉绒民间的说法，传统锅庄"不是跳来耍的"，通常在墨尔多转山会、藏历新年等宗教庆典以及房屋竣工庆典、婚礼、成年礼等民间仪式性场合才能跳，并作为这些仪式整体的重要组成部分而存在。跳锅庄时，人们首先要在场地中央陈设青稞呃酒、哈达、五色米等，并煨桑敬神。以此为中心，男女两队分别组成两个半圆弧形，再合为一个中间留有缺口的圆圈队形。在此仪式空间中，嘉绒跳锅庄有着规定性的基本队列形式，即由男女两队组成的圆圈队形围绕中心做环绕式运动，从而形成两种基本的动态旋转模式：从跳锅庄者身体的左手方向起步按顺时针方向旋转，称为"左旋"；或者从右手方向起步按逆时针方向旋转，称为"右旋"。在此两种基本旋转模式基础上有时又加以变化形成如"8"字穿插、多层同心圆或者"喜旋"图案。以下为两例图式。

在丹巴县境内，由于受历史上不同外来文化的影响，嘉绒人内部形成了以三大"地脚话"方言分区为基底的三种主要的传统锅庄类别，分别是：以嘉绒话为基底的嘉绒锅庄、以尔龚语为基底的革什杂锅庄、以藏语康方言为基底的二十四村锅庄。① 三种类型内部分别又可再划分为"大锅庄"和"小锅庄"。"大锅庄"保留了更为古老的内容，"小锅庄"则受外来因素影响较大。在这一分类结构的基础之上，"圈舞"图式的不同旋转

---

① 关于丹巴嘉绒地区的方言与人群分类情况参见《丹巴县志》，民族出版社 1996 年版，第 118—119 页；林俊华《丹巴县语言文化资源调查》，《康定师专学报》2006 年第 5 期。

方向进而表现为某种严格的地域群体性规定，并由此构成了区分嘉绒传统锅庄三种主要类型的标志性符号之一。

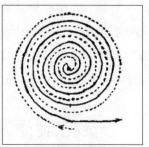

嘉绒传统锅庄"达勒嘎底"的旋转图式两例①

丹巴县嘉绒传统锅庄类别与旋转方向的区分

	嘉绒锅庄（代表） 巴底锅庄"达尔嘎"	革什扎锅庄（代表） 甲居锅庄"玛尼"	二十四村锅庄（代表） 梭坡锅庄"卓"
大锅庄	逆时针	逆时针	逆时针
小锅庄	逆时针	顺时针	顺时针

在当地人的解释中，嘉绒本土信仰为苯教，藏传佛教在后来才传入嘉绒地区。二者在信仰仪轨的操演上存在差异：前者要求按逆时针方向执仪，而后者则要求按顺时针方向执仪。

墨尔多转山节期间按不同方向转塔子的嘉绒人

---

① 阿坝州文化局集成编写组：《中国民族民间舞蹈集成·四川卷·阿坝藏族羌族自治州资料卷》，阿坝州文化局编印 1987 年版，第 44—45 页。

墨尔多庙正月初八跳嘉绒"达尔嘎底"大锅庄

因此，嘉绒锅庄、革什扎锅庄和二十四村锅庄中的"大锅庄"都遵循了古老的嘉绒苯教传统，按逆时针方向旋转。与此相应，嘉绒锅庄的"小锅庄"按逆时针方向旋转，而革什扎和二十四村地方的"小锅庄"按顺时针方向旋转则表明，在丹巴嘉绒人内部，前者保留了更多嘉绒传统，因而"更有资格"；后两者则更多受到外来文化，尤其是康藏文化的影响。这是一种合理的解释，却不一定是足够充分的解释。阐释人类学认为，仪式符号所蕴含的象征观念并不一定完全为当地信息提供者所具有；同时，人类学家对文化行为的阐释也并不因主位视角的缺失而宣告无效。因为在很大程度上仪式参与者的关注点在于行为本身而不是行为背后的象征意义。①

二 藏彝走廊"圈舞"旋转模式之比较

值得注意的是，"跳锅庄"作为一种汉语他称，在清代以来的众多文献材料中也用于指代藏缅语族各族群中广泛存在的"圈舞"。若将嘉绒锅庄置于更为广阔的藏彝走廊背景之中，其旋转模式的族群和文化规定性将更为清晰地显现出来。

受藏传佛教的影响，藏族跳锅庄"果卓"通常按顺时针方向旋转。羌族跳锅庄"莎朗""席布蹴"只能按逆时针方向旋转，一种解释是羌民祭

---

① ［英］菲奥纳·鲍伊：《宗教人类学导论》，金泽、何其敏译，中国人民大学出版社 2004 年版，第 178—179 页。

祀方向左为始祖，右为火神，故从左至右而行。① 笔者在凉山彝族地区的考察中了解到，彝族传统习俗认为日常行为的绕圈动作方向都要向"内"，即以右手动作为基准按逆时针方向绕动，意味着好的、吉祥的都会向着自己"转进来"；而按顺时针方向绕动，即向"外"转，则好运和吉祥都会离开自己"转出去"了。凉山彝族传统的围圈歌舞也多为沿逆时针方向行进，如"谷追"始终沿着逆时针方向走圈歌舞，"得乐荷"也以逆时针方向行进为俗。普米锅庄"搓磋"的队形变化、舞步花样较多，队形有半圆圈、单圆圈、双圆圈，起舞者也是手拉手逆时针方向跳。② 宁蒗和泸沽湖摩梭锅庄"打跳（甲搓）"的动作也有挽手、交叉五指面向圆心随逆时针方向起步的特点。③ 凉山州德昌县金沙乡居住着中国纬度最靠北的一支傈僳族。笔者在当地的调查中发现，傈僳族传统舞蹈大多按逆时针方向旋转。在对金沙江流域花傈僳舞蹈的研究中也有学者提出，本教关于永恒不变的"万字"（雍仲）逆时针旋转的圆圈意识，似乎与圆圈舞有着一种微妙的关系。④

通常而言，人类的每一种专门化行为总是包含两类基本要素，一类具有功能意义，另外一类则仅仅表现为地方性习俗。相较之下，后者是一种"审美矫饰"（aesthetic frill），但恰恰正是这些以习俗为基础的"矫饰"为我们提供了理解他者文化的契机。因为尽管习俗的细节在起源上可能出于历史的偶然，但对某一共同体中的个人来说，这样的细节却是一些高度符号化的行为和表现，是该共同体文化传统实践中不可分割的一部分。⑤ 绕行不绝的圆形或环形，是跳锅庄这一身体表述实践在时空中得以呈现的基本图式，可帮助参与者建立起他们的宇宙模型，同时也营造了共同体"凝聚"的氛围。在这一基本图式中，身体表述的动态特性使由众人围合而成

① 阿坝州文化局集成编写组编：《中国民族民间舞蹈集成·四川卷·阿坝藏族羌族自治州资料卷》，阿坝州文化局编印 1987 年版，第 8 页。
② 和树芳：《普米锅庄"搓磋"》，《今日民族》2007 年第 7 期。
③ 萧梅：《田野的回声——音乐人类学笔记》，厦门大学出版社 2001 年版，第 194 页。
④ 冯文俊：《富有特色的花傈僳民间音乐舞蹈》，《民族民间音乐》2003 年第 4 期。
⑤ ［英］埃德蒙·利奇：《语言的人类学面面观：动物类别与言语滥用》，转引自［英］托马斯·科伦普《数字人类学》，郑元者译，中央编译出版社 2007 年版，第 114—115 页。

的圆圈得以驱动，而不同群体对于不同旋转方向的规定则是一种典型的"审美矫饰"。作为文化承载者和实践者，嘉绒人在共同体法则的规定之中选择顺时针或逆时针，传达出了族群表述行为背后的特定历史记忆与基本文化语法。它们一方面作为传统知识加以传承，另一方面通过身体操演加以维系。

右旋：嘉绒文化记忆与身体表述

一 右/左的生物学与文化表述基础

在所有的族群和文化中，人的身体都是一种极为便利的象征符号，因为身体不仅是主、客观经验的连接点，同时既属于个体也属于社会。[①] 解剖学证实了人体的对称性特征，而这种生物学特征又为相关文化行为提供了表述基础。

1909 年，赫兹在《右手优先：宗教极的研究》中考察了许多民族和文化中惯用右手的习俗。他将人的身体与自然和宗教仪轨联系起来，以太阳崇拜来解释右与左的区分，认为："崇拜者在他的祈祷和仪式庆典中，会自然地朝向太阳（万物之源）升起的地方。……以面对这个方位为基准点，身体的不同部位也指派为不同的方向……自然的景观，白天与黑夜、热与冷的对比，都使人认识到左与右的区别，并将二者对立起来"。[②] 赫兹的研究引发了一系列对有关右与左符号分类形式的关注。研究者们在中国、西里伯斯岛、希腊等各处展开调查，试图探究右与左的二元分类形式作为思想与社会组织原始形式的基本原则与共同特征。[③]

这些研究指出，右与左是具有普遍意义的人体先天生物学结构特征；作

---

① [英] 菲奥纳·鲍伊：《宗教人类学导论》，金泽、何其敏译，中国人民大学出版社 2004 年版，第 46 页。

② Robert Hertz, "ThePre-eminence of the right hand: a study of religious polarity", in Rodney Needham（ed.）*Right and Left: Essays of Dual Symbolic Classification*, translated by R. Needhan. Chicago and London: University of Chicago Press, 1973, p.20, 转引自 [英] 菲奥纳·鲍伊《宗教人类学导论》，金泽、何其敏译，中国人民大学出版社 2004 年版，第 48 页。

③ [英] 罗德尼·尼达姆：《〈原始分类〉英译本导言》，载 [法] 爱弥儿·涂尔干、马塞尔·莫斯《原始分类》，汲喆译，上海人民出版社 2000 年版，第 116 页。

为一种物理过程，身体向左或向右的运动趋势则是一种后天行为，在两个基本方向上并没有必然的设定；而人们选择以及为何选择向右或向左则是更高一级的文化表述行为。笔者的田野调查显示，丹巴嘉绒跳锅庄的旋转模式包括右旋（逆时针旋转）和左旋（顺时针旋转），而以右旋为"正宗"。右旋正是嘉绒人历史形成的一种以身体本身为象征符号的核心族群表述语法。然而，由于象征的建构大多数并不具备普遍公认的意义，因此，还必须将"右"与"左"的结构性对立措置于具体的地域性、族群性社会历史语境中，方能深入理解嘉绒锅庄"右旋"象征及其解释的独特性。

二 嘉绒"右旋"的身体表述与文化记忆

作为一种特定的身体表述语法，右旋被嘉绒人视为"正宗"。它在嘉绒人的历史中形成也在此历史中不断得到解释，其背后沉淀着嘉绒人丰厚的历史文化记忆。因此，对嘉绒跳锅庄右旋模式的象征阐释需要具备历史的向度和动态变迁的视角。哈拉尔德·韦尔策在对社会记忆实践的研究中指出，不论是人们对现实的感知、对意义的阐释还是行为方式中均存在着普遍的"非同时性现象"，即指不同历史时期沉积下来的记忆材料并存于社会记忆实践之中。[①] 在对嘉绒跳锅庄右旋模式的解读中，我们同样不仅可以看到纵向的文化记忆沉积现象，还可以发现多族群文化记忆混杂的线索。

对嘉绒锅庄右旋象征表述的第一层次解读与嘉绒人古老的本教信仰有关。在苯教符号系统中有众多的象征观念、图式和器物都体现出逆时针旋转的特征。

从原始自然崇拜来看，远古太阳崇拜与尚右观念有着内在关联，人站在地球上观察太阳运转即为逆时针右转。据考证，苯教的象征"雍仲"即从原始自然崇拜中的太阳图案演变而来。西藏日土岩画中大量出现的"卐"或"卍"符号画即表示太阳及其光芒。象雄王朝时称此符号为"雍仲"。在象雄语中其最初为"太阳"或"永恒的太阳"之意，后来又演

---

① ［德］哈拉尔德·韦尔策：《社会记忆》（代序），载《社会记忆：历史、记忆、传承》，季斌、王立君、白锡堃译，北京大学出版社 2007 年版，第 9 页。

变、引申为"固""永恒不变"之意。①

从宗教属性来看，象雄王朝奉行苯教，逆时针的右旋"卐"符号首先被苯教加以简化和定型，并用作自己的教派标志。同时，它还投射为早期苯教信仰的具体仪轨。在苯教的复杂祭祀文化中，据说有 360 种祭礼、84000 种巫术和救度手段。这些仪轨分别由九类祭祀师"辛"承担，其中第六类辛专门负责弘扬雍仲苯（即"永恒持"），在执仪时严格按照从右向左逆时针运动以保持纯正的品行。② 直至今日，苯教信徒最重要的活动之一就是对神山进行逆时针绕行并沿途煨桑，由此可获得神的庇佑和加持。③

此外，这一符号在民间也逐渐成为避邪和吉祥如意的象征。例如，一则古老的神话《兄妹分财与祈神》中记载了早期的苯教婚俗，新郎新娘同坐在一块白色毡毯上，上面放着拼成"卐"字形的青稞粒，然后祭司和新人一道吟唱颂词，以求吉祥。④ 丹巴嘉绒民间常可见到人们在房屋外侧墙壁上画上巨大的"卐"标志，也为祈求家宅安康之意。

在某些苯教著作中，右旋图式还被认为是对天象的模仿，比如右旋雍仲被认为是与太阳的运转和北斗星座的逆时针旋转方向一致。此外，白

四种白色海螺：左旋海螺（左上）；右旋海螺（右上）

右旋海螺（右上、左下）

---

① "雍仲"（"卐""卐"），藏语发音为 gyung-drung，梵语为 savstika，意为好运、福祉。在汉语中也称为万字符，万字符是人类文化中最古老、最常见的象征符号之一，在印度、中国、古希腊、美洲和欧洲等地文化中都有发现。今天它仍是苯教、佛教、耆那教、印度教广泛使用的宗教标记。参见［英］罗伯特·比尔《藏传佛教象征符号与器物图解》，向红笳译，中国藏学出版社 2007 年版，第 104—105 页。"雍仲"起源演变与意义的相关研究还参见尕藏才旦《史前社会与格萨尔时代》，甘肃民族出版社 2001 年版，第 27—28 页；格勒《藏族早期历史与文化》，商务印书馆 2006 年版，第 410—411 页，等等。

② 尕藏才旦：《史前社会与格萨尔时代》，甘肃民族出版社 2001 年版，第 44 页。

③ 赵萍、续文辉：《简明西藏地方史》，民族出版社 2000 年版，第 23 页。

④ ［英］桑木旦·G. 噶尔梅：《概述苯教的历史及教义》，收入［意］图齐《喜马拉雅的人与神》，向红笳译，中国藏学出版社 2005 年版，第 155 页。

色海螺是苯教仪轨中的常用法器，包括右旋海螺和左旋海螺。有着逆时针旋纹的右旋海螺在大自然中非常罕见，被认为具有非凡的神力，常握持在神灵的左手之中。① 在象征意义上，右旋海螺与普通的左旋海螺形成了某种"反常"或"超常"与"常态"的对立关系，强烈地表达着神圣/世俗的区分与对立。

对右旋象征表述的第二层次解读涉及嘉绒人遥远的族源记忆，也反映出嘉绒在历史与现实中的族群互动关系。

1973 年，甘肃马家窑遗址出土了一件彩陶纹盆。盆内部口沿以下绘有三组五人一组连臂而舞的图案。三组舞人构成一圆圈，皆面向右前方，似为沿逆时针方向跳圆圈舞。② 马家窑遗址是古羌人在黄河流域的重要文化遗存。此件出土实物被广泛征引，也多被用来证明圈舞起源的族源和历史。值得注意的是，藏彝走廊是古羌人南迁的重要孔道。根据格勒博士的观点，今天的嘉绒人正是古代藏族融合古羌人南迁途中散布于藏彝走廊中部的后裔——西山诸羌而形成。③ 在今天西南藏缅语族各族群中，有着早期羌系族源的民族，如羌族等，大多仍然保留了逆时针旋转的古老传统。与这些人群一样，嘉绒人在跳锅庄的右旋图式中保留了其古羌系族源的某些历史记忆。

与此同时，石硕从蒙默先生的观点出发，认为嘉绒族源主要存在着另一个早期人群的重要影响，即汉代以来文献中频繁出现的活跃于横断山区的古"夷人"。④ 据其考证，夷系民族的许多文化记忆都可见于今天的嘉绒民俗之中。例如，嘉绒人特别是嘉绒妇女的服饰与藏族区别很大，却与凉山彝族颇为相似，都以发辫缠头帕，下身着百褶裙，以及身披披毡。尤其是披毡，嘉绒语称为"阿戈"。披披毡的风俗在墨尔多神山周围区域保存

---

① 〔英〕罗伯特·比尔：《藏传佛教象征符号与器物图解》，向红笳译，中国藏学出版社2007 年版，第 11—12 页。"右旋海螺"插图引自该书第 11 页。

② 徐学书：《嘉绒藏族"锅庄"与羌族"锅庄"关系初探》，《西藏艺术研究》1994 年第 3 期。

③ 格勒：《藏族早期历史与文化》，商务印书馆 2006 年版，第 307—355 页。

④ 参见《嘉戎族群：横断山区古代夷人之后裔》，石硕《藏族族源与藏东古文明》，四川人民出版社 2001 年版，第 193—209 页。（蒙默先生在《历史研究》1985 年第 1 期上发表《试论汉代西南民族中的"夷"与"羌"》，首次提出在汉代以来的西南地区，除氐系民族、羌系民族之外，还存在着另一个民族体系——"夷系民族"。）

得最为完好。而且与彝族不分男女老幼平时都披披毡不同，嘉绒妇女只在跳锅庄时才披。①

嘉绒妇女着传统盛装　　　凉山布拖火把节彝族妇女盛装跳"得乐荷"

在保罗·康纳顿看来，纪念仪式和身体实践是有关过去的意象和记忆知识的至关重要的传授行为。② 跳锅庄正是以身体本身作为无文字族群嘉绒历史记忆和文化表述的重要手段，因而对保存其夷系族源记忆具有特殊意义。同样，许多有着夷系族源的民族，包括今天藏缅语族彝语支中的彝族、纳西族、拉祜族和哈尼族等，③ 大多有尚右的习俗。如彝族以逆时针为"转进来"，对主人家吉利；以顺时针为"转出去"，对主人家不吉，跳锅庄也按逆时针方向旋转。由此可见，嘉绒跳锅庄的右旋图式中也沉淀着其夷系族源的文化印迹。

从嘉绒族源的总体构成来看，古羌系民族、夷系民族构成了嘉绒族源的主要基底，而吐蕃或者说藏族则是较晚的族群来源。不同的族源记忆和文化记忆"非同时性"地沉积在嘉绒传统观念之中，却又"同时性"地显现在嘉绒传统观念的表述实践之中，表现为"右旋"与"左旋"在外在形式上的结构性区

---

① 石硕：《藏族族源与藏东古文明》，四川人民出版社 2001 年版，第 210—213 页。
② ［美］保罗·康纳顿：《社会如何记忆》，纳日毕力戈译，上海人民出版社 2000 年版，第 40 页。
③ 石硕：《藏族族源与藏东古文明》，四川人民出版社 2001 年版，第 159 页。

分。由此，我们可以在更深层次上理解丹巴嘉绒人为何以"右旋"为本土的传统和"正宗"，而以"左旋"为外来影响的表现。

此外，在嘉绒多族源背景的基础上，藏彝走廊历史和现实中密切的族群文化互动也对嘉绒文化的身体表述规则产生着影响。在本区域内除藏族之外，居于岷江上游及岷江与大渡河上游流域之间的羌族与嘉绒人的关系最为密切。今天流行于阿坝和甘孜两州范围内的嘉绒锅庄与羌族锅庄由此表现出许多一致的风格特征。在许多场合下，二者还会被合称为"藏羌锅庄"。① 嘉绒锅庄与羌族锅庄相同，均按逆时针方向右行舞，而不同于藏族锅庄的跳法按顺时针方向行舞。

总之，从历史的动态维度来看，"右旋"作为无文字族群嘉绒的一种身体象征表述符号具有相应的符号能指和所指。能指，即右旋图式的符号性外显；所指，即其背后所指涉的意义和观念。根据列维—斯特劳斯所谓象征符号的"不稳定指示"特性，往往符号的能指和所指在社会变迁中的变化速度和程度并不一致，相对而言，后者的变化要比前者的变化大得多。② 在丹巴嘉绒人的传统中，右旋图式是一种基本被固定化的符号能指，辐射到从观念到实践的各个领域和层面，其背后所表述的符号所指却不是某种单一、恒定不变的意义指向。其中涵括了嘉绒人在历史进程中从原始自然崇拜到苯教信仰再到民俗观念的多重象征意义，同时还揭示出走廊族群普遍具有的多元族源背景，烙印下嘉绒在吐蕃族源之外更为古老的羌系和夷系族源文化记忆。作为一种身体表述实践，丹巴嘉绒跳锅庄也在"右旋"的符号象征中获得了自己的内在规定性。

文化记忆、族群表述与认同再造

哈布瓦赫于 1925 年首次提出"集体记忆"理论，指出记忆具有公众性、集体性，同时强调集体记忆在本质上是立足于现在而对过去的一种重

---

① 庄春辉：《"藏羌锅庄"是阿坝的一张文化名片》，《西藏艺术研究》2005 年第 2 期。
② 参见彭兆荣《人类学仪式的理论与实践》，民族出版社 2007 年版，第 24 页。

构。① 后来扬·阿斯曼以此为基础提出"文化记忆"概念，指出文化记忆呈现为"涉及过去的知识"的多种表述形态，并与群体认同直接相关。② 在对人类记忆问题日益深入的研究中，一个共同的关注点日益凸显出来，即考察社会群体如何选择、组织、重述"过去"，借助各种媒介（文字、歌舞、定期仪式、口述或文物）来创造群体的共同传统，诠释群体的本质及维系群体的凝聚。③ 换言之，作为"过去"的一种显现方式，"文化记忆"是一种公众性、建构性的文化资源。它具有整合和认同的社会功能，但同时又必须以另一个社会机能——族群表述为基础。④

在嘉绒跳锅庄的案例当中，嘉绒文化记忆的沉积在历史演进的纵向轴和族群互动的横向轴中展开；而共同体对文化记忆的唤起和表述则在具体的社会情境中依赖于实践的逻辑。无论是右旋作为身体表述本身所具有的多重意涵，还是围绕这一表述展开的"再表述"，即嘉绒人在特定社会情境中对右旋的策略性解释和运用，都使嘉绒文化记忆的选择、组织与重述过程变得更为复杂。

一 表述的对抗与选择

今天嘉绒传统锅庄以右旋为"正宗"的身体表述规则和意义已经在嘉绒人的内部解释中达成共识。而这一"共识"恰恰是围绕共同体文化记忆所展开的表述对抗与表述选择的结果。

嘉绒跳锅庄右旋图式背后投射的是逆时针雍仲苯，而逆时针与顺时针雍仲二者之间的结构性对立是后来才约定俗成的。日土岩画中最早的太阳崇拜符号是"雍仲"的原型，其中两种旋转方向都有。有学者认为在"雍仲"符号尚未规范化之前，可能有各种不同的形式，包括不同的旋转方向。⑤ 苯教

---

① ［法］莫里斯·哈布瓦赫：《论集体记忆》，毕然、郭金华译，上海人民出版社 2002 年版。
② ［德］扬·阿斯曼：《集体记忆与文化认同》，第 15 页。转引自 ［德］哈拉尔德·韦尔策《社会记忆》（代序），《社会记忆：历史、记忆、传承》，季斌、王立君、白锡堃译，北京大学出版社 2007 年版，第 5—6 页。
③ 王明珂：《华夏边缘——历史记忆与族群认同》，社会科学文献出版社 2006 年版，第 28、47 页。
④ 彭兆荣：《人类学仪式的理论与实践》，民族出版社 2007 年版，第 245 页。
⑤ 尕藏才旦：《史前社会与格萨尔时代》，甘肃民族出版社 2001 年版，第 27—28 页。

学者阿旺嘉遥样杰贝罗哲的著作《德尼朗艾》中也说，早期苯、佛二教的雍仲均有两种转法。① 意大利学者图齐也考证过苯教和佛教均有左旋和右旋两种运动方向，如在某些苯教仪轨中，右旋仅由男人专用因而称为 "阳旋"；左旋属于女子因而称为 "阴旋"。② 在此，旋转方向即是作为性别区分依据而作用的。他指出，苯教徒在较晚时期占据了右旋运动，方使逆时针方向的反复运动成为苯教的典型准则之一。③ 佛教从印度进入藏地后，与本土苯教发生了激烈的冲突与对抗。在此过程中，苯教通过对符号表征和意义进行区分和选择形成了与佛教的结构性对立，也使信仰苯教的嘉绒人选择性地形成了对右旋表述法则的文化记忆和内部解释。

二 表述的强化与削弱

文化记忆通过共同体成员的表述实践得以维系和传承。而共同体的每一代人或者共同体中不同的个体可以不断从新获得的文化记忆出发，在具体社会语境中或佐证、强化，或削弱过去文化记忆的有效性。

三布多吉是丹巴县梭坡乡宋达村的锅庄师傅，也是方圆百里最有声望的民间苯教 "阿外"④。在访谈中他自豪地告诉笔者，嘉绒传统锅庄按雍仲苯的规定从逆时针方向旋转与地球自转的方向一致，而苯教在几千年前就已经发现了这一点，是很了不起的。三布在新中国成立后接受过几年学校教育。他说，在学校里他学到了关于地球逆时针自转的地理知识，既然科学知识都印证了苯教教义是正确的，这就不仅证明了苯教符合宇宙的原则，而且可以证明苯教比佛教更为高明。在另一次交谈中他告诉我，苯教有一万八千年历史，佛教的历史才三千多年。苯教祖师那辛仲巴朗卡的儿

---

① 刘志群：《西藏祭祀艺术》，河北教育出版社 2000 年版，第 122—123 页。

② 《意乐欲梵音·南赡部洲冈底斯雪山志》，第 45 页。转引自［意］图齐《西藏宗教之旅》，耿昇译，王尧校订，中国藏学出版社 1999 年版，第 358 页。

③ ［意］图齐：《西藏宗教之旅》，耿昇译，王尧校订，中国藏学出版社 1999 年版，第 357 页。

④ 由于嘉绒各地方言存在差异，对民间苯教执仪者的称呼也不同，在巴塘、得荣一带称为 "更布"；在甘孜一带称为 "阿尼"；九龙及康定的营官和沙德一带称为 "阿乌公巴"；丹巴、道孚则称为 "奥外" "更巴"；康定鱼通一带则称为 "公嘛"。参见杨嘉铭等《甘孜藏族自治州民族志》，当代中国出版社 1994 年版，第 107 页；林俊华《苯教，一个古老宗教在康区的历程》，《西藏旅游》2002 年第 4 期。

子将苯教改为佛教，不但佛教的很多经文都是照抄苯教经文的，而且藏传佛教按顺时针旋转也是从苯教的规矩改过去的。① 宋达村所在的 24 村一带是丹巴境内受藏传佛教和康巴文化影响最深的地方，这种看法强化了三布师傅对嘉绒本土苯教信仰的自豪感，并在相当程度上支持了他在当地作为"苯教阿外"的身份合法性和执仪的有效性。

三　表述的挪用与改造

此外，人们还会从现实情境的具体需要出发，对符号象征背后的文化记忆进行挪用或改造，以形成新的意义表述，建立或调整认同边界。

在清乾隆年间大小金川之战以前，苯教在嘉绒地区与藏传佛教东进势力进行了长时间对峙，一直在本地区占据着绝对优势。嘉绒人对右旋雍仲苯转向的感知和实践也相当牢固。今天，大多数嘉绒人认为，藏族人（泛指其他藏族）跳锅庄按顺时针方向旋转，嘉绒人跳锅庄按逆时针方向旋转。也有人认为，跳锅庄时苯教徒逆时针舞动，佛教徒顺时针舞动。② 但在笔者的田野经验中，这些看法显然都不够全面。如前文所述，丹巴嘉绒人不论信仰苯教还是藏传佛教的某个教派，在跳锅庄时均会遵循各地的传统。如巴底地方的某人，即便信奉藏传佛教，但跳大小锅庄均只能按当地的规矩沿逆时针方向旋转；同样，24 村信仰苯教的村民跳受康巴弦子影响而形成的小锅庄"弦子锅庄"，也只能按顺时针方向旋转。由此可见，虽然在嘉绒藏族与其他藏族（尤其指西面近邻的康巴藏族）之间，人群共同体差异与宗教差异并存，而且人群共同体的区分在历史逻辑上要先于宗教的差异，只是这两种差异在不同的社会背景下会得到不同的表述。

新中国成立之初，嘉绒人被识别为"藏族"。之后相当长一段时期内，与人群共同体差异相关的文化记忆被弱化和遮盖，而民族国家框架中"藏族"的统一民族身份得以凸显。在此前提下，右旋与左旋被主要解释为藏

---

① 如《五部遗教》中说："江河之源在雪山，正法之源在苯教，应机化众善巧行，为使满足王与僧，传译苯教补佛义。经论咒语诸法典，只译词汇不改义，翻译胜义无败笔，是故顺畅入宗门。苯教《心部大经论》，译成佛叫《意授记》，苯教经典《八大界》，译成佛叫《八百千》……"参见郭哇·格西旦增朱扎法《大乘觉悟道雍仲苯教常识》，民族出版社 1999 年版，第 252 页。

② 庄春辉：《"藏羌锅庄"是阿坝的一张文化名片》，《西藏艺术研究》2005 年第 2 期。

族内部不同宗教信仰人群之间的差异。自 20 世纪 80 年代末以来，民族民间传统文化在全中国范围内逐渐复兴，这一解释也开始发生改变。从 1990 年左右开始，各种独具嘉绒特色的文化传统，包括仪式、节日、民俗等重新在城镇乡村得到广泛重视；与此同时，在从日常生活到官方话语的各个层面，嘉绒人开始逐渐强化嘉绒文化之于藏文化的独特性。丹巴县历年来举办过多届"嘉绒风情节"。不论是举行"嘉绒之鹰""嘉绒之花"的选美活动，还是组织盛大的嘉绒风情展演，主要宗旨都在于凸显"嘉绒藏族"与其他地区藏族不同的民俗风情特色，以期在藏族风情旅游的客源市场中分割一席之地。因而，当调查中人们告诉我，嘉绒人跳锅庄与藏族不同，藏族按顺时针方向左旋，而嘉绒人按逆时针方向右旋（似乎忘了自己也跳左旋锅庄），也就不足为奇了。嘉绒族群意识的复兴与中国少数民族地区的现代化进程密不可分。在此过程中，文化传统和共同体记忆开始作为文化资本参与到族群与地区间的竞争当中。从这一现实情境出发，右旋作为苯教与佛教的传统区别性标志，在今天更主要地被挪用、改造来解释"嘉绒人"与"藏族"之间的族群文化差异，从而在新的资源竞争背景下重新调整"嘉绒人"的内部与外部认同。[①]

余 论

共同体总是通过多种方式来传承他们的集体记忆，无文字族群更注重以身体本身来进行文化表述，以人体对姿势的记忆、操演来加以铭刻，将"自我感"融入每个个体的血液和骨肉中。通过上文对嘉绒锅庄右旋象征表述的多向度解读可以看到，每一代嘉绒人文化记忆的形塑过程背后都充斥着强烈的实践动力，每一种符号象征在不同的实践情境中都可能被改写成新的共同体认同。"右旋"表述的意义指向并非单一明确，也并非一堆乱麻。其中各个部分在何种语境中产生，又在何种语境中被推向意义阐释的前台，取决于共同体维系传统并应对社会历史变迁的根本诉求。

---

① 参见王明珂《华夏边缘——历史记忆与族群认同》，社会科学文献出版社 2006 年版，第 4、18—20、249 页。

空间观念与族群认同

——康藏民歌"弦子"的文学人类学研究[①]

摘　要　人类学家认为，族群认同除了对自己民族群体及其传统文化的认同以外，还包括本民族在与其他民族接触过程中形成的族际观念及其相应的行为方式。而且，这种认同将通过种种具有象征意义的社会文化符号或显或潜地表达出来并以族群记忆的方式传递下去。在处于边缘的族群社会变迁过程中，力图建构族群身份的内驱力更有着至关重要的作用和意义。17 世纪以来，在青藏高原东南部，以康区为主体的地理、生态、自然资源以及汉藏文化边缘地带，生长着一种特殊的民歌形态——弦子。本文是一个文学人类学意义上的文本研究个案，特别关注清代以来的三百年间，在汉与藏纠结的历史文化背景下，康区藏族这个处于生态、民族、文化三重边缘的特殊群体，如何通过弦子这一活的民歌形态来组织、选择某些特定的历史记忆，构建起自己独特的空间观念并将它传递下去。同时，本文还将进一步分析这种空间观念对康区藏族在族群认同和文化认同层面上所产生的深层次影响。

关键词　康区；弦子；空间；族群认同

[①] 本文为笔者硕士学位论文：《空间观念与族群认同——康藏民歌"弦子"的文学人类学研究》，硕士学位论文，四川大学，2002 年。在此已作修订。

引　言

千百年来，各民族间的文化交流为人类历史发展注入了源源不断的动力，特别是在不同民族文化交锋的最前沿地区，其融合与变迁的过程常常也最为精彩。这样的断言，同样适用于中国两大民族——汉与藏之间。

在青藏高原的东南部边缘，由于地理、气候和生态环境的巨大差异，汉藏两种文化向对方的推进在此都不约而同地达到了自己延伸的极限。① 在这个狭长的边缘地带中，有一片被称作"康"的土地，特殊的空间位置决定了它必然将在汉藏文化交流的漫长历史中扮演一个极为特殊的角色。

作为传统的康区藏族聚居地，至 20 世纪初期，"康"已经和其他西南少数民族地区一样，经历了"改土归流"的重大变革，在汉文化行政话语中，从"川边"演变成为"西康"了②。以下的论述也就由这段特殊的历史时期伸展开来……

弦子与心灵地图：从弦子文本看康区藏族的空间观念

一　刘家驹与康藏弦子

20 世纪 30 年代，在位于四川和西藏之间的地方，西康省的筹建工作已经进行了一段时间。③ 无论从地理交通、政治文化还是人文风物来看，这里都是一个典型的过渡型地区。当然，就行政区划而言，无论是在汉藏两个民族之间，还是在国民政府中央政权和西藏地方政权之间，它的存在无疑都具有相当重要的意义。

---

① 石硕：《西藏文明东向发展史》，四川人民出版社 1994 年版，第 426 页。

② 参见杨仲华《西康纪要》，商务印书馆 1937 年（民国二十六年）版，第 36—45 页；刘家驹《近百年来之康藏》，《四川民族史志》1988 年第 4 期。

③ 最早于宣统三年（1911 年），清朝决定以边务大臣所辖地建立"西康省"，西康省的辖境"东起打箭炉，西至丹达山顶止，计 3000 余里；南抵维西、中甸；北至甘肃西宁，计 4000 余里"。杨仲华：《西康纪要》。1939 年西康正式建省。

刘家驹，康巴文化名人，藏名格桑群觉。① 他通晓汉藏文化，著述甚
丰，曾于 20 世纪 30 年代任国民党蒙藏委员会委员，在康巴众多的文化名
人中，尤其因为与九世班禅的特殊关系而格外引人注目。刘家驹是土生土
长的康巴人，虽然整个 30 年代他一直在九世班禅身边担任要职，参与了班
禅的一系列重大宗教和国事活动，一直到 1937 年班禅圆寂，而作为一个土
生土长的康巴人，民族情结在他的心中却一直埋藏——当然，这种情结背
后的含义是意味深长的。一方面，由于深受汉族文化影响，汉藏间政治文
化的巨大差异使他产生了革新的焦虑；另一方面，他又深深地浸淫在民间
土壤中去努力寻绎与发扬康藏文化的伟大传统。因此，从后来的资料中不
难看到，整个 20 世纪的前半叶，刘家驹的脚步从未停止过在康巴土地上的
巡游，当然，这也是灵魂和思想上的跋涉与追索。而在那个时期，民间文
学，特别是康藏歌谣之研究与介绍是他关注的主要落脚点，《康藏滇边歌
谣集》（以下简称《歌谣集》）便是他多年在康、藏、滇边采集民歌，整
理翻译而成的一部藏族民间歌谣集。

《歌谣集》内容丰富，凡康、藏、滇边歌谣中所包有的几个部门（山
歌、锅庄、弦子、杂曲）都有论述及举例，可谓康藏歌谣之集大成之作。
而在这本歌集中，弦子作为康区特有的民歌形式，更是首次作为田野采集
样本进入了广大文学爱好者和民间文学研究者的视野。

弦子，一种独具魅力的藏族民间歌舞形式，生长并流布于包括四川巴
塘、云南中甸、西藏昌都在内的青藏高原边缘这片被称为"康"的地方，

---

① 刘家驹，藏名格桑群觉，康巴文化名人，1900 年出生于四川省巴塘县。20 世纪 80 年代，
任国民党蒙藏委员会委员和第九世班禅参议兼随行翻译，并专任班禅行辕秘书长。自 1932 年 7 月
至 1934 年 6 月，他参与了班禅一系列的重大宗教和国事活动，并一直在班禅身边担任要职直至班
禅 1937 年 12 月 1 日在玉树圆寂。新中国成立后历任西康省文字翻译和藏文教学工作。
刘家驹通晓藏汉文，注释甚丰。他据流传在康区的六世达赖仓央嘉措情歌，及西藏流行的情
歌百首，以汉文录述成《西藏情歌》一书于民国二十一年（1932 年）由新亚细亚学会出版，西藏
民歌介绍入内地，此系首次。他还将康区、滇边收集到的三个、锅庄、弦子、杂区等译述成《康
藏滇边歌谣集》于 20 世纪 30 年代中期由知止山房出版。其著述还有《藏汉合璧实用会话》等，
还译有《西藏情歌》（即仓央嘉措情歌），并收集整理了《西藏谚语》《康滇藏歌谣集》等文史、
民间文学资料。
参见《甘孜藏族自治州文化艺术志》，甘孜藏族自治州文化局编，1995 年（内部资料）：
（下）·人物编，第 40—44 页；（上）·文学编，第 28 页；（上）·文学编，第 62 页。

其中以巴塘弦子最负盛名。相传，因巴塘地处康藏要道，受汉民族舞蹈影响，17 世纪时当地锅庄歌舞加上了弦胡（胡琴变化而成）[1] 伴奏，舞蹈、曲调随之发生变化，弦子也因而逐渐演变成型。在巴塘藏族的语言中称为"嘎谐"，意为"唱歌跳舞"或"圆圈舞"。伴奏时使用藏族乐器弦子，藏族称作"比央"或"比拥"，类似汉族乐器中的二胡，故在汉语中又称"藏胡"，一般俗称为"弦子"。[2]

作为一种民间歌舞体系，弦子的内部构成涵盖了舞台（各种自然场地）、演员（歌舞参与者）、观众（歌舞参与者）、歌词（语言表达）、表演（各种舞蹈动作）、音乐（歌曲吟唱之音调）这共生互动的六大要素。[3] 在民间文学视野中，刘家驹对弦子的关注主要体现为在田野中对弦子演唱歌辞的采集和整理；在文学人类学研究视野中，本文也将弦子歌词文本作为关注的焦点，以求从其语言表达内容和表达方式入手，读解弦子背后隐含的历史、文化内容。以下辑录的两首弦子歌词属于弦子中杂曲一类，根据刘家驹在《歌谣集》中的介绍："（杂曲）因各曲调，别有专词叙各地名城风景，或叙康、藏风俗，或赞扬美女，或借问答以传情，仍不脱佛化作用。……"

梭牙纳调

"梭牙纳系曲名，两句连续处必加梭牙二音以转之，其词专叙康、藏各地妇女装式，按拍而舞，配以胡琴横笛碰铃，别有风味。"

我虽不是拉萨人，梭牙，拉萨装饰我知道，拉萨装饰要我讲，梭

---

① 弦胡：形式类汉民族的二胡，用树筒挖空，蒙以羊皮，琴弓木质以马尾或牛尾毛作弓弦。参见《甘孜藏族自治州文化艺术志（中）·音乐舞蹈编·上编音乐》，第 22 页。

② 参见《中国少数民族艺术词典》"弦子舞"条目："弦子……历史悠久，敦煌莫高窟《张义潮出巡图》的依仗部即为弦子舞形象。以巴塘弦子最负盛名。相传，因巴塘地处康藏要道，受汉民族舞蹈影响，17 世纪时当地锅庄歌舞加上了弦胡（胡琴变化而成）伴奏，舞蹈、曲调随之发生变化，逐步演变而成。舞时，男女各半，男操胡琴女挥长袖，围圈载歌载舞。舞姿秀媚、抒情。双膝关节的颤动和白杨彩袖为其基本动作。舞步有拖步、勾点、小撩脚、辗转等。手臂舒展柔和。每举手必用上腰，每投足必带屈伸。民间加工的'孔雀吃水'片段一直流传至今。歌词多为赞美家乡、歌颂爱情、祝福吉祥、向往美好未来。"《中国少数民族艺术词典》编纂委员会编：《中国少数民族艺术词典》，民族出版社 1991 年版，第 510 页。

③ 参见徐新建《从文化到文学》，贵州教育出版社 1991 年版，第 357 页。

牙，巴珠珍冠头上罩。

我虽不是后藏人，梭牙，后藏装饰我知道，后藏装饰要我讲，梭牙，巴戈盘发宝光耀。

我虽不是昌都人，梭牙，昌都装饰我知道，昌都装饰要我讲，梭牙，钢带环腰口琴吊。

我虽不是贡觉人，梭牙，贡觉装饰我知道，贡觉装饰要我讲，梭牙，项珠三串胸前抛。

我虽不是德格人，梭牙，德格装饰我知道，德格装饰要我讲，梭牙，头顶明珠金莲抱。

我虽不是霍柯人，梭牙，霍柯装饰我知道，霍柯装饰要我讲，梭牙，红绿带儿绕满腰。

我虽不是达多人，梭牙，达多装饰我知道，达多装饰要我讲，梭牙，红绳扎发围头绕。

我虽不是理塘人，梭牙，理塘装饰我知道，理塘装饰要我讲，梭牙，发系银盘叮当闹。

我虽不是巴塘人，梭牙，巴塘装饰我知道，巴塘装饰要我讲，梭牙，银丝缠发额前飘。

我虽不是盐井人，梭牙，盐井装饰我知道，盐井装饰要我讲，梭牙，头包风帕腰悬刀。

（注）"这种曲调尚多，不及全载，且各地措辞略有不同，兹举其最通行者。"

噫拉梭日纳调

"噫拉梭日纳调系曲调名，每句上必加此附声又名弄巴洽鲁，专写各地名城风物。"

噫！噫拉梭日纳，拉萨无城已建城，悦纳，噫！噫拉梭日纳，海心建了拉萨城，悦纳。

噫！噫拉梭日纳，后藏无城已建城，悦纳，噫！噫拉梭日纳，藏布永护后藏城，悦纳。

噫！噫拉梭日纳，察雅无城已建城，悦纳，噫！噫拉梭日纳，
岩盘上建察雅城，悦纳。

噫！噫拉梭日纳，昌都无城已建城，悦纳，噫！噫拉梭日纳，
两江合抱昌都城，悦纳。

噫！噫拉梭日纳，巴塘无城已建城，悦纳，噫！噫拉梭日纳，
大鹏展翅巴塘城，悦纳。

噫！噫拉梭日纳，定乡无城已建城，悦纳，噫！噫拉梭日纳，
桑批岭下定乡城，悦纳。

噫！噫拉梭日纳，理塘无城已建城，悦纳，噫！噫拉梭日纳，
金山银地理塘城，悦纳。

噫！噫拉梭日纳，盐井无城已建城，悦纳，噫！噫拉梭日纳，
盐池上建盐井城，悦纳。

噫！噫拉梭日纳，三岩无城已建城，悦纳，噫！噫拉梭日纳，
万峰环峙三岩城，悦纳。

噫！噫拉梭日纳，瞻化无城已建城，悦纳，噫！噫拉梭日纳，
桥跨雅砻瞻化城，悦纳。

噫！噫拉梭日纳，德格无城已建城，悦纳，噫！噫拉梭日纳，
更庆寺诞德格城，悦纳。

噫！噫拉梭日纳，康定无城已建城，悦纳，噫！噫拉梭日纳，
峡谷紧锁康定城，悦纳。

噫！噫拉梭日纳，道乌无城已建城，悦纳，噫！噫拉梭日纳，
灵鹊衔来道乌城，悦纳。

噫！噫拉梭日纳，甘孜无城已建城，悦纳，噫！噫拉梭日纳，
霍尔营作甘孜城，悦纳。

噫！噫拉梭日纳，南墩无城已建城，悦纳，噫！噫拉梭日纳，
喇嘛朗则南墩城，悦纳。[1]

---

① 以上两个弦子杂曲文本以及相关介绍引自刘家驹编《康藏滇边歌谣集》，西藏知止山房
1948 年版，第 57—64 页。

张征东先生在为《康藏滇边歌谣集》作的序中，对刘家驹的民歌田野采集给予了很高的评价，他说："刘先生对佛教和文学颇有造诣，精通汉藏两种语言，特别擅长翻译。这部歌谣集译述真实，译文务求对原文的含义表达无遗，译者不加任何烘托，亦不拘泥字韵，力求译文保持康藏歌谣原有的风韵"。①

然而，任何田野采集到的民间文学样本都无法回避文本变异的问题，导致文本变异的因素往往非常复杂——可能是民间演唱者在演唱过程中无法避免的遗忘或有意改动；可能是田野采集者记录时的疏漏；也可能是采集者出于某种特殊动机而进行的有意识选择性记录……正如歌谣集中所说："（注）这种曲调尚多，不及全载，且各地措辞略有不同，兹举其最通行者"。虽然按照刘家驹的说法，此两个样本为"最通行者"，但从现有的资料来看，笔者已经无法确知呈现在人们眼前的这两个弦子歌词样本与其活的民间形态之间的变异程度了，鉴于两个样本都同样采用的排比句式，或可作出以下合理推论。

其一，作为民间艺术形态，弦子有着相当明确的空间限定性——康区。其歌词的表现内容也必然以康区范围内的各地风物为主，上言"措辞略有不同者"应该也在康区范围之内。

其二，从文本内容来看，每句歌词的内容具有可替代性——地名、风物的增减或改变基本上不影响歌调的完整性。但文本中出现的地名具有一个相对稳定的空间范围——即康区范围内的地点占绝大多数，因此，可能增加和替换的地点，大体也应该属于这个空间范围。

其三，从文本的采集者来看，文本中出现的地名可能经过了刘家驹的主观选择（如果是事实），即以康巴人的身份出发强调康区的主体性，歌词内容主要表现的也是康区范围内的各地风物。当然，这种主观选择论显然还缺乏明确的证据。

从文本看，上述两个弦子的表现内容都具有相当鲜明的空间性，文本内容的变异程度大体上也有一个空间范围的限定——以康区为主体，这是

① 刘家驹：《康藏滇边歌谣集·张征东先生序》，西藏知止山房 1948 年版，第 1—3 页。

弦子文本中呈现出来的独特的空间观念，而正如歌谣集中所说："（注）这种曲调尚多，不及全载，且各地措辞略有不同，兹举其最通行者"。由此可见，这种以排比句式为叙述框架来传唱各地风物，从而将特定民族群体、特定民俗事项乃至特定民族群体的空间观念三者纳入一个认识体系的表达方式，在弦子歌词中已经成为一种固定的类别和模式。

二 两首弦子文本简述与相关问题

（一）民俗事项的族群性和空间限定性

在第一首弦子文本中，康藏各地独特的服饰文化特征是演唱者想要传达的主要信息，这样的信息在文本中被放到了一个以数个空间点（地名）为连接而建立起来的空间体系当中对其地域性进行了强调。而这当中，由民族服饰引申出来的民族文化特质与其空间地域性的相关问题更是值得关注的焦点。

恩斯特·卡西尔曾指出：人与动物的主要区别在于人是"符号的动物"，"符号化的思维和符号化的行为是人类生活中最富有代表性的特征，并且人类文化的全部发展都依赖于这些条件"[1]。由此，卡西尔为他的全部哲学提出了一个中轴，这就是：人—运用符号—创造文化。学者杨昌鸟国认为，在这个意义上，人们完全可以把少数民族服饰由简单到繁复的演变过程视为一个符号化的过程。也正因为如此，当他在对少数民族服饰进行深入研究时，就自然而然地将服饰作为一种文化特质，与民族认同、历史传承以及族源谱系等相关因素联系来进行考察，并认为，少数民族服饰作为一种文化现象"是一个包括物质材料、科学技艺和社会习俗观念在内的有机文化系统，呈现出物质活动和精神生活相交融的二重特征。它始终洋溢着一股浓郁的集团意识和神秘的魅力，在少数民族乡土社会中世代相传，……那些被视为族群符号的传统盛装更是如此"。因此，在文化传承过程中，少数民族服饰具有聚合与认同的社会功能。[2]

---

① ［德］恩斯特·卡西尔：《人论》，甘阳译，上海译文出版社 1985 年版，第 8 页。
② 杨昌鸟国：《符号与象征——中国少数民族服饰文化》，北京出版社 2000 年版，第 1、117、193—194 页。

在第一首弦子文本中，昌都装饰的特点是"钢带环腰口琴吊"；贡觉装饰的特点是"项珠三串胸前抛"；德格装饰的特点是"头顶明珠金莲抱"；霍柯装饰的特点是"红绿带儿绕满腰"；达多装饰的特点是"红绳扎发围头绕"；理塘装饰的特点是"发系银盘叮当闹"；巴塘装饰的特点是"银丝缠发额前飘"；盐井装饰的特点是"头包风帕腰悬刀"。

从语言的表层上看，歌唱者是在向听者介绍康藏各地服饰多姿多彩，而在各地多彩的装饰背后隐含的是相同的服饰文化基质——不论是作为藏族还是作为康区藏族，各地仍然大多穿着传统的藏袍，据《绥靖屯志》载：

> 夷俗：多氆氇、绒、葛毛、毡毯、兽皮、金银、宝石之类。[1]

因此，歌词文本中对各地服饰差异的强调，实际上却是以对康区各地服饰文化背后深层次同一性民族特征为前提的，换言之，异即"同中之异"，"异"是理论主题，"同"则是立论前提，而各地服饰的差异不会影响到根本的作为藏族的民族身份和民族文化的认同，不论差异大小，仍然都在康区的空间范围之内。

在第二首弦子文本中，同样的问题再次从不同的角度呈现出来：康区，作为康巴人世代繁衍生息的一个特定空间概念，在民歌当中，被形象化地描述出来，如：

> 第 5 句"两江合抱昌都城"。

据《西藏风土志》记载，昌都在汉魏时期就已经很有名气了。那时昌都一带，被称为"康"（这个康，并非近代的康区，近代的康区指的是包括原西康省的范围）。古代的康，大概指的是杂曲和昂曲两水岔口之处的"洽木多"一带，而在藏语中，"昌都"正是水岔口的意思。[2]

---

① 丁世良、赵放主编：《中国地方志民俗资料汇编·西南卷》（上），书目文献出版社 1991年版，第 392 页。

② 赤烈曲扎：《西藏风土志》，西藏人民出版社 1982 年版，第 138 页。

第 8 句 "盐池上建盐井城"。

盐井为康区重要的盐出产地,该地有众多采盐的盐池,其名也由此而得。

第 12 句 "峡谷紧锁康定城"。

据《康定县志》记载,康定,藏语为 "达折渚",汉语名称雅化为打箭炉,该名最早出现于《明史·西域传》中,清光绪三十四年(1908 年)清政府改打箭炉厅为康定府,康定之名才始见于史。康定东傍跑马山,东北邻郭达山,西南靠子耳坡。折多河由南向北穿城而过,在郭达山前与雅拉河汇合为炉河,向东 25 公里至瓦斯沟口泻入大渡河,形成 "三山环抱,二水中流" 的地理态势。"达",达曲,即雅拉河;"折",折曲,即折多河;"渚" 为山谷或交汇地,故名 "达折渚",其意为两水汇合的河谷地区。①

以上三例表明,这首弦子歌词可以看作康藏地区空间地形图的文字显现。

以上两首弦子文本或叙康藏服饰,或叙康藏各地风物,从不同的民俗事项出发,最后都走到了同样问题上来。

(1)民族文化特征与特定民族群体的关系,以及这种关系与族群生存空间存在的一致性。

(2)这幅文本中的康区地图不是以沿着地区边界画一条线的方式来框定其空间范围,而是以从此地区内部选择一些有代表性的点,通过点的分布与连接来构建这个空间体系。而这个空间体系的建立与康区藏族特有的空间观念有着深刻的内在联系,在下面的图表中,将对此作进一步的说明。

(二) 文本中表达的康区藏族独特的空间观念

如若将两个弦子杂曲调式 "索呀拉" 和 "噫拉梭日纳" 的歌词文本中

---

① 郭昌平等:《康定——情歌的故乡》,四川民族出版社 2000 年版,第 2—5 页。

提到的地名加以对照排列，就会得出下面这个表格。

地名对照表

表一 "索呀拉"调

地名	拉萨	后藏	昌都	贡觉	德格	霍柯	达多	理塘	巴塘	盐井
备注	非康卫藏中心	非康后藏中心	属康	属康	属康	属康	属康	属康	属康	属康

"嘻拉梭日纳"调

地名	拉萨	后藏	昌都	贡觉	德格	霍柯	达多	理塘	巴塘	盐井	察雅	定乡	武成	瞻化	康定	道孚	甘孜	南敦
备注	非康卫藏中心	非康后藏中心	属康	属康	属康	属康	属康	属康	属康	属康	属康	属康	属康	属康	属康	属康	属康	属康

两个文本的相同之处：

（1）两首歌调中都没有关于安多地区的地名和唱词；

（2）唱词中提到的地名除了两个地方以外，其余的都在康区范围之内；

（3）两个康区以外的地方，分别是拉萨、后藏从一个个定格在弦子高亢旋律中的地名中，可窥见一个生长于康藏人心中的世界。然而，康区藏人如何认识他们生存生长于其中的这个世界的空间构成关系，以及他们表达这种空间观念所采取的独特方式，却不禁让人感然。

三 本论进入的角度和研究的理路

一个民族对世界的认识分为两个层次：一是对世界的认识，即世界观；二是对生存其中的具体物质空间的认识，即如何确立这个空间的坐标、尺度，我和他者在这个空间体系中分处何位置并结成何种空间关系，称为空间观念。

20 世纪以来对计量地理学的反思，导致了人文地理学新理论流派的出现。现代人文地理学对空间的关注融入了更多人文因素，对世界地域空间观念的重新审视更具有极强的批判精神。他们认为，人类的观念如"意义""价值""目标""目的"都与大地有关。60 年代的罗文斯就发表了不少有关"外在世界和人类脑海中的形象"的文章，认为，人的世界观是不相同的，最基本的单位概念，如"方向""距离""物理空间"是与文化背景、个人认识密切相关的。其间，外在世界与人类认识的差异是人文地理学关注的要点。① 同样，"区域本身不是一种现象，正如历史时期不是一种现象一样；它只是一种现象的理智框架，是一种在现实中并不存在的抽象概念"②。在人地互动关系中，人们常常要靠一系列符号来表示空间关系，不同的空间点决定了不同的人群对空间的拥有。

人文地理学的批判性反思似乎是在提示：在汉与藏历史地域空间关系相对明确的前提下，不同地区的人们头脑中对这种关系的呈现和反映存在着差异，研究这种地域空间观念差异形成的过程及其历史文化背景，并以此揭示其背后所隐含的族群关系的互动与变迁将具有特殊的意义。因此，在康藏弦子中，通过这些看似随意唱出的地名，可以勾勒出一幅几百年来在康区藏族中流传的心灵地图，③ 而康之为康，这种空间观念的形成，归根结底还是康区藏族的族群和文化认同问题。

以上对两个弦子文本的初步读解中，已经隐含了本文的基本研究理路。

（一）三个关键性因素

1. 民俗事项：弦子——康区藏族的民歌体系

2. 民俗事项背后的空间性①文本内——弦子文本中表达的特殊空间观念。

②文本外——弦子产生的具体历史空间。

3. 事项背后的民俗学意义

弦子文本样本中康区藏族的空间观念如何形成以及康区藏人对这种空

---

① ［英］大卫·哈维：《地理学中的解释》，高泳源、刘立华等译，商务印书馆1996年版。

② Richard Hartshorne, *The nature of geography*. Lancaster, Penn.：Association of American Geographers, 1939, p. 395.

③ 此概念并非论者独创，西方人文地理学中就有"头脑中的地图"理论，其理论出发点是人文地理学反思：人文地理学家古德通过一次问卷调查表明，世界不同地区的人们由于心理意识、文化背景不同，人们脑海中的这种"心理地图"也是不同的。以上参见谢觉民主编《自然·文化·人地关系》，科学出版社1997年版，第24—29页。

间观念的特殊表达形式

（二）确立本文研究对象定位

17世纪以来，在青藏高原边缘以康区为主体的横断山区地理、生态、自然资源以及汉藏文化边缘，存在着一种特殊民歌形态——弦子。本文特别关注于弦子在近代汉藏、中外关系纠结的背景下如何形成自己特定的地域观念以及表达这种观念所采取的特性呈现方式，并进一步分析这种地域观念对康区藏族在族群认同和文化认同层面上所产生的深层次影响。

（三）研究理路

在对弦子文本中康藏族空间观念的读解过程中，有两个并行的问题。

其一，这种独特的空间观念及其表达方法背后隐藏着怎样的（历史文化心理积淀）族群心理；其二，这种空间观念是如何在族群内部传播、传承而成为一种稳定的族群记忆的，从而又反过来强化了族群身份的。因此，本文的论述也将沿着两条路线展开。

1. 以歌词为核心的文学人类学文本研究
2. 以康藏空间观念形成过程为核心的历史文化研究

弦子与康：一段重合的历史

一 康史溯源

翻过一页页历史，"康"是一个在汉藏交流互动的漫长进程中被反复提及的文化符号。它所指涉的历史内涵，昭示着边缘与中心，分化与融合，以及两种文化间对话、认识乃至认同的丰富意义。对"康"的定义与读解，也由此而成为步入这个历史特殊区域的第一步。

何为"康"？

所谓"康"，习惯上是指西藏丹达山以东一带地区。其含义据《白史》释："藏所言康者，系指其边也。"当然，这只是一种粗略的解释。从整个藏民族文化的发展来看，康区作为藏民族的一个传统聚居区，是一个历史的、相对的地理范畴，随着不同历史时期的演进，其内部与外部区域的边界也在发生着推移和变迁。因而，"康"的概念在不同的历史时期，也就有着不同的内涵与外延。

（一）古代的"康"——"下部朵康"

在藏族的文献典籍中，在吐蕃王朝前期，"康"的来由可以追溯到藏族人种起源传说。

> "西藏人种，系猕猴与岩魔交配所生子嗣，为赤面食肉之种"。藏区广大区域："上方阿里之部，为大象与野兽之区；中间卫藏之部，为野兽与猿猴之区；下方朵康之部，为猿猴与岩山罗刹之区。而上部又为秃山与雪岭，中部为岩山与草原，下部为果树与森林树深叶茂，如衣饰大地。……在其下方即有地狱，为忍受无量痛苦之源"。[①]

吐蕃在其最强盛时，除了它的本土卫藏地区外，还控制了阿里和西部游牧走廊的地区。根据地理方位和当时的行政隶属，古代藏区划分为卫、藏、康、青和阿里卫上、中、下三部。阿里在西，称为上部，因为河水是从西向东流的。阿里又分三围。中部卫藏四茹：卫有伍茹、约茹，藏有叶茹、茹拉，合称为四茹。下部朵康三岗或称六岗：三岗有朵甘思、脱恩麻和宗喀；六岗有色莫岗、擦瓦岗、玛康岗、绷波岗、马杂岗和木雅热岗等皆是青康一带的古时地区划分的名称。[②] 在卫藏地区的人看来，今天青藏高原西南部边缘一带居于高原的低处和河流的下部，因此称该地为"下部朵康"。此时的"康"与"安多"两个空间概念仍然粘连在一起，尚未明确分化。

王怀林在探讨康藏由来时认为：最初在吐蕃征服者看来，沿着高原边缘的青康一带的地理特征都是差不多的。但没有想到，在横断山脉之间，由于地理的阻隔和原来部落语言的差异使这一地区将吐蕃统治者带来的文化变了样，加之各地历史和风物各有不同，便形成了后来的安多腔和康巴腔，卫藏、安多和康区这三个地理和族群概念也就逐渐产生了。相应地，居住在这些地方的人又有不同的称谓：阿里人称"兑巴"，后

---

① 五世达赖喇嘛：《西藏王臣记》，刘立千译注，民族出版社 2000 年版，第 8—9 页。
② 同上书，第 147 页。

藏人称"藏巴"，前藏人称"卫巴"，丹达山以东人称"康巴"，川西北部甘南青海地区的人称为"安多娃"。现在通常称康区为康巴地区，"巴"是藏语"人"的意思，"康巴"是"康区之人"的意思，而有时也以"康巴"指称"康"这一地理区域，则是汉族不知其意而约定俗成的称谓了。①

由于这一历史、文化、地理和语言形成的概念根深蒂固，后世的统治者也大多据此确定行政区划和政治版图。

（二）明代的康——"康"与"安多"的分化

元代设置了三路宣慰使司都元帅府管辖藏区，此时原"朵康六岗"的概念已经发生分化，"朵甘思"（"朵康"的异译，大概由于对原朵康六岗的概念分化没有弄清，以后也有误用者）专门管辖康区。（"乌斯藏"管辖卫藏，"脱思麻"管辖安多。）

（三）明代的康——康的行政区划被打破

明代初期因袭原制，设朵甘卫行都指挥使司管辖康区，由于当时管理方式落后，加之地域辽阔，其边界并不是十分清晰。

明末，青海蒙古和硕特部固始汗挥兵南下，击灭康区最大的白利土司，占有全康，派营官多人分驻全康各地，监督土司，征收赋税"以养青海之众"，至此，康区已经建立的行政区划被完全打破。

（四）清代以后的"康"——近代意义上"康区"的分裂与重建

清初康熙三十九年（1700年），清廷派四川提督进剿和硕特部，攻占了康定并招降雅砻江以东的木雅、瞻对等土司头目，将雅砻江以东地区纳入四川势力范围，称之为"川边"地区。

康熙五十八年（1719年）以后，清朝在进军驱逐准噶尔部和平定罗布藏丹津叛乱的过程中，相继招降康区各土司，整个康区基本纳入四川的范围。

雍正三年（1725年），由于康区行政区划尚未明确，达赖和云南都对康区部分地区提出了要求，川陕总督岳钟琪提出"将距打箭炉甚远，难以

① 王怀林参考杨仲华《西康纪要》等历史文献简要论述了藏族内部不同人群的区分。参见王怀林《寻找康巴——来自香格里拉故乡的报告》，四川人民出版社1990年版，第50页。

遥制"的昌都、察隅等地赏给达赖喇嘛管理；将中甸、德钦等地划归云南管辖；将巴、理塘等地仍归四川辖属的建议，清廷批准了这一建议。次年，川、滇、藏三方派员在四川提督周瑛的主持下据此会勘了地界，在宁静山头树立界碑。这样，元明时期的康区被划分成了三部分。属川的称为"炉边"地区；属藏的部分统称为"喀木"（"康"的异译）；云南部分称为"建塘"。

清末以来，由于西方势力加紧对西藏的侵略步伐，加之土司制度的弊端越来越突出，清廷在赵尔丰改土归流的同时设立川滇边务大臣，以加强对康区的治理，建衙门于巴塘。原拟将云南藏区一并纳入，后由于形势的发展未实现。在川滇边务大臣赵尔丰的锐意经营下，"川边"辖境又恢复了元明时的康区范围（云南除外），甚至收复了原来一直属于几不管的地区，如三岩、波密等地，东边直到今工布江达（太昭）。

宣统三年（1911 年），清朝决定以边务大臣所辖地建立"西康省"，"康"即指原地名，"西"指在国家版图之西。西康省的辖境"东起打箭炉，西至丹达山顶止，计 3000 余里；南抵维西、中甸；北至甘肃西宁，计4000 余里"①。

（五）现代的"康"

新中国成立后，沿袭清末以来的政治格局，自元到清末沿袭近千年的传统的安多和康区地域被分归西藏、甘肃、青海、四川、云南五个省区，建立了十个自治州，两个自治县和一个自治乡。而在现行的行政区划中，今天的"康区"（狭义）主要指的则是地处四川西北部的甘孜藏族自治州。

综上所述，"康"是一个包含历史、地理、语言、文化在内的综合性概念，它的形成有着数千年的悠久历史。在其内涵诸要素中，文化是比行政区划远为丰富和有生命力的东西。"康"的区划由吐蕃时期到元明代再到清代以后，也经历了一个"定型—打破—重建"的历史过程，而本文中"康"的概念，即是在清代以来的汉藏文化冲突与融合的过程中，经过分裂与重建而渐渐演化定型的，再与弦子产生的历史相结合来进行考察，康

---

① 王怀林：《寻找康巴——来自香格里拉故乡的报告》，四川人民出版社 1990 年版，第 52 页。

区的空间范围也渐渐在视野中清晰起来——根据其地理单元的相对独立性、语言的共同性、民族起源和发展历史的一致性、宗教民俗习惯的相似形、政治管理模式及元明川边长期属于同一行政区划等特点，今天以下地区应该属于康区的空间范围。

四川甘孜藏族自治州，面积 15.3 万平方公里；西藏昌都地区，面积 11 万平方公里；青海玉树藏族自治州部分地区，面积 19.78 万平方公里；果洛藏族自治州部分地区，面积 7.6 万平方公里；云南迪庆藏族自治州，面积 2.37 万平方公里；四川凉山木里藏族自治县，面积 1.3 万平方公里。加上原属康区范围的四川阿坝藏族自治州的金川、小金县，以及今天西藏那曲地区的比如、索县、聂荣、巴青四县和林芝地区的波密和察隅两县，总计面积约 66 万平方公里，约占整个藏区面积的 33% 。①

二　作为民俗事项的弦子：从文本中还原

（一）弦子的产生

今天，从某些历史文献中能找到有关康藏舞蹈的零星记载。

《北史》《隋书》对附国的习惯均载："好歌舞、鼓簧、吹长角（或吹长笛）"（附国属今康区西北一带）。

乾隆五十七年（1794 年）马渴、盛绳祖合编的《卫藏图识》：

> 藏族宿有跳锅庄之戏，妇女十多人，头带白布围帽，身穿五色，手牵着手，围成一团，腾足于空，团（音：因）歌舞。

清《皇清职贡图》载：

> 杂谷本唐时吐蕃部落，男女相悦，携手歌舞，名曰《锅庄》。

《西藏志》载：

---

① 王怀林：《寻找康巴——来自香格里拉故乡的报告》，四川人民出版社 1990 年版，第 53 页。

饮酒则团圆扶手，男女趺坐而歌。

《绥靖屯志》（十卷·清道光五年刻本）载：

新春之时，多有歌舞之举，即跳歌装与跳弦子两种也。无乐器而歌舞者为歌装，加以乐器者为弦子，此其相异处。其舞蹈之人不拘其数，或集数户，或仅一家，或男女相分相合。杂陈酒肴，围桌而跳，歌声婉转，长袖飘扬，一殇一歌，洵有别致也。①

民国时期《内政部西康特区巴安县风俗调查表》载：

夷民男女常喜歌唱戏……跳锅庄，跳弦子等……跳弦子亦三五或八九男女不等，口均齐唱，手舞足蹈，伴以胡琴笛子，抑扬顿挫颇具楚音……②

弦子和锅庄同为康区藏族盛行的民间歌舞形式，但从目前的材料来看，对锅庄的记载在清以前和清以后的文献中都有出现，而"弦子"的记载则仅见于清代以后的文献当中，显然，"弦子"产生的时间较晚。据有关专家考证：弦子这种独具魅力的藏族民间歌舞形式，生长并流行于康区，其中以巴塘弦子最负盛名。因巴塘地处康藏要道，受汉民族舞蹈影响，大约在 17 世纪，由当地锅庄歌舞加上了弦胡③（胡琴变化而成）伴

---

① 丁世杰、赵放主编：《中国地方志民俗资料汇编·西南卷》（上），书目文献出版社 1991 年版，第 402 页。

② 甘孜藏族自治州文化局编：《甘孜藏族自治州文化艺术志（中）·音乐舞蹈编·下编舞蹈》（内部资料），1995 年版，第 56—57 页。

③ 弦胡：藏族弦子，藏族称作"比央"或"比拥"，汉语称藏胡或弦子。弦子是当地艺人自己制作的。琴筒用木质较细腻的枫木、楸木等整木掏制，讲究的请制作藏木碗的艺人车制。琴面蒙以羊皮或鱼皮等。以马尾束为弦，外弦 30 至 40 根马尾，内弦约 50 根马尾。琴弓用细竹或厚竹片制作，也有用韧性好的树枝制作的，弓上系一束马尾。参见吴学源《滇音荟谈——云南民族音乐》，云南教育出版社 2000 年版。

奏，舞蹈、曲调随之发生变化，逐步演变而成。①

（二）弦子：从文本中还原

清末民初，弦子在康区已经十分盛行，《西康纪要》中说："跳弦子之事，西康巴安乍了等处极为盛行，且有以此为职业而浪走江湖者。故西康各处均有之"。② 其中又以巴塘弦子最负盛名。因此，论者选择以巴塘弦子作为弦子的典型形态来加以描述。

在巴塘，人们通常习惯将弦子作称"谐羌"或"嘎谐羌"，也就是围着圆圈跳弦子。在那里人们跳弦子不计时间地点，喜庆日和朋友相聚时，只要高兴即可围圈而舞，兴尽即散。每逢"央勒节"、春节、藏历年及其他节日，舞者更必盛装赴会，舞时往往通宵达旦，直到兴尽方散。《中国风俗辞典》中也有记载称，跳弦子时，"每逢节日，男女聚集坝上歌舞。其时，被称作'卓本'的舞蹈领头人站立排头，拉起胡琴，带领众人边唱边舞，唱词是'谐体'民歌"③。弦子演奏者是领舞者，因这种歌舞活动主要以弦子作伴奏乐器，故称作弦子舞。

人们将树筒挖空制成乐器——弦胡，其声音洪亮，情绪开朗，领舞者将其放于腰间演奏伴舞，边拉弦胡，边舞蹈，率领舞队数表演。弦子舞为一曲一舞，舞蹈时由男子一人或十数人拉弦胡，站于领舞位置上，其他舞者则分男女在领舞的右边次第而立，顺时针而舞。男操胡琴女挥长袖，围圈载歌载舞，舞姿秀媚、抒情。双膝关节的颤动和白杨彩袖为其基本动作。舞步有拖步、勾点、小撩脚、碾转等。手臂舒展柔和。每举手必用上腰，每投足必带屈伸。

每次跳弦子时，先由弦胡演奏舞曲，大家随曲而舞，第二遍齐唱齐舞，如此反复，唱完一曲歌词，另唱新词曲。弦子舞曲和歌词非常丰富，歌词内容包括民间传说、思念亲人、赞颂家乡、夸耀装饰、颂扬宗教、歌唱团结、表达爱情等。每首曲目均有固定的前奏、间奏和尾曲，曲调优美

---

① 参见编纂委员会编《中国少数民族艺术词典》，"弦子舞"条目，民族出版社 1991 年版，第 510 页。

② 杨仲华：《西康纪要》，商务印书馆 1937 年版，第 513 页。

③ 《中国风俗辞典》，上海辞书出版社 1990 年版，第 647 页。

婉转。表演时男女列队相随，边歌边舞。没有一次聚会能跳完所有词曲。民间加工的"孔雀吃水"片段一直流传至今。歌词多为赞美家乡、歌颂爱情、祝福吉祥、向往美好未来。①

由上述材料出发，可以形成对弦子的基本认识：弦子是康区藏族独有的民间艺术形式，它是清代以来汉藏文化交流的产物，它的形成与发展与近代康区的形成与演变过程相纠结，并在时间和空间上都与后者具有明显的同一性。

三 弦子与康：一段重合的历史

康区地处横断山系，境内山峻谷狭，境内草原错落，土地肥美，物产丰富，是藏地三大区域之一。历来汉藏皆称为"康"。由于康区地近内地，历代茶马互市，商贾、军旅入藏多经康地，汉地文化艺术不断流入。至元以来，历代中央政府管辖西藏，文武官员及士兵、工匠以及商贾大都取道康区。康区市镇逐渐形成，内地歌舞音乐也随之流入。清代至民国时期，汉地官方与民间流动艺人往来更加频繁，② 弦子也就在这个过程中逐渐演变成型。

在汉藏两种文化的互动过程中，康的空间范围和文化内涵基本定型，康作为汉藏文化政治经济过渡地区，必然是民族文化冲突与融合的产物。而在同一个历史阶段，弦子这种新的民间艺术形式也在汉藏文化交流中应运而生并成为康区特有的民间歌舞形式，同样也是汉藏文化互动的产物。因此，弦子与康——以上二者在时间和空间两个维度上发生了重合。

> 时间：清以来（17 世纪）至 20 世纪上半叶
> 空间：青藏高原西南部生态边缘、汉藏文化边缘

弦子是汉藏两种文化交流融合的产物，同时也是 17 世纪以来汉藏关系

---

① 以上对弦子歌舞场景的描述参见编纂委员会编《中国少数民族艺术词典》，民族出版社 1991 年版，"康谐"条目，第 251 页；"弦子舞"条目，第 510 页；甘孜藏族自治州文化局编《甘孜藏族自治州文化艺术志（中）·音乐舞蹈编·下编舞蹈》（内部资料），1995 年版，第 67—69 页。

② 甘孜藏族自治州文化局编：《甘孜藏族自治州文化艺术志（下）·戏剧编》（内部资料），1995 年版，第 73 页。

交流与变迁的见证，因此，作为一种民间文化形态，它不光涉及艺术欣赏层面，更负载了 17 世纪以来康区藏族艰难跋涉几百年间的族群记忆。而康作为弦子和康区藏族共存共享的自然生态环境和生长空间，康区藏族如何认识、界定这个空间范围，如何在这个空间范围内表达对自我的认同和对他者的区分并形成自己独特的空间观念，这种种疑问也就不难从弦子歌词中寻绎一种可能的答案。

三重边缘：汉藏历史文化视野观照下的康

一 地域与生态边缘

青藏高原在地理单元上隶属于东亚地形板块，其总体地形构造是由西北逐渐向东南倾斜，依次形成了三个地形阶梯：藏北高原—藏南谷地—藏东峡谷区。康区正处于青藏高原东南边缘的藏东峡谷区，即横断山系和三江流域地区，是我国从地势最高的"一级台阶"青藏高原到较低一级的"二级台阶"云贵高原和四川盆地之间的过渡地带。这一地区地表平均海拔在 3500 米以上，地势自西北向东南逐渐降低，绝大部分处于 3000—5000 米。境内有大雪山、沙云里山等横断山脉和金沙江、雅砻江、大渡河贯穿其间，谷底与山岭的相对高度常达 2000 米以上，气候垂直变化显著。[①]

从以下三图（见插页）[②] 来看，康区恰好位于青藏高原东南边缘，无论是气候、地形还是生态资源，都与东面的四川盆地有着巨大的差异，从而成为连接藏北、藏东和中国西南地区的过渡地带。

特殊的地理位置、复杂的地形地貌和多种多变的气候类型，造成了这一地区畜牧、药材、矿产、林业等方面有着丰富的资源，从而为当地商品交换提供了良好的物质基础。

---

① 米作中：《解放前甘孜藏区商品交换析述》，《四川民族史志》1990 年第 1 期。
② 以下三幅图转引自石硕《西藏文明东向发展史》，四川人民出版社 1994 年版，第 124、125、126 页。

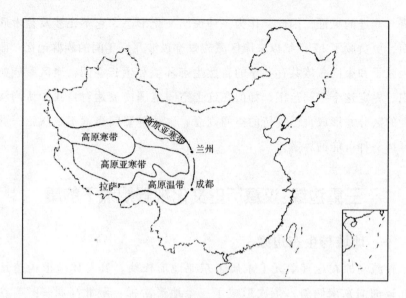

青藏高原气候区带示意图

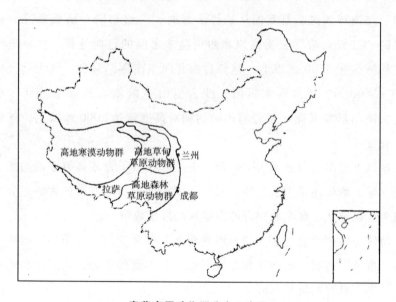

青藏高原动物群分布示意图

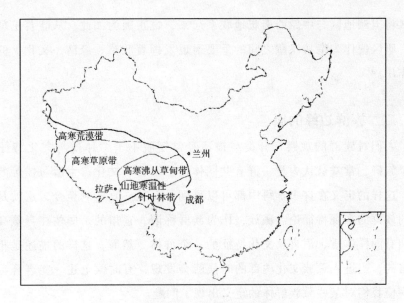

青藏高原气候区带示意图

	西 藏		四 川
地 形	高 原		盆地、平原
气 候	高原寒、温带气候	康 区	亚热带气候
植 被	高原寒、温带植被		亚热带植被
动物群	高地动物群		平原动物群

  任乃强先生认为,"吐蕃初与唐接,自松州始,其军往来皆从康区"[1]。由于青藏高原总体地形是由西北向东南倾斜,其周边地形环境决定了藏文化东部方向的对外交通更为便利。在整个吐蕃王朝时期,西藏与外部的交往主要有东南、东北、西北和南部四条交通路线,其中,东南线路即从藏东河谷经康区通往四川及云南的南诏。由于其路线大多选择了沿河道而下,因而甚为便利。由东南线路通往四川的道路主要又分为南北两道,北道经松州、维州(大体相当于今川藏公路的北线);南路经州、黎州、雅州(大体相当于今川藏公路的南路)。以上两条线路都必须经过

---

  ① 任乃强:《羌族源流探索》,《民族研究通讯》1980 年第 1 期。

康区将卫藏地区与中原西南腹地联系起来，也正因为如此，从吐蕃王朝开始，康区便作为衔接汉藏之间的重要通道发挥着政治、经济、文化上的桥梁作用。[①]

二 族群边缘的康

人们对族群的观察、分类与描述经常摆脱不了"体质与文化特征"。一个族群，常常被认为是一群有共同体质、语言、文化、生活习惯等的人群。这样的定义在许多学科中都可以见到，而且一直影响至今，这就是所谓的族群的客观特征论。藏族，作为族群称谓，它指的是居住在青藏高原的拥有同样体质、语言、文化特征的一个群体。然而，这样的描述是相当粗略的，当进入藏族文化内部的时候就会发现，有时候上述一些客观特征似乎使我们对某些藏族群体的定义出现了问题。

首先，从语言上讲，康方言与安多方言和卫藏方言间就存在着巨大的差异，来自三个地区的人可能完全无法进行语言的交流，让人无法相信他们讲的都是藏语；相反地，康区某些地方的藏族讲着一种特殊的语言，如古老的鱼通语和木雅语，却与羌族语言有着更为紧密的渊源关系。

其次，从体质人类学和族谱族源来看，传统藏族三大区域的划分，不光是从文化层面上进行的，卫藏、康区乃至安多的藏人，在民族人类学的意义上也存在着无法忽视的差异。中外人类学家的研究表明，从人种上说，西藏人属于不同的种族类型，即藏 A 型和藏 B 型。藏 A 型遍布于整个藏区，而康区则是藏 B 型的故乡。藏 A 型又称僧侣型，属于蒙古人种的南蒙分支，其特征为头颅较宽，面孔较宽阔，身材较矮，主要分布于中国南部、缅甸、泰国和印度支那等地；藏 B 型又称"武士型"或者直接称为"康区型"，属于中蒙古人种支系，其特征为头颅较低，面孔较少宽阔，身材较高，有蒙古褶皱但不明显，主要分布于中国北方地区，这种人种特征使每个到过康区的人都会产生一种相当直观的感觉——他们魁梧的身材和赋予雕塑感的鲜明轮廓，明显不同于其他地区的藏区，无疑更多地保留了

---

① 石硕：《西藏文明东向发展史》，四川人民出版社 1994 年版，第 116—122 页。

其北方祖先的血统。①

最后，从社会发展形态和统治模式看，康巴人也许是世界上最少受国家奴役的族群之一。在 7 世纪以前，他们在自己氏族首领的带领下进行了千百年的征战和迁徙。在 7 世纪至 9 世纪吐蕃王朝统治的两百年间，吐蕃对所征服的东面各部落往往也未曾打乱其内部的社会结构，他们或者整体迁徙，或者以部落为单位随吐蕃大军征战。两百年的吐蕃统治毕竟不算太长，因此，至今在康区与卫藏藏族"同而未化"的群体还有不少，如嘉绒藏族、木雅藏族、霍尔藏族等，同被吐蕃同化的其他藏区在语言、服饰和习俗上仍有较大差异。

如果真的有一个严格界定藏族和非藏族的客观标准，不得不承认，康区藏族在某些方面和一般人头脑中对所谓标准"藏族"的想象性描述存在一定的差距，而康人却对自己是"藏族"这点十分坚信。由此可见，在许多情况下，体质或语言并不是定义一个族群的客观条件，族群所指的对象实体应该是一种内核稳定、边界流动的人们共同体，② 而文化恰恰是人群用来表现主观族群认同的工具。而且，在一个族群中，往往不是所有人都有需要利用这些"工具"，需要强调族群文化特征（如通过弦子歌词的传唱，将康与卫藏各地民族服饰和各地风貌作为民族文化特征进行反复的记忆强化）的人，常常是有族群认同危机的人。而康区藏族，就正处在这样一个"三重边缘"。

三 文化认同的"双重边缘"：藏—康/汉—康

（一）"藏"—"康"：以卫藏为中心的空间观念

卫藏、康与安多是古代藏族传统文化的三大区域。这三大区域的形成使整个青藏高原内部的空间体系得以建立，并对藏族文化内部各亚族群间相互关系的形成产生了深远的影响。那么，藏文化中最初的空间观念是怎样的呢？从古老的民间歌谣和文献典籍中，可找到它的起点。

---

① ［意］古瑟普·詹纳：《西藏拉萨出土的古人类遗骸》，杨元芳、陈宗祥译，《中国藏学》1990 年第 4 期。

② 纳日碧力戈：《现代背景下的族群建构》，云南教育出版社 2000 年版，第 2 页。

1. 古代藏文化空间观念体系的形成

在没有掺入佛教世界观与认识论之前，青藏高原人的原始哲学中，包含许多十分珍贵的东西，其中不乏科学的解释和对远古时代历史的记忆。在一首古老的问答歌《斯巴形成歌》中，藏族的原始先民对天地山川自然万物的形成作出了他们自己的解答：

> 最初斯巴形成时，天地混合在一起，分开天地是大鹏，大鹏头上有什么？
>
> 最初天地形成时，阴阳混合在一起，分开阴阳是太阳，太阳顶上有什么？
>
> ……

在另一组问答歌《斯巴宰牛歌》中，又说：

> 斯巴宰杀小牛时，砍下牛头放高处，所以山峰高耸耸；
> 斯巴宰杀小牛时，割下牛尾栽山阴，所以森林浓郁郁；
> 斯巴宰杀小牛时，剥下牛皮铺平处，所以大地平坦坦。[1]

在第一组问答歌中，藏语的"斯巴"显然是一个物质的世界，但藏族先民对这种物质世界的认识是相当有限的，世界形成的详细过程还要靠人们的想象力去进一步完成。因此，在第二组问答歌中，"斯巴"已经不作"宇宙""世界"解释，有的意译为"世故老人"，是一个高大的牧民或神的形象。而藏族先民对世界本原的追求，是和雪山、高原、森林、牧野等青藏高原的自然环境以及青稞、马牛、碉楼等高原特有的社会生产和生活等密切结合的，他们的空间观念就必然以青藏高原的自然环境为基础。但由于高原各民族间的交流与融合尚未完全展开，这种观念也暂时只呈现出模糊的轮廓，[2] 至于西藏人如何看待其疆域的大部分观点，人们现在只能

---

[1] 马学良等主编：《藏族文学史》，四川民族出版社 1994 年版，第 14、15 页。
[2] 同上书，第 14—16 页。

通过一些较晚期的文献得以了解，而这些文献又都属于佛教已经在青藏高原牢固扎根的时代，所以，其中的许多观点无疑是来自印度的。①

写于藏历第七饶迥之木虎年，即 1434 年的《汉藏史集》说：

> 最先，三千世界形成之时，此赡部洲为一片大海。因风鼓荡，尘渣凝聚，形成大陆，状如新鲜酥油。然后才有天神转来此处成为人类。②

对南赡部洲区域大小及边缘和中心的认识、民族和语言类别的区分有多种说法，觉丹热智所著《律仪之饰》中说：

> 赡部洲……中心为雪山环绕之吐蕃，共九个部分，认为赡部洲的中心是有雪吐蕃，是因为吐蕃地高、山多、雪山不化，所有河流都是由此向外流出的缘故，故认为它是赡部洲的中心。③

之后，在吐蕃和青藏高原各族在参与周围各族文化交流的过程中，又形成了所谓五强部之说，即印度为教法之国，汉地为卜算之国，大食为财宝之国，冲木格萨尔为军旅之国，再加上吐蕃这个有雪之国，即为五部，合起来构成了高原先民认识中一个完整的世界体系。

在对中国传统文化进行考察时，可以看到，古代中国的"种族"分类与以制度和地理空间关系为基础的想象性空间系统有着紧密的联系。有学者认为，西周初期的"中国"具有三层含义：首先，为天子所居之京师，"与四方诸侯相对举"；其次，周灭商后，以居"天下之中"的洛阳为"中国"，与远方各族对称；最后，"指夏、商、周三族融为一体的民族，以夏为族称，也包括夏的文化"④。其中已经隐含了以地理空间观念和文化

---

① ［法］石安泰：《西藏的文明》，耿升译，中国藏学出版社 1999 年版，第 40 页。
② 达仓宗巴·班觉桑布：《汉藏史集》，陈庆英译，西藏人民出版社 1986 年版，第 13 页。
③ 同上书，第 9—10 页。
④ 参见陈连开《中国·华夷·汉·中华·中华民族》，载费孝通《中华民族多元一体格局》，中央民族学院出版社 1989 年版。

观念合一的"中土"对应"四方"的思维模式的源头。① 中国传统文化也据此形成了自己的空间体系，如图1所示。

图1　汉文化中的空间观念

然而，藏族传统文化中空间体系的形成却与前者有着明显的差异。青藏高原素来有"世界屋脊"之称，由于其海拔高度远远超越周围其他地区，青藏高原先民就理所当然地将高原视为中心并以此形成了自己独特的空间观念：由河流从高处向低处流淌的方向，来安排自己认识空间中事物的等级关系，如图2所示。

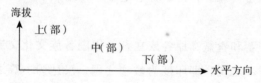

图2　藏文化中的空间观念

藏族先民在二维平面空间上增加了海拔高度从而形成了独特的三维空间观念，而不是人们通常在汉文化中见到的"东—西—南—北—中"的二维平面空间观。如果说汉文化特别强调四方、四夷对"中心""中央"王权的尊崇，努力在世俗体系中建立以中央为核心的等级秩序；那么藏文化则向着上部（西部）——海拔更高、更接近上天的地方顶礼膜拜，透露出更具超越性的宗教关怀。因此，作为藏文化的一部分，康也只能在这个三维的空间体系中确定自己的位置——东部，也即是"下部"。

2. 康为"下部"的观念

《西藏王统记》中有这样一段文字记载，传说观音菩萨曾发愿化度雪

---

① 纳日碧力戈：《现代背景下的族群建构》，云南教育出版社2000年版，第90页。

域藏地有情众生，降临边地雪域，"眼观上部阿里三围，形如池沼，乃野兽之洲……下部朵康三岗，形如田畴，乃禽鸟之洲……中部卫藏四茹，形如沟渠，乃猛兽之洲"，一一救度之后，观音菩萨在布达拉山顶头裂为十片，身亦碎成千片，受如来加持成佛。①

《西藏王臣记》在描绘藏区广大区域时也说：

> 上方阿里之部，为大象与野兽之区；中间卫藏之部，为野兽与猿猴之区；下方朵康之部，为猿猴与岩山罗刹之区。而上部又为秃山与雪岭，中部为岩山与草原，下部为果树与森林树深叶茂，如衣饰大地。……在其下方即有地狱，为忍受无量痛苦之源。②

据刘立千注：古代划分卫、藏、康、青和阿里卫上、中、下三部。阿里在西，称为上部，因为河水是从西向东流的。阿里又分三围。中部卫藏四茹：卫有伍茹、约茹，藏有叶茹、茹拉，合称为四茹。下部朵康三岗或称六岗：三岗有朵甘思、脱恩麻和宗喀；六岗有色莫岗、擦瓦岗、玛康岗、绷波岗、马杂岗和木雅热岗等皆是青康一带的古时地区划分的名称。③

其他类似的记载还见于各种藏族历史文献当中，如《汉藏史集》：

> 在吐蕃，有三处大地面，上部为阿里三围，由雪山和石山环绕，犹如一个池沼，围一处大地面。下部热拉秀周围森林草原之区，犹如一块平坦的田地，为一处大地面。中部乌斯藏四如，是山岩与河流相击之地，犹如一条水渠，为一处大地面。④

值得注意的是，在上述文献中，始终都用了一对特指的藏文词 Phu（上）和 mda'（下）来细致区分一条河谷的上、下部分。而且西藏人还从

---

① 索南坚赞：《西藏王统记》，刘立千译注，民族出版社 2000 年版，第 23 页。
② 五世达赖喇嘛：《西藏王臣记》，刘立千译注，民族出版社 2000 年版，第 8—9 页。
③ 同上书，第 70、71、72、147 页。
④ 达仓宗巴·班觉桑布：《汉藏史集》，陈庆英译，西藏人民出版社 1986 年版，第 11—12 页。

这种观点中产生了对他们所处空间的综合看法。石泰安认为，文献中的"上"和"下"两词还适用于一些更为广大的空间区域，其意义又可以表述为"西"（上）和"东"（下）。他们不但到处用这些词来指某一地区的上部（西部）和下部（东部），而且还认为在整个藏区范围内，上部是阿里，下部则是康区。①

笔者因而认为，在这些古代文献关于空间的描述中，已经透露了几个相当重要的信息。

其一，古代藏族对现实世界的认识基本止于青藏高原的自然地域范围。

其二，对藏区内部三大区域的区分大致合乎青藏高原地理及生态环境的自然状态——由高原西北部向东南部逐渐倾斜，由高而低，由"上"而"下"；从西北向东南其地貌如历史文献中的描述一样，依次为雪山和石山—山岩与河流—森林草原之区。

其三，将"其下方"想象为"地狱，为忍受无量痛苦之源"，显示出有意识或无意识将本族生存地域范围之外予以遮蔽，即为认识的盲区。

其四，其中最为重要的意义还在于，在古代藏族的整体认同中已经包含了"康区"的认同，其空间观的边缘已经与族群认同边缘形成了重合关系。在这种重合关系中，以"下部""下方"来对康区进行描述和限定，则更加凸显了其"边缘的""从属的"等诸多标志族群内部地域、社会、文化等级差异的附加含义。

3. 康为"肢节"的观念

《西藏王统记》说："西藏雪域，有如女魔之仰卧，谷深多鬼，山黑岭险，为黑暗之区"。②将西藏地区视为女魔仰卧之区，据说是文成公主卜算的结果，事实上也是弘法者从印度将佛教初传入藏区时所获得的印象。

据《西藏王臣记》记载：吐蕃王朝松赞干布时期修建寺庙时，文成公主用数理图推算出"此雪邦地形如岩女魔仰卧之状"，为镇压女妖肢体和肢节，可于藏地各地修建庙宇。

---

① ［法］石泰安：《西藏的文明》，耿升译，中国藏学出版社 1999 年版，第 43 页。
② 索南坚赞：《西藏王统记》，王沂暖译，西北民族学院出版社 1983 年版，第 1—2 页。

于永茹建昌珠，叶茹建藏昌，补茹建噶泽，茹拉建章巴江等，为四镇边之庙。又于工布建步曲，洛扎建昆廷，降振建格吉，绛建扎顿孜等，为四重镇之庙。又于康（刘立千注244、245：康，约今甘孜自治州地。隆塘卓玛庙在现甘孜州邓柯县境内）建隆塘卓玛，巴卓建洁曲，蔡日建协饶卓玛与仓巴隆伦，为四镇支之庙。①

而关于文成修庙镇压魔女肢体的传说，在《西藏王统记》中也有相同的记载。

法国著名藏学家石泰安在论述藏人的疆域观时，对这一带有明显隐喻性质的传说也予以了相当的关注。他认为，女魔的身躯和吐蕃处于军事鼎盛时代（8—9世纪）的面积一样大，她分开的四肢与西藏有人居住的现有边界相接，而第一位赞普对他所统治的空间的行为方式则是：通过一个圆心的四方地带，逐个吞并，而且离中心越来越远。②

因此，如果将女魔的身体视为一幅描绘了吐蕃统治空间的"方形图"，在这幅"方形图"中，拉萨是中心，而康区则处在西南角。同样，在"肢节"与躯干的隐喻中，康首先被定义为藏区具有重要意义的一个组成部分，同时又被定义为"非中心的""边缘的"。

以上部分皆是以卫藏为中心的空间观念中对"康"的定位。由此，本文又回到"康"最初被命名的起点：所谓"康"，习惯上是指西藏丹达山以东一带地区。其含义据《白史》解释："藏所言康者，系指其边也"。

康本身即是"边"。

（二）"汉"—"康"：以华夏中原为中心的空间观念

康，在古代藏族空间观念体系中被放逐为"边缘"，而在汉文化历史视野中，将康视为"边缘"的观念则更为根深蒂固。这与汉文化观念中"华/夷"—"中心/边缘"认识体系的形成有着密不可分的联系。

中国许多古典史志、方志、游记中都有关于藏族的记载，其民俗民间

---

① 五世达赖喇嘛：《西藏王臣记》，刘立千译注，民族出版社2000年版，第26—27页。

② ［法］石泰安：《西藏的文明》，耿升译，中国藏学出版社1999年版，第36—37页。

文化形态的记载也散见其中。如：

《西藏图考·序》谓藏族"俨然食毛践土之民焉"（光绪十二年，顾复初）。

《绥靖屯志》谓藏人婚礼"六礼俱无，几同野合"（道光五年刻本）。

这些关于少数民族民俗文化的文献资料多半以华夏文化为标准，记录其实是为了"志异"，以证明其为"夷"即"非华夏"，以强化"华/夷"之辩。如《汉书·地理志下》："是故五方杂厝，风俗不纯"。在此，空间观念中的"五方"与族群观念中的"夷"成了一组几乎完全对等的概念。

同时，由于农耕文化的内向性和封闭性，有着强烈文化优越感的中原统治者总视其他民族为"化外之邦"，且"边地苦寒"，故兴趣不大，据说宋太祖就曾用玉斧在地图上的大渡河以西用力一划："我不过此边也"。而大渡河以西，恰恰就是人们时常谈及的康区。

如果将族群文化认同体系中"华/夷"这对概念移植到空间观念体系中，其意义立即就可以转译成为"中心/边缘"的空间关系。而地处青藏高原边缘，远隔横断山脉的康区，无论从华夏辽阔的版图上看，还是作为"夷"的一个分支，无疑都是边缘的边缘。在历代中央政权话语中，"康"一次又一次地以边缘的姿态出现在人们的历史记忆当中。

1. 汉代

据《后汉书·西南夷列传》记载："（汉明帝）永平中（前58—57年），益州刺史梁国朱辅，好立功名，慷慨有大略。在州数岁，宣示汉德，威怀远夷。自汶山以西，前世所不至，正朔所未加。白狼、般木、唐菆等百余国，户百三十余万，口六百万以上，举种奉贡，称为臣仆"。西南夷并献上著名的《白狼歌》三首。

公元前135年，汉朝在沈黎郡（制所在今四川汉源县）下设牦牛县，设都尉"主外羌"，辖东部康区的泸定、康定等地。

公元前97年，汉朝废除沈黎郡，重新设置两部都尉，以雅安、汉源一线，将汉羌两族分开治理，今甘孜州的部分地区纳入汉朝管理，这是康区第一次纳入中原王朝的管辖范围。

2. 隋朝

对诸羌部落源西南边置诸道总管以"遥领之"。①

3. 元明两代

9世纪吐蕃王朝崩溃以后，康区地处崇山峻岭，离中央王朝较远，元明两代对该地区实施的羁縻政策，形成了头人林立、教派纷争的局面，中央王朝不能进行有效的管辖，"康"在中央政权的视野中从基本形成区划分治—边界模糊—行政区划被打破—土头林立，教派纷争。

4. 清代的康——"炉边"地区

清康熙三十九年（1700年），和硕特部杀死明正土司，清廷派四川提督进剿，攻占康定，乘势招降雅砻江以东的木雅、瞻对等土司头目，将雅砻江以东纳入四川势力范围，称为"炉边"地区。

5. 民国时期——西康/川边

民国时以康区为主建立了川边特别行政区和以后的西康省，则是以中原为中心，在康前面加了一个"边"或"西"的方位词。

简言之，从汉代以来，康在历代中央政权的视野中的地位，可以象征性地被表述为"威怀远夷""主外羌""遥领之""炉边""西康""川边"。

埃德蒙·利奇在对人为世界的象征秩序进行研究时，曾特别讨论了有关社会空间分界的问题。他认为，社会空间分段在众多的人为状态中应用得非常广泛，正是由于空间观念的存在，人们才能对无限的空间以分段的方式来加以认识。而无论何时，当人们在统一的空间范围内区分类别时，界限都是最为重要的，它具有"神圣的""禁忌的"空间价值。从理论上讲，界限没有面积，但如果在地上划一边界，边界本身要占据面积。分界线的这种不确定性特征就往往造成忧患和纠纷。②

利奇的观点在康区的例子中得到了很好的诠释：人们以康区作为汉藏空间范围的划分边界，汉文化与藏文化向对方的推进都不约而同地在青藏

---

① 王怀林：《寻找康巴——来自香格里拉故乡的报告》，四川人民出版社1990年版，第61页。

② ［英］埃德蒙·利奇：《人为世界的象征秩序：社会空间和时间的分界》，载《文化与交流》，郭凡、邹和译，上海人民出版社2000年版，第33—36页。

高原边缘的这一地区到达了自己的极限。进藏第一城是原名"打箭炉"的康定，在今天的康定地方，人们还常常听到"关外""关内"的说法，意思是，当你越过折多山的时候，就"出关"了，就进入了另一个文化的领地。问题是，汉与藏之间本身是一个自然延续的领域，任何空间划分都导致自然延续的人为中断，更何况二者之间的界限并不是简单地沿着一条河、一座山明确划分的，这个边界所占的空间也相当广大，覆盖了整个康区。

一方面，康是边界，可以说康的西面是藏，康的东面是汉；另一方面，康又同时被汉藏两种文化纳入了自己的空间体系，虽然在两种不同的空间体系中康都处在边缘，而康区本身又是同时兼有汉藏两个民族、两种文化因素的混合体——既无法两属又无法中立，这就是康区作为"边""边缘"或者"边界"的困惑所在。

四　清代以来的汉藏关系与康区认同危机的凸显

清代以来的三百年，是近代康区演化定型和弦子发生发展同步的三百年。近代以来，康在汉藏关系中复杂的归属问题最终导致了认同危机的凸显，而这种危机又从弦子这一特定历史时期的产物中清晰地表达出来。

（一）风雨飘摇：汉藏之间的康

7 世纪，吐蕃统一了青藏高原各部落，在短短两个世纪的吐蕃王朝时期，使数倍于吐蕃的高原诸部落开始以它为核心结成一个政治共同体，然而，这并不代表藏民族已经形成。在吐蕃王朝瓦解后的几个世纪中，诸部之间民间的往来和文化上的自发认同开始进行，尤其是 10 世纪之后，后弘期藏传佛教在整个青藏高原的普及和传播，对藏民族的形成无疑起到了关键性的文化凝聚内核作用，它逐渐使该地区各部族群体逐渐在文化心理、语言和习俗上趋于统一，于是大约在 13 世纪，藏民族最终形成了，康区藏族也成为其中的一个部分。[①]

然而，9 世纪吐蕃王朝崩溃以后，由于康区地处崇山峻岭，离中央王朝和拉萨都较远，加之元明以来对该地区实施的羁縻或土司的间接统治，

① 王怀林：《寻找康巴——来自香格里拉故乡的报告》，四川人民出版社 1990 年版，第 34—35 页。

康区境内"僧王土司,棋布星罗,势力渐分"①,形成了头人林立的局面。因此,在藏民族形成的关键阶段包括以后很长一段历史时期内,无论中央王朝还是西藏地方政权,都不能进行对其有效的管辖,康区成了一片相当特殊的区域。

这样的状况从清代开始渐渐发生了改观。雍正、乾隆两朝时期西北和西南的部落反抗清朝,清廷不胜其扰,同时,当时西方势力已经开始侵入中国,清政府逐渐认识到"藏仅为川滇之毛,康则为川滇之皮;藏仅为川滇之唇,康则为川滇之齿,且为川滇之咽喉"②,便开始加强对这一地区的统治。

清康熙三十九年(1700年),和硕特部杀死明正土司,清廷派四川提督进剿,攻占康定,乘势招降雅砻江以东的木雅、瞻对等土司头目,将雅砻江以东纳入四川势力范围,称为"炉边"地区。康熙五十八年(1719年)以后,清朝在进军西藏平定准噶尔部和罗布藏丹津叛乱的过程中,相继招降了康区各土司,整个康区基本纳入四川的范围。

到了19世纪末期,西康和其他滇、甘、青各省之藏族人民一样"仅在宗教信仰上尊达赖班禅为教主。色拉、哲蚌、噶登、扎什伦布四大寺为整个蒙藏各地喇嘛学习佛经之圣地。一般俗人,不过入藏经商或礼佛朝圣、熬茶布施,结檀越关系而已,政治上并不受西藏地方政府之节制,亦不供应任何差役赋税。唯西康之瞻化,清廷曾偿给藏方,作供养地,实际藏官早已不能统驭了"③。因此,经过清朝政府三百年的苦心经营,康区仅在宗教信仰上与西藏保持着割不断的联系,而在行政区划上被拉入了四川,成为中原政治格局中一个重要的组成部分。

然而,在汉和藏两方之间,还存在着第三种力量。进入20世纪之后,清廷的统治已经濒临崩溃的边缘,帝国主义列强由对我国西南地区虎视眈眈,发展到武装入侵西藏。他们极力深化西藏上层统治阶级与清政府之间的矛盾,挑拨离间,威逼利诱,进行分裂活动,妄图把川边纳入西藏上层统治集团的直接掌握之中,实现"打通印、缅,穿插藏地俯瞰川滇的美梦"。川

---

① 杨仲华:《西康纪要》,商务印书馆1937年版,第29页。
② 同上书,第69页。
③ 刘家驹:《近百年来康藏》,《四川民族史志》1988年第4期。

边一些寺庙跟着摇旗呐喊："夺尽里塘土地，灭去土司，献于达赖……"造成川边"各处土司喇嘛只知有西藏，不知有朝廷"的严重局势。[①]

1906 年，为了挽救西藏危局，清政府派赴美归来的张荫棠和联豫进藏共同筹办"新政"。与此同时，又以赵尔丰为川滇边务大臣在川边（西康）一带大规模实行改土归流，推行"新政"。这一系列行动是垂死的清政府为重振和更新对西藏的统治所做的最后尝试。不可否认，张荫棠和联豫、赵尔丰等人在西藏和川边推行的新政确有其积极和进步的一面。但是，从总体上看，由于这些"新政"措施严重脱离了西藏的社会特点，带有浓厚的满汉大民族主义色彩，同时又包含了很大程度的强制性，尤其是赵尔丰在川边一带的改革，不仅以血腥武力镇压为先导，还同时沿袭了自瞻对事件以来四川与西藏形成的传统矛盾而带有很大的军事扩张成分，所以，清政府在西藏和川边推行"新政"的结果适得其反，实际上是大大加剧和扩大了汉藏矛盾。[②]

1917—1918 年，英帝国主义挑起内战，企图造成西藏分裂局面。西藏噶厦政府选派精锐藏兵东犯，川边军队各守一城，誓死抗拒。到 1918 年，轰动全国之藏军东犯暂告结束。西康之巴塘、理塘、乡城、得荣、道孚、炉霍、甘孜、稻城、瞻化、雅江、九龙、康定、丹巴、陆定等县，得保无虞。

到 1925 年，国民政府改川边为西康省，粗具规模。1932 年，青、康合军驱走东侵邓柯、德格、石渠、白玉之藏军，暂以金沙江为界，藏汉双方对峙，时紧时弛之局面，一直保持到西康解放。[③]

（二）西姆拉会议：康区藏族认同危机的象征性表述

到了 20 世纪初叶的时候，汉藏关系在英国殖民者的干涉下已经到了危机边缘，危机的集中表现便是 1912 年于印度秘密召开由中、藏、[④] 英三方参加的西姆拉会议。这次会议开始于 1913 年 10 月，决裂于 1914 年 5 月，历时半载而无结果。其主要原因是与会三方在中藏界址问题上无法达成一致，而这也就成为民国时期西藏问题的最大症结。

---

① 何云华：《赵尔丰川边兴学概述》，《四川民族史志》1988 年第 4 期。

② 石硕：《西藏文明东向发展史》，四川人民出版社 1994 年版，第 426 页。

③ 刘家驹：《近百年来之康藏》，《四川民族史志》1988 年第 4 期。

④ 本节中采用"中、藏"的提法是援引历史资料的需要，"中""藏"指中央政权和西藏地方政权，所谓"中藏"关系也完全是一国主权内部的问题。

会议之初，西藏地方代表夏札·边觉多吉即提出中藏界址一案，英殖民者更乘机杜撰出所谓"内藏""外藏"之名目，即将川边康区以及青海的一部分划入外藏名目之下，归西藏地方政府自治。这种干涉和分裂中国的企图当然遭到了拒绝。王勤堉在《西藏问题》中对此进行了如下分析：

> 英人此举，盖效法于俄国人。俄人自外蒙自治以后，尝利用内外蒙古人阴谋统一蒙古而起之对我战争，以坐享渔翁之利也。当时中国委员以为西藏被中国之领土，初无划分疆界之必要，纵西藏欲谋自治，则自江达以西，当时赵尔丰兵力所未及之地，亦尽可听其所未，然西藏即欲自治，亦必须以外蒙古为例，仍为中国领土之一部。此种主张，当然非英国所愿闻；交涉遂归停顿。[①]

其后，民国政府慑于强权又曾多次提出让步方案，但英国殖民者贪得无厌，终难满其愿望。至此，由英帝国主义势力操纵的妄图分裂中国的西姆拉会议宣告破产。

西姆拉会议所反映的是 20 世纪初叶中藏关系在殖民主义势力干涉之下错综复杂的一段历史。在这段历史中，中藏关系纠结的焦点仍然集中在康区，所谓"内藏""外藏"的提出也是以传统康区概念和康区空间范围的人为割裂为基础，从下面的图（见插图）中，可以清楚地看到五条分界线，它们按时间顺序排列分别是：

历史上之中藏界线（1727—1910）；
中藏间之种族的界线（民国三年，1914）；
赵尔丰所定之中藏界线（民国三年，1914）
民国元年至六年（1912—1917）之（汉藏）实际上的界线；
民国七年（1918）之（汉藏）实际上的界线；

---

① 王勤堉：《西藏问题》，商务印书馆 1933 年版，第 79—81 页。

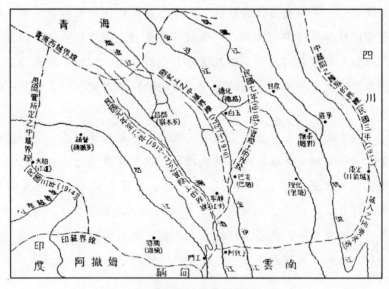

20 世纪初叶康藏形势图

(此图采自 Teichman：Travels in eastern Tibet，p. 46)[1]

　　这五条线中，有汉藏历史关系界线，有族群界线，还有政治权利界线。不论是以什么作为界线划分的标准，这五条线都从位于川藏之间的康区穿越而过，汉藏的边界也始终是在康区这个特殊的地理空间范围内推移和变迁。这就是 20 世纪初康藏人所面临的巨大认同危机的象征性表述。

五　小结

　　"边"，"边缘"或者"边界"，这个词在对康区的描述中不断地出现。对康区藏族这个独特的群体而言，"边缘"与"边界"早已不是一个单纯的地理空间概念，它的存在、定位、变迁、推移对康区藏族更具有着至关重要的意义，同时，也将本文的论述导入了当今人类学界颇受关注的"族群与边缘研究"领域。

　　早在 1969 年，福里德里克·巴斯就在他主编的论文集《族群与边界》中明确宣称："族群"是由它本身组成分子认定的边界，而主要是"社会

---

① 　此图参见王勤堉《西藏问题》，商务印书馆 1933 年版，第 79 页。

边界"。在生态性的资源竞争中，一个人群强调特定的文化特征来限定我群的"边界"以排除他人。今天，我国台湾学者王明珂倡导民族史边缘研究也主要是建立在这样一种对民族的定义上：民族被视为一个人群主观的认同范畴，而非一个特定语言、文化与体质特征的综合体。人群的主观认同（族群范围）由界定及维持族群边界来完成，而族群边界则是多重的、可变的、可被利用的。这个主观民族范畴的形成，是在一个特定的政治经济环境之中，人们以共同的族我称号及族源历史来强调内部的一体性与设定边界来排除他人，并在主观上强调某些体质、语言、宗教或文化特征。随着内外环境的变化，可共享资源的人群范围也随之改变，因而造成个人或整个族群的认同变迁。[1]

与此同时，许多客观现象都表明，体质与文化并不是定义一个人群的客观条件，而恰恰是人群用来表现主观族群认同的工具。而且，在一个族群中，往往不是所有人都有需要利用这些"工具"，需要强调族群文化特征（如通过弦子歌词的演唱，将康藏各地民族服饰与各地风貌作为民族文化的标志性特征进行反复的记忆强化，并在本群体内传播和传承）的人，常常是位于族群边界并具有族群认同危机的人。而康区藏族，就正处在这样一个"三重边缘"。

综上所述，在清代（17世纪）至20世纪中叶这段特殊时期，康一直都处在两个民族、两种文化交接的最前沿，同时被卫藏和中原都视为"边缘"。康藏人始终在两个民族、两种文化的纷争中飘摇不定，在认同的边界上游离——在民族文化的语境中，作为藏文化传统组成部分，他们有着藏族的信仰、藏族的语言文化、藏族的服饰；在政治权利的格局中，他们又被历史拉向了中原中央政权一方；更甚者，"康"的传统概念本身已经遭到了人为割裂。

文化与政治的分裂，使康区藏族在认同问题上产生了前所未有的巨大困惑，在汉与藏之间，康区藏族的认同危机被空前地凸显并如实地反映到与康区共生的民歌形态——弦子中来。

---

① 王明珂：《华夏边缘——历史记忆与族群认同》，允晨文化实业股份有限公司1997年版，第33、77页。

康藏弦子中的空间观念：认同的焦虑

一 地名对照表图示

地名对照表

弦子中记录的地名	*拉萨	*后藏	*昌都	*贡觉	*德格	*霍柯	*达多	*理塘	*巴塘	*盐井	察雅	定乡	三岩	瞻化	康定	道孚	甘孜	南敦
《西》中记录的地名	拉萨	日喀则	昌都	贡县	德化	霍科	达多	理化	巴安	盐井	察雅	定乡	武成	瞻对	康定	道孚	甘孜	三坝
备注	非康前藏中心	非康后藏中心	属康	属康	属康	属康	属康	属康	属康	属康	属康	属康	属康	属康	属康	属康	属康	属康

注：①图表第一行中"＊"号代表弦子"索呀拉"文本中出现的所有地名，同时也是两个弦子文本中相互重合的地名。

②地名对照表中第二行中《西》指《西康纪要》，地名资料来源于《西康纪要》。

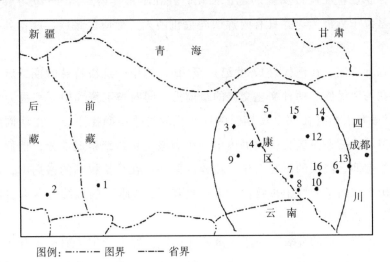

图例：————图界 —·—·— 省界

地名分布示意图

注：①地名分布图示：1. 拉萨；2. 后藏（日喀则）；3. 昌都；4. 贡觉；5. 德格；6. 理塘；

7. 巴塘；8. 盐井；9. 察雅；10. 定乡；11. 三岩；12. 瞻化；13. 康定；14. 道孚；15. 甘孜；

16. 南敦。②行政区划草图绘制依据王勤堉：《西藏问题》第85页图，时间：1920's。

二 康区藏族的空间观念:官方与民间的疏离

从地名对照表中看,两个弦子文本中记录的地名与杨仲华记录的 1929 年西康建省之后行政区划中的地名已发生了改变:就地名更改沿革而言,《西康纪要》中所记录的地名如"康定""瞻化""定乡""巴安""理化"等,其"定""安""化"等,已经明显有了被汉族统治者改造的痕迹,透露出汉藏关系变迁的某些信息。

地名承载着变动的历史并保存着族群的记忆。在汉—夷交往的漫长过程中,地名沿革往往是体现此消彼长的风向标。透过对地名故事的收集梳理和多层辨析,可以考察重述汉—夷交往的历史过程。就康区而言,上述大多数地名的变异是在改土归流和西康建省之后发生的。中央政府为了征服和开发这片土地,在前朝类似政策的基础上,对该地区原地名进行了再次更改。而这种地名的更改显然是被动的,其背后隐含的是汉文化作为外来势力对当地传统的影响和改造。[①] 问题是,这种外来的影响与改造使康藏传统产生了什么样的变化,这种变化又能够在什么样的范围和层面上发生呢?

显然,从历史资料中可以看到,刘家驹的民歌田野采集工作和杨仲华对康区历史和西康建省始末的梳理发生在同一个时间段:20 世纪初的 20—30 年代。[②] 那时,西康建省已经十几年了,为何二者对同一地点的记录却采用了不同的地名呢?

一个合理的解释是:刘家驹在弦子文本中记录的地名要早于杨仲华的记录。结合弦子的产生发展和清以来近代康区的演变历史,可以推断,这两支弦子歌词的产生与流布都应该有一段历史了,最早应该不早于 17 世纪,最晚也有百年的历史了。但由于口传文化固有的传承性,唱词中仍然部分沿用了原来的地名。

---

① 徐新建:《地名历史与族群记忆——"中原"与"四夷"关系的历史人类学研究》,台湾"中央研究院"史语所"中国历史民族志研讨工作会"会议论文,2001 年 10 月 25 日。

② 刘家驹的《康藏滇边歌谣集》于 20 世纪 40 年代中期由知止山房出版,其序言作于 20 世纪 30 年代,据此,其民歌田野采集工作大致在 20 年代中至 30 年代初期,杨仲华的《西康纪要》则成书于 1929 年。

　　此外还可不可能存在另外一种合理的解释呢？只要将两位地名记录者的身份和成书目的加以对照，就不难看出其中的缘由——官方文化与民间文化的疏离。

　　杨仲华世居康定，是土生土长的康区人，在《西康纪要》序中写道：

> 西康地居西陲，挟制三边，大为国防之重镇，小为滇蜀之屏藩，形势险要，壤地辽阔，且人烟稀少，可为殖民之资料，矿物蕴藏，足为财富之源泉。英人觊觎，久思攫取，凡吾国人，类能知之。……第念民情风俗，汉藏不同，经纬设施，掣肘多端，苟不先悉其生活之状况，何从得布政之南针。

　　因此，一方面《西康纪要》的撰写是将自己"世居康定，长游边城"的所见所闻"整理成编，以备观风俗者之采择"；另一方面，更是"以时事要求，势难容缓"，[1] "仰望政府之眷顾，俯促康民之觉醒"[2]，从而为汉文化、政治、经济对康区的全面改造提供文献依据。因此，他对康区各地的记录必然是站在汉族政治体系内作出的命名，在此书中，他代表官方文化充当了叙述的主体。

　　虽然刘家驹同样身为康区上层人士，他采集康区民歌的目的同样是发扬康藏文化，促进康区的革新与觉醒。然而，他从事的毕竟是专业的民间文学研究。[3] 他在民歌田野采集工作中，"译述真实，译文务求对原文的含义表达无遗，……不加任何烘托，亦不拘泥字韵，力求译文保持康藏歌谣原有的风韵"[4]。因此，在他采集到的弦子文本中，尽管有记录者主观人为的选择尺度在先，但那些文本背后不知名的民间歌谣的演唱者在《川藏滇

---

① 杨仲华：《西康纪要》，商务印书馆 1937 年版，参见《西康调查记序》。

② 同上，参见《西康概况序》。

③ 刘家驹在文学方面颇有造诣，除《川藏滇边歌谣集》外，其著述还有《藏汉合璧实用会话》等，还译有《西藏情歌》（即仓央嘉措情歌），并收集整理了《西藏谚语》等文史、民间文学资料。

④ 刘家驹：《康藏滇边歌谣集》，西藏知止山房 1948 年版，参见《张征东先生序》，第1—3 页。

边歌谣集》中仍然是叙述的主体，才能从中得到更多的来自民间文化传统深处的信息。与官方话语相比，边缘化的民间文化显然具有更强的稳定性和延续性，其变迁相对滞后于处于政治权利中心的官方文化。因此，虽然西康建省后对康区各地原地名进行了一次重新命名，并部分转化进入了民间话语：如"康定""瞻化"；但与此同时，民间仍然保持着对原有地名的记忆，如"巴塘""理塘"，并在民间文化的土壤中继续流传下去。

因此，当康区的一部分以"西康"的身份进入民国时期的官方政治话语体系中的时候，其上层势力的认同倾向明显地倒向了汉文化的一边。就像阿来在《尘埃落定》中寓言般的叙述一样：作为汉藏交界地带藏族文化区域的藏族人，他们夹在"黑衣之邦"和"红衣之邦"两大文明之间。对他们而言，"汉族皇帝在早晨的太阳的下面，达赖喇嘛在下午的太阳下面"。而他们在"中午的太阳还在靠东边一点的地方"，"这个位置是有决定意义的。它决定了我们和东边的汉族皇帝发生更多的联系，而不是和我们自己的宗教领袖达赖喇嘛。地理因素决定了我们的政治关系"①。在近百年风雨飘摇的康区历史中，藏文化的宗教信仰和民族传统的深厚渊源与汉族的政治势力和文化优势，像两股巨大的力量，使康区藏族在汉藏两个民族、两个政权和两种文化之间游移不定。对"东面"汉文化的认同更多地发生在康区"上层势力——土司阶层"范围之内，而且更多地出于政治上的考虑。但在民间，康区藏族却被藏传佛教和藏族文化的强大传统所牢牢吸附，执着地表达着自己的对"西面"更广大范围之内整个藏民族群体的文化认同。

三　康区藏族的空间观念与族群认同

如前文所论，从文本内部看，上述两个弦子的表现内容都具有相当鲜明的空间性，文本内容的变异程度大体上也有一个空间范围的限定——以

---

①　参见阿来《尘埃落定》，人民文学出版社 1998 年版，第 18 页。殷实在其评论中对此有恰切的分析。他认为阿来通过对一个特定群体来实现艺术对存在的揭示，对这一"特定群体"的解释是"所谓的特定群体，当然是指藏族人，或者更具体一点，是指汉藏交界地带藏族文化区域的藏族人"。参见殷实《退出写作》，《当代作家评论》1998 年第 4 期。在这个意义上，小说《尘埃落定》中描写的川西北嘉绒藏区与弦子中的康区藏区都面临着同样的问题。

康区为主体，这是弦子文本中呈现出来的独特的空间观念。而以排比句式为叙述框架来传唱各地风物，从而将特定民族群体、特定民俗事象乃至特定民族群体的空间观念三者纳入一个认识体系的表达方式在弦子歌词中已经成为一种固定的类别和模式。

在文本中，这种空间观念的建立采取了一种特殊的方式，即：演唱者并不是以沿着地区边界画一条线的方式来框定其空间范围，而是从此地区内部选择一些有代表性的点，通过点的分布与连接来构建这个空间体系的。笔者认为，在地点的选择背后其实隐含了一些基本的规律。在以下的研究当中，笔者就将对关涉到康区空间观念的这些基本规律作出进一步的分析。

（一）两首弦子歌调中都没有关于安多地区的地名和唱词

康和安多，同为传统藏族三大区之一，且同样位于整个藏民族文化的边缘地带，但两个地区民歌中所呈现出来的空间观念和基本概念却有着明显的差异。将二者进行比较后会有新的发现。

著名藏学家于式玉教授在抗战时期，多次深入甘南藏区和四川阿坝黑水藏区进行考察，撰写了大量藏族民俗、宗教、文学论文和游记。下面是她在考察时采集到的一些民歌样本，收录在她的《拉卜楞民歌》一文中：

（上部）天上响雷，是老天下雨之兆。
（中部）地上种田，是粮食丰足之兆。
（下部）此处唱曲，是茶酒到口之兆。

很好很好的上部地方，喇嘛德高管家好：管家心慈悲，和尚都欢畅。
很好很好的中部地方，长官德高僚属好：僚属心慈悲，百姓都欢畅。
很好很好的下部地方，婆母好时媳妇好：媳妇心慈悲，合家具安康。

上边有个螺吹，那是卫藏地方喇嘛结会的法螺，因为结会，所以和尚都好。

下边有个鼓敲，那是中原领袖理政的鼓，因为理政，所以中原一切好。

中部此地挂起一面旗，那是至善活佛的经旗，因为经旗飘扬，所以这个地方好。

（以上中部皆指安多即阿木多）。

卫藏地方，寺院宏大是第一，护法院的路宽是第二，和尚说的经好是第三；卫藏的喇嘛寿福长！

中原地方，土地广大是第一，龙纹的缎子价大是第二，汉人善营商是第三；中原的领袖寿福长！

蒙古地方，土地广大是第一，马善走是第二，蒙古的孩子善骑马是第三：蒙古王公寿福长！

（上两首"中原领袖"都指皇帝。）

通过对以上安多民歌样本的分析，于式玉认为，在内容方面第一值得注意的是其中涉及的地理概念：

一首三段的歌，每段起首很多都是用"上部""中部""下部"几个字眼的。上部指的是西藏，因为那里地势高。下部指的是内地，而中部则是拉卜楞一带甘青边区的地方。他们称这一带地方作"安多"或"阿木多"，包括青海、甘肃、四川等境内藏人所住的地方。……这一带地方，在藏文文献内号称联系西藏与内地的桥梁。①

于式玉首先注意到安多地区民歌中所表达的空间观念的特征，而对于民歌中空间地理观念的特异性及其产生原因，却未作出进一步的深入分析，颇为遗憾。

笔者认为，一方面，安多民歌中关于上（部）、中（部）、下（部）的观念与人们在古典藏族文献中曾所见到的相同表述有着不可剥离的历史

---

① 于式玉：《于式玉藏区考察文集》，中国藏学出版社1990年版，第69页。

渊源（用"上—下"来指代"东—西"）。不过，这组空间概念的内涵在此已经发生了巨大的改变：它将自己的认知范围从一条河流流经的河谷地区、雪域高原内部扩展到涵盖藏、蒙古和中原的整个中国；这一认同体系也从民族内部认同的层次，逐渐扩展到包括藏、蒙、满、汉在内的多个民族间认同的更高层次，发生了质的变迁。

另一方面，这里的"上—中—下"是以安多为中心的地理观念，在这一空间体系之中，对安多而言，下部是指蒙古地区，蒙藏由于共同的宗教信仰和政治亲缘性，两个民族和两种文化之间有一定的认同度，因而对"下部"的排斥感不强。而在康区藏族的空间观念体系中，康的下部是指直接与之相邻的四川——作为汉文化重要组成部分的"天府之国"，历来汉藏之间则有着明显的文化冲突和差异。因此，康与安多，由于二者在藏汉之间的地理、自然资源人文资源、政治地位的差异而形成了不同的地域空间观念。

安多是过渡型区域（特别由于有蒙古地区的过渡），民族认同危机不被凸显，并被历代中央政权认为是"连接西藏与中原的蒙古之链"①。下图已经充分展示了藏与蒙古在民族和政治上的亲缘性。

藏与蒙古关系图②

与安多相比，康区是临界型区域，民族认同危机尤其凸显，因而必须选择认同指向而没有两可或二属的可能。将两个地区藏族民歌中的地域空间观念加以比较便可得出如下结论。

①安多地区位于"藏—蒙—汉"之间。藏族与蒙古有着特殊的政教文

---

① 石硕：《西藏文明东向发展史》，四川人民出版社 1994 年版，第 467、493 页。
② 同上书，第 469 页，"图五"。

化渊源而且联系相当紧密。在此地区，汉藏间文化冲突也由于有了蒙古作为过渡而得到缓冲，因此安多民歌中"上部""中部""下部"的观念呈现为一个连续性整体，认同的焦虑不如康藏强烈。

②康与安多同样都处于藏文化边缘地区，在康强调自己与藏文化联系的时候，必然指向其核心地区——卫藏，而不是安多。

（二）唱词中提到的地名除了两个地方以外，其余的都在康区范围之内

从两支弦子悠扬的曲调中，仿佛看到康藏地区多姿多彩的各地民族服饰，仿佛遍历康藏山川、领略各地风土人情。虽然没有置身于弦子歌舞的热烈场景之中，但康巴人对自己民族文化传统所具有的强烈自豪感和流露出的强烈的主体意识从歌词中表露无遗。

歌词文本中对以康区为主的藏区各地服饰特性（差异性）的强调和对各地风物的强化性描述，实际上却是以其背后深层次的同一性民族特征为前提的，换言之，异即"同中之异"，"异"是理论主题，"同"则是立论前提，而各地服饰和风物的差异对演唱者和听众而言，都不会影响到他们作为"藏族"的民族身份和民族文化认同。其空间范围仍然基本限定在康区。

（三）两个康区以外的地方，分别是拉萨、后藏

拉萨。拉萨城作为汉藏文化交流的伟大见证，同时也是藏民族宗教、政治和文化的中心。据藏族史书记载，1350年前，大昭寺周围是一片沼泽地，中央是个湖泊，这一带被称作"吉雪卧塘"，中间的湖泊叫"卧错"。文成公主观察（岩魔女）卧塘，认为卧错是岩魔女之心脏，湖水系她的血液，应建佛寺在此镇之，于是根据五行相克之法，用白山羊负土填湖，藏语山羊叫"惹"，土叫"萨"，寺庙被称为"惹萨"，又因为这座空前规模的建筑矗立于卧塘上，成为王都的突出象征，而"惹萨"的名字又赐给了这座城市，汉文误译为"逻些"，从此，汉文史书便将逻些作为拉萨的前称记录下来。①

后藏。明代以后称"藏"，地处雅鲁藏布江（世界上海拔最高的河流

---

① 赤烈曲扎：《西藏风土志》，西藏人民出版社1982年版，第72页。

发源地）上游而得名。后藏首城日喀则，从雅鲁藏布江溯江而上，来到雅江与年楚河的汇合处，后藏中心城市日喀则，建城有五百多年历史，它成为后藏的中心，除了地理位置河政治经济原因外，更重要的是莲花生大师和阿底峡曾经到此地修行讲经。后来，日喀则的兴盛，还在于噶玛王朝统治西藏的二十四年间建都于此。扎什伦布寺为班禅的驻锡地，与达赖的布达拉宫相媲美。汉藏合璧的夏鲁寺在日喀则东南 20 公里。往萨迦 20 公里处号称西藏文库的纳唐寺。统治着萨迦王朝和萨迦教派的昆氏家族萨迦寺，萨迦五祖的最后一位是八思巴洛追坚参，他修建了萨迦南寺。①

卫藏：全藏区文化宗教中心 $\begin{cases} \text{拉萨——前藏、全藏区政治文化宗教中心} \\ \text{后藏（日喀则）——后藏政治文化宗教中心} \end{cases}$

从元代开始，藏人对他们聚居的地区已经有了地理上的明确概念，出现了藏地三曲卡的划分，即卫藏法区（因藏传佛教盛于卫藏）、西康人区、安多马区（因甘青产马，故称马区）。其中，卫藏（原本为吐蕃的本土）又分为前藏和后藏，前藏以拉萨为中心，后藏以日喀则为中心。在长期的历史发展中，卫藏地区逐渐成长为整个藏地的宗教和文化中心，而拉萨更成为藏人心目中膜拜的圣地。②

在两首弦子歌调中，拉萨和后藏（日喀则）都是在藏族社会历史文化中占据核心地位的标志性地区，而演唱者（或记录者）在歌词中显然对它们进行了特别强调：

①其位置被置于唱词开头的重要位置。

②其位置在所有康区地名之前。

藏民族有着悠久的历史文化传统，正是这种传统的巨大向心力，使散布在青藏高原各个地区的藏族人凝结为一个整体。康区藏族这个特殊的群体更由于处于藏族文化体系的边缘而产生了向此文化中心复归的强烈冲动，而前藏和后藏合起来组成卫藏地区，正是整个藏民族政治、文化、经济和宗教的中心。因此，对拉萨和后藏的选择性描述和强调，应该被理解为康藏对整个藏族文化认同的象征。

---

① 赤烈曲扎：《西藏风土志》，西藏人民出版社 1982 年版，第 98 页。

② 黄奋生：《藏族史略》，民族出版社 1985 年版，第 180 页。

由此,再次回到了前面讨论到的族群边缘与文化认同问题。确如我国台湾学者王明珂所言,在一个族群中,并不是所有人都在对自己的族群文化特征进行强调,而需要强调这些族群文化特征的人常常是有族群认同危机的人。① 被边缘化的焦虑长期困扰的康区藏族,要想将这种强烈的文化认同情绪在群体内部传承下去,就必然要借助一些特殊的语言表达方式,而这种表达方式与民歌弦子相结合时,又往往带有明显的隐喻性质。

四 文本句式分析:族群认同的隐喻表述

人类学家巴特曾将族群认同归于族群成员的出身和背景,认为族群认同是遗传的或者是以某种神秘方式获得的,这种观点显然是不确切的。纳日碧力戈认为,族群认同产生于传统和表达,它涉及神话、宗教、信仰、仪式、民间历史、民间文学和艺术。正是这些文化表达和族群认同的符号形式,为族群关系赋予了意义。② 同样,弦子作为一种具有象征和隐喻性质的民间文化符号,在作为族群记忆的表述载体的同时,也作为族群记忆传承的媒质而获得了超越文本之外了巨大生命力。

(一) 索呀拉调:"我虽不是……,……我知道"

面对这个句式,首先需要设问:我是谁? 谁知道? 由何而知? 如何求证所知? 值得注意的一点是,这个句式中提到的前后两个"我",显然属于不同的意义层次,即:"大我"(……我知道)与"小我"(我虽不是……)。

人类学家埃德蒙·利奇认为:依靠人的想象、文化传统、集体记忆,可以把通常属于完全不同场合(层次、类型的)无论物质的或抽象的两件事物或系列事物联系在一起。当 A ("小我")与 B ("大我")两者,来自完全不同的场合("大我"与"小我"来源于获得知识和知识记忆的不同模式)时,他们的关系主要是隐喻性质的。③

在本句式中:

---

① 王明珂:《华夏边缘——历史记忆与族群认同》,允晨文化实业股份有限公司 1997 年版,第 33、77 页。

② 纳日碧力戈:《现代背景下的族群建构》,云南教育出版社 2000 年版,第 65 页。

③ [英] 埃德蒙·利奇:《抽象观念的物质表现:仪式的聚合》,载《文化与交流》,郭凡、邹和译,上海人民出版社 2000 年版,第 37—42 页。

大我：作为康区藏族文化交流过程的产物，是指代整个康区藏族的
虚拟性主体。它传递的是一个族群全观性的总体知识，而非
单个个体的知识，依靠集体记忆整合成形。

小我：集体记忆传授的个体对象，族群中的个性从集体记忆中学习
民族传统、形成某种认同倾向并以此确定自我与他者。

任何一个康巴歌手在演唱此曲时，实际上也就是在进行族群记忆的传递和传播，其中隐喻的聚合过程大体如下。

1）拉萨人是藏族人。

2）"我"是康区人而不是拉萨人，但"我"也是藏族人。

3）"我们"属于同一个社会群体（族群——大我、概念化的所有藏族）。

4）为这个社会群体（大我、概念化的藏族）所认同的记忆，个体的小我（藏族中的一部分，康区藏人）也一样有权分享，并把这种记忆（知识）作为"我"所知道的一部分表达出来。

通过记忆与表达，演唱者认识到自己与歌词中提到的不同地方不同服饰的人有着共同的联系——虽然穿着不同的服饰，但他知道他们都属于同一个民族"藏民族"，更具体一点，都属于藏族中的一个特定群体"康区藏族"。由此表明，索牙拉调中的关于"我"的表述的观念形态主要是一种社会及族群的分类系统，通过对不同服饰的记忆与口头复制，使藏族内部处于不同地区的亚族群分类体系得以确立。

（二）噫拉梭日纳调："……无城已建城"

如果说，对康藏各地历史渊源、地形特点和风物传说的描述在弦子歌词中勾画出了一幅刻画在康区藏族记忆中的心灵地图，那这幅地图也只是由数个点之间连线而构成的一幅平面图。此歌调中"……无城已建城"的句式表述，则隐含了某一地方由"无"到"有"；从未经开发的原始自然状态进入人为状态的历史过程。而"某一城"建成后对这个地方的命名与记载，则将该地纳入了某种民族文化发展变迁的进程当中，恰好为这幅地图加入了纵向的历史时间维度。

如歌词中的第一句：

噫！噫拉梭日纳，拉萨无城已建城，悦纳，噫！噫拉梭日纳，海心建了拉萨城，悦纳。

从最初以自然地貌命名的"吉雪卧塘"，到以羊群负土填湖的典故命名的"惹萨"，到被汉文化转译成为"逻些"，再到最后发展定型而成地名"拉萨"，拉萨这座雪域名城作为全藏区宗教政治文化中心，其负载的含义已远远超越了地理学的范畴而进入了历史文化研究的广阔视野，而它的变迁过程，更凝聚了藏民族千百年来的族群历史记忆。

再如其后：

> ……巴塘无城已建城……大鹏展翅巴塘城……
> ……定乡无城已建城……桑批岭下定乡城……
> ……理塘无城已建城……金山银地理塘城……
> ……盐井无城已建城……盐池上建盐井城……
> ……三岩无城已建城……万峰环峙三岩城……
> ……瞻化无城已建城……桥跨雅砻瞻化城……
> ……德格无城已建城……更庆寺诞德格城……
> ……康定无城已建城……峡谷紧锁康定城。

这是在康巴人心灵深处由横向空间轴与纵向时间轴共同建构的族群历史记忆，在歌中唱到的故乡每一片土地上无不凝聚着康区藏族千百年来的历史文化传统。这种对本民族历史文化的深厚认同感，在民歌弦子的传唱与流布过程中，就这样一代代不断地传承下去。

结语　民歌、旅游资源竞争与族群认同

——康藏弦子"索呀拉"调的当代版本

时隔大半个世纪之后，当代学者王怀林在他的著作《寻找康巴——来自香格里拉故乡的报告》中再次提到了这首难得一见的康藏弦子"索呀

拉"调：康巴地区的服饰因地域和气候的不同也有差异，比如有的将其分为昌都型、工布型、巴塘型、迪庆型等，令人目不暇接，眼花缭乱。正如现在流传在巴塘、理塘一带的一首古老民歌：

> 我虽不是昌都人，昌都装饰我知道，昌都装饰要我讲，镶银皮带腰间挂。
>
> 我虽不是贡觉人，贡觉装饰我知道，贡觉装饰要我讲，三串项珠胸前戴。
>
> 我虽不是德格人，德格装饰我知道，德格装饰要我讲，头顶珊瑚闪光耀。
>
> 我虽不是康定人，康定装饰我知道，康定装饰要我讲，红丝头绳头上抛。
>
> 我虽不是理塘人，理塘装饰我知道，理塘装饰要我讲，大小银盘发上吊。
>
> 我虽不是巴塘人，巴塘装饰我知道，巴塘装饰要我讲，银丝须于额上交。
>
> 我虽不是盐井人，盐井装饰我知道，盐井装饰要我讲，红丝风帕头上包。①

首先，笔者并不否认这并非是一个田野作业所采集到的民歌样本，而且是一个变异文本，而思考就恰恰引发于文本产生变异的过程之中。对照前后两个文本，从以下表格中可以看到：

	《川藏滇边歌谣集》 刘家驹	《寻找康巴——来自香格里拉故乡的报告》 王怀林
作者 身份	现代藏族学者	当代民族学研究者
采集 时间	1920—1930	1990

---

① 王怀林：《寻找康巴——来自香格里拉故乡的报告》，四川人民出版社 1990 年版，第 229 页。

	《川藏滇边歌谣集》 刘家驹	《寻找康巴——来自香格里拉故乡的报告》 王怀林
文本 类型	民间歌谣田野采集样本	综合论述现代康区甘孜州为著名旅游资源 "香格里拉"故乡的著作
文本 特征	①歌词内容：由康区各地风俗和藏区风俗两部分组成 ②歌词的口传特征：保留了民歌演唱相对真实的面貌，记录表现节奏的语气缀词，并说明不同样本间歌词可能存在差异	①歌词内容：去掉了现代康区甘孜州以外藏地服饰风俗方面的唱词部分 ②歌词的口传特征：取消了演唱形式中的缀词部分，使歌词看起来更工整、简洁、符合现代人阅读习惯
时代 背景	五四以来民俗学研究的广泛兴起	将旅游作为民族地区支柱产业的经济结构大调整
文本 意义	通过藏族民歌的收集介绍汉族以外的民族民间文学，价值在于其"异域风情"并发扬康藏文化传统	通过"学理性"的论述，与旅游业十分发达的另一"香格里拉"拥有者云南迪庆藏族自治州相抗衡，并宣称现代甘孜州为占有这一资源的真正合法主体

很明显，作者在文章中引用这首古老的康藏弦子调，是为了通过歌词对甘孜州绚丽多彩的民族服饰的描述来展示甘孜州丰富旅游资源旅游的一个侧面。

随着旅游业在康区等少数民族地区的逐步发展，当地人试图通过具有民族历史价值的人文旅游景观的再现和重组来展示自身文化智慧和创造力，重新唤起本族群成员的历史记忆并增强族群的内聚力和自豪感。这种再现和重组也使得主流文化群体（如前来康区游览观光的汉族游客）在民族旅游中获得对康藏文化的再认识并对这些长期游离于主流文化之外的"边缘群体文化"予以不同程度的重新肯定。在这一过程中，旅游推动着康区传统文化的复兴和康区藏区民族身份、民族精神的再建构；与此同时，康区藏族也在旅游大潮中开始重新塑造自我形象，强化族群认同。①

同样，《寻找康巴——来自香格里拉故乡的报告》一书强调康巴是"我们心中的'香格里拉'"，并从历史、文化、民俗等角度进行了多方论证，② 目的是在旅游资源的占有权上为现属四川以甘孜州为主体的现代康

---

① 杨惠、陈志明：《旅游与人类学在中国》，载杨慧、陈志明、张展鸿主编《旅游、人类学与中国社会》，云南大学出版社 2001 年版，第 8—9 页。

② 王怀林：《寻找康巴——来自香格里拉故乡的报告》，四川人民出版社 1990 年版，第 167 页。

区争取发言权，从而与现属云南迪庆藏族自治州的"香格里拉"相抗衡。在此，对康区主体性的弘扬与讴歌完全取代了半个世纪前人们从弦子中读到的康区被边缘化后的焦虑情绪。而从历史上看，甘孜州和云南迪庆又恰恰都是"康区"概念的重要组成部分。所以，作者在歌词的选择上特意去掉了现代康区甘孜州以外藏地服饰风俗方面的唱词部分以强调康区身份的自我认同。

正如王明珂在"边缘研究"中常常提到的一种观点：族群的主观认同（族群范围）是由界定及维持族群边界来完成的，而族群边界则是多重的、可变的、可被利用的。这种认同是在某个特定的政治经济环境之中，人们以共同的族我称号及族源历史来强调内部的一体性与设定边界来排除他人，并在状况改变的时候以改变边界来造成族群认同的变迁。

今天，随着社会历史的发展，康区概念的内涵和外延已经发生了改变，"康区藏族"作为可共享资源的某种人群的范围边界也随之发生了改变，并进而导致了整个族群的认同变迁。作为康区独特的民族民间歌谣形态，弦子记录和表达这种变迁，更生长于变迁的具体过程之中，因而也就不失为读解康藏历史文化的一个独特而有效的视角。①

---

① 王明珂：《华夏边缘——历史记忆与族群认同》，允晨文化实业股份有限公司 1997 年版。

跨学科整合研究之垦拓

——宗白华与中国早期比较文学刍议[*]

摘 要 本文力图以一种开放的眼光回顾宗白华在跨学科整合研究领域所作出的实绩，考察其艺类整合研究行为发生的学术心理机制和深层次文化模式与背景，进而高度肯定他对中国早期比较文学发展所作出的开拓性贡献。

关键词 宗白华；比较文学；科际整合研究（interdisciplinary studies）

在中国现当代学术史上，宗白华占据着一个不太显赫的位置。20世纪80年代学术复兴以来，先后有钱学（钱钟书）、王学（王国维）的升温，就美学领域而言，朱自清、李泽厚的光芒也远盖过他。宗白华研究似乎不大可能成为一个热点。他始终是一个边缘性人物和边缘性话题。但每每翻阅先生故作，眼前总会浮现出先生从民国初年的安徽小镇徐步走入燕京朗润园那沉静却并不伟岸的身影，隐约可见他多年来在美学、文学乃至比较文学领域所作的执着而无声的努力。本文无意证明什么，改写什么，仅仅是追随先生的学术历程，试图回顾和探讨他对早期比较文学的垦托所做的一些努力。

一 论题之学术背景及其意义

"所谓比较文学的学科定位，就是在准确理解比较文学学科性质的基础上，在整个人文科学的群体网络结构中，为比较文学找到最合适的学

---

* 本文刊载于《西南民族学院学报》2002 年第 2 期。

科位置；为了做到这一点，首先必须认清比较文学与其他人文学科之间的关系……"①

何谓比较文学？比较文学能否跨越语言艺术的界域？

比较文学学科建设的重要性使其自 19 世纪中叶诞生以来，就一直为界域问题争执不休。鉴于文学与其他艺术门类关系密切这一事实，比较文学家们对此采取了不同的姿态。传统法国学派向来坚持以比较文学为文学史之服用，因而不许其研究跨越文学界限，其保守可见一斑。② 沐浴西风的吴宓先生 1921 年首次向国内引介比较文学理论时也显然受该观点的局限。③ 不过，之前之后，从事文学与艺术关系研究的风气并未偃息。随着 20 世纪 60 年代美国学派的兴起，文学与其他艺术的整合研究（interdisci-plinary studies）已得到相当重视并已正式纳入比较文学的研究范畴。④ 正如美国学者库勒在《符号的追寻》一书中呼吁的：必须突破文学研究闭关自守的状况，文艺理论在与其他学科的比较研究中发展已成为目前比较文学发展的关键。⑤

在学界"欧洲中心主义"早已不得人心的今天，若只对欧美比较文学家就此问题的争论予以梳理，眼光势必受到限制。立足中国本位，跨越学科进行的综合研究在本国的特殊语境中则呈现出不同的发展脉络。而宗白华在这条线路上正是不可或缺的重要一环。就现代学术史而言，自 19 世纪

---

① 乐黛云、陈跃红：《比较文学原理新编》，北京大学出版社 1998 年版，第 37 页。

② 如 Wellek 与 Waren 合著 *Theory of Literature*（1942）第十一章认为文学与其他艺术各有其独特的进化历程，不能相提并论；Guyard 的《比较文学》（1951）及 Jost 在 *Introdruction to Compar-ative Literature*（1974）皆对此课题避而不论；著名的《韦氏新世界辞典》受此论影响，也未将跨学科研究纳入比较文学定义："the comparative study of various national literature, stressing their mutual influences and their use of similar forms, themes, etc."（后期法国学派对此看法已有所改变，如 Pi-chois 和 Roussean 于 1967 年合著的《比较文学》）。

③ 吴宓《论新文化运动》："近者比较文学兴，取各国之文章，而究其每篇每句每字之来源，今古及并世作家互受影响，考据日以精详。"载于《留美学生季刊》1921 年。转引自杨周翰、乐黛云主编《比较文学年鉴：1986》，北京大学出版社 1987 年版，第 76 页。

④ 1961 年美国比较文学家 Remak 著 *Comparative Literature: It's Difinition and Function* 一文正式将文学与其他艺术的整合研究涵括于比较文学定义之内，之后大批论文或专著辟有专章予以讨论。如现代语言学会"文学与其他艺术组"（*A Bibiliograpfy on the Relationg of Literature and the Other Arts*, 1952—1967）；Weisstein（*Comparative Literature and Literature Theory*, 1986）。

⑤ 杨周翰、乐黛云：《比较文学年鉴：1986》，北京大学出版社 1987 年版，第 86 页。

末以来，一大批具有远见卓识的学人都试图在东西方文化碰撞过程中重新建构中华文化传统。从王国维到钱钟书、朱光潜，也都曾打破学科界限进行研究。以全局的眼光进行综合考察的方法被早期比较文学家们和人文学者们广泛地运用到各自的学术领域当中，跨越学科的研究也在自觉不自觉中成为这些先行者们的共识。他们在文学、历史、宗教、艺术等领域进行了大量学术实践所取得的卓越成就，足以与 20 世纪 60 年代美国学派的理论倡导遥相呼应，为后进之学法乎其前。宗白华正是其中较为突出的一例。

宗白华先生生前从未以比较文学家自居，但若论及文学与艺术、文学与美学的科际整合研究，则当首推他在此领域所作出的重要贡献。从 1919 年步入文坛开始，宗白华以现代著名诗人、美学家、哲学家的多重身份，从多个视点介入，以美学散布的娴雅和大气对文学与艺术的内在联系进行了大量、详尽的论述。其涉猎范围之广，兼及诗歌、戏剧、音乐、绘画、书法、建筑、园林、工艺美术等领域；其致力时间之久，从 1920 年《美学与艺术略谈》开始触及艺类关系问题到 1979 年《中国美学史中重要问题的初步探索》① 形成了系统的论述格局；其著述之丰，大多数论著都致力于以一种总体性综合性眼光对文学与艺术间关系及其规律进行深入探讨。先生在此领域用力专一成就显著，为比较文学科际整合研究提供了大量范例，是有目共睹的，并为其他比较文学家所不及。鉴于长期以来学界对此缺乏应有的论述，未能予以其相当的评价，本文因此有必要对以下几点加以澄清。

首先，从学术发展史来看，中国自古就有诗书画互参互证的文论传统，从散见于各处古典式自发的艺术评论，到 20 世纪 80 年代比较文学复兴后，现代意义上自觉的跨学科整合研究体系的建立和完善，宗白华在艺类整合研究领域所做的大量系统深入的研究，是其中承前启后的转折性标志。

其次，从学术地位来看，一般而言，学者学术地位的确立不外两条路

---

① 此两文均收入宗白华：《美学与意境》，人民出版社 1987 年版。

注释说明：下文中多处引文均源自本著作，均以"（宗白华，1987）"方式在文中标出具体引用页码，不再另作脚注。

径：在理论上提出某种新观点，或是在学术实践中做出某些实绩。由于国内学术界长期受到西方批评话语模式的影响，在一定程度上导致了对理论过分偏重，而对学生实践的意义有所忽视。加之20世纪80年代以来，随着各种西方现代、后现代理论在国内的大量译介，学术理论术语翻新很快，"倡导，开创"之语不断。能开风气之先固然不错，而能沉下去做出实绩的却不多见。因而如宗白华此类以学术实践为后人提供大量范例的学者，应该予以其应有的评价，以期树立新的学术规范，无疑也具有深远意义。

本文正是从宗先生科际整合研究学术行为发生的文化传统语境、依恃的学术身份和认知心理结构、进入的研究视角向度，及其整合研究方法本身的特征这几个层面入手，进行探讨，力图阐明宗先生在此领域作出重大学术贡献之深层次原因。

二　文化传统语境与基本思维模式的濡化

"一种文化就像是一个人，是思维和行为的一个或多或少贯一的模式"。[①]

前文将宗白华打通文学与其他艺术界限进行研究的学术走向与比较文学美国学派所提倡的科际整合研究并举。在此，笔者无意从影响研究的角度出发去求证二者之间可能存在的某种渊源关系。但可以肯定的是，二者方法论的基础是有所不同的。美国学派所谓比较文学科技整合研究的立论前提是西方分析理性，特别是18世纪以来发展出的日趋精细化和逻辑严谨的科学文化形态。它以现代学科的划分为基础。正如奥地利理论生物学家贝塔朗菲所说："现代科学的特征是越来越专门化，……于是科学分裂为无数学科，它们又不断地产生新的亚学科"。[②] 而宗白华所走的整合研究的路子则衍生于完全不同的文化传统语境。和20世纪初那一批学贯中西的文化巨人一样，他身上传统学人的那部分生命作为文化整体的组成，早已接受了文化传统模式的选择与重铸，作为传统的一部分思考着。

在形而上的层面上，传统文化"天人合一"的整体性思维模式为宗白

---

① ［美］本·迪克特：《文化模式》，王炜等译，生活·读书·新知三联书店1988年版，第48页。

② 周昌忠：《西方科学方法论史》，上海人民出版社1986年版，第457页。

华提供了打通艺类进行整合研究的方法论保证。中国哲学关注的一个基本问题就是人与自然、人道与天道的关系。宋明时期，儒家代表人物张载在总结和发展前人思想的基础上提出了"天人合一"的思想，由于成功地揭示了中国哲学的整体认知模式而成为对中国传统文化影响深远的一个著名命题。而此前春秋战国时期就已经出现的知与行、形与神、阴阳五行等许多重大范畴都可以纳入"天人合一"的思维框架之中，表现了中国人对二者关系的追问。

尽管"天人合一"在儒家和道家哲学里含义有所不同，但"天人合一"所凝聚的整个中国传统思维模式的根本特点就是强调事物之间的整体性、关联性和辩证的转化关系。元气论思想在古代中国也发展得较为成熟。按照《易经》的宇宙观，阴阳二气化生万物，一切物都是一种"气积"（如庄子：天，积气也），有机整体性也即是元气论最基本最重要的特征之一。冯友兰先生在《新理学》中也谈道："我们将一切凡可以成为有者，作为一个整个而思之，则即得西洋哲学中所谓宇宙观"。即是这种整体思维模式的现代性描述。[①] 在此基础上，文化恰如一个纳万物于内的庞大符号系统，文化的各级子系统如艺术与哲学、艺术与自然科学、艺术内部文学与其他艺类正是在纵横交错的联系中构成文化整体。在研究中，宗白华往往以此作为探讨问题的理论出发点。如论艺术与中国社会关系时他认为："在中国文化里，从最底层的物质器皿，穿过礼乐生活，直达天地境界，是一片混然无间、灵肉不二的大和谐、大节奏"。（宗白华，1987，p. 293）论绘画他又讲"中国绘画里所表现的最深的心灵"是"深沉静默地与这无限的自然，无限的太空浑然融化，体合为一"；（宗白华，1987，p. 99）更由"气韵生动"沟通了书法、诗歌与中国画的内在联系。（宗白华，1987，p. 159）正是这种整体思考方式体现了宗白华对中国传统文化这一根本特征的深切认同。

传统文化不仅作为一种宏大的历史语境影响着学者运思模式的选择，同时它还以整体呈现的方式作为学术研究的对象而存在。在宗白华看来，中国

---

① 冯友兰：《冯友兰学术精华录》，北京师范学院出版社 1988 年版，第 39—40 页。

艺术传统具有什么样的特征？这些特征与其跨艺类整合研究方法之间又存在着什么样的联系呢？在《中国美学史中重要问题的初步探索》这篇重要论文中，宗白华提纲挈领地指出了中国美学史（艺术史）的两个基本特点：

"第一，中国历史上，不但在哲学家的著作中有美学思想，而且在历代的诗人、画家、戏剧家……所留下的诗文理论、绘画理论、戏剧理论、音乐理论、书法理论中，也包含有丰富的美学思想，而且往往还是美学思想史中的精华部分。这样，学习中国美学史，材料就特别丰富，牵涉的方面也特别多。第二，中国各门传统艺术（诗文、绘画、戏剧、音乐、书法、建筑）不但都有自己独特的体系，而且各门传统艺术之间，往往互相影响，甚至互相包含（例如诗文、绘画中可以找到园林艺术所给予的美感或园林建筑要求的美，而园林建筑艺术又受诗歌绘画的影响，具有诗情画意）。因此，各门艺术在美感特殊性方面，在审美观方面，往往可以找到许多相同之处或相通之处"。（宗白华，1987，pp. 377—378）

在此，宗白华明确指出整个中国美学史、艺术史就是一部各艺术门类相互影响交流的互动发展史。也许还因为中国传统艺术理论的出发点是"言志"与"表情"，艺术作为志与情的载体，只要能够形诸于外，达到"大音希声""大象无形"的至高境界，利用什么手段是不重要的。[①] 因此，同样的科际整合研究方法，在中西方的不同语境中，其实践的出发点和显现出的侧重点皆有所不同：一者为"跨越"；一者重"贯通"。"跨越"的隐含前提是学科壁垒的预设，辨析艺术媒质的相异，如莱辛论诗画不同；"贯通"则在艺术门类的本原上观照着美之精义的内在相通性，如苏轼"诗画本一律"。由于有了对中国艺术史特征的正确把握，宗白华往往能够游弋于艺术各个门类之间，透过表现媒质的表层去把握艺术和美的本原，在最充分占有材料的基础上成功地进行科际整合研究。

三　美学家宗白华和诗人宗白华

接下来，试分析宗白华学术身份的确立与其研究的进入视角。

---

① 乐黛云：《文学与其他艺术》，《超学科比较文学研究》，中国社会科学出版社 1987 年版，第 163 页。

前述文字重于共性因素的探讨，任何个体在此语境中都可以进行同样的学生思维实践。进一步追问宗白华进行跨艺类整合研究的个体性因素，我们将会看到美学家与诗人的双重身份为其提供了怎样特殊的研究进入视角。

美学家宗白华

1920 年 7 月，宗白华在少年中国会会员表格"终身欲从事之学术"一栏中郑重地填写了"哲学、心理学、生物学"。（宗白华，1987，p. 447）事实证明，其后几十年他完全实践了年轻时的志向，准确地说，他将哲学美学的教育和研究奉为自己毕生的事业。

关于美和艺术，在写于 1920 年 3 月的《美学与艺术略谈》中宗白华认为，"美学是研究'美'的学问，艺术是创造'美'的技能，……艺术也正是美学所研究的对象"。进而他又将作为美学对象的艺术按其"凭借以表现的感觉"划分为三大门类：

"（一）目所见的空中表现的造型艺术：建筑、雕刻、图画。

（一）耳所闻的时间中表现的音调艺术：音乐、诗歌。

（三）同时在空间时间中表现的拟态艺术：跳舞、戏剧"（宗白华，1987，pp. 18—21）。

以美学家的眼光来看，诗歌、戏剧（文学）与其他艺术门类之间存在着水乳交融的天然联系，所以"研究中国美学不能只谈诗文，要把眼光放宽些，放远些，注意到音乐、建筑、舞蹈等，探索它们是否有共通的趋向、特点，从中总结出中国自己民族艺术的共同规律来"（宗白华，1987，p. 424）。到这里，我们已经触及了一个有趣的现象，即：隶属美学范畴的艺术综合研究与比较文学内部文学与其他艺术的跨学科整合研究课题发生了区域重合的问题。按照我国台湾学者张静二先生的表述，则是比较文学"分享"了美学的领域。也就是说，宗白华对比较文学科际整合研究所作出的贡献与他美学家的学术身份和眼光有着极大的关系。张文进一步指出："比较文学以文学为出发点，亦以文学为归宿点，换句话说，只有以文学为主的艺术整合研究才符合比较文学的要求"[①]。这显然是站在比较文

[①]　张静二：《试论文学与其它艺术的关系》，（台湾）《中外文学》1988 年第 16 卷第 12 期。

学学科定义之内作出的表述，表现出以文学为中心向外投射的研究视角。

其实，比较不是目的，科际整合研究说到底就是一个如何利用资料的问题。笔者认为，和中国 20 世纪 30 年代前后出现的早期学院派比较文学家吴宓、钱钟书、季羡林等相比，宗白华的可贵之处恰恰就在于他提示了一种完全不同的进入方式，即：从美学领域出发切入比较文学研究的课题。他主张利用美学研究的学科优势，借助媒质相异的其他艺术来印证文学以加深对文学的理解。事实证明，相对于前一种研究视角，这种由比较文学学科外围向中心投射的研究视角同样是可行而卓有成效的。

诗人宗白华

1920 年，在《三叶集》中，宗白华大胆预言郭沫若和田汉将成为"东方未来的诗人"；1919 年 8 月至 1920 年 5 月，受郭虞裳委托编辑《学灯》期间，宗白华慧眼独具使郭沫若这位五四时期的狂飙诗人和中国新诗史上的里程碑《女神》脱颖而出；1922 年留德期间以"流云"为题所作的六十多首小诗使宗白华被誉为"小诗派"殿军，《流云》初步奠定了他作为一位诗人在中国新文学史上不可忽视的地位。①

白话新诗的诞生是五四新文学的一项重要成就。作为一位现代新诗人，宗白华必然要面对"怎样才能作出或写出新体诗"的问题。在作于1920 年的《新诗略谈》一文中，宗白华就诗的形式、训练诗艺的途径和诗人人格的养成三个问题发表了自己的见解：

"诗的形式的凭借是文字，而文字能具有两种作用：①音乐的作用……②绘画的作用……它是借着极简单的物质材料……纸上的字迹……表现出空间、时间中极复杂繁复的'美'"。

"那么，我们想要在诗的形式方面有高等技艺，就不可不学习点音乐与图画（以及一切造型艺术，如雕刻、建筑）。使诗中的词句能适合天然优美的音乐，使诗中的文字能表现天然图画的境界……"。

"不过我以为读书穷理之外，还有两种活动是养成诗人人格所不可少的：（一）在自然中活动。……与自然的神秘互相接触影射时造成的直觉

① 杨周翰、乐黛云：《比较文学年鉴：1986》，北京大学出版社 1987 年版，第 476 页。

灵感，这种直觉灵感是一切高等艺术产生的源泉，是一切真诗、好诗的（天才的）条件。（二）在社会中活动。诗人最大的职责就是表写人性与自然。……最好是自己加入社会生活，直接地内省与外观，以窥看人性纯真的表现"（宗白华，1987，pp.49—50）。

如果说诗人宗白华对前两个问题的回答，是从诗人艺术实践的角度出发再次印证了诗（文学）与其他艺术门类整合研究的可能性和必要性，那么他对诗人人格养成这一问题的看法则涉及了另一个与此有关的重要话题：中国古典美学体验论的现代复兴与西方美学的现代转型。

诗国传统的濡化和宗白华作为一位诗人亲历的丰富艺术创作实践对其美学研究的方法产生了深远的影响，他的美学思想不仅是他理论思辨的产物，更是他审美体验的直接结晶。我们注意到引文中"直觉""灵感"这样的术语显然来源于西方传统美学体系，而且从其最初的哲学论文《萧彭浩哲学大意》开始，宗白华从西方许多哲学家如康德、叔本华、尼采、歌德、斯宾格勒、海德格尔等人那里汲取思想养料。① 但是，宗白华同时也认识到中西方美学思想存在着许多不同："西方古代多侧重于从本体论方面，即从客观方面去讨论美，如柏拉图关于美的理念和亚里士多德的《诗学》中关于美的论述"（宗白华，1987，p.425）；"以前的美学大都是附属于一个哲学家的哲学体系内，他里面的'美'概念是个形而上的概念，是从那个哲学家的宇宙观里面分析演绎出来的"（宗白华，1987，p.19）。而宗白华认为"美的内容，不一定在于哲学的分析，逻辑的考察，也可在于人物的趣谈和行动，可以在艺术家的实践所启示的美的体会和体验。就后面这种方式来说，六朝的《世说新语》正是先驱"（宗白华，1987，p.422）。

王岳川在论及20世纪30—50年代的宗白华时，认为此期他的学术历程体现出了四个转向，其中值得重视的一点就是在研究角度上由"美学本质论"向"美学体验论"的转向，以诗性直观体悟的方式去寻绎中国文化的美丽精神。② 这一点不但暗示了"天人合一"背景下中国古典美学感性

① 李泽厚、汝信：《美学百科全书》，社会科学文献出版社1990年版，第717页。
② 王岳川：《宗白华学术文化随笔·跋》，中国青年出版社1996年版，第274—290页。

论和体验论的现代复兴，同时也呼应了现代西方以海德格尔为代表的生命体验艺术哲学发展的新方向。① 这种重直觉感性的体验美学强调的是整个地拥抱对象世界，在与对象世界完全相融合的那一刹那用最深沉的生命力去穿透对象，直达事务的本质。这是超越分析与逻辑之上的人的更为强大的审美能力。无论文学、绘画还是建筑，这些以现代分析科学为基础的人为划分和人为命名，一旦进入直觉感性的世界里便失去了意义。To 成为整一，整个地作为艺术体验的对象相贯通而存在，也就具有了无法拆析的内在统一性。这再一次从诗人的角度印证了宗白华文学与艺术整合研究的合法性。

四 "舞"：宗白华文学与艺术科际整合研究的关键词述评

波斯奈特曾经形象地将比较称之为支撑人类思维的"原始的脚手架"②。脚手架的搭建需要支点，同样，无论是作为美学家还是比较文学研究者，宗白华都需要在文学与其他艺术之间发掘出内在的共通性作为科际整合的理论中介，从而确保其学术研究的顺利推进。这个枢纽和关键就是关于"舞"的论述（为方便叙述以下简称"舞"论）。

"道、舞、空白"，宗白华认为这三者是中国艺术意境结构的特点。对于"道"和"空白"，其他学者也有所论述，而"舞"确为宗白华慧眼独具的一家之言。在他看来，"舞"总是和"气韵""动""生命""自由"相联系，所以是宇宙精神、生命和自然最完美深刻的表征。宗白华在《中国艺术意境之诞生》《中国诗画中所表现的空间意识》等文章中，深入阐发了"'舞'是中国一切艺术境界的典型"（宗白华，1987，p. 220）。这一深刻而独到的观点，在中国审美传统的最高追求——境界层次上将各艺术门类一一贯通，"舞"因而成为宗白华文学与艺术整合研究的理论中介。以下，本文将从两个方面对此加以分析。

1. "舞"论的理论来源

"气"："舞"论的精神内核。

---

① 张世英：《艺术哲学的新方向》，《文艺研究》1999 年第 4 期。
② 廖鸿钧、倪蕊琴、于永昌：《比较文学研究译文集》，上海译文出版社 1985 年版，第 372 页。

"气"或"气韵"在宗白华的艺术理论中是出现频率相当高的两个相关概念。中国古代已经发展出一套较为成熟的元气论系统。"气"被认为是一种运动着的、有阴阳之分的自然物质,天地皆以气为本。道家讲"道生一,一生二,二生三,三生万物"(《老子·四十二章》)。其中的"一"指阴阳未分的混沌之气;《周易·系辞下》讲"精气为物";王充《论衡·自然》也讲"天地和气,万物自生"。

继曹丕"文气说"将气的概念引入中国古典艺术理论之后,宗白华认为六朝的谢赫在《古画品录》序中提出的绘画"六法",成为后来中国艺术思想的重要指导原则。"六法"正是以"气"为首,讲求"气韵生动"。在《美学与意境》文集中,宗白华多次写道:"气韵,就是宇宙中鼓动万物的'气'的节奏、和谐。"(宗白华,1987,p. 395)"静而与阴同德,动而与阳同波。我们宇宙既是一阴一阳,一虚一实的生命节奏,所以它根本上是虚灵的时空合一体,是流漾着的生动气韵"(宗白华,1987,p. 261)。秉承元气论的传统,宗白华的艺术理论中"气"这个重要概念上升为具有多层次丰富内涵的艺术境界:既指创作主体的灵性气质和创作个性,又指艺术创作过程中的一种挥洒自如的运思状态,还指艺术家用心灵感悟到的通达天地的宇宙生命意识。于是"在这时只有'舞',这最紧密的律法最热烈的旋动,能使这深不可测的玄冥的境界具象化、肉身化"(宗白华,1987,p. 218)。由此可以看出,"舞"表征着宇宙中生命本源的"气","气论"则实为支撑宗白华"舞"论的精神内核。

"艺术表现动象":罗丹作品与艺术观之启示。

宗白华学贯中西,早年留学法国,对西方哲学、诗学和艺术都有很深的造诣。讨论宗白华"舞"论的形成,我们也不难从他的西方学养中寻绎出其中的渊源关系。1979 年 10 月,宗白华在回忆中写道:"我在 1920 年夏秋间,经过巴黎前往德国,巴黎的罗丹纪念馆里,陈列罗丹遗作石刻及素描,极为丰富,他的作风奔放生动,与巴黎所藏的古典艺术正相对应,对我是一个重要启示"(宗白华,1987,p. 447)。这次访问后不久,宗白华在《看了罗丹雕刻以后》一文中提出了"艺术表现动象"的命题,与"舞"论的形成有着密切的内在联系。

在《看》文中，宗白华详细阐述了从罗丹那里得到的艺术启示。首先，他认为"大自然中有一种不可思议的活力"，"是一切生命的源泉，也是一切'美'的源泉"。"物即是动，动即是物"，自然就由这些积微成著，瞬息万变的"动象"组成，而"动象的表现，是艺术的最后目的"。然后，他引用罗丹本人的原话揭示了艺术家创造动象的秘密："罗丹说：……使我们观者能在这作品中，同时看到第一现状过去的痕迹和第二现状初生的影子，然后'动象'就俨然在我们的眼前了"。在接下来的一段文字中，宗白华继续写道："这是罗丹创造动象的秘密。罗丹认为'动'是宇宙的真相，唯有'动象'可以表示生命，表示精神，表示那自然背后所深藏的不可思议的东西。这是罗丹的世界观，这是罗丹的艺术观"（宗白华，1987，pp. 55—61）。

罗丹关于"艺术表现动象"的艺术观对于宗白华来说是一次重大的启示，被他视为生命途中遇着的"一刹那的电光"。之后，他的艺术思想变得更深沉了（宗白华，1987，p. 55）。当宗白华带着这样的深沉目光回过头再次审视中国传统艺术时，发现了中西方文化背后的生命和自然有着同样的呼吸和脉搏。当他用"舞"来象征中国艺术的最高境界时，体现了他对于中西方艺术规律探讨的逐步深入，而"舞"，正是西方艺术"动象"论在中国传统文化语境中异语同声的表达。

2. "舞"——文学与艺术整合研究的理论中介

在《中国艺术意境之诞生》一文中，宗白华系统地阐述了他的意境理论。他认为艺术境界的实质是人类生命意识的外化，虽然它的外在表现是形式，是节奏，而它的内容却是生命的内核，是生命内部最深的东西，是至动而有条理的生命情调。接下来，宗白华用一个字来概括中国艺术境界的基本特征，这就是——"舞"。"'舞'是中国一切艺术境界的典型"。中国的各艺术门类，无论是诗歌（文学）、绘画、书法还是园林建筑，都以意境的建构为最高的追求，都试图捕捉意境中那飞旋舞动的生命意识，张扬着中华民族深沉而伟大的宇宙精神。

由于宗白华的"舞"论成功地揭示了中国艺术的基本特征，后来的论者对此都予以了较高的评价。如：我国台湾学者林朝成在一篇探讨宗白华美学思想的文章中写道："意境的典型也该是能融合空间中的纯形式与时间中的纯形式，以象征那生命的律动，那便是'舞蹈'。宗先生对'舞'有着热烈的赞赏……。'舞'作为'象征力'的表现，宗先生带给人们新的启发，也为唯美的人生观，找到相应的艺术诠释，大大丰富了其艺术观的内涵"。①

此外又如：宗白华先生的弟子林同华先生于《宗白华美学思想研究》专著中，提出"美是一种流动范畴"的观点来说明宗先生的美学本质观，也即是对其"舞"论精神很恰当的理解和诠释。②

"舞"，何以成为宗白华文学与艺术整合研究的理论中介，应当从以下几个层面加以认识。

①从艺术形式来看，宗白华秉承派脱（W. Pater）"一切的艺术都是趋向音乐的状态"的观点（宗白华，1987，p. 148），认为音乐是"时间中纯形式的艺术"，建筑是"空间中纯形式的艺术"，"舞蹈则又为综合时空的纯形式艺术，所以能为一切艺术的根本形态"（宗白华，1987，p. 210）。

②从艺术创作来看，由于"舞"蕴含着的深厚生命意识，观舞往往能触发艺术家的创作灵感。如"唐代大画家吴道子请裴将军舞剑以助状气"，"与吴道子同时的大书法家张旭也因观公孙大娘的剑器舞而书法大进"（宗白华，1987，pp. 248—249），促进了不同艺类之间的融合与发展。正如乐黛云在《文学与其它艺术》一文中所述，文艺与其他艺术相互阐发的重要途径之一，就是它们可以在艺术实践当中相互启发创作灵感，不断孕育新的创作理念和技巧的产生和发展。③

③从艺术的本原来看，"舞"所蕴含的自由律动的生命和宇宙意识昭示了华严庄重的古典建筑高高翘起的飞檐，看到了直指云霄深处的飞舞身姿（宗白华，1987，p. 405）；而"画家解衣盘礴，面对着一张空白的纸（表象着"舞"的空间），用飞舞的草情篆意谱出宇宙万形里的音乐和诗

---

① 林朝成：《唯美的眼光与形式的追求——宗白华美学思想初探》，（台湾）淡江大学中国文学研究所主编《文学与美学》（第五集），文史哲出版社 1994 年版，第 323 页。

② 林同华：《宗白华美学思想研究》，骆驼出版社 1987 年版。

③ 乐黛云：《文学与其它艺术》，《超学科比较文学研究》，中国社会科学出版社 1987 年版，第 154—168 页。

境"（宗白华，1987，p. 220），"由于把形体化成飞动的线条，着重于线条的流动，因此使得中国的绘画带有舞蹈的意味"（宗白华，1987，p. 393）。音乐自然是与舞蹈相通，因为"中国古代的所谓'乐'是包括着舞的"（宗白华，1987，p. 248）。中国特有的艺术——书法，尤其能传达出动荡空灵的意境（宗白华，1987，p. 221），张旭观公孙大娘舞剑而悟书道，王羲之的书法有"惊若蛟龙"之谓，行、草皆若"龙飞凤舞"；中国传统戏剧也以舞蹈为基础，所谓"念、唱、作"，其人物动作形成一种"富有高度节奏感和舞蹈化"的风格（宗白华，1987，p. 78）；至于诗歌，更是以意象的飘逸和飞动视为最高境界，诗人杜甫形容诗的最高境界说"精微穿溟滓，飞动摧霹雳"，宗白华进一步加以发挥说"前一句是写沉冥中的探索，透进造化的精微的机缄，后句是指着大气盘旋的创造，具象而成飞动"（宗白华，1987，p. 218）。"舞"正是贯通文学与艺术的内在生命力。故宗白华赞道：

"尤其是'舞'，这最高度的韵律、节奏、秩序、理性，同时是最高度的生命、旋动、力、热情，它不仅是一切艺术表现的究竟状态，且是宇宙创化过程的象征"（宗白华，1987，p. 218）。

宗白华对"'舞'是中国一切艺术境界的典型"的独到见解和详尽阐发，大大丰富了传统意境理论的内涵，继王国维之后，在近现代美学史上，他的这一论断对意境论的复兴和发展具有重要的推动意义。同时，"舞"这把钥匙，宗白华用它开启了一扇又一扇艺术的大门，成为建构其跨艺类整合研究体系的理论桥梁，并由此迈出了其学术历程坚实的一步。

回眸 20 世纪，我国比较文学的发展能拥有宗白华无疑是一件幸事。同样，宗白华并非一个特例，钱钟书论"通感"，闻一多关于诗歌"音乐美、建筑美、绘画美"的精彩表述同样在学术史上留下了精彩之笔。无论站在比较文学学科内还是学科外，正是一批先行者的身体力行，跨学科整合研究方成为中国早期比较文学家和人文学家的共识，并由于他们所做出的巨大努力，使这种研究路向具有了方法论的意义，进而昭示了比较文学美国学派之外的另一种可能性和必然性。

结 语

宗白华先生一生恬淡志远，不慕名利，孜孜以求"不沾滞于物的自由精神"。"唯美的眼光，研究的态度，积极的工作"（宗白华，1987，p. 22）是他始终坚持的人生准则。他徜徉在美的无穷世界里，在文学与艺术的边缘地带默默享受着美学的乐趣，同时以学者的严谨打破学科界域实践着科际整合研究的努力，为后来学人提供了范例。在这个意义上，是否将先生视为"比较文学家"，其实并不重要，因为他对中国早期比较文学的垦拓和贡献，人们不应该忘记。

人类学田野现场

灾民安置与社群重建

——都江堰市翔凤桥社区安置点6月4日实地调查与思考[*]

摘　要　突如其来的"5·12汶川大地震"不仅是一场地质学意义上的地震灾害，更是一次对当今中国产生巨大震撼的灾难性社会事件。笔者以 2008 年 6 月 4 日对都江堰市翔凤桥社区安置点进行的田野调查为基础，第一时间考察了灾民安置工作的现实状况，着重关注重大灾难性事件之后，整个灾区民众的"灾民化"过程所引发的社群关系双向变迁：概念层面的社群扁平化与现实层面的社群凸显，并力图探讨灾民安置工作中的社群认同及其内部再建构的重要问题，旨在为艰巨的灾后社会与文化重建提供一种在场的声音和反思的可能。

关键词　"5·12汶川大地震"；灾民化；灾民安置；社群重建

一　翔凤桥社区安置点概述

2008 年 6 月 4 日，晴。

"5·12汶川大地震"后第 23 天。余震不断。

由于城区多处危房正在进行爆破拆除，整个都江堰市区开始实施交通管制。笔者前往都江堰市翔凤桥社区受灾群众安置点进行实地调查。

＊　本文刊载于《贵州社会科学》2008 年第 6 期。

　　自 5 月 12 日以来，为确保人民的生命和财产安全，便于集中发放救灾物资，都江堰市政府领导实施的灾民安置计划在"两镇一区"（灌口镇、幸福镇、经济开发区）主城区共设置 27 所受灾群众安置点。① 翔凤桥社区安置点被当地政府打造为灾后安置工作的样板工程，是一个较为典型的案例。

　　翔凤桥社区安置点位于都江堰市青城路，在路边一片空地上搭建而成。从外部看，这个安置点有新设立的醒目标志——"翔凤桥社区"。但此刻，与普通社区不同的是，这个"社区"的大门口设有民兵值守的保卫

门岗，进入人员必须佩戴相关证件，禁止外来闲杂人员入内。

都江堰市作为世界闻名的联合国自然与文化双遗产地，经过近20年的发展，如今已经成为四川盆地西部边缘一座美丽的城市。翔凤桥安置点位于都江堰市青城大道，当地人也称为"一环路"。这里是地处都江堰市市区东部边缘的城乡接合部。

从成都方向驱车至都江堰，进入都江堰市区后在青城大桥下左拐前行大概1000米即可以抵达本安置点。

具体位置如图所示：

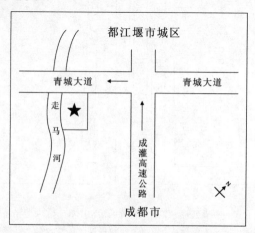

翔凤桥社区安置点所在位置示意图

二 空间与功能区分布

从整体上看，翔凤桥安置点的东面、北面和西面均由铁制栏杆围合而成，南面则是沿走马河修建的河堤，天然地形成一个相对封闭的区域。整个安置点只有一个进出口，大门设在青城大道上，也就是安置点的西面。

在安置点的内部，从功能上可以大致划分为管理办公区、生活区、公共活动中心、待建区等几大部分。整个安置点的内部功能空间分布如下图所示。

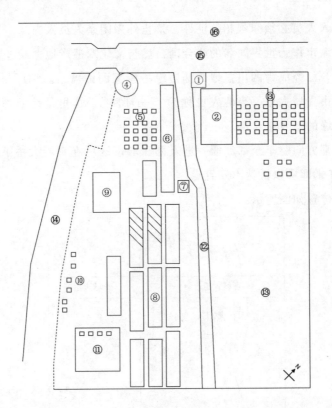

①门卫岗哨，有民兵查验证件　②翔凤桥社区活动中心　③大棚帐篷区　④边树下的空地，人们在此处乘凉　⑤露天帐篷区　⑥安置点指挥部　⑦警务室　⑧活动板房区，其中阴影部分为在建活动板房　⑨浴室　⑩民兵驻扎帐篷区　⑪爱心食堂，大棚里面还搭建了一些帐篷　⑫安置点中间的道路　⑬待建空地　⑭走马河，当前雨季水势较大　⑮青城大道　⑯翔凤桥社区金平巷8号大院

翔凤桥社区受灾群众安置点功能空间分布示意图

三　灾民安置相关规定

根据5月18日出台的《都江堰市城乡居民灾害过渡安置房应急管理办法》规定，由都江堰市房管、建设、民政、公安部门和各乡镇人民政府、开发区管委会组成联合安置工作组负责过渡安置房的申请、审核、配给及退出管理工作。

本办法第三条明确指出，过渡安置房包括临时帐篷、钢架棚房、活动板房和租用住房四种型，按三阶段对受灾群众中的不同人员进行分别安置：第一阶段，临时帐篷和钢架棚房用于安置外来临时过渡人员和本地居民；第二阶段，政府集中过渡安置点活动板房用于安置本地居民和在本市拥有住房的外地居民；第三阶段，对受灾房屋进行分类处置。①

四 安置点建设过程及整体规划

本安置点总面积约 33800 平方米，规划容纳 2000 人，由成都市新都区政府对口援建，全面负责本点基础设施建设和伙食供应。同时，安置点设有一个"指挥部"，其下划分为"综合办公室""就业援助点""物资管理处""文化活动室"等，由幸福镇街道办以及翔凤桥社区委员会组织相关人员对本安置点的各项工作进行协调与管理。

这里原来是一片待建工地。震后 12 日当天就有当地受灾群众聚集在此，自发搭建临时避难场所。从 13 日开始，这里被都江堰市政府列为指定的受灾群众安置点。15 日，大批援助人员抵达，开始本安置点的全面建设。经过 20 多天的建设，本安置点目前已经形成露天帐篷、大棚帐篷和活动板房三种居住样态。

露天帐篷区

大棚帐篷区

活动板房区

除部分从 12 日起自发在场聚居安置的受灾群众外，这里从 25 日开始

---

① 《都江堰市城乡居民灾害过渡安置房应急管理办法》，参见都江堰市地震抗震救灾专题网站，http://www.djy.gov.cn。

接受第一批约 900 名受灾群众。截至 6 月 4 日,本安置点总共搭建 500 多顶帐篷,5 座大棚和 9 座活动板房,临时安置了大约 1200 人。预计在两个月内,本安置点的受灾群众将全部搬进活动板房区。

安置点内建有一个大型的文化活动室——"翔凤桥社区活动中心",内设爱心商店、体育活动室、观演区、棋类活动室、阅览室,是安置点内最大的公共活动场所。此外,安置点还建有各种满足受灾群众日常生活所需的必备公共设施,如爱心食堂、警务室、开水房、浴室、厕所、爱心医疗站等。

在不久的将来,安置点内还将修建超市、菜市场、医疗机构等,能基本满足灾后重建过渡时期受灾群众的日常生活需要。

五 非常时期的特殊社区

翔凤桥社区受灾群众安置点,一个创建于"5·12 汶川大地震"非常时期的特殊社区。

与我们日常熟悉的其他社区一样,它有明确的行政管辖归属,有相对独立的时空边界,不但具备一个公共社区所必需的各种完备的基础设施和公共空间,同时,在极短的时间内聚集了构成一个公共社区的最为重要的主体——由于地震灾害而流离失所,在当地政府安排下聚居在一起的一个特殊人群。

这个特殊的群体从日常状态下突然脱轨,被抛入一种非常态的社会情境之中。一方面,在"灾民"或"受灾群众"的概念命名之下,他们作为一个整体呈现在媒体和公众的视野之中,成为全国乃至全世界人关注的对象。另一方面,以地震灾难之前长时期常态生活中所构建的社会群体分层结构和社会身份为基础,这个群体内部又进一步划分为不同的人群,彼此之间呈现出各种惯习差异、沟通障碍、利益纠葛、边界纷争,等等,并进而揭示出"灾民"或"受灾群众"概念所隐含的多层次的身份纠结:既是受灾者,也是抗灾者;既是自救者,也是被救者。

在上述背景之下,在这个特殊时期的特殊社区里,笔者得以进一步关注到一个特殊的群体。

金平巷8号的人们——灾民中的一个社群

一 从金平巷8号大院到翔凤桥社区安置点

金平巷8号，都江堰市翔凤桥社区一个普通的改制工厂大院。这个厂建于20世纪70年代，并于20世纪70年代完成股份制改造。现在厂子由一个私人老板买去了大部分股份。厂里原来的职工现在有的外出打工，但大部分还继续留在厂里工作。

这个大院里共有8幢7层高的家属宿舍楼，住着228个职工家庭，共计600多人。虽然工厂变成了私人企业，但在一个家属大院里共同生活了30余年，大家已经有了深厚的感情。因此，在家属大院统一划归翔凤社区管理后，这个院子里的人仍然以工厂家属大院为单位形成了一个相对独立而完整的自治社区。这个社区的人们自发组建了小区的社区管理委员会，组建了自己的党支部，通过公选的方式选出主任和书记。他们还筹资设立家属院门卫，修建大门，进行日常清洁卫生和其他事务管理。总之，金平巷8号的人们具有相当高的社群归属感和自治意识。

"5·12大地震"之前一个月，这个社区刚完成社委会改选。前任书记姓罗，是工厂改制前财务科的工作人员，也是老党员。由于为人热心、正直，他在任期间很受大家信任和支持。他家住7楼，在这次地震中他亲眼看见自己的老婆和儿子掉下楼，接着又被落下的预制板砸在下面。他自己将衣物、被单等结成绳子才慢慢从7楼滑到地面。虽然痛失亲人，但罗书记在震后立刻组织大家自救，进入安置点后他仍然忍着悲痛成天为大家忙前忙后。

12日的大地震使金平巷8号受灾严重：20余人在地震中死亡，3幢宿舍楼垮塌，其余5幢成为危房。当天下午人们聚集在大院门口，惊恐而焦急。有人建议大家离开，而罗书记则请求大家相信政府，等待统一安置。由于大院距离翔凤桥安置点所在的这块空地很近，所以大家自发来到这片空地开始搭建临时居所。金平巷8号的人们几乎是12日最早到

金平巷 8 号大院倒塌的楼房

达这里并自行搭建临时居所的一批人。当地政府从 13 日开始正式将这个地点规划为"翔凤桥社区安置点"。15 日大批援建队伍赶到这里,开始搭建帐篷和大棚等安置设施。按照就近安置的原则,金平巷 8 号的人们在本安置点安置下来。几天之后,打听到自己厂里的大部分人在这里,很多职工和家属也从其他地方赶到这个安置点来。截至 6 月 4 日,原金平巷 8 号大院有 300 多人在此安置下来,被集中安排在西南角的露天帐篷区。

二 社群关系

进入安置点后,这个群体一直比较团结,也具有较高的自治意识和自治水平。他们积极配合安置点管理人员的各项管理工作,还有 8 位青壮年报名参加"翔凤桥社区安置点居民自治小组治安巡逻队",并成为其中的主要力量。但接下发生的一些事情却让这个群体产生了诸多不满。

其一,安置顺序的问题。

他们认为应该按先来后到的顺序安排居住单位。他们认为自己最先来这里,一直都很替政府考虑,担心给管理方添麻烦,不但服从管理,而且在罗书记的带领下动手自救。既然大家是最先安置进露天帐篷的一批人，就应该最先迁入新修好的活动板房。而实际上，他们一直住在露天帐篷区，地面未做硬化处理，夜间没有电源照明，晴天帐篷内高温难耐，下雨天帐篷进水，条件较差。后面来的人却被安排进了条件更优越，有电，有顶棚覆盖的安置区。在排队等待迁入条件最好的活动板房的过程中，甚至还听说有人通过关系已经提前住进了活动板房。

其二，安置远近的问题。

这个安置点位于都江堰市区东部边缘的青城大道上。金平巷8号属于翔凤桥社区的管辖范围之内，而且距离本安置点只有不到1000米。按照就近安置的原则，大家认为自己应该长期在这个安置点安顿下来。但有消息说，要把都江堰市中区的受灾群众迁到市区边上的安置点，而把像金平巷8号这些市区边上的受灾群众往城外更远的三环路附近迁移。大家认为这样做极其不合理。虽然家已经不能回了，但大家还是想留在家附近。同时也更担心搬到远离城市的郊区居住，在今后两三年时间内诸事都会极为不方便，比如就业、孩子入读。甚至担心户口落不回原地，原厂区被市政府以城市建设的理由征用，由此蒙受经济和其他损失。

说起这些担忧，大家的情绪都非常激动，认为至少应该考虑那些家庭受灾严重，那些有行动不便的老弱病残等情况。这些人最好就在此处就近安置，而不能什么都不考虑，搞简单的一刀切。

其三，与安置点管理方的紧张关系。

这个安置点在都江堰市政府的统一规划下由成都市新都区政府出资援建，但在安置点设立后，其各方面管理的具体事务都是由社区委员会进行管理的。

13日入住当天，金平巷8号有一位居民因琐事与管理人员发生过一次口角，由于群体比较团结，大院里的其他人也来帮着他说，因此这个群体与管理方在一定程度上产生了对立情绪。之后，这种对立情绪系进一步强化，主要原因是，金平巷8号的人主张自己有自己的支部，有自己的自治组织，要求在安置居处所时尽量把大家安排在一起，方便自己群体内部的联系和照顾。由于这个群体是本安置点内人数最多的单位群体，管理方担心他们内部这种抱成一团的状况会对这里的日常管理形成阻碍，因此坚持在下一步将他们分别进行安置。

其四，安置点内不同群体之间的关系。

翔凤桥社区位于都江堰市的城乡接合部。随着近年来成都市城乡一体化建设的推进，这个社区目前管辖范围内既有街道居民，也有单位职工，还有城郊农民。在安置过程中，这些群体之间呈现出了一些差异，也让金平巷8号的人感到不平。比如，在调查中了解到有的当地农民房屋完好，但将房屋出租后自己全家来安置点吃"共产饭"；领救济物资时，帐篷是西南角露天帐篷区的就领不到。他们因此认为自己是安置点里受到不公平对待的"三等公民"——一等公民住活动板房，二等公民住大棚里的帐篷，自己只能是三等公民——日晒雨淋。

以上为笔者通过对金平巷8号的人进行访谈和观察所了解到的一些情况。

客观而言，不论上述内容是否属实，这都已经在事实上使金平巷8号的人在这个安置点中成为一个较为特殊的群体。虽然金平巷8号自发组成的社群自治组织以及这个群体平时的作为和表现得到了街道办事处和社区居委会的认可，但在安置点这个特殊的情境中，他们此刻表现出来的强烈内部一致性却让他们明显地区别于其他零散的单个灾民家庭，或者其他规模较小的集体人群。

就在6月4日我来此调查的当天上午，金平巷8号的人选出代表向前来视察工作的都江堰市政府秘书进行交涉，希望能把大家都留在这个安置点，但未能得到明确答复。我问，如果要求他们明天离开，他们会怎么办？大家沉默了，接着又纷纷表示要团结在一起，不离开。如果管理方要求大家自愿签字同意迁走，大家约定谁都不去签字。

三 明天

从5月13日到6月4日，在20余天时间里，金平巷8号的人对翔凤桥社区安置点的建设做出了自己的贡献，也和这里的所有人一样，面对着每天必须面对的种种日常琐事。他们共同经历了许多——不但作为一个个

单个的个体、一个个独立的家庭，也作为一个特殊的群体展现出了其所具
有的鲜明特性。或许，面对 6 月 5 日的迁出时间底线，这个群体中个别人
与个别家庭的同意迁出是一种自由选择，但对于一个已经形成并良性维系
了 30 多年工作、生活、社交和情感圈子的社群而言，这种常态生活空间的
整体性破坏给金平巷 8 号的人带来的是生活上的不便、生理上的不舒适和
心理上的不安全感，同时更意味着这个社群内部长期共享、熟悉而又亲切
的家园归属感的最后破灭。

人们在河边树下的等待

明天就是 6 月 5 日。不知道明天有多少户会选择迁出，而剩下的家庭
又会面对什么。这些曾经共处了 30 多年的人，今后还可不可能回到金平巷
8 号，重建自己的家园？

灾民安置与社群重建的若干思考

灾民，英语为 sufferer, victims of natural calamities and war refuges，指
受到灾情威胁的难民。在联合国官方文献中"灾民"的标准称谓为"国内
流离失所者"。联合国《国内流离失所指导原则》中明确将其定义为："国
内流离失所者是被强迫逃离其家园或习惯住处的个人或集体，逃离的原因
特别是要避免武装冲突、普遍的暴力、对人权的侵犯或天灾人祸，而这种

逃离并没有穿过国际承认的边界"。①

媒体与公众都在谈论"灾后重建"。在这次重大灾难性事件的时间坐标中,庞大的灾民安置工程很大程度上已经被人们置于"灾后"的时间区域内予以讨论。其实,事件还远未结束,反思也不必急于登场。灾民安置与灾后物质与精神双重家园重建问题的提出,旨在立足当下,在本次事件过程中进行某种具体的参与,提供某些可能的参照。

一 从"灾民"到"受灾群众"

灾难,不论是天灾还是人祸,几乎都会导致某些个体、家庭以及社群遭受生命和财产损失。根据联合国人权组织的文件界定,"灾民"与"难民"的概念边界在于灾难所造就的大批流离失所者是否"穿过国际承认的边界"。与此相应,在中国这样一个民族国家的内部,同样用以指代"5·12汶川大地震"受灾者的"灾民"与"受灾群众"这两个概念之间则具有了更多文化与政治意义的指涉。

从翔凤桥社区安置点的例子来看,"灾民"一词,更多出现在被安置对象的日常话语交流中,表达出对自身现状的无奈和解嘲。而"受灾群众"的称呼则在日常管理流程、空间标志符号以及媒体和公众话语层面都占据了绝对的优势,在用以唤起"家国一体"的全民性关注和全民性赈灾运动中起到了十分重要的作用。

返回概念本身,则这一身份概念的关键性标志见于联合国文献的标准表述:"流离失所者",即"被强迫逃离其家园或习惯住处的个人或集体"。

从这个意义上讲,灾民救助应该同时关注以下几个层面的重建:个体、家庭、社群。救助一个个体,为个体治疗创伤;救助一个家庭,为家庭提供心理慰藉。而常被忽视或暂时无力探讨的,是遭到破坏的原有社群结构和社群关系。不论单位、大院、村落,还是某个社会交往圈子,社群作为社会结构的基础单位,具有自足性、完整性、统一性和独立性。重建

---

① 参见联合国人权委员会文件:1998 年 53 附件 2《国内流离失所问题指导原则》第 2 条,1998 年。明尼苏达大学人权图书馆,http://www1.umn.edu/humanrts/chinese/CHGuidingPrincipleson InternalDisplacement.htm。

社群应该是恢复社会常态结构的关键环节。

从这个意义上讲，灾民救助也应该是双重的：既是身体的疗伤，也是心理的修复；既是安置小区的筑建，也是精神家园的重构。

从这个意义上讲，灾民救助最根本的出发点和途径应该如下：以灾民的临时居所安置为起点，逐步建立社区，进而重建精神家园，最终使"流离失所者"获得重新返回日常社会的人身安全感和精神归属感。

二 "灾民化"与社群问题

"灾民"是一个表述概念，而"灾民化"则是一场社会事件。

在现实中，"灾民"概念并非抽象的存在，而呈现为一个个具体的个体、家庭或者更大范围的人群。在"5·12汶川大地震"的重大灾难性事件之后，这些具体的个体、家庭以及人群在刹那间被抛入了一个不可阻挡的"灾民化"过程。虽然彼此受到灾难伤害的方式、程度不同，但他们具有"流离失所""受灾"等共同性。因此，在灾后特殊时期所新呈现出的社群分类格局中，他们被归入一个特殊群体——"灾民"，并以此区别于"救援者""志愿者"等被表述为其他身份的群体。

在这一特殊的社会情境之中，我们有必要对整个灾区民众从"国家公民"到"灾民化"进程所引发的社群关系双向变迁予以重新审视。

1. "灾民化"进程下的社群"扁平化"

"灾民化"过程直接导致了"灾民"概念下的社群分层扁平化问题。

身份表述"扁平化"

"我们都是……"！这是一个在抗震救灾运动中通过公众媒介广为传播的多种流行口号的基本模式。其中的省略号可以共时性地置换为"一家人""汶川人""四川人""中国人"等概念符号。在上述表述模式中，"家国一体"政治意义的凸显，轻易地在话语层面遮蔽了原有社会结构中的族别边界、性别边界乃至文化认同边界。

与此相对应，在"灾民"概念之下，受地震灾难伤害的不同群体同样遭遇了身份表述的"扁平化"问题。这些个体、家庭和群体的原有社会身份在突然间被遗忘，被笼统地称为"灾民"或者"受灾群众"。

正是以"灾民"的话语生产为起点,"灾民"与"救灾者"的二元社会建构模式在重大灾难导致的社会危机下迅速得以凸显。这样一种二元建构模式极为有效地调动了整个国家和社会的制度政策、媒介关注、情感投注、物质调配,在短时间内聚集大批人力、物力投入灾区的救助与重建。由此,"灾民"概念成为灾难性事件之后整个社会资源进行重新分配的符号杠杆。

救助与安置工作"扁平化"。

以翔凤桥社区安置点的实例来看,灾民救助和安置工作的"扁平化"有两方面的体现。

一方面,现阶段的首要任务是解决受灾群众的吃穿住等基本生活保障问题,还无法做到根据不同个体、家庭、社群等特定对象的特点和需求来进行有针对性的救助和安置。在目前的状态下,某些特殊群体如妇女儿童,尚无法从"灾民"概念中剥离出来予以特殊处理。

另一方面,"扁平化"问题还应考虑到成都市乃至全国范围内"推进城乡一体化建设"的现实背景。类似翔凤桥这种处于都江堰市城乡接合部的社区,其空间范围内包括城镇居民和城郊农民两个群体。正如都江堰抗灾救灾指挥中心一位工作人员所言,在"5·12汶川大地震"之后,或许灾民救助和安置工作恰好成为推动都江堰市"城乡一体化建设"的一个契机。在翔凤桥安置点,"灾民"概念的扁平化效应已经打破了城镇居民与城郊农民之间的诸多外在差异——户口、穿着、居住形态、生活习惯等。受灾的现实状况使二者在这个特定的场景中成为同样的被救助与被安置对象,一视同仁。

2. "灾民"概念与社群分层的凸显与重构

"灾民化"是一个复杂的双向进程。当"灾民"概念在表述层面使不同人群之间的差异日益模糊时,在现实层面,社会分层与社群边界却从另一个角度得到强化与凸显。

"灾民"概念的内部群体边界。

5月19日傍晚,汶川大地震以来第一次由地震局正式发布地震预告。当地震预告通过电台和电视台以每隔3分钟一次的频率播报时,整个成都市陷入一片惊恐。短短半个小时，位于城西的杜甫大道涌入上千市民。此地变成一个大型临时避难空间。在那个夜晚，笔者是避难灾民中的一个。

清晨从汽车里醒来的那一刻，笔者生活的这座城市的社会立体分层状况，如此生动而又尖锐地呈现在笔者的面前——

数以百计的汽车密密麻麻地挤满了整条大道；在汽车群背后是此起彼伏的各色野营帐篷；然后，在两侧的绿化带和待建工地上，无数的条纹布搭成的简易窝棚在风中摇摆；间或，是一群群人散布在每一寸空地上，有的身下是一张草席，有的躺在一块塑料布上，还有的什么都没有，在空地上安睡。

这个特定避难空间的立体构成——汽车/帐篷/窝棚/露天草席，具有强烈的象征意味。拨开"成都人"或者"灾民"的表征，隐含其下的群体边界格外醒目地凸显出来。

当笔者身处翔凤桥安置点时，上述画面多次在我脑海中强烈地被唤起。与成都市民在临时避难空间的立体分层结构相对应，翔凤桥安置点内部的社群边界也在这个特定的场景中得以凸显。笔者看到金平巷8号的人，一个由改制企业下岗职工及家属构成的群体，在这个特殊的过渡性社区空间中，其群体边界也在与诸多其他人群（如本社区农民、安置点管理人员、其他灾民）的互动中显现。

他们的群体特征以何种方式得以表达？

他们的群体内部一致性和认同感如何得以维系？

面对危机，他们的群体边界如何强化，又如何在外部压力之下被逐渐瓦解？在未来，他们的社群重构何以可能？

"灾民"概念的内部分层级序。

根据地震灾害发生的震级与频次、距离震中远近、损失严重程度等的指标，进行区分："地震区"被划分为"震中区""余震区""震感区"；"灾区"被划分为"重灾区""灾区""轻灾区"以及"地震灾害波及地区"；而"灾民"内部，也形成了不同的分层等级，其内在关系正处在被重新建构的过程之中：

受灾较轻的灾民/重灾灾民；

被同情的灾民/被同情程度更高的灾民；

未受媒体关注的灾民/成为媒体关注焦点的灾民⋯⋯

根据实际受损程度的不同，灾民可分为受灾严重的灾民和受灾较轻的灾民。由于"灾民化"进程在本质上是一场社会文化事件，在很大程度上救助与安置工作的倾斜重点还将受到客观事实之外的诸多社会因素的影响。其中社会语境和传媒因素的影响具有举足轻重的作用。在灾区无数所倒塌的中、小学校当中，都江堰市聚源中学最早占据了媒体报道的关注焦点，现场的救援速度和支持力度都非同一般。在此基础上我理解，当看到即将运往向峨乡的救灾物资的那一刻，金平巷 8 号的人眼中闪过的一丝遗憾。

三　灾民安置与社群重建

5 月 22 日晚，在川学者召开了一次名为"灾难与国学"的圆桌座谈会。著名学者赵毅衡提出了一个独到审思角度——灾难之后，社群、社区的"重新元子化"问题。他认为，当灾难来临，我们中的个人会被切断社会联系，即"个人原子化"，此刻个人品质将决定他能否保持镇定，直到获救。而灾难中社团、社群的"重新原子化"则决定了一旦这个社群跟更高层的社会结构或权力中心割断联系，这个群体能否组织起来生存，自救。在他看来，社群认同感和凝聚力是一个民族真正的素质的表现。

从 5 月 13 日到 6 月 4 日，在 20 余天时间里，金平巷 8 号的人作为一个典型的社群单位，经历了上述"社群原子化"的整个过程。他们显示出了内部的团结和一致，体现出了较高的自治意识和自救能力，在接下来参与翔凤桥社区安置点的建设过程中，也配合相关部门做出了一个群体所能有的积极贡献。

当前的城市灾民安置工作是以原有社区管理体系为基础而建立的。但问题在于，在灾后的社会重建过程中，"翔凤桥社区"及其他安置点在诸多方面始终无法替代无数个类似"金平巷 8 号"这样的社群来发挥作用。

总之，灾后的社会重建不能仅仅将灾民当作独立的个人、单个的家庭加以扶助，更重要的是，应该充分利用原有社群"原子化"的能力，将帮助灾民重新恢复有机的社群空间和社群内部认同和凝聚作为重建社会的努力方向。

结 语

这幅照片是笔者在翔凤桥安置点拍摄到的一面指示标志牌。

看到这个指示牌的一瞬间，我想，在这个非常态场景中，类似"金平巷8号"这样鲜活的、带着生活触感的、储存着群体珍贵记忆的社群空间已经被灾难无情地摧毁，从我们的生活消失了。这里留下的，只是一连串符号，一系列便于识别、便于管理，依据数理逻辑关系进行重新编码的代码单位。

刘宇及家人，A1 区，帐篷号 37。

李建英及家人，A1 区，帐篷号 21。

……

这面红底白字的指示牌是一个沉重的提示：

社群重建——文化建构和群体认同，在灾难性事件之后将是社会复苏的根本动力。

（图片说明：本文所有图片均为作者拍摄，拍摄时间为 2008 年 6 月 4 日）

族群遗产的现代变迁:基于嘉绒跳锅庄的田野考察[*]

摘　要　本文以藏彝走廊无文字族群嘉绒的文化遗产"跳锅庄"为田野个案,考察现代以来的社会历史进程中,在以"进步"和"发展"为名的现代化、城镇化、工业化以及汉化的冲击下,少数族群的族群遗产,包括观念传统与文化实践所面临的挑战;由此深入探讨族群遗产在社会功能、内在属性以及话语建构三个层面上所发生的动态变迁。

关键词　族群遗产;现代变迁;嘉绒跳锅庄

引　言

安东尼·吉登斯在论及"现代性的后果"时,提出了传统与现代之间发生"断裂"的命题。虽然有不少学者对此提出质疑,但无法否认,传统与现代两种语境中,人们在如何对待自己的"过去"这一问题上确实存在着相当大的分歧。在传统语境中,过去受到特别的尊重,各种族群文化遗产因为传续着共同体世世代代的行为方式和经验而具有重要价值。在现代语境中,传统则更普遍地被视为一组由过去、现在和将来连接起来的动态过程,并由反复进行的社会实践所建构,也就是说,族群遗产的变迁——调整、改变乃至重构,从根本上是无法避免的。①

　＊　本文刊载于《中南民族大学学报》2011年第4期。
　①　参见［英］安东尼·吉登斯《现代性的后果》,田禾译,译林出版社2000年版,第4—6、33—34页。

藏彝走廊中部以墨尔多神山为中心的大渡河上游流域,世代居住着古老的无文字族群 Rgyal-rong,即今天通常所称的"嘉绒藏族"或"嘉绒人"。① 在嘉绒腹地,即今四川省甘孜州丹巴县境内,民间仍较为完好地传承着一种历史悠久的民俗事项"跳锅庄"。嘉绒跳锅庄保留了藏缅语族古老的"圈舞"形态,是嘉绒人以"身体"为核心,在身体中习得、实践并传承的族群文化遗产。本文即以嘉绒藏族非物质文化遗产"跳锅庄"的田野个案为基础,探讨族群遗产所面临的现代性变迁问题,涉及其社会功能、内在属性以及话语建构三个重要层面。

一 功能变迁:族群遗产与社会实践

谢克纳通过对巴布亚·新几内亚高原的一种仪式舞蹈的研究发现,随着历史变迁,特定的族群文化表演将会发生改变。具体而言,其演变轨迹往往是沿着"仪式↔戏剧"连续体功效中"仪式"的这一端向着"娱乐"的、戏剧的另一端滑动的,即娱乐性逐渐增强而仪式功能逐渐减弱。② 这大概是世界范围内众多族群的传统仪式性舞蹈或表演在现代变迁中都无法逃脱的命运。类似趋势在嘉绒人跳锅庄的族群遗产事项中同样可见,但在20世纪中叶以来整个中国西南地区的社会历史进程中,其功能变迁的复杂性值得进一步考察。

一方面,现代以来嘉绒跳锅庄的娱乐功能总体上是在日益强化。但必须看到,在不同历史语境中,它还常常被视为一种文化符号,被用于发挥其他社会功能。

自新中国成立初期开始,尤其是20世纪50、60年代,"跳锅庄"不仅被看作西南各少数民族的一种民间娱乐方式,也被用作党发动群众、组织群众的一种生动活泼的政治手段。在包括藏族、彝族等在内的许多少数

---

① 新中国成立后,嘉绒被识别为"嘉绒藏族",属于藏族的一个支系。历史以来嘉绒基本上是一个无文字族群,有自己的语言但没有自己的文字。后来虽深受藏文化影响,但藏文字主要由嘉绒上层和僧侣喇嘛所使用,在嘉绒民间并未通行。直至今日,嘉绒民间传统文化的表述系统还是以非文字表述为主。

② 参见 [英]菲奥纳·鲍伊《宗教人类学导论》,金泽、何其敏译,中国人民大学出版社2004年版,第182—183页。

民族地区，经常都可见"党群一起跳，军民一起跳，爷爷拉着孙子跳，妈妈背着孩子跳，丈夫拉着妻子跳，哥哥拉着妹妹跳的热烈场面"①。"跳锅庄"在各种工作队、宣传队的手中充分发挥了集体娱乐功效，为党和国家在少数民族地区开展各项宣传工作、推行民族政策起到了积极的推动作用。

随着社会环境的急剧改变，到了"文化大革命"期间，"跳锅庄"却很快被视为少数民族封建迷信残余的典型代表之一，与嘉绒传统的秋烟烟、转山会等习俗一道，在"破四旧"中被打倒、被禁止。对族群遗产的肆意打压和破坏背弃了历史，却成为某种标榜"进步性"和"革命性"的扭曲手段。之后长达十余年的时间里"跳锅庄"在嘉绒民间几乎销声匿迹，直到 20 世纪 80 年代末才开始慢慢恢复。

不过，当嘉绒人重新开始跳起锅庄的时候，却日渐受到一种外来的、全新的认知分类观念的熏染——将口唱的歌词、歌调和身体的肢体动作从"跳锅庄"的文化实践整体中分离出来并使其专门化为"民族民间音乐"和"民族民间舞蹈"。在此过程中，嘉绒人世代传承的族群文化遗产"跳锅庄"在不知不觉中成为某种更具娱乐性的"跳锅庄舞"。当今天庞大的现代旅游工业将触角伸展到藏彝走廊内外各个角落时，嘉绒"跳锅庄"的"娱乐性"得到进一步强调。"跳锅庄"常常被安排在充满"猎奇期待"的游客面前展演，或者让游客们加入"跳锅庄"的行列进行参与式文化体验。于是，嘉绒"跳锅庄"成为西南异族的某种民俗风情标签，成为旅游工业链条上一件可以产生经济利益的消费品，也成为当地政府参与旅游资源竞争的一项"文化资本"。

另一方面，尽管社会语境的变迁和外来观念的引入导致嘉绒"跳锅庄"的族群遗产一步步地民俗化、娱乐化，但其作为传统仪式的社会功能依然得到了相当程度保留。只不过其仪式功能背后折射出的是整个嘉绒社会传统观念的日渐破碎化。

在丹巴县进行田野考察期间，笔者曾在梭坡乡莫洛村自布庙参加过当

---

① 李柱所描述的凉山彝族"跳锅庄"的这种情况在当时整个西南少数民族地区都极为普遍，是在少数民族地区开展党和国家的宣传工作，推行民族政策的一种常用方式，李柱：《凉山彝族锅庄舞产生、发展初探》，《民族艺术》1990 年第 4 期。

地 2009 年农历正月初五的庙会"跳锅庄"。自布庙是丹巴苯教寺庙中比较古老的一座,据传有一千多年历史。原来的自布庙于"文化大革命"期间被全部炸毁。20 世纪 80 年代甘孜州政府曾拨款 2 万多元重新修建寺庙,但在几年前又因失火被烧成废墟。今日的自布庙是由在梭坡乡大渡河东岸开采金矿的一位私人老板出钱修的。但当地人似乎并不领情,说金矿老板挖走了祖先留下的金矿宝藏,怕触怒山神才出钱修庙买个心安,接着还是继续挖。农历正月初五是自布庙古老的传统庙会,如今已大为萧条。平日庙中仅有两位喇嘛。就在庙会当天,喇嘛外出云游,自布庙也已经早早关上了大门。当天午后,莫洛村 50 多位村民按照往年的传统来到寺庙大门外的原址废墟上跳起庙会锅庄。这场庙会锅庄从午后一直跳到下午五点半左右太阳西落,以嘉绒传统大锅庄"吉祥锅庄"开头,以康藏锅庄"扎西卓"——也叫作"团结舞"结束。回想起从前邻近村寨数百人竞相参与的壮观场面,"跳锅庄"的老人们都唏嘘不已。

在半个多世纪的时代变迁中,自布庙已经无法再回到原初的样态。新自布庙的捐建者是站在当地嘉绒人传统信仰观念和当下经济利益双重对立面的金矿老板。在某种意义上自布庙甚至反倒成了确保私人利益的保障,而以敬奉神山为本的苯教寺庙却恰恰保佑了亵渎神山之人。它由一座纯粹的苯教寺庙变成了一个承载当地嘉绒人诸多复杂社会记忆和情感体验的象征符号。在此情景下,莫洛村人还和从前一样来到这里"跳锅庄",但间隙的闲谈中总有人向笔者这个外来者说起从前自布庙堂皇的情形并慨叹今天的萧条。虽然这场充满节庆祈愿仪式意味的"跳锅庄"还与正月初五自布庙会所象征的地方化神圣时间框架相契合,但眼前这一场景已经很难还原出一个完整的嘉绒传统神圣信仰空间和心理场域,很难以纯粹的方式唤起参与者深邃的宗教体悟和共鸣。

作为一种历史悠久的族群遗产,今天的自布庙"跳锅庄"对莫洛村的嘉绒村民来说,依然具有社群整合与认同凝聚的功能。但在外来文化、工业化和现代化进程面前,这一"整合"场景的背后却意味杂陈——其中包含有十年浩劫给当地嘉绒人造成的难以愈合的文化创伤,有嘉绒传统农耕经济面对现代工业经济的无力,有本族群与外来者之间的利益冲突,以及人们面对传统日渐衰落的怅然若失。

二 属性变迁:"去圣化"与神圣衰减

现代性的后果之一,即是族群传统整体的"去圣化"过程所带来的问题。人们被教导在他自己和世界的去圣化过程中,"神圣"是他通往自由之路的主要障碍,唯有去圣化,他才能获得真正的主体"自由"。嘉绒是一个拥有全民性宗教信仰的族群,当其被吸纳入现代化进程之中,"去圣化"所带来的挑战可能是根本性的。在今天嘉绒族群文化遗产的变迁过程之中,不同程度地表现出信仰价值和行为方式中的神圣衰减(degradation)和去圣化的趋势。① 而且这种神圣性衰减同时在多个层面上得以反映,速度也在不断加快。

首先,最为直观的是族群遗产实践层面的神圣性衰减。

通过对今天嘉绒人"跳锅庄"的时空框架进行细致考察,可以清楚地看到,一系列世俗性事件开始渗入这一传统仪式性操演的神圣时空框架之中——诸如民族国家的成立纪念日"十一"国庆节、"五一"劳动节、招徕游客的"丹巴嘉戎藏族风情节"等。在这些场景中,政治、经济、国家、民间等多重力量交织,嘉绒"跳锅庄"面向神圣信仰世界的仪式性指向往往被改写为面向民族国家表达认同的政治性指向,或者改写为争夺客源、拉动地方 GDP 增长做出贡献的经济指向。与此同时,嘉绒"跳锅庄"场景中充斥着各种各样的仪式符号,包括服饰、陈设、器具等。这些仪式符号的细微变化也处处显露出世俗生活进程对信仰传统的渗透和影响。在此试以"酒"的仪式符号为例进行探讨。

酒,对于嘉绒"跳锅庄"来说是必不可少的。当地人说,不喝咂酒就跳不了锅庄。"跳锅庄"在开场时保留着庄严的仪式:将酒和供祭用的茶盘、焚香、五谷、格桑花等一道摆在"跳锅庄"场地的圆心处,由德高望重的老人祝颂,每颂一段便用麦秆从坛中蘸少许青稞酒和青稞粒酒向空中,祭祀神灵。② 按传

---

① [罗马尼亚]米尔恰·伊利亚德:《神圣与世俗》,王建光译,华夏出版社 2003 年版,第3、119 页。

② 格西门措、斯达斯佳:《嘉绒"锅庄"浅谈》,《西藏艺术研究》1988 年第 3 期。

统，喝酒的程序颇有讲究，如于式玉在民国年间的嘉绒人中所见：

　　备好特制的咂酒后，需要烧好一大锅水，在酒坛上插上竹管，先请一位年齿最长者到酒坛前坐下诵经，洒酒祭祀四方神祇。此程序完后，另请一位年齿相等的老者，与诵经老者一人一根竹管同饮。另有一人在旁专伺往酒坛中倒开水，每二人饮罢，往坛里加开水一勺。二人的饮量也以一勺水为限，饮罢再换一对，如此以年齿的长幼为序，先男后女，以及于两三岁的小孩。①

　　作为包含地方性民俗知识和物质技术的"酒"，在嘉绒传统中需要区分开"咂酒"和"烤酒"。从前嘉绒人会在夏季采集当地一种名为"吾俄基麦朵"的花草，蒸熟、晒干、碾成粉或干砣以作酒曲。所谓"咂酒"即是将煮至半生熟的青稞、玉米、小麦等酿酒原料与酒曲"吾俄基"混合发酵后获取的"生酒"。② 而"烤酒"则是内地酿造技术传入后，嘉绒人在咂酒基础上以蒸馏法获取的纯度更高的"熟酒"，由于造价较高，旧时在民间也并不普及。依照传统，嘉绒"跳锅庄"时所用的酒应该是咂酒。洒酒诵经只能以头道咂酒祀天神、山神，在神享用之后才能由凡人享用。在这里，"酒"作为特定的仪式符号至少包含以下几种指向：一是作为献祭的祭品；二是作为参加者的饮品，同时作为莫斯所谓"总体呈现体系"中特殊"物"，体现着特定社会传统中的人际关系和社会关系。因此，"酒"由于承担了人神间的重要中介而兼有神圣和世俗的意味。③

　　半个多世纪之后的今天，笔者所见已经颇有不同。首先，"跳锅庄"场合中饮用咂酒的传统规定性被打破。除传统必备的自家酿制的咂酒以

---

① 于式玉：《黑水民风》，《康导月刊》1945 年第六卷第 5、6 期。收入于式玉《于式玉藏区考察文集》，中国藏学出版社 1990 年版，第 225 页。

② 嘉绒藏族酿酒法，http：//www.ertour.com/Destination_ 46/Htmlfile/54b1071.html。

③ 彭兆荣：《仪式音乐叙事中的族群历史记忆——广西贺州地区瑶族"还盘王愿"仪式音乐分析》，载曹本冶编《中国民间仪式音乐研究·华南卷·下》，上海音乐学院出版社 2007 年版，第 277—278 页。彭文认为，酒作为莫斯在《礼物》一书中所定义的"总体呈现体系"中的特殊"物"，交换着特定的社会传统中的人际关系，从而确认或建立起荣誉、义务、经济利益等社会关系。

外，还有烤酒，以及直接从商店里买来的桶装粮食酒，甚至是瓶装白酒。仪式中酒的种类增多。其次，敬神的酒与人饮用的酒发生分离，从而导致仪式中"酒"这一符号的双重指向——作为神圣祭品与作为世俗关系表征的"物"——发生分离。旧时"跳锅庄"只有一种咂酒，神人共饮一种酒，酒也因为神的享用而从日常饮品变为仪式符号。但在今天，这种情况发生了改变。比如，2008年8月8日在丹巴县城举行的一次婚礼"跳锅庄"现场出现了三种酒：青稞咂酒、烤酒和瓶装白酒。其中，青稞咂酒作为"跳锅庄"的传统必备酒盛在特地从亲友处借来的一件古董礼器中。从当地苯教寺庙黑经寺请来的苯教喇嘛洒酒诵经蘸取的是青稞咂酒和青稞粒，在"跳锅庄"的间隙人们也可自行到场地中央用麦秆吸饮。桶装烤酒和瓶装白酒只供"跳锅庄"的人们饮用，但它们的进入将世俗消费变化的信息植入"跳锅庄"的过程之中，弱化了人神共饮的图景。最后，在某些情况下，新的价值评判标准的导入也对使用何种酒产生了影响。笔者在丹巴县三岔沟考察撒拉拉空寺跳"枪锅庄"时，曾对摆在供案上的两瓶以哈达缠绕的瓶装白酒产生了好奇，不料一位寺庙喇嘛笑着说，瓶装白酒价格更贵，敬神也要更好些。

嘉绒婚礼"跳锅庄"洒酒诵经

盛青稞呬酒的礼器　　　　　　　　仪式中的瓶装白酒

　　随着时代的变迁，饮食习惯的改变和消费能力的提高，嘉绒人传统观念中"酒"的种类和意义均发生了变化，其影响不只限于嘉绒人饮食起居的世俗生活。作为"跳锅庄"场景中的一个重要的物质符号，嘉绒人传统观念中具有特殊规定性的"酒"从头道呬酒逐渐被更为便利的瓶装/散装白酒所取代。诸如此类，种种物质符号的细微变化，处处显露出日益"现代化"的世俗生活进程对族群传统的影响，从边缘到内部，如印渍斑痕一样侵蚀着嘉绒"跳锅庄"的神圣图景。

　　在与实践相对应的另一层面，是族群遗产观念与阐释层面的神圣性衰减。体悟、理解、认知、感受层面的"去圣化"并非可直观的外显性过程，却是更为根本性的，因而也更不容忽视。

　　在涂尔干看来，如果一种仪式行为成功地保存了自己而它所属的崇拜体系却消失了，那么这个仪式就只能以零碎的形式残留下来。事实上，今天的许多"民俗"都或多或少地遭遇了这种状况。① 嘉绒"跳锅庄"也面临这一问题。作为一种族群遗产实践，嘉绒"跳锅庄"本身就是一套知识传承系统和传统观念的解释系统。从文化遗产传承群体的内部眼光来看，这套传承和解释系统依然有效，古老"跳锅庄"仪式中所蕴含的神圣观念今天仍烙印在嘉绒人头脑之中不可剥离。但随着老一辈人的离世和新一代

　　① ［法］埃米尔·迪尔凯姆：《宗教生活的基本形式：澳大利亚的图腾体系》，节录入《迪尔凯姆论宗教》，周秋良等译，华夏出版社 2000 年版，第 163—165 页。

人的成长，这种将"跳锅庄"与神圣观念相联系的意识正面临着日益淡化的危机。

如今嘉绒民间的房屋竣工仪式上依然保留着"跳锅庄"的习俗。"丁贝绒布"即是一支专门为房屋竣工而跳的仪式性大锅庄，唱词大意如下：

> 最初先有茫茫大海，海上生出了高山和大地，然后才有了地上的人。
>
> 吉祥的房子修好了，人可以安心地住进去了。
>
> 各种宝物从大门涌进来。敞开金门、银门、海螺门，我们进到新房里。
>
> 进了大门爬上梯子。搭起金梯、银梯、海螺梯，我们来到楼上面。
>
> 打开空空的牲畜圈，牵进来金牛、金羊和金马，牲畜牛羊装满栏。
>
> 最后来到锅庄房，全家围坐在锅庄旁，家中兴旺，儿孙满堂。①

这支房屋竣工大锅庄祈愿家宅安康、人丁兴旺。不过很难想象今天的人们，尤其是青年人，会在多大程度上将新房的安稳与"丁贝绒布"唱词中这些富有魔力的语句联系在一起。比如，丹巴甲居寨有一户房名为齐玛热的嘉绒人，他家的新房 2007 年第一次修建时未举行房屋竣工仪式，结果刚修完就倒塌了。附近的甲居人都清楚，在很大程度上那是由于新房地基所在山体滑坡的缘故，而与未及时举行竣工仪式关系不大。于是，跳"房屋竣工锅庄"似乎就成了某种"为仪式而仪式"的行为。② 对今天的嘉绒人来说，一方面在面向传统的观念意识中，房屋竣工跳锅庄是一个必须的仪式，人们也由衷地希望它能发挥出应有的仪式功效——赋予房屋以新

---

① 据丹巴县甲居寨最有名的锅庄师傅，85 岁高龄的拉吉泽朗老人口述，宝生大叔翻译，2009 年 1 月 31 日。

② 就好比庆祝生日已经不再是一个人长大以及使之长大的必不可少的通过仪式，而更像是对"长大"这一事实的认知和为举办聚会提供一个机会。参见〔英〕菲奥纳·鲍伊《宗教人类学导论》，金泽、何其敏译，中国人民大学出版社 2004 年版，第 184 页。

生,保佑家宅平安富足;但另一方面在面向现实的实践意识中,它似乎又只是一种向亲友乡邻宣告新房落成这一"事实"的手段,其仪式功能是否真正有效,已经可以存而不论。然而问题恰恰就在于此——倘若人们对共同体神圣观念充满敬畏的感悟最终完全被实用主义的现实需求和理性解释所取代,族群遗产得以传续的生命力也将随之消失殆尽。

三 话语变迁:知识建构与"遗产运动"

作为嘉绒族群的一项文化遗产,"跳锅庄"嵌合于一套地方性知识和观念传统的构架之中。现代化进程已经将"地方"与"全球"形塑为互动过程的两端,其间各种地理、文化、族群边界不断被突破或重构。因此,任何一套属于地方、"我者"的传统都不可避免地会受到来自外部"他者"文化观念的影响。20世纪以来,嘉绒族群遗产所面对的这种外部影响以走廊东面的汉文化为主导,借助现代话语的力量带来了强大的冲击,涉及现代以来的人文知识建构与学科建构。

在类似的西南少数族群文化研究中,徐新建曾经从文学、音乐和民俗的多重维度勾勒了"侗歌"在专家、学者和传媒的文本建构中所经历的三次重要转变:"民间—民族化""艺术—门类化"和"现代—传统化"。①在中国社会百年来的结构性变迁中,这样的转变几乎所有的少数民族或族群,包括嘉绒,都经历过。"跳锅庄"从一个源于藏语的一般词汇,经过汉语转译以他称形式成为一个特定的民俗术语,然后溢出藏族文化的边界,以类比的修辞策略成为西南中国一个跨族群的文化事项类型概念。在经历了上述"民间—民族化""艺术—门类化"和"现代—传统化"的转换之后,这一类事项在现代民俗学和艺术学的学科交叉参照之下,被定位为"民族民间舞蹈"。

从"跳锅庄"到"跳锅庄舞",仅一字之差,就足以在观念上令这一族群文化事项被彻底改写。作为一种"舞",文艺工作者可以从中总结出嘉绒跳锅庄的某些外在艺术规律,比如归纳出"屈""开""顺""含"等

———————

① 徐新建:《"侗歌研究"五十年》(上),《民族艺术》2001年第2期;《"侗歌研究"五十年(下)——从文学到音乐到民俗》,《民族艺术》2001年第3期。

肢体动作特征。① 在研究中一方面可以通过比较找出嘉绒"跳锅庄"与其他如藏族、羌族"跳锅庄"的区别与联系,用以建立一个丰富的西南走廊民族或藏缅语族的"锅庄舞"民俗系统;另一方面可以以这些特征为依据在嘉绒传统的基础上再造"新传统"。比如 20 世纪 90 年代以来,丹巴县政府就先后主导编创了多套嘉绒"新锅庄",亦称丹巴县"县舞"。县舞"新锅庄"风行一时,就直接反映了现代艺术趣味和审美观念在民族民间文化复兴运动中所发挥的潜移默化的影响。与此同时,现代民俗学、艺术学和大众传媒为"锅庄舞"概念的传播提供了至关重要的学术话语根据和社会语境,更促进了大众对"锅庄舞"想象性的浪漫主义意象建构:即身着艳丽服饰的少数民族男女围着火塘手拉手跳圆圈舞。这种被建构的意象反过来又极其妥帖地符合了某种关于社会和文化级序的观念,即以汉族为代表的"先进"民族对处于文化发展链条上较低位置的少数民族和族群,比如嘉绒的文化传统和文化遗产,需要肩负起引导、教育、保护和拯救的道义与职责。

这种来自文化他者的外部观念对嘉绒传统文化的冲击是巨大的。笔者接触过许多受现代学校教育成长起来的年青一代丹巴嘉绒人,他们之中对世代传承的嘉绒"跳锅庄"感兴趣的寥寥无几。因为如若按现代人的眼光仅仅将嘉绒"跳锅庄"视为一种"舞蹈",那它与节奏激烈的丹巴"县舞"新锅庄以及新近从关外(折多山以西的康藏地区)传入的迪斯科"藏舞"相比,显然缺乏足够的时髦度和吸引力。造成这种状况的原因之一就在于,当嘉绒跳锅庄这一族群遗产在公共知识建构和学科表述中被类型化、民俗化和文艺化之后,作为一种"民族民间舞蹈",它将逐步丧失特定的历史内涵和神圣性关联。

今天,全球范围内波澜壮阔的"遗产运动"无可避免地将中国众多的民族和族群卷入其中,包括身处走廊一隅的"嘉绒藏族"。2006 年 5 月 20 日,中国国务院公布了《第一批国家级非物质文化遗产名录》,共 518 个

---

① "屈"指肢体呈现弯曲的形态;"开"指双腿由身体两侧向外开;"顺"指手脚同边;"含"即含胸,指做动作时稍扣胯。参见格西门措、斯达斯佳《嘉戎"锅庄"浅谈》,《西藏艺术研究》1988 年第 3 期。

项目。其中第 123 项，编号为Ⅲ-20 的非物质文化遗产项目即为藏族"锅庄舞"。① 西方遗产话语的移植与本土化实践，不仅是一个新的知识话语建构过程，更是一个新的文化生产与消费过程——"制造遗产"的过程。当"锅庄舞"完成其向《第一批国家级非物质文化遗产名录》中的"第 123 项，编号Ⅲ-20"非物质文化遗产项目的话语转换之后，"跳锅庄"就不能再仅仅被视为一种娱乐民众的民间舞蹈，而更被视为一种能够产生利益并隐喻权力的文化资源。总之，这一转换将对包括嘉绒藏族在内的众多走廊族群的文化传承、资源竞争乃至认同变迁产生持续性影响。其动态进程与远期后果都有待进一步探讨。

余 论

在以"进步"和"发展"为名的现代化、城镇化、工业化以及汉化的冲击下，嘉绒及其他众多少数族群，他们的族群遗产，包括观念传统与文化实践，都面临着前所未有的挑战。在"进步"中共同体的信仰可能削弱甚至失去，而现代性却并非必然导向一种更为"进步"的社会秩序。"现代化"进程的双重特性与内在矛盾只能使当下族群文化遗产的变迁走向变得更为复杂。② 随着老一辈锅庄师傅逐渐离世，若年青一代无心接续，嘉绒"跳锅庄"这一遗产类型将面临日益消逝的危机，嘉绒传统文化与信仰观念也将因此失去一个重要的表述与实践类型。

---

① 中国非物质文化遗产保护中心、中国艺术研究院编：《中国非物质文化遗产普查手册》，文化艺术出版社 2007 年版，第 286 页。

② ［英］安东尼·吉登斯：《现代性的后果》，田禾译，译林出版社 2000 年版，第 9 页。

黄土文明地方信仰的历史建构与认同实践：
以介休张壁村为个案[*]

摘　要　以山西省介休市龙凤镇张壁村地方信仰的历史结构与日常生活实践为田野对象，尤其关注其较为独特的可汉祭祀现象。由此考察一个黄土文明村落多族群、多历史、多信仰交织对话的动态过程，以及在特定社会情境中，这种独特的地方信仰结构如何折射出当地人对于黄土高原族群互动历史的集体记忆、地方叙事与主体认知的实践策略。张壁村个案的讨论将有助于促进黄土文明多元交融与文化认同议题的深入理解。

关键词　黄土文明；张壁村；地方信仰；文化认同

在历史长河中，熙来攘往的人群在黄土高原这片土地上烙印下了厚重的文化印记，多元民间信仰的共生与杂糅即是一个鲜明的特征。以地处黄土高原东南部山西省介休市龙凤镇的张壁村为例，在张壁村方圆约 0.1 平方公里的古堡内外，历史上先后修建了大大小小 20 余座庙宇，堪称"千年古村，袖珍城堡"。① 村中各种信仰活动的繁荣，表达了村人奉祀神明、祈求保佑的朴素愿望。而各类型庙的分布、关系以及村人对待不同神灵态度的微妙差异，则喻示着张壁村多元信仰的认同实践，不仅是历史"真实"的事实呈现，亦在张壁人集体记忆、地方叙事与实践理性的合谋之下，形塑了社群认

---

　*　本文刊载于《广西民族大学学报》2015 年第 3 期。笔者指导的硕士研究生唐蒋云露协助了田野考察工作。

　①　张壁古堡于 2005 年当选"中国十大魅力名镇"，其颁奖词中评价为："这是世界建筑史上罕见的袖珍小城，0.12 平方公里的面积，古堡地道、宫殿庙宇、军事宗教、民俗历史各种文化融为一体。地下暗道 10000 多米，地上古堡 1000 余年。可进可退，方寸小城规划高超，鱼形巷、龙形口、孔雀琉璃，处处可见心思奇巧。张壁，古庙神佛异，明堡暗道奇。"参见新华网山西频道，http：//www.sx.xinhuanet.com/ztjn/2012-09/25/c_113198438.htm。

同的逻辑与边界。在其中,坐落于张壁古堡南堡墙上的可汗庙及其背后浮现的历史谜团,成为考量张壁地方信仰与认同关系的一个重要切入点。

一　张壁村的地方信仰系统

(一)无庙不成村:村与庙的历史关联

张壁村位于汾河流域太原盆地东南端,其东、北、南三面均为深切的黄土沟壑,南面背倚绵山北麓,建在一块黄土塬上。在特定的黄土高原人文地理环境中,张壁村周边地貌沟壑深切,地势险要。其塬①上有壁,依壁建堡,由堡而村的过程,可谓黄土文明自然历史与人文历史层累交织的一个典型案例。在山西各地,历来有"无庙不成村"的说法。张壁村以坐拥五大庙宇建筑群和 20 余座庙的惊人数量闻名于世。而不独张壁,这种村与庙的紧密关系也是周围村落信仰的重要特征。

以与张壁村隔沟远望的东宋壁村和西宋壁村为例,两村与张壁同,均于黄土塬上据壁建堡,虽村落规模和壁垒形制均远不及张壁,但也都承袭了"无庙不成村"的传统。

东宋壁村坐西朝东,东门外为深沟峭壁。堡墙北面、南面与西面均已大部分坍塌,只余下东堡门较为完整。堡的整体空间格局为长方形:东西长,南北窄。东西堡门为主要出入通道,南北堡门则在靠近西门的位置,较小。连接东西堡门的是一条笔直的"正街",为堡内通行主干道。"正街"两侧不对称分布有"东巷""西巷""南巷"等五条支巷,均与主巷形成"丁字"格局,便于防御。村中有四座庙宇。三官庙,坐落于东堡门上方,供奉三官爷(天、地、水)。西庙位于西堡门内正街南侧,现已完全坍塌,据村民讲,西庙中主祀三位女神:居中为一位坐在莲花上的女神,左侧为坐麒麟的女神,右侧女神则不记得是谁了。出南门半里地,偏西有娘娘庙;出北门半里,偏东则有关帝庙。

---

① 著名地貌学家罗来兴先生总结黄土高原地形发育的模式为:黄土塬经流水侵蚀形成的冲沟分割,形成长条形的黄土梁,后者再被侵蚀分割形成馒头形的黄土峁,即所谓"塬—梁—峁"的发育模式。参见史念海《黄土高原历史地理研究》,黄河水利出版社 2001 年版,"序",第 8 页。"塬",即是中国西北地区民间对顶面平坦宽阔、周边沟谷切割的黄土堆积高地的方言俗称,后被引入地貌学中,成为黄土高原地貌类型的学术概念名称。

　　西宋壁村也是堡垒型聚落，同东宋壁村位于一块黄土塬上，也为东西向格局。不同的是，西宋壁村位于这块黄土塬的西端，堡外南、西、北三面皆为深沟，仅在东面与东宋壁相通。西宋壁堡墙如今也已基本坍塌，尚存的东堡门要比东宋壁的东堡门更为雄伟，东堡门上也有一座祭祀三官大帝（天、地、水）的三官堂。此外，堡北门上有真武庙，北门外百十米处有关帝庙；西门外侧有龙神庙，出西门南面百十米处有空王庙。

　　和张壁村相比较，东西宋壁的村落信仰结构没有那么复杂，但三者间的一些共性却可揭示出黄土高原区域信仰的某些基本特征：其一，由于自古以来，稀缺的水资源对于村落聚居与世代繁衍的关键性作用，使得对与水相关的神祇的崇拜成为一个较为凸显的特征。三个村落皆有空王庙与三官庙，龙神庙也具有重要的祈雨功能；其二，空王佛、关帝崇拜等区域地方信仰亦较为凸显。

　　学者甘满堂在讨论福建民间信仰结构时，尤其关注村与庙的内在关联。他所构建的"村庙"与"村庙信仰"两个概念，对福建民间信仰的社区性与群体性特征具有相当的解释力。[①] 值得注意的是，以张壁、宋壁为代表山西黄土高原聚落也显现出村与庙的内在关联，却由于黄土文明的内在特性与福建民间的村庙格局有着不同的特质。这一点，拟在下文进行分析。

东宋壁遗存东堡门（左图）与西宋壁遗存东堡门（右图）上均建有三官庙，奉祀三官大帝（天、地、水）

---

　　① 甘满堂：《村庙与社区公共生活》，社会科学文献出版社 2007 年版。

（二）张壁村多元信仰的历史建构

在黄土高原区域中，从古代坞壁到村落的发展是一个长期的过程，也是研究者们探讨中国基层社会变迁的一个重要环节。[①] 在此过程中，"村"非一日所成，庙自然也非一日所建，张壁村的民间信仰结构因而显现为一个层累式的历史建构过程。

张壁村宗教祭祀建筑众多，已有学者做过相关统计：如果不计入正殿耳房里的杂神小庙，现有 15 座庙，如果计算入偏殿小庙则有 22 座。除去早年毁掉不知所在的"眼光殿"（祀眼光娘娘，保护人们眼睛）外，共计北门 10 座，南门 11 座。如今，22 座庙中，损毁 6 座，还保存有 16 座，集中于古堡北门内外和南门内外。[②] 本考察组根据访谈和实地走访，统计结果有所不同：包括偏殿小庙和祭祀场所，张壁宗教建筑约为 24 处。现将各庙供奉神祇、地点和遗存状况大致归纳如下表。

张壁村庙宇空间分布与遗存情况表

庙名	主祀神祇		地点	遗存
二郎庙	二郎神		北门外正对门洞	
痘母宫	痘母娘娘		北门外二郎神正殿二层平台东北角	
吕祖阁	吕洞宾		北门熙春门楼顶	
三大士殿	观音、文殊、普贤		北门青霭门旧门洞上	
真武庙	真武大帝			保存至今
空王殿	空王佛			
西方圣境殿	佛教西方圣境诸佛		南门门洞正上方	
可汗庙	可汗庙（正殿）	可汗	南门内龙街西侧高台上	
	财神庙（东耳房）	武财神		
	娘娘庙（西耳房）	子孙娘娘		
关帝庙	关帝庙（正殿）	关公	南门外正对堡门	
	蚜蚣庙（东耳房）	蝗虫		
	山神庙（西耳房）	山神		

---

① 李书吉：《张壁古堡的历史考察》，山西出版传媒集团、三晋出版社 2002 年版，第 105 页。
② 陈志华：《张壁村》，河北教育出版社 2002 年版，第 49 页。

续表

庙名	主祀神祇		地点	
魁星楼（文昌阁）	文昌君、魁星		南门内龙街西侧高台上可汗庙东南	曾移至村外，后迁回重建
天地堂	天地三界十方万灵真宰		北门内龙街东侧	原水井处均设天地堂，现已废弃
兴隆寺	如来殿（正殿）	如来	北门内龙街西侧	庙址尚在已无神祇
	姑嫂殿（东耳房）	金家姑嫂		
	阎王殿（西耳房）	阎王		
地藏殿	地藏菩萨		北门二郎庙西南角三大士殿背后	
龙神庙	龙神		南门关帝庙东院	
观音堂	千手观音		南门关帝庙东院	
眼光殿	眼光娘娘		不详	不知所踪
龙王庙	龙王		堡外	
秦王塔	秦王李世民		村外，不详	

从建造年代来看，最早修建的是可汗庙，因其坐落在古堡最初的高土台上，和城墙的修建年代接近，据专家考证，建造上限可追溯到唐代，是张壁村修建最早的一座庙。据关帝庙献殿西侧万历年间一块残碑记载，兴隆寺原名古刹寺，创建年代可追溯到不晚于明代隆庆年间，是张壁村修建的第二座庙宇。据万历年间《创建空王行祠碑》记载，空王殿落成于明万历四十一年（1613年），但在此之前已有空王寺，大致可算作张壁村修建的第三座庙宇。据《重修金妆西方圣境碑》记载，西方圣境殿最早不能早于明代嘉靖三十八年（1559年）。据《关帝庙重建碑记》记载，关帝庙据传修建于明末，康熙四十八年（1708年）重建；二郎庙至迟建于康熙八年（1743年）。三大士殿中梁下墨书"大清康熙三十一年上梁大吉"（1692年）。真武庙中梁底面题字显示其建于嘉庆十三年（1808年）；据《重建奎楼山门记》记载，地藏堂、眼光娘娘殿、龙神殿、吕祖阁修建于道光十一年（1831年）。①

---

① 张壁古堡南门和北门庙宇聚落情况，参见陈志华《张壁村》，河北教育出版社2002年版，第49—83页。

(三) 神祇的地方关联

据各庙碑文记载与当地人讲述,村中各庙供奉神祇各有来历,建庙缘由也各有说法。乌丙安等认为,中国民间信仰的多功利性是形成民间信仰"万灵崇拜""多神崇拜"的重要原因之一。[①] 也就是说,张壁村多庙多神以及一庙多神的现象,反映出其信仰结构的多元、多层级性,并与村民生活实践中趋利避害的功利性原则紧密相连。各种神灵与张壁村地方性关联形成了一个以张壁为核心的多层级结构。张壁村的多元地方信仰不仅是历史"真实"的事实呈现,亦体现出张壁人集体记忆、地方叙事与实践理性的合谋。

从神灵与张壁的地方性关系来说,由内而外大致可以划分为四个圈层:

第一圈层,与张壁本地历史直接相关。包括靳家姑嫂 (姑嫂殿)、可汗 (可汗庙)、秦王李世民 (秦王塔)、眼光娘娘 (眼光殿)、痘母娘娘 (痘母宫)、好蚡神 (好蚡庙)、山神 (山神庙) 等。

这些祭祀对象,或直接是本地人,如靳家姑嫂为张壁村四大姓之金家人。关于姑嫂殿的来历,据村民张姓老者回忆如下:

> 本地姓靳的一个媳妇。她喜欢念经拜佛。有一天在家里做家务活,用算子算豆。小姑就问嫂嫂,一天 (到晚) 在念什么经。嫂嫂就说"算豆吃豆"。小姑听了也每天在那儿念"算豆吃豆"。念来念去,(姑嫂两人) 很诚心,慢慢就有了灵感。到了 (两人) 预知时至的时候,小姑和嫂嫂就都走到兴龙寺的庙里,坐化得道了。小姑居上位,嫂嫂居下位。后来的人就修了姑嫂殿。就是这么个事情。[②]

或与本地特定历史相关,如可汗,有刘武周、斛律氏等多种说法,均被认为与张壁古堡的修建直接相关;再如秦王,传说秦王李世民曾征战至

---

① 参见乌丙安《中国民间信仰》,上海人民出版社 1996 年版,第 7 页。乔洪武等《功利性价值取向泛化的社会成因与对策》,《华中师范大学学报》1994 年第 4 期。

② 2014 年 4 月 5 日下午,张壁村贾家巷村民张姓老者访谈摘录整理。

此地；此外，眼光娘娘、痘母娘娘与虸蚄神的崇拜，很可能反映了本地曾在历史上发生过特定流行性疾病或灾害，为其社会性应对的反应和历史记忆留存。

第二圈层，与山西历史相关。如吕洞宾（吕祖阁），传说为山西芮城人；关羽（关帝庙）是山西解县人；空王佛（空王行祠），俗名田志超，虽为陕西凤翔人，但在绵山成佛。

第三圈层，与处黄土高原村落的人文地理环境相关。如二郎神（二郎庙）、龙神（龙神庙）、龙王（龙王庙）的崇拜，与黄土聚落人们生产生活对于水的功利性需求有着紧密联系。

第四圈层，一般性神祇。如千手观音（观音堂）、地藏王（地藏殿）、真武大帝（真武庙）等表中其他神祇，为中国各地民间信仰中普遍出现的神祇，多来源于佛教、道教等影响较大的制度化宗教。

张壁村是黄土高原典型的多族群迁徙、交融过程所造就的移民村落。上述地方信仰的形成受到多重社会历史因素的影响，一方面反映出村落形成过程中，张壁人对地方历史的记忆、表述和参与地方历史过程的实践与再造作用；另一方面也反映出张壁作为地方，在更大范围内与黄土区域文化不断地发生着互动与整合。

甘满堂在对福建村庙文化进行考察时，发现福建民间也有"无庙不成村"的说法，进而总结道：

> 有时一个人口较多的自然村，其庙宇有多个，但并不是所有的庙宇都可以被称为村庙，只有具备以下五个条件才能被称为村庙：①有一定建筑面积的公共场所；②场所内供奉的神明是社区神；③在社区中有相对固定的信仰人群；④每年都有围绕庙内诸神生日所开展的集体性活动，如聚餐（福餐）、做戏、道场（法会）、割火、游神巡境等；⑤场所内有当地居民自发成立的管理组织。……村庙是传统社区居民开展民间信仰活动的主要场所。[1]

---

① 甘满堂：《村庙与社区公共生活》，社会科学文献出版社 2007 年版，第6—7 页。

从某种意义上讲，山西黄土高原区域和福建沿海区域有着内在的相似性，都是历史上中原地区汉文化与边缘地区非汉文化发生对抗与交互，最终形成多族群迁徙、融合的移民社会。不同的是，福建的村落以特定"村庙"中具有鲜明地方色彩、与当地村民有渊源关系的"社区神"为祭祀对象，以"村庙"为地缘性社群认同标定了核心并划出了边界。而考察组所见以张壁、宋壁为代表的黄土高原村落，村中庙宇皆多，本地关联神灵也在其间，却并未对某间庙宇特别强调，从而未在众多庙宇中凸显某特定"村庙"的核心地位。或许，对于高墙坚壁的黄土聚落而言，无须借助其他符号，堡、屯、壁、寨本身的存在就已是对"边界"最为强烈的提示，反而是以多元信仰的并置与杂糅，体现了黄土文明内在的互动、包容能力。

二　地方信仰的实践理性：以可汗庙为例

在上述张壁村的多元信仰结构中，可汗庙据考年代最为古老，围绕可汗庙而展开的各种言说也最为扑朔迷离。这一切，使得可汗祭祀现象成为张壁村历史图景中一个引人注目的焦点。

（一）张壁有座可汗庙：黄土文明区域的可汗祭祀现象

在《张壁古堡的历史考察》一书中，李书吉将可汗庙视为鉴定张壁古堡始建时代的一个重要突破口。据其课题组考察发现，至清代，全国在秦、晋二省保存可汗庙6处，山西有5处，分别位于晋中的介休、灵石、孝义和吕梁市的中阳县。同时，该课题组实地考察得知，高台上建庙，庙院为四合院，个别庙院有钟鼓楼和中越楼，是可汗庙的基本格局特征。其中灵石乔家山可汗庙匾额为"可汗商山"，灵石县英武乡平泉村可汗庙称"龙天可汗庙"，吕梁中阳县可汗庙称"可汗龙王庙"等等。雍正《孝义县志》记载，县西南马邑村有"可汗龙王庙"。①

---

① 李书吉：《张壁古堡的历史考察》，山西出版传媒集团、三晋出版社2013年版，第91—97页。

张壁可汗庙中的可汗像，1996 年重塑

李书吉的研究结论称：在吕梁、太岳两山之间分布的可汗庙，都处于北魏以来防止胡族入侵的重要防区内。这些可汗庙的所在之地，应当是东魏北齐的主要驻军之地。而其核心的指挥部，应当就在南朔州所在地的张壁。其统领者应为东魏北齐政权中家族最为显赫的斛律氏。①

至于张壁可汉祠内供奉"可汗"为谁，目前有三种主流意见。

其一，村民口传记忆中，可汗为刘武周。在访谈中，我们接触到的访谈对象皆称张壁村人口耳相传可汗为刘武周。据村民郑姓老者回忆 1996 年重塑可汗庙神像之前，正殿中有两尊塑像。他还记得小时候所见中间的一尊塑像为坐姿，由于坍塌残缺已无法辨认其面貌，而左边一尊则双手拄握钢鞭侍立于旁。村中老者曾告诉他，那就是年画中手持钢鞭的门神尉迟恭。史书上说，在投靠李世民前，尉迟恭曾效忠叛将刘武周。该村民因而认为，可汗庙中既然是尉迟恭侍立在侧，那居中坍塌的塑像便是刘武周。今"可汗王祠"介绍称，"可汗王原系何人颇有争议，古堡民间传说是刘武周。刘武周系河北河间人，后移居山西马邑。隋大业十三年（617 年）自立为王，国号为天兴。曾依附突厥，被封为'定杨可汗'，后为李世民

① 李书吉：《张壁古堡的历史考察》，山西出版传媒集团、三晋出版社 2013 年版，第 98 页。

所败"。即取此说。

其二,介休当地学者侯清柏等认为供奉对象为高欢及其"朔州军人"。①

其三,亦有推测为初唐时期的突厥人突利可汗什钵苾。②

其四,李书吉的研究结论称:在吕梁、太岳两山之间分布的可汗庙,都处于北魏以来防止胡族入侵的重要防区内。这些可汗庙的所在之地,应当是东魏北齐的主要驻军之地。而其核心的指挥部,应当就在南朔州所在地的张壁。其统领者应为东魏北齐政权中家族最为显赫的斛律氏。李书吉进而通过追索现存山西境内几所可汗庙的碑文、古籍文献中可汗名号的出现及变迁、关于"可汗庙"与"可汗堆"的记载,同时通过对斛律父子民族属性、时代、活动区域、事迹及其斛律寺庙的探讨,由此推论:这些可汗庙为古代民族融合的文化遗存,创建时代为唐代,至宋、金、元逐渐破败,逐步退出民众视野。同时由此推论,张壁泥包铁像内部的铁质塑像应同可汗庙的塑像一致,外包泥像则为另一人。他从斛律光因谣言受北齐皇帝高纬猜忌而死的这段历史出发,联系北方游牧民族有铸金人的传统,认为其内包铁像为斛律金或斛律光,外塑泥像为高欢。③

本文无意讨论泥包铁像到底是村民们口传记忆中的刘武周,还是李书吉推论的内包铁像为斛律金或斛律光,外塑泥像为高欢。焦点在于探讨在汉与非汉族群交互的历史中,历史记忆与认同发生的具体情境及其认同策略。

(二) 可汗祭祀的转换:策略与限度

黄土高原西部边缘,甘肃省甘南藏族自治州临潭县一带,为古洮州所在,地处黄土高原与青藏高原过渡地带,历史上是牧耕对峙、华夷交融的锋线前沿,如今则是汉、藏、回多民族杂居的地区。当地民间至今仍然保留了对家神"辁子"的信仰习俗。当地人口述资料如下:

---

① 侯清柏、宋建军:《考朔州军人踪迹解张壁古堡诸密》,《山西日报》2007 年 7 月 17 日第 C1 版。

② 靳生禾、谢鸿禧:《山西介休张壁古堡巡礼》,《太原晚报》2011 年 12 月 12 日第 14 版。

③ 李书吉:《张壁古堡的历史考察》,山西出版传媒集团、三晋出版社 2013 年版,第 98—102、192 页。

我们这儿家神多得很，冶力关这块儿的家神主要是元朝的，有鞑子大郎、鞑子二郎、鞑子三郎、鞑子四郎、鞑子五郎。元朝鞑子番性大得很，他们统治人统治得厉害。①

"汉"与"非汉"族群，或言之"我群"与"他群"的互动与流转，是黄土文明永恒的主题之一。从地处黄土高原东南部的千年古村落张壁到高原西北边缘的古洮州，"番性大得很"的鞑则（鞑子）、可汗（前述山西各地可汗庙也俗称鞑则庙）由非汉的"他群"转化为"我群"乃至"多族群"的祭祀对象，这一现象在黄土文明区域普遍存在。在具体的社会历史情境中，探讨这种转换得以发生的实践逻辑，则是将问题引向深入的重要切入点之一。

由于文献资料的缺失，包括张壁在内的可汗祭祀的起源已经难以考证。但通过多处遗存碑文的文本分析可见，在可汗祭祀的转换过程中，至少以下几种认知逻辑与情境化策略在当地人的信仰实践中发挥了相应的作用。

其一，"殊不可考"：通过悬置、虚化可汗祭祀的起源始末问题，以淡化认同区隔障碍。

如介休张壁《重修可汗庙碑记》："此村自有可汗庙，创自何代殊不可考"。吕梁乔家山"可汗商山"元代《重修可汗庙碑记》："但曰可汗而不能言其始末，虽恭之远祖落成、高曾和、信重建，而亦不名其所以始建之由"。

山西境内现存四座可汗庙都有修寺或补建碑刻，但碑文中都没有记载供奉对象是谁，祠庙建于何时，只说初建时代久远。但碑文中也明确写到所奉之人是"夷狄之君长"、与"北方之事"相关。如乔家山碑云："且言民有忤北方之事者则必震怒，怒之所形则不福其人，若然则信有之乎果"。一方面，遗忘的原因在于事实上最初可汗所属的原祭祀人群迁离此地，频繁的族群变迁湮没了此段记忆；另一方面，"遗忘"却不失为一种

---

① 王淑英、郝苏民：《洮州龙神信仰现状的考察报告——以常遇春（常爷）崇拜为中心》，《西北民族研究》2009 年第 4 期。

富于变通性的实践策略，悬置疑问，以使后人不去追问可汗究竟是谁，不与具体的历史人物、历史事件相联系而产生出可不可祭，愿不愿祭等疑问。

其二，"莫敢废也"：进一步，依据循例崇古的原则，将可汗祭祀予以制度化。

如介休张壁《重修可汗庙碑记》："可汗，夷狄之君长也，生为夷狄君，殁为夷狄神，夷狄之人宜岁时荐俎焉。以我中国人祀之，礼出不经。然有其举之莫敢废也"。吕梁乔家山"可汗商山"元代《重修可汗庙碑记》："岁时，相帅恳祷，神既下惠，礼不可旷"。灵石平泉"龙天可汗庙"乾隆《重修龙天可汗庙碑记》："此庙增修于康熙五十年间，至今已有成规"。等等。

其三，"一方之保障"：将可汗祭祀关联民生，转化为保障一方的"佑民"之神，使其融入地方化历史脉络之中。

一方面，将可汉祭祀进行功能再造，使其与某些具有特定功效的神灵信仰相结合，从而贴近人们的生产生活实践，满足人们的功利性信仰需求，与地方与当地民众发生现实关联。如灵石县英武乡平泉村"龙天可汗庙"、吕梁中阳县上顶山"可汗王庙"，以及雍正年间《孝义县志》卷七之《祠祀》中提到的"县西南邑马村"的"可汗龙王庙"都将可汉名与"龙""龙王"相结合。吕梁上顶山可汗龙王庙康熙年间《重修上殿山龙王庙碑记》详细阐明：

> 尫罕龙王翻手云覆手雨，赫赫悬灵，其不是万载之德矣。众民之□□其不扬。能兴云致雨者则祀之，其德泽及民，佩服思报也。延及于今，春祈秋报之祀典诸民，有功德于民者莫不振举而崇祀之，曰"纪工，宗于功作原祀"，正此意也。

李书吉认为，上述三座可汗庙在明代逐渐与主为祈雨的龙王庙在信仰功能上发生融合。而唯独张壁可汗庙仍然传承了原名，追溯由来，大概与张壁地处绵山山麓，有着独特的"五日一雨，十日一风，旱魃不为灾，蝗虫不入境"的地理环境小气候有关。①

另一方面，通过多次庙宇重修、重建的过程，不断对可汗庙与地方的关联进行表述与再表述，使可汗庙存在的历史事实与当地民众的历史记忆在地方叙事中传承至今，成为镶嵌在地方时空脉络中不可分割的一部分。如介休张壁可汗庙《重修可汗庙碑记》："可汗庙，一方之保障也，庙宇如是，于心安乎"？灵石乔家山"可汗商山"元代《重修可汗庙碑记》："庙宇自金泰和元已成，迨大德地道失宁，栋宇瓦砾殆不能基，后虽粗完，民情未惬"。吕梁上顶山可汗龙王庙康熙年间《重修上殿山龙王庙碑记》："大庙以安神，神以佑民。上殿山，诸山之首也。……人心蒸动，钦崇奉祀，不可胜纪，此因孝邑县西乡刘王里八甲开府等村有古籍四界相连。上殿山可汗龙王神庙，相传至宋代，有敕封为伏煞侯之典，又越数百年至今"。②

总而言之，经过功能化、地方化、制度化的再造与转写，可汉庙修建、重建、遗存至今的历史事实和集体记忆在当地人的信仰结构中保留下来，得以成为今天黄土高原民间信仰现实图景的一部分。

然而，问题并不止于此。以张壁村来说，在张壁人的现实生活中，在地方信仰实践具体展开的过程之中，这位"殊不可考"的可汗到底占据着一个怎样的位置呢？张壁人在心中又是怎样看待这位神秘可汗的呢？下文将进一步探讨张壁人可汗信仰背后所隐含的认同问题。

三 张壁地方信仰的认同格局

有学者认为，民间信仰的主要目的不是寻求精神或灵魂的解脱，也不是解决人生的终极关怀问题，而是出于实用功利性的现实利益诉求，希望通过祈求神灵的保佑来达到祈福禳灾的目的。简而言之，"有灵必

---

① 李书吉：《张壁古堡的历史考察》，山西出版传媒集团、三晋出版社 2013 年版，第171 页。

② 本节论述中相关碑文引文综合参考了张壁文化研究院整理《古堡碑铭辑存》，http://www.zgzbgb.com/main.html；李书吉《张壁古堡的历史考察》，山西出版传媒集团、三晋出版社2013 年版，第 163—170 页；陈志华《张壁村》，河北教育出版社 2002 年版，第 153 页。

求""有应必酬"是民间信仰的普遍心态。① "有求必应"则是人们在信仰实践中对神灵灵验力的最高表彰。神灵的法力大小往往影响到其香火是否旺盛。

那么,可汗庙的香火如何?

(一)灵验与香火:信仰实践的评价维度

访谈记录一②

问:您觉得堡里这么多庙子,哪个香火最旺?

贾:关帝庙。

问:可汗庙(的香火)呢?

贾:差远了。

问:它跟痘母娘娘比呢?

贾:比不上。

问:还比不上痘母娘娘啊?那可汗庙有人去看吗?

贾:有。(但是)现在的人懂的有几个呀?

问:历年以来,在您的记忆当中,可汗庙的香火都不如其他的(庙)?

贾:不如。

问:远不如吗?

贾:对。

……

问:我们拿关帝庙的香火和可汗庙的香火比,您觉得差异有多大?

贾:它(可汗庙)能占关帝庙(香火)的四成。

……

问:那可汗庙的香火和空王祠的比呢?

---

① 林国平:《关于中国民间信仰研究的几个问题》,《民俗研究》2007 年第 1 期。

② 本部分以下两段访谈均出自笔者于 2014 年 4 月 4 日访谈张壁村村民贾姓老人(男,78 岁)内容摘录。

贾：比不上，空王佛的香火大得多了。

问：可汗庙的香火是不是所有庙里面香火最少的？

贾：就是最少的。

象限研究法和量化分析法是一种人类学研究中很常见的方法，比较有代表性的比如玛格丽特所提出的"格栅"（group and grid analysis）分析法。著名人类学家李亦园先生和乔健先生曾分别使用象限和量化指标分析法来对我国台湾的民间宗教活动和中国与印度民间信仰的神灵系统进行过精彩的分析。① 本研究借鉴乔健先生的分析方法，根据三个主要的维度："灵验度"（Responsible）、"威力度"（Powerful）与"亲近度"（Approachable），来检验张壁村众多神灵所具有的特性。②

在上述访谈中，张壁村村民记忆中香火比较旺盛的，是那些"威力度"与"灵验度"（Responsible）较高的神灵。比如被认为香火最旺的关帝庙，张壁当地流传着这样一个故事：

> 余闻香老向余尝言曰，我等遭明末之时，贼寇生发，寝不安席，附近乡邻俱受侵凌。遇有贼寇来攻，吾堡壮者奋力抵敌，贼不能入。贼曰："汝村中赤面大汉乘赤马者是何处之兵"？我等曰："请来神兵剿灭汝寇也。"……贼自相语曰："神兵相助，村中必有善人"。遂欲退去。
>
> ……村众曰："吾乡仰赖关圣帝军保护平安，理宜建庙祀之"。
>
> ——摘引自《关帝庙重建碑记》③

关公显圣，抵御贼寇保张壁平安；空王显圣，为当地带来旱季稀缺的降雨；吕祖显圣，则为乡民祛疾去病指点迷津。这些神灵有着较高的威力

---

① 参见黄克武《李亦园先生访问纪录》，"中央研究院"近代史研究所 2005 年版，第 254—259 页。

② ChienChiao and TrilokiN. Pandey, John M. Roberts, *Meaningful Gods Sets from a Chinese Personal Pantheon and a Hindu Personal Pantheon.* Ethnology, 1975（14）: pp. 121—148.

③ 《关帝庙重建碑记》，参见陈志华《张壁村》，河北教育出版社 2002 年版，第 154—155 页。

度和灵验度,且多能满足与人们生产生活相关的特定的功利性需求,故而多受顶礼,香火自然旺盛。与这些神灵相比,痘母娘娘、靳家姑嫂等,法力较低,香火不如前者旺盛。而可汗庙的香火,不仅远不如关帝庙这样的庙宇,按贾姓老者的说法,仅及关帝庙的四成;而连痘母娘娘等尚且不如。

除了威力度与灵验度之外,第三个衡量维度是"亲近度",主要指神灵与张壁人和张壁村关联的远近程度。在前文叙及张壁村神灵与地方的圈层关系时,曾将可汉与靳家姑嫂(姑嫂殿)、秦王李世民(秦王塔)、眼光娘娘(眼光殿)、痘母娘娘(痘母宫)、蚘蚳神(蚘蚳庙)、山神(山神庙)同归于与张壁地方关联最为紧密的第一圈层。这一类祭祀对象,亲近度高,威力度低,灵验度有所差异,香火旺盛程度有所不同,但都不及前述关帝庙、空王佛等。具体来看,与这些祭祀对象的不同属性也有相当程度的关系。

眼光娘娘、痘母娘娘、蚘蚳神,这些小神与张壁地方历史上发生的特定灾害有关,有较强的针对性祭祀目的;张壁地处绵山北麓,山神扮演了地方保护神的角色,因而都顺理成章地享用乡民供祭的香火。秦王塔早已湮没村外,靳家姑嫂殿如今也已不复存在,可汗庙尚存于南堡城墙之上,但香火却是最少的。至此,当地人对可汗、靳家姑嫂和秦王李世民的身份认知成为一个值得注意的问题。从亲近度来看,他们要么就是张壁本地人,如靳家姑嫂(相传当年殿中供奉的姑嫂像均为肉身像),要么都与张壁地方历史有过紧密的交集,如可汗和秦王;而从身份属性来看,他们都曾是真实存在过的历史人物,并且在本质上尚未完成从人到神的神祇身份属性的最终转换。

张壁可汗庙《重修可汗庙碑记》云:"可汗,夷狄之君长也,生为夷狄君,殁为夷狄神"。在夷狄人群的信仰结构中,可汗在身故之后由"夷狄君"转化为"夷狄神",发生了"人格"—"神格"的上升。但当张壁地方族群关系改变后,在张壁村非"夷狄"的四姓村、杂姓村背景下,"夷狄神"在新的信仰结构、新的社群关系中,难以继续保持其原有的"神格",唯有成为一种介于人/神之间的祭祀对象。

（二）族群认同的多重阈限：内/外、人/神、我/他

可汗庙与曾经存在过的靳家姑嫂殿和秦王塔一样，虽同张壁古堡中其他神灵一样享用着人间香火，但仔细辨别，却在某种意义上多了地方特定历史烙印的"志"的痕迹，而不全然是神灵的"拜"的意味。

"志"——纪念，与"拜"——祭祀，在民间信仰的功利性逻辑中，或许有时候界限并不清晰。对乡民来说，一言以蔽之，都是"敬神"。① 但与此同时，可汗在张壁人心目中是"我"还是"他"的边界则是相当清晰的。在考察访谈过程中，几乎所有访谈对象都明确指出可汗不是"我们"，是外族"鞑则"。而对于如何能容下一个"鞑则"在张壁村存在，当地人也有自己的一番说法：

访谈记录二

贾：在我们山西省（有一种说法），"八月十五杀鞑则"，可汗就是鞑则。

问："八月十五杀鞑则"指的不是（杀）刘武周吧？

贾：就是刘武周。

问：谁要来杀他呢？

贾：听说那是天意，老百姓买的月饼里面有个字条：八月十五晚上杀鞑则。张壁的可汗庙就是那个鞑则的庙。

问：谁要杀他呀？

贾：老百姓要杀。

问：既然要杀他为什么要给他立个庙呢？

贾：对，这就矛盾啊。

问：您觉得是为什么（要给他立个庙）？

贾：古时候说那个鞑则为张壁办了好事。别的鞑则害老百姓，就他不害。

问：那"八月十五杀鞑则"就不杀刘武周？

---

① 钟伯清：《多元与和谐：中国民间信仰的基本形态——一个村落民间信仰的实证调查》，《福州大学学报》2007 年第 5 期。

贾：没有杀他。

"鞑则"，在张壁方言中即"鞑子"，在华北地区历史上长时期用作汉族群对西北非汉族群的泛称。"八月十五杀鞑鞑"是中国广为流传的一则民俗谣谚。在许多地方，是指发生在元末，刘伯温借中秋节吃月饼的习俗领导汉族民众起义杀鞑子，反抗外族侵略的故事。在上述访谈中，张壁人将古堡中可汗庙的来历与"八月十五杀鞑鞑"的民间叙事原型相结合，来为当地为何保存下这座可汗庙提供解释的理由。

与前文中对黄土高原地区可汗祭祀的转换策略之讨论相联系，可以看到张壁人对可汗庙所持有的一种复杂的认知态度，简而言之，可归纳为四个字——"存而不论"。"存而不论"揭示出可汗祭祀现象在张壁得以延续的认知逻辑。一方面，人们对可汗来历"殊不可考"的默认与祭祀传统的"莫敢废"，是可汗庙得以遗存至今的原因；另一方面，可汗庙遗存这一事实反过来又成为当地人解释此现象的前提——可汗为当地办过好事。民间集体记忆和口头表述的实用主义逻辑依照朴素的"好"与"坏"的伦理标准，将"鞑则"区分为为百姓"办好事"的"鞑则"和"害百姓"的"鞑则"。不管是"我群"还是"异族"，唯有符合老百姓利益的鞑则，方能进入张壁的庙宇之中。当然，张壁人也很清楚，即便是好的"鞑则"，仍然还是"鞑则"，是"非我"族类。

在可汗庙正南方的堡墙下方，有三孔窑洞。20世纪80年代当地人在保护清理窑壁的过程中，在原千手观音像背后的墙体内，发现了一尊封存其中的泥包铁像。此像为坐像，高1米左右，头戴鲜卑帽，胸襟开敞，从外形上看，其身份应为北方非汉民族。据村民郑广根介绍，这座泥包铁像恰好位于可汗庙正殿可汗像往南延伸的中轴线上，他推测说，如此重要的位置，如此费心掩藏，很可能所塑的就是可汗庙中那位可汗的原型。而这座异族可汗的坐像，也正因为深藏在最早修筑起来的古堡南部建筑体内，才得以保存下来。这种说法似乎有一定道理。

本文当然无力解答这个谜题，不过，倘若真是如此，深藏在堡墙内的"可汗像"倒是一个相当贴切的隐喻，为理解张壁人的可汗信仰提供了一个可能的出口。堡墙本身是张壁空间建构的边界所在，南堡墙上的可汗庙和墙体内的泥包铁像正好位于这个边界之上，隐喻了"可汗"在张壁人认知心理上的多重阈限属性——社区内外、我他之间、人神交际的阈限。

张壁南堡墙上的可汗庙大殿　　　　藏在古堡城墙墙体中得
　　　　　　　　　　　　　　　　　以保存下来的泥包铁像

可汗庙既已存在，不妨"存而不论"。不过，可汗始终是"鞑则"，接受其存在的事实，却不代表张壁人必须将他吸纳为"我们"的一部分。同样，未经神灵功能改造的张壁可汗庙，没有延伸出与龙王相结合呼风唤雨的功效，也未显现出其他方面特定的功效，张壁人拜可汗，只为求一个笼统的"保佑"。可汗享用着香火，却仍然与关帝、真武、吕祖有着相当大的差异，未能彻底完成由"人格"到"神格"的最终转换。

结　语

黄土文明多族群、多信仰、多历史的交融过程，并非只有"融而合之""接而纳之"的唯一一种理想化模式与结果，在实践策略上，可有

"存而不论""接而未纳"的多种方式；从构建模式上，可有"融而未合""和而不同"的多种图景。这本身即是中华民族多元一体格局内在复杂性的深刻反映。张壁可汗庙的案例，不仅在文化事实层面上揭示了黄土文明历史上多族群互动的历史脉络和当下面貌，也在文化认同层面上揭示了黄土高原人群认知、记忆、表述和再造多民族历史的主体能动性。

黄土社会的多元互动与区域整合：
介休张壁村的祭星仪式考察[*]

摘　要　祭星是中国华北地区的古老习俗，也是黄土高原普遍存在的一种民俗仪式。本文依据介休张壁村的田野个案，从"家户—村落—地方"的多层次视角出发，尝试勾勒出"祭星"，这个正在消失的民俗事象的基本面貌，进而探讨，在晋中黄土高原多元族群共生互动的区域时间与空间格局中，祭星仪式如何在传统话语、社群记忆与地方化实践的共同作用下发生调整与改写，并在黄土社会区域互动与整合中发挥出重要作用。

关键词　祭星仪式；张壁村；黄土文明；区域整合

张壁村，又名张壁古堡，位于介休东南 10 公里的龙凤镇，坐落于太行山支脉绵山北麓的黄土台地上。由于其在仅 12 万平方米的区域内保存了完整精美的古村形态、庙宇建筑、居民院落和明堡暗道，因而被誉为称奇于世的"袖珍小城"，为"世界建筑史上罕见"。① 张壁因"堡"而闻名，学界对其考察因此也往往偏向于注重其建筑、空间与独特历史的维度。如近年来有学者将张壁古堡作为中国华北乡土建筑的典例，对其空间布局、建筑形制、建筑功能与历史等进行了详细的考察、记录与绘制，并初步探讨了张壁乡土建筑与乡土文化的关联；② 也有学者结合文献、方志、碑刻等

---

　　* 原文刊载于《民族艺术》2015 年第 4 期，此处辑录版在原文基础上做了增补和修订。笔者指导的硕士研究生唐蒋云露参与了田野考察和后期撰写工作，为本文第二作者。

　　① 2005 年中央电视台的《魅力中国·魅力名镇》展示活动"山西·张壁"颁奖辞，http://blog.sina.com.cn/s/blog_ 4988acbf010006gy.html。

　　② 陈志华：《张壁村》，河北教育出版社 2002 年版。

资料对张壁古堡的建造年代、建造者及其与华北区域历史的渊源、地位等进行了深入的考据与推论,勾勒出了中古至隋唐时期张壁地方历史的基本面貌。①

需要指出的是,指涉特定建筑形态空间的"张壁古堡",毫无疑问也是一个"村"。这是说"张壁"不仅是一个物理实体空间,也是承载着特定人文历史空间的"地方",是"张壁人"在晋中黄土社会的历史时空中次第展开的一个"关系性""情境性"的动态过程。② 因而,考察作为"村"的张壁,强调的是人的维度,力图拨开古堡建筑奇迹的光环和古堡修筑起源的谜团,使作为地方生活史主体的黄土高原多元人群得以走向前台。因此,本文以张壁村"祭星"仪式为切入点,在"家户—村落—地方"的多层次结构中考察张壁村人围绕"祭星"仪式展开的历史记忆、集体表述与地方日常实践,力图勾勒出这个正在消失的民俗事象的基本面貌、历史变迁过程及其区域结构功能。

一　消失中的仪式:张壁村祭星

在张壁古堡的对外宣传中,其独特的星宿文化无疑是一个亮点。如今在村南门关帝庙的侧院甚至有一个专门的"张壁古堡星宿文化展",将堡内布局中的十六个空间点与天上十六星宿进行了对应解读。但真正引发笔者关注的,则是位于西墙和南墙上的一则关于"祭星"的说明:

祭星习俗:每年农历正月28日是古堡祭星日,古堡人叫过小年。这天,村民要齐聚在一起祭拜南斗六星君、北斗七星君、九曜星君,二十八宿神及四方天神,请亲戚朋友相聚,看秧歌,看街头巷尾的红火表演。祭星时大摆香案,执事持"周疙栏"开道,后面跟随打星旗、捧香火、端馍馍的人流,前往各巷祭星,并祭祀与星宿对应建造

① 李书吉:《张壁古堡的历史考察》,山西出版传媒集团、三晋出版社2013年版。
② 阿君·阿巴杜莱(ArjunAppadurai)的观点。参见[美]安德鲁·斯特拉森、帕梅拉·斯图瓦德《人类学的四个讲座——谣言·想像·身体·历史》,梁永佳、阿嘎佐诗译,中国人民大学出版社2005年版,第126页。

的堡墙、堡门、水井、狼图腾等，凡跟星相关联的建筑都会摆上供品祭祀，每个地方按照对应星宿的形状摆放星灯，祭拜后回到可汗庙，全体村民一起分享供品，祭祀结束。

祭星，张壁村人称为"zeisei"。在《张壁村》一书中，也曾对此有过相当模糊的介绍：

> 每年秋后，各村年轻人练一冬天的秋歌、高跷和龙灯，到正月初五汇集，轮流到各村演出，叫"祭西"[1]，正月二十八轮到张壁村。
>
> [1]"祭西"，不知是什么意思。张壁风俗，以西为上，住户堂屋里、祖先神主都靠西墙而不在正面。这风俗的来历和意义已没有人知道，或许和少数民族有关。①

在随后的调查中，我们通过与多位村民的访谈，逐步了解到这一现今已在现实生活中消失的祭星仪式，并试图在此勾勒出其基本面貌。

张壁村旧时祭星地点之
一的"七星祭台"

近年来重新恢复的一次祭星仪式

---

① 陈志华：《张壁村》，河北教育出版社 2002 年版，第 78 页。

由于年代久远，村中大部分年轻人对祭星已毫无概念，唯有久居村中的古稀老人对这一传统习俗还保有些许印象与记忆。考察组先后深入访谈了张壁村中幼时曾亲历祭星仪式的贾姓老人，以及从父辈长者口中了解到祭星活动景象的张姓、郑姓老人，综合他们的描述与回忆，张壁祭星的大致样貌得以基本呈现：祭星是村中的古老习俗，每年正月初五过后，张壁周边村落开始轮流祭星，正月二十八日轮至张壁，活动当天，村民转遍大小庙宇，敬神祈福，伴以各村迎送的红火，大家走街串巷，热闹非凡。虽然三位老人在具体讲述上存在细节差异，但祭星作为一种古老的仪式实践，曾真实地存在和作用于张壁的历史演进之中，这一点则得到了一致的凸显。所谓的"祭西""祭西天古佛"等玄妙说法，[①] 想必或为后人的讹传与误解。

祭星的活动概貌揭示了这一仪式过程的独特属性。将之与同一区域的介休洪山村源神庙会相比，可以发现二者之间存有明显差异：一方面，洪山源神庙会专祀源神，是为源神圣诞而举行的庆贺祭拜；而张壁祭星多神并祀，庙宇众神于是日得到全面朝拜。另一方面，源神庙会以洪山源神祠一地为中心，周边村庄向心凝聚；而祭星则是黄土高原区域多村落互为中心，众村庄依次实现地位流转。据此推测，以张壁祭星为代表的祭星仪式是一个具有较强整合功能的民俗信仰实践，古已有之，并曾在张壁及黄土高原的区域文明中发挥过重要作用。而今天，这一仪式结构正在民众的生活实践中逐步消失，并在人们的记忆和口传中逐步模糊与淡化。因此，唯有从遗存的实物场景和当地人的口碑叙述中，才可尽力窥见祭星仪式往昔可能的盛大景象；也唯有将张壁祭星重置于地方时空、村落信仰结构和晋中黄土高原聚落关系的文化语境中，才能充分理解其仪式实践的深层次文化意涵与功能。

二 空间与时间：张壁村民间信仰的层级系统

（一）张壁村家户信仰格局

家户神祇的空间格局：山西各地历来都有"无庙不成村"的说法。各

---

① 口述来源：郑姓村民，男，74 岁，张壁村原大东巷居民。

式大小庙宇彰显了地方民间信仰的兴盛，将村民趋利避害的切己心境予以承载，也通过信仰的渗透对社群历史和文化实践进行持续而深远的塑形。家户则是村落民间俗信网格谱系中的初始节点，是神灵信仰的基层寄居场所。张壁村中，几乎每家每户都存有不少神位龛阁。依据原大东巷居民口述，院落住宅中的神祇分布格局大致展呈如下：家院入口，门神分居正门两侧。进门后，迎门照壁上，或是门道侧墙中，通常为土地神龛。进入院内天井靠近堂屋右侧，是天地神位，以木头示之。"风水楼子"位于院墙顶上。财神和灶君居于堂屋中央，处于上位，祖先供台则置于堂屋西侧墙边。正屋墙上抑或其他地方，还挂有一红纸，上印三四个神像，统称"弹公"，用以护佑孩童。① 除此之外，各家依据自身情况还供奉其他神明。农户之家，多供奉马王爷，没有神龛或是香案，只在西厢房明间左手檐柱上贴一红纸，上书"马王老爷之神位"便可以了。② 各式不同的神明显圣在张壁人意识中构筑了混元庞杂的神格谱系。通过在院落格局中占有一席之地，各类神祇宣告了自己在家户信仰中的出场与秩序。

土地神位，位于进门墙壁上

---

① 根据笔者 2014 年 4 月 4 日上午于张壁村与贾姓老者访谈内容整理辑录。
② 陈志华：《张壁村》，河北教育出版社 2002 年版，第 125—126 页。

土地神位，位于院内照壁朝向大门的一面

"风水楼子"位于院墙顶上

　　家户神祇的时间格局：家院诸神除却在实体院落空间中占据席位，亦通过隐性的时间维度显示出各自神性格位的专属阈值。奉神祭拜的具体时段，是家户信仰在时间序列上的重要表征。就张壁全年来说，一方面，家户众神在重要的节气时令均得到全面拜祭。据说，"每逢旧历新年、端午、中秋、冬至四大节，家家要祭祀七位神，他们是土地、财神、灶王、马王、门神、观音和大仙"。[①] 节日当天，各家摆酒、蒸馍、置供桌，通常由一主事之人代表全家将家户各神一一祭拜；另一方面，不同神灵也有其特殊的拜祭时刻。据村中老人所言，张壁人在中秋有祭日、祭月之俗。中秋当天，各家主事在院子中央摆一供桌，上供月饼和馍馍，分别于正午和亥

　　① 陈志华：《张壁村》，河北教育出版社2002年版，第126页。

正时分朝着太阳或月亮的方向进行拜祭。腊八时节，各家熬煮腊八米粥，除供家人食用，亦要朝院落中央的大树上稍加涂抹，以献树神。① 此外，如遇家户神之诞辰，各家各户也会于是日加摆供品，礼祀相应神明。

通过空间安放，张壁村民将家户神灵置于自身的信仰依托之中，同时，也依凭敬神的具体时间节点，强化了神明在家院的在场及其对本家本族的庇佑之功。时空的相续与平衡使得家户信仰体系得以完整呈现并稳定维继。

（二）村落信仰格局

村落神祇系统空间格局：在家户信仰层级之上，张壁的地方信仰还体现在更为宏观层面的村落信仰结构之中。张壁村宗教崇祀之风甚是浓重，从村中分布的各式庙宇便可窥其一斑。全村内外约略共有 20 余座神殿仙阁，分别丛集在南北二门内外，形成了南门庙宇群与北门庙宇群。两大庙宇群分立村之首尾，把守堡之关口，在空间布局上构筑了完整对应的香火分立，既对村内南北分区间的信仰力量进行平衡，又在一定程度上形塑了一道相对封闭的村级神灵护佑脉络，在维护张壁村内部信仰圈层稳定性的同时，也将堡内与堡外的神灵谱系进行适当延拓。而就村中大小神祇的属地空间而言，各式庙宇的形塑过程，也是各种地方性信仰势力统聚于张壁一地的直接表征。张壁村中，既有在全国得到普泛性敬奉的观音信仰，又有生发自山西本土的关帝崇敬，还有终结于介休绵山的空王佛礼祀，不一而足。张壁村落信仰的空间格局凭借庙宇各自的选址分布得到铺陈，而庙宇所祀神祇的在地化呈现，亦是不同空间分区的地方信仰力量交汇于张壁的指征，显示出信仰历史建构的独特空间归属。

村落神祇系统时间格局：与家户信仰类似，张壁村落层级的祀神系统也暗含了较为明确的时间格序。各式神灵都有其普泛或特定的受供时间。信众通常于全年重大节气或神明圣诞之日对之加以隆重祭祀，抑或在遭遇困窘之境时虔心奉神、祈求庇佑，而在无痛无灾之时亦诚敬礼拜、定期祭供，想必也是部分村民信众的信仰原则。

---

① 根据笔者 2014 年 4 月 4 日上午于张壁村与贾姓老者访谈内容整理辑录。

依照祭祀场所和祭祀时间的具体情况，可将张壁神祇系统的时空格序大致分类如下：

祭祀对象	祭祀场所	祭祀时间	祭祀内容
关帝	关帝庙	五月十三	关帝生日，村民在家中祭拜，也在关帝庙祭拜
空王	空王行祠	三月十七	每年三月十七日空王圣诞，龙神聚会，四方各府州县人民朝礼圣境，报答佛恩。登涉中途，绵山之麓张壁村乃空王佛之要路，凡散人到此，无不止息。或遇天雨盛，不能朝礼，此村南面焚之
可汗	可汗庙	七月初八	村民到可汗庙"献盘子"（又叫"供献食"），争先恐后在可汗庙正殿前月台上放一盘"炸货"，即油炸食品，同日演大戏。常年演一天，隔五年连演三天
地藏	地藏宫	七月十五	地藏生日为七月十五，七月三十为其成道日。七月十三至十六四天举行盂兰盆会
痘母娘娘	痘母宫	无定	通常于天花或麻疹流行期间，尤其是家中小孩患此病时进行祭拜
靳氏姑嫂	姑嫂殿	无定	过去，一般供神之人都会前来祭拜，纪念靳家两大神人
龙王	龙王庙（堡外）	无定	祈雨
眼光娘娘	无定（眼光殿已不知所在）	无定	祈求保护眼睛

有特定祭祀场所和时间 — 关帝、空王、可汗、地藏。
有特定祭祀场所，无特定祭祀时间 — 痘母娘娘、靳氏姑嫂、龙王。
无特定祭祀场所和时间 — 眼光娘娘。

由此，张壁村的家户信仰和村落信仰被合理有序地安放在各自所属的空间格局与时间序列之中，且与当地社会生产、民众生活的整体时空格序相互切合，通过村民信众的具体信仰实践实现了对天地、人神、人际之关系的规范与维继。而在这一信仰网格层级中，一年一度的祭星仪式就在类型和功能上显示出了相当的重要性。

（三）区域信仰格局

张壁周边区域信仰：介休境内存在诸多不同的信仰单元，洪山、绵山与张壁等地，共同编织了区域信仰的基本脉络。以洪山源神庙为核心的源神信仰是介休东南片区的重要信仰单元之一。每年三月初三源神诞辰，洪山村源神庙会都将吸引周边村镇向心汇聚，针对源神而生的庙会往来和日常供奉，是洪山一类的"泉域社会"① 进行村落集结、资源整合的重要进路。张壁南缘的绵山，则因历史人物介子推和本地神明空王佛而成为介休民众又一处信仰焦点。介子推所代表的儒教信仰和空王佛等一众仙灵所涵括的泛神崇祀，将绵山的香客足迹绵延至今，亦形塑了绵山北麓张壁村的礼佛之俗与香火建筑。在周边区域信仰格局的影响和推衍下，张壁信仰体系也实现了从家户、村落到区域的立体结构式呈现。

山西的祭星习俗：在张壁信仰的区域层级中，星辰祭祀占据重要地位。这并非是张壁独有的传统，而是华北地区普遍留存的民间信仰，山西各地均有祭星、顺星之俗。最具代表性的如创建年代最早可追溯至隋代的晋城市泽州县府城村的玉皇庙。其后院西殿中塑有元代的二十八星宿造像，从西往东依次为：角、亢、氐、房、心、尾、箕、斗、牛、女、虚、危、室、壁、奎、娄、胃、卯、毕、觜、参、井、鬼、柳、星、张、翼、轸，为中国保存至今将人物形象与动物形象相组合塑成二十八星宿像的孤例。玉皇庙二十八宿像中出现了很多男子左衽造像。由于汉服的基本特征为：交领、右衽、系带、平面剪裁，因而有违汉族传统服饰制度。玉皇庙改造于宋元之际。这显示出宋元时期北方几个非汉民族——契丹、女真、蒙古入侵中原，族群文化交融的历史证据。如《揽辔录》所说："最甚者衣服这类，其制尽胡矣，自过淮以北皆然"。②

此例表明，祭星普泛存在于整个晋地文明之中，又由于山西地理历史的特殊造化，此地的祭星又彰显出有异于他地的别样风情。一方面，二十八宿像多为左衽服制，实则是处于黄土高原上的山西在多元族群交融会聚方面的具体例证，在此基础上的祭星习制，不可避免地显示出胡汉兼具的独特表征；另一方面，张壁祭星不仅生长于华北族群互动变迁的文化背景之中，亦被镶嵌在一个区域性的祭星仪式结构之中。祭星时空格局的呈现，既是黄土文明多元交会的历史轨迹，也是张壁本土习俗的创造性展演。

---

① 张俊峰：《超越村庄："泉域社会"在中国研究中的意义》，《学术研究》2013年第7期。
② 赵楠楠：《晋城市府城玉皇庙二十八星宿造像之氐土貉造型艺术》，《晋城职业技术学院学报》2012年第4期。

三 仪式变迁与地方性实践

（一）祭星溯源与张壁村祭星习俗

对于星辰的信奉和礼祀，古已有之。从古代自然崇拜所衍生的星宿崇拜，到上升为国家正统的天子祭礼，继而又与道教的顺星仪式产生粘连，祭星在中国传统语境中有着一套悠久深远的叙述脉络。

迫于生产能力的低下和理解图式的有限，原始初民认为身边一切瞬息变幻的自然景象均富神力，故而对它们加以虔诚膜拜，天上星辰也在其列，成为众神之一脉。中国在四千多年前就开始观察记载星宿，并发展出一套星宿神话，以及对星宿膜拜的信仰。出土的殷商时代甲骨刻辞早就有了某些星宿名称和日食、月食记载。[1] 如甲骨文中的"火""昴""鸟"有被解释为恒星之名，《尚书·尧典》中也有"日中星鸟，以殷仲春"，"日永星火，以正仲夏"，"宵中星虚，以殷仲秋"，"日短星昴，以正仲冬"之说。其中的鸟、火、虚、昴四星，便是后来二十八宿的重要组成。1978 年随县战国早期古墓发掘中，也可见完整的二十八宿名称。[2] 源于原始自然崇拜的星辰俗信，由此开启了祭星在中国民间信仰中的话语传统。

而自先秦始，对星辰的祭祀已上升为国家礼祀的重要内容。先秦时期的祭星有两种情况，一种是禜祭；一种是时祭。禜祭是禳灾之祭，祭祀的是具体的星辰，它在时间上不固定，出现灾害认为与某个星辰有关便随时祭祀。时祭则不同，它所祭祀的不是某一具体星辰，而是众星之主，在时间上也是固定的。《国语》《周礼》《礼记》等书都曾提及先秦祭祀星主的典礼，但具体细节甚为简略。《管子·轻重己》篇的记载相对较为详备："以冬日至始，数九十二日谓之春至。天子东出其国九十二里而坛。朝诸侯、卿、大夫、列士，循于百姓，号曰祭星"。《轻重己》篇在谈到祭星后，又叙述百姓在十日之内应从事的活动，可见祭星之礼要持续多日。另

---

① 张闻玉：《古代天文历法讲座》，广西师范大学出版社 2008 年版，第 1 页。
② 殷登国：《正月初八顺星——顺星礼俗与古代中国人的星宿信仰》，《紫禁城》2010 年第 2 期。

一方面，《史记·封禅书》中记载，西汉武帝时，谬忌又重提此礼："古者天子以春秋祭太一东南郊，用太牢七日。为坛，开八通之鬼道"。《尚书·洪范》中又说"星有好风，星有好雨"。由此可见，祭星设坛献牺牲，以祈求风调雨顺，是源于中原地区的先秦古礼。后来楚国也吸收了这一礼仪，并在屈原《九歌·东皇太一》中得到了艺术的再现。① 总的来看，周代对星辰的祭祀，虽然还残留一些自然崇拜的遗迹，但主要已表现为对星辰社会神格属性的信仰。②

此外，关于祭星，还有道家顺星一说。正月初八是道家的朝斗顺星日，是日要举行禳星拜斗的顺星法会。拜斗源自东汉，始创于天师张道陵。据《太上玄灵北斗本命延生真经》记载，太上老君以汉桓帝永寿元年正月七日（155 年），化身下降至蜀都，授与天师北斗本命经诀。"顺星"一说则源自北宋。1190 年庚戌，金章宗瑞圣皇太后病重不愈，祈祷于丁卯元辰神像前，病忽愈。乃命建丁卯圣殿于北京，中奉丁卯元辰像以纪神功，人称之为"顺星"，盖谓祷之可求流年顺利。每年正月初八日特定为"顺星节"，香火鼎盛，相沿至今已八百余年。在中国北方，正月初八顺星也已成为一个延续了道教传统并且普遍存在的民俗仪式。北京白云观位于西便门外左二里处，道观后进西北角建有一座星神殿，供奉天界二十八宿（参见下图）和七星神。而在正月初八这天，北京人祭拜星君的这一旧俗，则统称"顺星"，以祈福禳灾，一直到民国之后仍盛行不衰。③

这套自古而来的星宿信仰，不仅表现为古代天子一年一度的祭礼活动，也显露在诸如道教一类的特定宗教仪轨中；同时还深深地融入到了民间岁时祭仪之中。④ 星辰崇拜和祀星传统便通过以上几种模式实现了历史性的传承与流变。

---

① 李炳海：《祭星主祈风雨的生动画面——〈九歌·东皇太一〉新探》，《求索》1988 年第 6 期。

② 张鹤泉：《周代祭祀研究》，文津出版社 1993 年版，第 33 页。

③ 殷登国：《正月初八顺星——顺星礼俗与古代中国人的星宿信仰》，《紫禁城》2010 年第 2 期。"南宋设色星宿图卷"参见本文第 116、119 页。

④ 同上。

南宋设色星宿图卷

相较而言,以张壁为代表的祭星实践可能是上述诸种祭星来源相互交叠的历史遗存与民俗积淀。仪式将多种文化内涵并置其中,不仅显示了它对于华夏正统星辰祭仪的承继,也表明了道教顺星仪轨在张壁礼俗中的渗透。与此同时,张壁祭星又由于掺入了黄土文明的地方信仰而显示出其独具的特色。例如,祭星的时间由道教顺星的正月初八变换为初五开始,这可能与当地姜太公妻子的传说有关。正月初五,张壁人习惯称为"破五",是春节后的一个重要节日。传说姜太公封妻子为穷神,并令她"见破即归",人们为了避穷神,于是把这天称为"破五"。

由是可知,张壁及其周边区域的祭星古俗,已经成为黄土高原之上多族群改写传统仪式的变体结构。华北地区古老的信仰实践和道教系统的仪式法规既融入其中,又被当地的民俗生活框架进行适应性改写。祭星传统的相沿以及祭星日期的移变,使这一汇集了多层次文化意涵的信仰仪式成为张壁地方性实践的独特表述,符合区域人群社会关系互动的切实需求。

(二) 张壁村祭星的仪式结构

前已论及,随着时代的变迁,张壁祭星成了当地正在消逝的文化传统,而张壁村民中对这一古俗有所了解的更是屈指可数。笔者就祭星的具体内容对村中郑姓和张姓两位熟稔地方掌故的老人进行了访谈。两人均未亲历祭星,同为从老辈口中获知过去的景象,分别呈现了较具差异性的两类仪式版本。

1. 郑姓老人口述祭星仪式

郑姓老人依据自己从前听说的古事，描述张壁祭星全程约略如下：正月二十八日张壁祭星。早饭过后，祭神队伍手持仪仗、规模盛大，由本村村官带领，从村公所旧址兴龙寺出发，先绕至北门庙宇群，敬拜诸神。而后转战村南，礼祀南门庙宇诸神后抵达可汗庙。祭星队伍同样从兴龙寺始发，队伍不扛仪仗，远无祭神队伍隆重肃穆。在村中乡老带领下，队伍开始走街串巷，祭拜水井，先西后东，依次绕行，最后仍以村南可汗庙作为终点。待两队人马全员汇集，连同村外迎送红火之人，众人在此地吃酒、唱戏，好不热闹。①

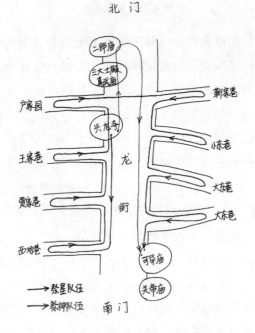

郑姓老人口述祭星仪式的行进路线图示

根据这一口述版本，张壁祭星由两大部分组叠而成：一类是祭神队伍，他们只进庙宇、不串街巷，先北后南，专事拜神上供；另一类则是祭星队伍，他们不进庙宇拜神，径直穿入街巷，以简单祭品，酬奉井神与天地神位。两队人

---

① 根据笔者 2014 年 4 月 3 日下午于张壁村与郑姓老者访谈内容整理辑录。

马并无先后主次之分,当双方会聚终点可汗庙后,仪式便宣告结束。而外村人员只将红火送至,却并不加入各方队伍(绘制示意图如上)。

2. 张姓老人口述祭星仪式

张姓老人曾从知晓村中古事颇多的父亲处听说过祭星,据曾经听到的描述,他将仪式全程回忆如下:活动当天,祭神队伍由村中执事领头,扛带仪仗、手捧供品,从村南关帝庙出发,绕至堡外龙王庙,先行祭奉。待回村礼拜可汗后,直入西巷,开始在东西巷道间交错穿行,直至来到北门庙宇拜祭诸神,最后回归兴龙寺,并重复以上仪式路线。外村送红火之乡民,分别从南北堡门有序入村。待祭神队伍首次绕行完毕,众人跟随仪式队伍,于走街串巷间为各家各户带来热闹。整个队伍持续穿梭、有序行进,最后于晚间会集于北门内龙街东侧的天地堂,设搭法座,开启登法台仪式。法师念经,奏放法乐,为乡民祈福约至子时,祭星仪式方才正式结束。①

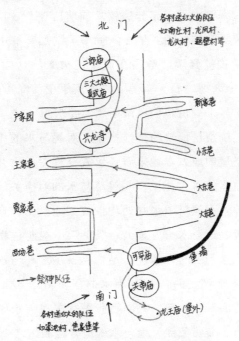

张姓老人口述祭星仪式的行进路线图示

———

① 根据笔者 2014 年 4 月 5 日下午于张壁村贾家巷与张姓老者访谈内容整理辑录。

这一口述版本的描述揭示了张壁祭星的另一景象：其一，仪式队伍分为祭神与送红火两大群体，祭神队伍先行出发，既进庙，也串巷，且见神拜神，见井祭井，而外村送红火的队伍根据各村远近与各自作息先后相继来到张壁，入村后跟随祭神队伍走街串巷，不拜神灵，而是营造热闹气氛；其二，仪式队伍不仅要在堡内巷道来回穿行，亦要绕至堡外祭供外部神明；其三，活动从白天持续至晚上，最终整合在夜间天地堂的登坛祭星仪式，全天的活动统称"祭星"，而核心的"祭星"就是晚上在天地堂的登法台仪式（绘制示意图如上）。

关于张壁曾经的祭星传统，地方乡民呈现了同中有异的历史记忆。郑、张二人对于祭星活动的回忆与表述，虽在细节上存有不少差异，但祭星的仪式结构却能得到较为明确的凸显。人神之间的结构平衡以及内外神灵间的合并礼祀是张壁祭星对传统仪式进行的本土化改写。而星与水的关联对应，也在张壁祭星中得以充分展露。如前所述，古代的祭星传统早已被赋予了祈佑风调雨顺的作用。早在《尚书·洪范》一书中便有"星有好风，星有好雨"一说。箕星、毕星在周代已被人们认为是"风师""雨师"。《诗·小雅·渐渐之石》有言："月离于毕，俾滂沱矣。"可见，周人正是祈求这些星辰来满足他们风调雨顺的要求。①

承袭了中原正统祭星仪轨的张壁祭星，对星与水的相互指涉自是不言自明。而就张壁祭星的地方实践来看，仪式全程对于水井的重视，以及最终凝聚于晚间天地堂的盛大礼祀，亦将星与水的对应关涉其中。天地堂主祭天、地、水三神，而原村中水井处均设有天地堂，神龛中通常供有天地神位，用以祭拜天、地、水三方圣灵。祭星队伍绕巷过程见井拜井，真正礼祀星辰之礼又汇呈于晚间天地堂，足可见祭星之礼与水的实质关联，亦可从中管窥黄土高原其上的村落对于水的深切需求。古俗传统的祭星渊源，以及地方民俗的具体形塑，共同将张壁有关星与水的认知融刻进生活实践之中，成为黄土文明关涉土地与水的地方性表达之一。

---

① 张鹤泉：《周代祭祀研究》，文津出版社1993年版，第32页。

东巷内，废弃的水井之一，原先各水井处均设有天地堂位

北堡门内龙街东侧的天地堂

张壁村街巷张贴的姜太公神位

张壁村街巷岔路口处的泰山石敢当

四 祭星：区域整合的仪式实践

对于尚能回忆起过往祭星盛况的村民而言，正月二十八日的祭星日可谓是张壁全年最重要的日子。这一传袭了古老话语传统的民俗信仰模式，因其多元叠加的历史语境和地方社群的认知实践而被镶嵌在黄土高原的广大区域范围之内。在张壁的信仰层级网格之中，祭星仪式因其独特的时空阈限与类型归属，奠定了其深厚而广泛的区域整合功能，促成了以张壁为代表的黄土社会多人群、多文化、多历史交织对话的重要进程。

（一）整合神祇系统

祭星是对神灵系统的梳理与整合。前已述及，张壁信仰的层级架构中，诸位神佛都有其相应的时空格序。各类神格相异的神灵通过占有具体的空间位置，享有特定的礼祀时辰，宣告了自身在张壁信仰网络中的在场与位序。这其中，有按层级属性划分的家户神、村落神与区域神，有按神力效能划分的灵验大神与无名小神，还有按属地来源划分的本土神与外来神。神格谱系的庞杂混融既是多族群信仰形式统聚于张壁的呈现，又将一种对离散神格进行并置规整的渐进趋势融入其中。在祭星当天，祭神队伍全面迎拜各路神明。不论神格属性、位份高低、区域归属，各色大小神灵都将得到大众的虔心礼拜。祭星仪式通过祈福于众神，使得当地的神灵系谱达到了时空上的融会,实现了村庄内部以及堡内、堡外之间信仰力量的联结。从时间、空间,到属性、层级,张壁信仰的整体框架于是日得以统和,神格位序的交互关涉也通过民众整体性的祝祷被予以重新表述。

(二) 整合人神关系

祭星也是对人神关系的并置与回应。除却祭神群体的神圣拜祭,祭星的另一重要部分则为送红火、闹热闹之人群。在祭神队伍祭井敬神的同时,外村来客将各自红火表演捎送上门,内外乡民共同走街串巷、环绕整村,将村中每一成员融会于喜庆当中。红火队伍的穿行往来,在张壁村内部实现了人际的交融整合,也将村内与村外的社群关系予以延展,同时,人群的内部流动也形成了与祀神行为的结构性对应。迎送社火间,酬神与娱人交替并行,干调秧歌、民间小戏,是乡民献与众神之心意,也是大家自娱自乐的欢庆方式。祭星活动全程中,人与神之间的对应关联得到不断强调,神圣空间与世俗空间通过人群的往来实现了沟通与对话。从神到人,由圣至俗,民众将节庆的狂喜与素日的渴求一统于祭星活动之中。

(三) 整合区域关联

祭星还是对张壁所在整个区域的全面协调与凝合。依据口碑资料,祭星是张壁一带的区域性祭祀礼俗,基于这一仪式实践,指涉时空范畴的地域性关联结构得以清晰浮现,一个以祭星为主线的"区域祭祀圈"得到全面形塑。

这里,可以借用"祭祀圈"的相关理论与祭星仪式进行进一步比较和阐发。"祭祀圈"是源于台湾田野实践而提出的乡土社会研究的重要范式,冈田谦是最早提出祭祀圈概念的学者,并将之界定为"共同奉祀一个主神的民众所居住之地域"。[①] 以林美容为代表的台湾学者相继对这一理论予以升华,认为祭祀圈是为了共神信仰而共同举行祭祀的居民所属的地域单位,并强调其独特性表现在祭祀多神、成员资格为义务性与强迫性、地方

---

① 周大鸣:《祭祀圈理论与思考——关于中国乡村研究范式的讨论》,《青海民族研究》2013年第4期。

性、节日性诸层面。① 就本质属性而言，张壁祭星是一种区域民众共同参与的地方信仰实践。因此，对于张壁祭星传统的解读，"祭祀圈"理论具备一定的适应性。但同时，对于祭星结构的分析又不能完全套用该理论。以张壁为代表的区域性祭星实践，是传统仪俗在黄土高原上的在地化调适，它不同于以祭祀同一神祇为核心的"共神"型区域信仰关联，而是在黄土社会多元信仰实践中，构筑出了一种以祭星仪式为结构核心的强调多神而"共形"的祭祀模式。张壁及其周边村落作为仪式成员，较为稳固地参与到以祭星为共同表现形式的信仰实践当中，共同划定了区域祭祀的模态与边界。祭星仪式的周期性举办和村落间流转，在村庄自身和村落联合体之间塑形出了区域信仰范畴的大小祭祀圈层，通过祭祀圈层在内部与外部的功能划归，完成了对黄土高原区域因素的多方凝合。

一方面，祭星对这一区域祭祀圈中的各村落实现了时间上的整合。张勋举老人曾给笔者提供了一份较为完整的参与祭星的村落名单，自"破五"开始，总共有20余个村庄将参与到这一区域性祭祀行为当中，每村各占一天，互不重合，依次流转。参与祭星的各个村庄有着各自专属的祭星时段，而从正月初五到正月二十八日，祭星习俗的整体时间范畴通过仪式实践得到划定和强调，在这一时间节点内，祭祀圈中区域成员的社会时间脉络得到了统一书写，乡民的时间观被塑造成以祭星为中心的时间划分模式。祭星时段的整合使得其与日常生活的时间范畴作出圣俗之分。

另一方面，祭星也在空间上完成了对区域祭祀圈中诸社区的相互整合。介休干调秧歌《数村村》中，对口碑传说的周围参与祭星、送红火的21个村庄，除漏土村尚未提及，其他都有唱道：

> ……疙垛子嶅则岭夹道沟，看见窗户进不了门。嶅则岭，吃水难，刮风下雨沟底担。站在山上往下看，窑则头（崇贤村）就在眼跟前。窑则头有棵木瓜树，这唻唻高，这唻唻泼（pō），没啦见过光听说。唐王庙，唐木瓜，说起来就人人誇。往南看还有一座塔，河东儿

① 林美容：《由祭祀圈到信仰圈——台湾民间社会的地域构成与发展》，原载于张炎宪编《第三届中国海洋发展史研讨会论文集》，"中央研究院"三民主义研究所1988年版，第95—125页。

峪子打对门，道比（桃坪）就在半山上。黑鱼坪，没人烟，北沟岭下来鬼门关。瓦吴（龙凤）村，出粉则，粉下的鞋（hái）底底白又白。南北庄，紧相跟，张壁的地道寻不见门。去退壁，下道坡，东西宋壁一路行。闯过世务开过眼，常到洪山担过碗。……龙头龙尾石河村，打下的麦子囤接囤。……大小靳，打对面，独拦住在半山山。走靳岭，到"报虎"（保和），最最（渠池）翻沟焦家堡。……绵山十景真不错，下来跑到董家庄（zhù）。①

唱词所展现的村庄分布特征，与笔者实地考察过后的区域体验基本重叠。参与祭星祭祀圈的村庄成员，不仅有位于山头、岭上的高居村落，如东西宋壁、退壁、桃坪；还有处于山谷河畔，地势地平的聚居村庄，如峪子、河东、龙头村等。黄土高原的沟壑纵横使得其上村民采用因势而为的居处方式和交往策略，独特的地理构造为各村乡民的联系互动增添了不少阻隔。而正月的祭星通过仪式的举办和流转，将地处不同空间环境、相互落差高低不一的 21 个大小村庄都一一联结起来，使之形成一个稳固的空间区域团体。围绕着祭星这一传统仪式，参与祭星的各村成员在自身祭祀小圈层的基础上，又迎来了大范围的地域圈层，使得区域祭祀圈在其外部功能的推衍上产生了极大的空间覆盖与结构凝聚功能。

复次而言，祭星还促使区域祭祀圈中各个村落实现了地方历史上的关联整合。唱词中，不同的村子均以各自的特色存在，有着各自地方、人群和历史的演进脉络。这些村庄地处太原盆地边缘、绵山北麓，处于晋中黄土高原多元历史交会的核心地带。地理位置的关键使得该区域中人群交会与战争频发。各村的堡墙、寨子为本村提供了安防壁垒，也维护了本村生活历史的内在发展特质和独立延续路径。而在祭星这一祭祀圈的形成和延续下，各村堡寨内部封闭相异的空间围合特性与其外部区域社会层面交互开放的地域场景产生了结构性的对应，从而在闭合与开放、内部与外部之间达成了平衡。因此，区域祭星的习俗，将 20 余个村落各自的闭合发展融

---

① 文进：《山西介休地方音乐集锦》，中国文联出版社 2009 年版，第 50—51 页。

汇到了祭祀区域的开放范畴之中，使得黄土社会的地方历史实现了整体上的影响与勾连。

结　语

　　作为张壁历史上最具代表性的信仰习俗，祭星成为晋东南区域社会交互关系一年一度的集中性、仪式化表达。这一信仰古俗，不同于源神庙会只以一点作为信仰中心，而是通过周边村落的轮流互转实现中心流转。同时，祭星也不同于张壁单个神灵的庙会，是专事祭拜某一单一神灵，而是将整体信仰框架中的众多神灵于祭星的"共形"模式中进行统和。在张壁村的信仰格局中，除了村落神祇，还有更小层次上的家户信仰，以及更大范围内的区域信仰。一年一度的古老祭星，不仅在信仰格局中将这三个层次整合在一起，也将家户—村落—区域整合为一体，通过类似区域祭祀圈结构的形成，对黄土高原因由海拔落差、距离远近和堡垒型封闭聚落而产生间隔的区域实现集中整合，也是附近区域姻亲、商贸、联盟关系的枢纽和强化。在年度化的时间结构中，张壁祭星因其高度重要性而获得了"过小年"的地位。如今，这一古老习俗已渐次从村民当下的生活语境中抽离，景况不再。但可以肯定的是，其在张壁地方历史的建构和区域文明的发展中，曾一度发挥着关键作用。黄土文明的多元交会历史与区域整合实践，亦能从中得到管窥。

绿岛,绿岛:旅游景观与历史记忆[*]

清明时,去看看绿岛。

前夜恰遇台东近海9级风浪。我与胆大的同行者们租了机车去夜游花莲著名景点七星潭海滨。黑色夜空下,巨浪在沙滩上一遍遍将自己拍成残片,风挟着嘶吼几乎将人与机车掀翻。早前联络好的绿岛民宿主人这时打来电话。在呼啸的风声中不大听得清楚他具体在说什么,但大概也猜得出来,次日一早从台东到绿岛的海轮怕是难出航了。好在一拨人都坚持前行,于是便搭乘夜行列车从花莲继续南下到台东。反正人也已经疲惫不堪,索性将无谓的担忧抛入梦中。

凌晨6点,火车抵达台东。在黎明的微光中,天色还是阴郁黑沉的,不过,风却小许多了。出了火车站,民宿主人早已备好车在等候我们。大家精神顿时为之一振,乘车前往码头。

……

到绿岛去

天更亮了一些,外面的风浪似乎已经平息。海港里泊着一排排渔船,静静的、整齐的、漂亮的,都将微微翘起的船头指向东方,在清晨,看上去特别透着一股精神气儿。于是在心中,对绿岛的期待不由又滋长了几分。

---

* 原文刊载于《中国文学人类学研究会通讯》2012 年第 8 期。已作修订。

不过，这份好心情在登船之后很快便幻灭了。游轮从台东到绿岛是逆流航行。那种波澜在上、暗流在下的颠簸让一船人的 2/3 都晕得七荤八素、翻江倒海。我靠在船尾仓角落的地板上艰难支撑，专注地看着对面一对东欧小情侣拿出两个硕大的水晶球在手中练习高难度的杂耍技艺。终于，在当地乘客惯常的、含着几分嘲弄的目光中，我们成了船上为数不多的几个"hold 住"了的外来游客。

绿岛，位于台湾本岛东面的太平洋上，距台东县约 33 公里，面积约 15 平方公里，是台湾仅次于澎湖、兰屿与渔翁岛的第四大离岛。绿岛是座火山岛，原名火烧岛、火烧屿、青仔屿，也因全岛形状如同鸡心而叫作鸡心屿，因岛民有多年饲养梅花鹿的传统而叫做鹿岛。岛上的两座主峰火烧山和阿眉山海拔都在 280 米左右，均为火山口遗迹。据说原本岛上树木较少，当局为了绿化该岛，于 1949 年改称其为"绿岛"。今天的绿岛常年覆盖着葱郁的植被，宛如一颗镶嵌在蔚蓝色大海中的绿色宝石，早已成为台东久负盛名的旅游胜地。

上岸之后民宿主人即刻为我们提供了机车，而我们要做的第一件事就是在全岛唯一的一座加油站排着长队等候给机车加油。岛内并未规划公共交通设施，因此岛民和游客都主要以机车和自行车为出行工具，倒也不失为一件节能减排的好事情。由于我不大喜欢与熙熙攘攘的观光客凑在一起，因此同行的伙伴提早便预订了离港口较远处靠海的民宿。在骑行了约一刻钟之后我们抵达了住地。小小的民宿安静地坐落在岛北面的海堤之下。登上海堤，美景尽收眼底。

民宿门前的太平洋海岸风光

放下行李稍事休整后，一拨人去珊瑚礁玩浮潜。我看了下时间，正值中午，便选择先骑机车环岛一圈。这样刚好可以避开游览的高峰时段，落得清静。环岛公路全长约 19 公里，步行 4—5 个小时可以走完，骑机车大概只要 40 多分钟。我有大把的时间且行且看。

绿岛半日行

从民宿海边出发，沿逆时针方向绕岛骑行，首先经过的就是岛上人口最为集中的居住区，中寮和南寮。中寮有一座小型机场和游客中心，最引人注目的要数矗立在海岸岬角的绿岛灯塔。灯塔通身纯白，高约 10 米，每当夜幕降临，便点亮塔灯，为茫茫太平洋上往来的船只指引方向。听当地人说，这灯塔背后还有一段感人的故事。那是在 1937 年 12 月 12 日深夜，一艘美国邮轮由基隆开往马来西亚，航行至绿岛附近不幸触礁。岛上居民闻讯纷纷冒险下海救援。最后，虽然游轮还是沉没了，但船上数百名不同国籍的旅客全部获救。为感谢岛民的义举，次年美国人特地出资捐建了这座灯塔。南寮有岛上唯一的商业街区，各种旅游纪念品商店和在地特色餐饮店鳞次栉比。南寮港则是全岛的主要交通港口，船只进出，游客熙攘，一片热闹繁忙的景象。

　　正值清明时节，从民居和街道中穿行而过时，见许多人家和店家都在大门口设了供桌，燃起香烛，摆好祭品，祭拜祖先追思亡人。此情此景不由得让人生出几分怀乡之感。

　　经过南寮港再往北走，便来到了大白沙，这里和岛上的石朗、中寮、柴口、柚子湖等地都有美丽的珊瑚礁，是潜水爱好者的天堂。近年来由于游客践踏，大量近海珊瑚遭受破坏严重，因此管理部门特意修建了栈道式的潜水步道予以保护。要想在绿岛欣赏到美丽的海底世界可有多种选择，可以选择潜水，包括入门级的近海浮潜以及须持有潜水执照的深潜。此外，乘船欣赏太平洋日出、海钓、环岛游等则是海上观光的好选择。

　　沿着海岸公路继续往前，一侧是波光粼粼的大海、珊瑚礁、沙滩；另一侧则是陡峭的山崖。火山岩质的山崖黝黑而粗粝。偶尔在峭壁间可见到洁白的野百合迎着咸涩的海风绽放，那是一种有着硬度的美。公路从山崖间穿凿而过，步步皆景，故而素有"太鲁阁缩影"之誉。

　　一路途经紫坪泻湖区、露营区，便来到了闻名遐迩的朝日温泉。朝日温泉是全世界三大海水温泉之一——另外两处是意大利西西里岛夏卡城温

"太鲁阁缩影"与原住民情怀

泉和日本九州鹿儿岛温泉。这是极为稀有的世界级地质景观资源，为绿岛后火山活动的仅余征兆。海水经岩缝下渗至岛屿下方地层深处，经地热加温后成为热水，再因压力增加涌出于珊瑚礁的潮间带中。温泉涨潮时没，退潮时露，味极咸涩，洗后却不黏腻。由于它地处绿岛东海岸海滩，面朝太阳升起的方向，因此在日据时期最早开发的时候便被命名为"旭温泉"。目前国家风景区在此设置有三个圆形露天浴池与一个小型温泉泳池，温度各异，可供游客自行选择。

朝日温泉，遗留着日据时期的文化印迹

从温泉旁拾级而上，登上一段山崖。眼前却豁然开朗，意外地出现了一大片草原。满目的绿色朝向远处黑蓝色的太平洋奔涌而去，在尽头收束为一块尖尖的岬角。岬角下是危耸的断崖，暗潮涌动，波涛拍岸。突然发现草原上出现了一些移动的小黑点，仔细一看，是岛民野放的山羊群。待人走近，它们便飞快地四散逃开了。漫步到岬角尽头，此刻四下并无其他游客。我躺下来，闭上双眼，倾听属于我一个人的潮声。

哦，世界的尽头，是冷酷仙境。

独享美景放空大脑的感觉有如中毒。也不知过了多久，我一百个不情愿地掏出地图来看，这环岛还有 3/4 的未尽行程。再给自己五分钟，然后再给五分钟，然后……必须继续往前走了，我告诉自己，要相信前途还有风景。

沿着海边继续前行，在下一个海角远眺可见一块竖立的岩石，宛若人形，这就是"孔子岩"。然后绕过龟湾，临海公路转为山道，一路往山顶蜿蜒而去。山道升至最高处，右手边凸起一座高耸陡峭的山崖直切入海岸线。沿着山脊有一道阶梯步道可供游人攀至崖顶，称为"小长城"。这附近便是欣赏"睡美人岩"及"哈巴狗岩"的最佳地点。

"孔子岩"（上左图）与"小长城"（上右图）：怀乡的文化想象

"哈巴狗"（图中左侧）与"睡美人"（图中右侧）：被"驯化"的景观

山道由"小长城"处开始转为下坡，在柚子湖下到山底。柚子湖倚山面海，为绿岛移居汉人最早开发的聚落，那里巨大的海蚀洞颇具可看性。稍事停留，然后一路经过岛西北角的观音洞和牛头山，便到了著名的"绿洲山庄"。绿洲山庄是台湾当局于 1970 年设立的绿岛感训监狱，主要用以集中关押政治犯。1987 年台湾"解严"后绿岛监狱被裁撤，后改为绿岛人权纪念园区的展示中心。

从绿洲山庄大门口下到海边，便来到了建于 1999 年的"人权纪念公园"。公园墙上刻有许多当年受政治迫害的犯人姓名。许多游客来到这里，都喜欢在墙上寻找知名人士的名字，如柏杨，如李敖，以及其他一些今天仍活跃于台湾政坛和社会各界的风云人物。其实，如今的绿岛上仍然还是有一座监狱存在，被称为"新绿岛监狱"，坐落在岛的北部。不过据说里面关押着很多黑社会"大佬"，当年的"政治犯"已经成为历史。

绿岛人权纪念园区：消费与政治的旅游制造

站在海边眺望远处的将军岩、楼门岩，不觉中已经到了傍晚。天色开始转暗，不过一会儿就飘起了零星小雨。再往前就回到出发的地方。

今晚民宿主人为我们安排了丰盛的烧烤。我真的饿了。

绿岛小夜曲

绿岛之行，源于从儿时起就耳熟能详的一首"绿岛小夜曲"。但其实，此"绿岛"并非彼"绿岛"。

1954年，"绿岛小夜曲"由台湾音乐人潘英杰作词、周蓝萍作曲创作完成，歌中的"绿岛"指的是宝岛台湾。这支歌原本想用做电影插曲，但未能如愿，却被菲律宾一家唱片公司看中，将它灌成唱片，迅速在菲律宾、马来西亚、印尼一带流行开来。马来西亚的报纸甚至还为此编了一个凄美的故事，说这首歌原来是一名杀人犯在狱中写给女友的一封情书。人们都信以为真。于是这首歌博得了许多人的同情，流传更广。几年后，台湾的凤鸣唱片才发现这首歌曲竟然是台湾创作的，于是将其引入岛内发行，短时间内便风靡大街小巷。在 20 世纪 60 年代，这首歌是台湾歌星紫薇的招牌曲目，后来经邓丽君重新演绎更成为经久不衰的一代名曲。为大陆听众所熟知的便是邓丽君的演绎版本。再后来台湾又闹出过"绿岛小夜曲"的风波。名作家柏杨在绿岛的一席谈话中讲"绿岛小夜曲"是绿洲监狱人犯为情所写的词，令此曲再次引发社会热议。

由于"绿岛小夜曲"的传唱，绿岛不但没有因其孤悬海外、曾作为关押政治要犯的监狱重地而蒙上一层灰色，反而令人生出一种莫名的、传奇兼杂着浪漫的向往。不仅如此，连带"绿洲山庄"所背负的那段政治历史也一并被浪漫化了。经过时间的淘洗，沉重者自沉，渣滓泡沫浮上表面。痛不再深噬骨髓，痛甚至可以被消费。旅游工业半推半就地顺从了新的记忆书写方式，将一切都组装在观光链条上，向人们兜售一个完美的"绿岛"梦。

其实，环岛半日，除了在帆船鼻草原上自废大脑的那段美好时光，其余时间我都被捆绑在这条由旅游手册所规划的景观传送带上。我欣赏自然风光，大海、沙滩、珊瑚礁、壮丽的火山岩；我在地图的指引下从规定角度一眼看出了"哈巴狗""睡美人""柚子湖"，验证了自己拥有符合大众趣味的审美眼光；我从"孔子岩""小长城""将军岩"的命名中如期读出了中国传统文化根脉在此地的延续；我也从"太鲁阁""绿岛灯塔""旭温泉"和"绿洲山庄"窥见了重重叠叠沉积在这座太平洋小岛上的各色历史片段。观光，想想真是件挺神奇的事情。

结　语

观光是件挺神奇的事情。它在工业与消费的旗帜下重组了时间与空间的关系：有时候，它将地方与全球的距离改写为时差，比如从纽约到中国西南的某个风情小镇；有时候，它又将不同的历史时段转换为半日之内目之所及的种种景观，如我的环岛之行。

观光也以一种新的视觉中心主义再次宣告了它对于口头历史的优越性。"看见"与"看不见"掌控着记忆从黑匣子里提取的转换开关，也在口头历史内部制造出了"明"与"暗"的区隔与投影。在这里，"明"的部分是有关"绿岛小夜曲"的传唱和围绕它而炮制出的各色社会话语；而"暗"的部分——有关这座岛的最早的主人，他们的传统和历史，无暇被说起——

绿岛

原名 Sanayasay

为兰屿达悟（Tao）族人伊法达斯部落的传统放牧之地

按：在《写文化》之后，对人类学田野范式"科学性""客观性""真实性"的拷问已蔚为常态，而那些尚未整饬在"学术"框架中的个体化表述仍然少有合理放置的公共空间。因而考虑再三，还是决定将此篇"不怎么论文"的考察手记收录于此，为的是提醒自己始终正视并珍视人类学田野工作中感性、主观、私人化与自我审视的一面。